我只在乎你

凉茶 著

图书在版编目(CIP)数据

我只在乎你 / 凉茶著. — 重庆：重庆出版社，2015.2
ISBN 978-7-229-08900-9

Ⅰ.①我… Ⅱ.①凉… Ⅲ.①言情小说–中国–当代 Ⅳ.①I247.5

中国版本图书馆 CIP 数据核字（2014）第 269281 号

我只在乎你

WO ZHI ZAIHU NI

凉 茶 著

出 版 人：罗小卫
责任编辑：陶志宏 曾 玉
责任校对：刘 艳
装帧设计：零叁设计

重庆出版集团
重庆出版社 出版

重庆市南岸区南滨路 162 号 1 幢 邮政编码：400061 http://www.cqph.com
三河市祥宏印务有限公司印刷
重庆出版集团图书发行有限公司发行
E-MAIL:fxchu@cqph.com 邮购电话：023-61520646

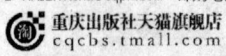

重庆出版社天猫旗舰店
cqcbs.tmall.com

全国新华书店经销

开本 710mm×1000mm 1/16 印张：19.25 字数：360千
2015年2月第1版 2015年2月第1次印刷
ISBN 978-7-229-08900-9
定价：32.80 元

如有印装质量问题，请向本集团图书发行有限公司调换：023-61520678

版权所有 侵权必究

目录
CONTENTS

1　故人重逢 /1
2　平淡生活起涟漪 /3
3　未雨绸缪 /4
4　现实生活 /5
5　推荐升职 /6
6　面试前的紧张 /8
7　帅总裁 /9
8　最柔软的痛 /10
9　过往回忆：莲的心事（一）/12
10　过往回忆：莲的心事（二）/14
11　睫毛下的伤城 /16
12　意外的初相识 /18
13　精神赔偿 /19
14　没妈的孩子 /20
15　生日礼物 /23
16　物以稀为贵 /25
17　找工作 /27
18　祝贺的礼物 /29
19　有房出租 /30
20　大师的手艺 /33
21　离别 /35
22　美食诱惑 /36
23　再次相见的尴尬 /38
24　拜师学艺 /39
25　相亲 /41
26　表白 /43
27　水晶之恋 /45
28　爱情滋味 /47
29　雷雨夜的初吻 /49
30　狭路相逢 /51
31　特别的缘分 /52
32　从网络到现实 /54

33　冤家路窄 /56
34　外地培训 /58
35　棘手问题 /60
36　神仙眷侣也分飞 /61
37　一对璧人 /62
38　我就是我，是颜色不一样的烟火 /64
39　VIP 客人 /66
40　他的表白 /68
41　出差（一）/69
42　出差（二）/71
43　贴心关心 /72
44　彼此问候 /74
45　感觉 /75
46　远赴灾区 /78
47　报平安 /80
48　互留电话 /82
49　有话要说 /83
50　欠下的解释 /85
51　出卖隐私 /87
52　绯闻男女 /88
53　巧遇初恋 /90
54　租个老公 /92
55　预演家人 /94
56　表现不错 /95
57　摆正位置 /97
58　无尽伤痛 /98
59　两男相遇 /100
60　订婚传言 /102
61　演唱会回来 /104
62　他的体贴 /106
63　一起去踢球 /108
64　出轨的男人 /110

▶ CONTENTS

65　宝贝 /112
66　洗清冤情 /113
67　袖珍型 /115
68　准备聚会 /116
69　小刺猬 /118
70　聚会 /119
71　酒吧巧遇 /121
72　他的女朋友 /122
73　女人心，海底针 /124
74　同学和同事的相遇 /126
75　醋意大发 /128
76　挚友相见 /130
77　金屋藏娇 /132
78　昔日情敌 /134
79　家宴 /136
80　偶遇康父 /138
81　好奇的表妹 /140
82　小机灵鬼 /141
83　共进晚餐 /142
84　清者自清 /143
85　虚惊一场 /145
86　谁的孩子 /157

87　小团圆 /167
88　贤内助 /178
89　一波未平一波又起 /184
90　辞职 /189
91　深入调查 /199
92　再起波澜 /211
93　见家长 /223
94　康父病重 /233
95　一起过年 /239
96　求婚 /243
97　遭遇车祸 /246
98　如狼似虎 /252
99　冷战 /258
100　小屁孩 /263
101　我的女王 /269
102　我爱你 /273
103　毒胶囊事件爆发 /276
104　三块板子的距离 /278
105　醋坛子 /283
106　请原谅 /288
107　神秘礼物 /294
108　云上的幸福 /298

1 故人重逢

星期五，是新任总经理吴志刚告之许诺总公司领导对她进行面试考核的日子。

自从上周吴志刚告诉她推荐她担任湘南厂财务总监以来，许诺一直是兴奋而又紧张的。

上午十点吴总的眼镜男助理打来电话，请许诺到小会议室去。许诺想应该是总公司的领导来了，心中忐忑，但还是表现出了她的诺式镇定，没什么大不了的，最多就是不升职呗。往最坏处想，向最好处努力，这是许诺的人生格言。

许诺，湘南制药厂现任财务经理，三十又两岁。过了三十岁，夸张点说就叫奔四了。女人在这个年龄总是多愁而敏感的。十几岁的时候总是幻想三十是很可怕的事，而现在看来，也不过就是岁月静静走来，安然接受。

三十岁出头，一般的女子都结婚生子有一个幸福的三口之家，而许诺，没有幸福的三口之家，却有一子，她是一个单亲妈妈。不过，儿子却是她幸福的源泉，一想到儿子，就忍不住会心微笑。

很多的时候，儿子会给她正能量，让她更为勇敢。

就像今天，在去会议室的途中为了缓解紧张，许诺用到了萨尔诺夫情绪挤压法，最后还是想了想儿子的笑脸，觉得放松不少。

敲响会议室的门，有人说："请进。"许诺推门进去，就感觉到了一种严肃的气氛，因为会议室里坐着一排人，许诺在第一时间没有勇气也没有时间去数，但她感觉到了吴志刚，因为他说了一句"许诺，请坐"。

这完全是一场面试，多年前找工作时候的阵势，只是现在的许诺不再是当年的黄毛丫头。坐定之后，她觉得应该好好地巡视一下对面的考官。五人，这是初步印象，许诺一路从左往右一个个扫过去，不认识、不认识、不认识、吴志刚，啊？许诺一下子如触电般不知如何是好。"许诺，今天这四位分别是……"吴志刚在分别介绍着对面的人，许诺一个字也没听进去，只是最后一位是"分管咱们湘南的康宇轩执行总裁"。

　　太熟悉的名字，太熟悉却有些陌生的面孔，许诺在这一刻已无法镇定。迎着许诺慌乱眼神的是一双清澈冷漠的眼，直直地看过来，仿佛没有注意到许诺的慌乱。吴志刚左边的三位考官分别向许诺问了几个比较平常的问题，吴志刚则多是包容地在一边微笑着，似乎是要许诺不紧张，就是普通的交流。

　　他此刻怎知许诺心中已是翻江倒海。这个叫康宇轩的男人冷漠地最后发话了："许诺小姐，已经看过了你写的财务报告，吴总大力推荐了你，经过我们一致考核，将聘任你担任湘南厂财务总监，具体的事项会由人事部门和你接洽，希望我们合作愉快。"不带任何感情色彩的话语绝对和愉快无关。

　　"谢谢，我会努力的。"许诺终于在最后的微笑中匆匆退出。靠在会议室外的墙上，许诺觉得双腿发软，有种虚脱的感觉。虽然是春天，但已是后背衣衫尽湿。

　　回到办会室，许诺已没法正常工作，坐在椅子上，大脑放空，思绪紊乱。曾经那张帅气的脸在脑海放电影般闪过，而刚才的惊鸿一瞥，不，比惊鸿一瞥也许还要稍长一点的时间，看到的脸英俊依旧，却是成熟而冷漠的。

　　有些痛，说不出来，就只能忍着直到你能慢慢淡忘。

　　许诺当年的痛，其实已慢慢淡忘。八年前，许诺就以为此生不会再与之相见了，多年以后，却在这没有任何预兆的场合这样相遇，更重要的是，对方似乎不认识她。

　　许诺的痛，没人知道，也无人理解。而此刻，却还伴随着深深的失落。

　　脾气如许诺，却一下子负气起来。"不认识就不认识，咱正好不想再见到你。就当彼此透明就好。"

　　"谢谢，我会努力的。"想到自己最后说的这句话，许诺莫名地脸红，正是因为他的态度吧，总裁？装不认识？了不起啊！咱不干了你不就不能对我牛了吗？

　　假如人家在见面的瞬间表现出重逢的喜悦呢？你许诺又将如何面对？许诺啊许诺，好不容易平静了几年的生活，一下子就被打乱了。

　　而自己的心态居然还有些孩子气。孽缘啊！

　　三毛说：如果有来生，要做一棵树，站成永恒，没有悲伤的姿势：一半在尘土安详，一半在空中飞扬；一半散落阴凉，一半沐浴阳光。非常沉默非常骄傲，从不依靠从不寻找。

这些年，许诺觉得自己就是一棵树了，静静的，远离伤痛，骄傲而坚强地活着。

电话铃声打断了许诺的沉思，是陈佳和，"老太太，你的升职有着落了吗？"

许诺只好告诉他："应该没什么问题了。"

"那就请客啊，一起吃个饭。"陈佳和温暖的声音从电话那头传来。

陈佳和于许诺，是一个有些特别的朋友，严格意义上来说，是一名从网络走到现实中的朋友。

许诺正心慌意乱，根本没有心情赴约，只得说："今天公司要加班，走不了，改天请你吃饭。"

许诺的人生，在这个细雨蒙蒙的春日上午，被活生生打乱，并且是心乱如麻。

2 平淡生活起涟漪

上周，也是一个雨天，办公室的门被轻轻敲响，许诺"请进"的话音未落，人就已如一阵风飘了进来，还有香奈尔五号的浓郁香气。不用抬头都知道是办公室的陈瑶。

"最新消息，最新消息。"陈瑶神秘又掩不住兴奋地向许诺爆料。

"什么消息？"

"你知道吗？咱们厂被康盛集团收购了。"

"康盛集团？是上市公司啊，挺有名的。"

"是的，原来就说我们要被收购，这一次可是悄然进行又行动迅速啊！"

"也好，免得半死不活地这么耗着，咱们厂如果被有实力的公司收购还是大有前途的，有过硬的产品，就是在包装和营销管理方式上太落后。"陈瑶也点头称是，最后更是对许诺说："你知道吗？明天就有一个正式收购前的对接会，猜，谁将是这儿的新任负责人？"

"猜，难不成是我们认识的人？"

"是的，就是你的前直接领导，吴志刚！"

"啊？真的吗？"

"千真万确，我们办公室接到了接待任务，刚才在准备名牌，我原来以为是同名，特别向老杜打听了一下。"老杜是现任市场总监，也是陈瑶的表哥。

吴志刚，许诺念到这个名字，感觉是有股温暖。这也许就是为什么收购如此顺利而快速的原因吧！吴是该厂原财务总监，对厂里的情况可以说是了如指掌。七年前许诺进湘南制药厂的时候面试官就是吴志刚，后来她一直在财务部工作，从一名新人，到主管，到后来的财务部经理，一步一个脚印，一方面是许诺自己的勤奋,另一方面应该和吴志刚的独具慧眼分不开。

公司十年前原本是从一个国企改制的企业,三年前,因持股有所变动,更换了董事长,吴因为与新老板的意见实在分歧较大,毅然辞职去了北京的某公司,后来又听说被派到了海外,从此再也没有任何联系。当时接任的财务总监是老板的亲信,不懂业务,虽然对许诺这种不卑不亢的态度不待见,但还是个较为圆滑的人,非常清楚财务部的现状。所以,在工作上也还是基本上放任许诺的,毕竟单位还是要一些做实事的人啊。

许诺名为财务部长,其实就是总监和财务部长一肩挑,当然,签名的时候不是她。

陈瑶带着香奈尔飘出了办公室,许诺莫名地有些激动。这两年来,在这个鸡肋般的位置上,感觉自己在一天天走向枯萎。没有激情的工作,没有波澜的日子。因为是老员工,薪水还不错,离家也近,更重要的是到儿子的学校非常方便,还有就是财务部的全体同事对自己也特别关照,偶尔有事不能去接孩子的时候,总是有同事自告奋勇去担当接送的任务。许诺原来一直以为自己是个女汉子,有些大大咧咧,但在这些年的生活磨砺之后,越来越觉得自己是个没有什么远大目标的小女子,休息日的时候,甚至更像家庭主妇。

许诺听完陈瑶的消息,呆坐在办公室里望着外面有些阴沉的天色。

窗外虽然是雨蒙蒙的,但新生的嫩绿依然让人觉得心情多了一份安逸。午后总觉得有些慵懒,不知是春困还是什么原因。手上还有一些工作需要完成,但心底里总是有个声音在说:等下再做吧,先歇会儿。有研究证明,这种老是拖延的心理就是老去的征兆,许诺觉得挺吓人的,我就老了吗?

陈瑶带来的消息,让许诺的心激活了一下,多久,没有这种激动了?

3 未雨绸缪

许诺打开电脑,准备再审核一下将要上交的财务分析。属下对每个月的财务分析基本上模板化了,没有新意,就是每个月在数字变化的地方改下,甚至连开头结尾的形容词都千篇一律懒得改。

许诺有些恼火,可是这财务数字本就是枯燥无味的,难不成要属下写成小说或散文?许诺一直觉得以自己的才情应该是个作家而不是天天对着数字、报表讨生活。这也许就是理想很丰满而现实很骨感吧。又有几个人能真正做自己喜欢的工作过自己喜欢的生活,大多数人都有些无奈,而生活的本质也许就是这样历经磨难的吧。

办公室外有一些骚动的声音,许诺突然想起陈瑶说的被收购的事,许诺想应该是对方的人来了吧。许诺突然有些紧张。这只是作为单位员工的一种本能反应吧，公司被收购，作为员工第一位想到的是，自己的工作岗位是否有变数？会否裁员？薪水是涨还是跌？福利呢？这次闪电收购并且消息保密，也让更多的员工少了一个提前议论幻想的动荡期。

十点刚过一点，陈瑶又一阵风似的到了许诺办公室，"你的接待工作就完成了？"

"完成了，特别顺利。对了，我们的吴总越来越帅了。吴总多大年纪？想想，四十出头吧，男人真是越成熟越有味啊！做事刚毅果断，看来我们单位收购后应该是可以大有作为的。"

"今天的主要流程是什么？"

"就是做一交接前的碰头工作，还有，吴总走的时候只要了两样东西。"

"啥东西？"

"员工档案和工资表。"许诺想恐怕有一场血雨腥风啊。公司这几年一直停步不前，人浮于事特别严重，加上裙带关系缠绕太多，作为财务经理，她又何尝不知这其中的缘故。虽然她也想铁面无私，无奈老板都签了字，她又有何再多言语的能力呢？许诺想每个公司的财务都是比较重要的地方，信不过的人决不会放在这个位子，现在的总监虽然业务不熟，但是老板信得过的人。

公司被收购，一场人事变动在所难免。估计现在的总监肯定会易主的，而自己这个财务经理的位子，也充满变数，想到这，许诺心里多少有些波动。虽然以自己的能力和经验，去找份相当的工作并非难事，只是这些年已经习惯平静的生活，让她重拾当年勇往直前的气概要相当的勇气。新来的吴总是原来的上司，但此去经年，人是会变的，何况上市公司对于人员的去留应该不是一言堂。许诺心情有些复杂。

这就是未雨绸缪吧。自己都觉得有些好笑。其实也没什么好笑的，失业，房贷和儿子的学费、生活费将面临断档，这可笑吗？

也许真的像陈瑶说的，找个条件好的男人嫁了，就不会有这么大的压力了。因为陈瑶就有个好老公，所以生活过得很随性。

4 现实生活

陈瑶是外向型的，酒桌上也豪爽，因此她的性格也挺适合这个工作，加上个子高挑，又有几分妩媚，很是吃得开。不过陈瑶并不是个随便的人，许诺也经常笑话她是：常在花丛过，片叶不沾身。

按理说陈瑶是幸福的，有个令人羡慕的老公，自己的工作也没有压力，家里小孩有母亲带着，可以说是潇潇洒洒，不像许诺基本上是没有业余生活的。但陈瑶的老公是青年才俊，工作也忙，一周难得在家吃顿饭，经济上陈瑶是富足的，但多少有些空虚，还不能和别人说，不知情的人只会说是身在福中不知福。其实，个中滋味，冷暖自知。

　　陈瑶算是许诺在公司的好姐妹，因为许诺和陈瑶是同一期进公司的新人，许诺的性格是陈瑶喜欢的，为人坦荡不做作，善良正直没有公主病。陈瑶的耿直也正好对了许诺的胃口，于是两人成了好朋友，虽然如此，陈瑶也试图问过许诺孩子的事，还有孩子爸爸的事，许诺说只有这个不想提，已经尘封。陈瑶无奈，但总会骂她："这孤影清灯的生活到底要过到什么时候？"许诺总是说："没有刻意想孤单啊，但拖儿带女的有谁有这样的胆量惹我？何况还必须得两情相悦！"

　　许诺这些年的生活，一直平平淡淡，从从容容。

　　每天手机铃声设置的闹钟在清晨6点40分准时闹响，关掉闹铃，许诺习惯再眯一会儿，7点准时叫醒儿子，然后吃早餐，7点50分将儿子送到学校，8点30分上班。这已经成了程序。

　　原来也没想过能在湘南公司工作这么久的，特别是三年前新的上司上任后起初的配合并不太开心，许诺都有离开的冲动。后来想到离公司不远正好有一所不错的小学，而在小学的附近正好有一个楼盘开盘售楼，陈瑶有朋友在售楼部上班，给了她一个优惠的内部价，本来陈瑶老公单位有一套两居室的，但离单位远，于是她再次买了一套复式楼，也怂恿许诺买一套，说是购房只有赚的不会吃亏。

　　许诺心动了，买了房子儿子上学也方便，更可以让自己不再租房子过日子。许诺手上并没有太多的积蓄，只得向家里求助。父母虽然一直对她执意生下一个没有父亲的孩子而恼怒，但最终亲情无敌，父母将多年的积蓄凑在一起，付了一套两居室的首付，让许诺终于成为有房一族。

　　去年许诺才装修入住，虽然装修比较简单，但许诺一向是个要求精致的人，经过她设计，这个房子却是现代而不失温馨，也不比陈瑶砸重金装修的房子差。陈瑶总是感叹，天秤座的人就是浪漫又有审美情趣。陈瑶总会对许诺说："你要感谢我为你做的这个决定。"许诺打心底里感谢陈瑶，不光是这个决定，还有陈瑶妈妈对儿子的照顾也令她心存感激。

5　推荐升职

　　自从听了陈瑶的消息，许诺的心里也一直处于动荡之中，只是，想多了也无用，懒得多想，投入工作当中，何况月初的时候财务部总是最忙的。

　　周一，许诺一进公司就感觉气氛不同。尽管陈瑶在周末就透露过周一将是新公司管理层进驻的日子。因为保密工作做得好，员工们并没有任何异常，但8点30分，从原来老板到原各路高层管理人员清一色西装革履地出现在公司就太不正常了。员工们已在私底下窃窃私语，公司有什么事发生？并没有公开发布高管开会的通知。

临近中午，陈瑶又到许诺的办公室来转了一圈，许诺问她是不是中午有招待饭局，陈瑶使劲甩头说："No，No，No，新来的领导一共四位，只要我在公司食堂订了快餐。"许诺不禁在心里满意新领导的作风。

下午三点，许诺桌上的电话响起，一个清晰的男声：许诺小姐你好，我是总经理助理何翔，请到总经理办公室来一下。许诺心里不免咯噔一下，未必第一刀就挥向了自己？

许诺来到总经理的楼层，总经理办公室外的接待室里一个戴眼镜的年轻男子向她微笑地走过来："许小姐是吧，吴总在办公室等你。"

许诺敲了总办的门，"请进。"这个声音许诺是熟悉的，果然是吴志刚。许诺轻轻推门进去，吴志刚在老板台后站起来微笑着对许诺说："好久不见，许诺。"许诺原本的紧张荡然无存，仿佛又回到了几年前他在财务部的时候。

吴志刚示意许诺坐下后，大体介绍了一下公司接管的情况，万事开头难，虽然看得出他的胸有成竹，但仍然能感觉出巨大的压力。

"许诺，你是这里的老员工了，也是当年和我共事多年的同事，对你我比较了解，对公司的财务现状你也很了解，因此在此次人事调整的问题上，我向总公司管理层推荐了你，任财务总监一职，总公司将对你进行考核，直接监管湘南公司的是总公司的执行总裁，周末他将从国外出差回来，对你进行面试，希望你在这几天时间内好好准备一下。我是很看好你的，业务上你肯定没问题，关键是管理上还需不断加强学习。正是年富力强的时候，虽然是女孩子，但以我对你的了解，你是有一股子闯劲的。"

许诺感觉到一阵巨大的眩晕，这是自己从没设想过的结果。

吴志刚说："忙过这一阵子咱们私下好好聚一下。"许诺点头应是，最后出门时免不了问了一句："师姐还好吗？"吴志刚表情复杂地迟疑了一下："还好，下次再细说。"许诺是观察敏锐的人，意识到可能有些情况，赶忙退了出来并掩上了门，回头向这个叫何翔的总助点头微笑。

许诺口中的师姐就是吴志刚的太太，名叫张诗韵，人如其名，当年是学校的校花之一，加上爱好文学，经常有文章或诗词发表，在男生们的眼中，就是雨巷中走出的丁香般的姑娘，清新脱俗惹人喜爱。八年前许诺进公司不久，正好看到吴志刚的太太来给他送文件，而她正是自己在学校的师姐张诗韵，因为曾同在一个文学社团活动，许诺的文风也比较有特色，和张也算是谈得来，一来二去就成了要好的笔友。因为有了这层校友的关系，加上吴志刚对老婆可算得上百依百顺，自然也就会给予许诺诸多照顾。

许诺从吴志刚办公室出来，陈瑶就特地跑过来问："许诺，吴总找你什么事？好事吧？"

许诺说:"也没什么事,要我准备一个总公司领导的面试。"

"面试?是升职还是什么?财务总监一职可是空缺的。"

陈瑶反应很快,许诺说:"还不知道,也许有这个机会。"

"许诺,你好好努力啊,你可是上有老下有小,升职对你是大好事!"陈瑶拍着许诺的肩膀。

是的,升职是大好事,许诺也希望有好运气。

6　面试前的紧张

许诺就觉得对于这次面试应该慎重对待。晚上让儿子睡觉以后,许诺静坐电脑前,开始深思。

吴志刚的谈话让她既兴奋又乱了分寸。在她这个年纪可以担当这样的职位当然是诱人的,但她也深知肩上的担子有多大。特别是被康盛收购以后,机遇与挑战并存,压力很大。但有这么一个机会,谁也不愿意错过,毕竟从马斯洛理论来说,人除了解决温饱还有更高层次的追求,何况,对自己是一个职业生涯的飞跃,同时,收入也是一个飞跃,而许诺不是物质女人,但现实生活告诉她没有钱是万万不能的,因此,靠自己的劳动获得更多的报酬,何乐而不为呢?

许诺整理了思绪,她希望在周末和总公司执行总裁的会面时,能够提供一份详尽而有用的财务报告。许诺知道,自己在陌生人面前绝不是个能够侃侃而谈、能说会道的人,所以,准备一份资料也许更有说服力。熟悉的人都觉得许诺是个思维敏捷甚至有点小幽默的女子,只是,仅限于熟悉的人。

应该说,这和许诺是个慢热型的性格分不开,虽然她总是显得落落大方的样子,暗地里自己总免不了嘲笑自己在交际方面的紧张。所以对许诺来说,饭桌上的陪吃陪喝,比在办公室加班更难受,她甚至对陈瑶说过:"我宁愿去河边背沙包也不愿去应酬。"陈瑶对此只有摇头,因此对许诺只安排两种交际:一是工作上确实与许诺分不开的主管或相关单位的应酬;二是相亲。

许诺打开电脑,陈佳和的头像是亮的,许诺主动和他打了个招呼。

陈佳和发来一微笑的表情问:老太太这么晚还上线?

许诺:公司被收购了,我的工作有些变动,我想写个东西。

陈佳和:升职了吗?

许诺:有这种可能,不过还没有最终定下来,周末才会有最后的结果。

陈佳和:祝贺你,你是一个十分努力的人,老板肯定会慧眼识珠的。

许诺:不多聊了,我要赶稿,晚安!

陈佳和:晚安。升职了记得请客!

两人的聊天,总是这样随意而不失温馨。

许诺只写下了准备资料的大纲，很多具体的问题需要到单位查资料，所以上床睡觉的时候不到11点，但却是无法入睡。她只好用数绵羊的方法，但没有效果，直到凌晨两点才在迷迷糊糊中睡着。

日子在紧张充实中度过。公司上下已经不再平静。虽然没有开大会，但每个人心里都打起了小算盘，于是餐厅厕所茶水间都成了小会议室，许诺不是一个多言多事的，听在耳里，也没上到心里，既然吴志刚已和她谈了话，她深知肩上的责任，因此在财务部的例会上，明确地对大家说："大家不要有什么慌乱，就是一个公司的正常收购行为，作为财务人员，和公司的业务关系不大，所以，应该是最稳定的部门，何况新来的老总是这儿的老人，更加不用担心。"因此，财务部倒是没什么大动静，大家还是按部就班地做着手头的工作。

周四下午，许诺把财务分析写完，主动去了吴志刚的办公室，两人还没来得及有过多的讨论，就被总公司来的电话打断，许诺把打印好的文件放在了吴志刚的办公桌上，并将电子档发送到了吴志刚的邮箱。

做完这些，已到了下班的时候，许诺长舒一口气，好像是跑完八百米后的放松。明天，将会有一场重要的面试，到这儿七年了，许诺已经忘记了应聘面试的场面。这也许就是安逸太久的惰性吧，果然是生于忧患，死于安逸啊。人都已经没有斗志了。

只是许诺万万没想到迎接她的是那令人慌乱的一幕。

7　帅总裁

许诺的思绪在临下班前，被陈瑶拉了回来，"号外号外。"陈瑶直接推门进到了许诺的办公室。

"小喇叭又开始广播了。啥情况？快报上来。"许诺情绪低落地回应她。

"许诺你知道吧，今天总公司派来的我们的执行总裁终于露面了，天哪，太帅了。此青年才俊，就像韩剧里的男主角，太帅了，不，太迷人了。别说我花痴啊，你看到绝对也会喊妖孽的，我知道你平时也追韩剧的。你说弄这样一帅哥老板在公司，是多么危险的事啊。咱要是年轻一点又未婚，哼哼……不知他婚否啊，这个还没打听到。如果说咱们的吴总是师奶杀手的话，这位总裁绝对是要迷倒万千少女啊！可惜就是表情冷漠了点。不过，这样更有秒杀力，酷！"

"原来就这个啊，你少白日梦了，回到现实吧。花痴。"许诺淡淡地回了一句。

"许大小姐，你是单身，不要一天到晚以尼姑的心态示人好吧。虽然知道你也没戏，但你完全可以动一动心，对了，你今天不是有总公司领导的面试吗？应该已经见过总裁了，怎样？和我一样有共鸣吧？这么些年就没看到你和哪个男人正正经经约过会，真准备孤独终老啊。"

陈瑶对于许诺的个人问题一直不遗余力，只是许诺真的觉得自己可能哪根神经出了问题，无法投入状态。比如，会挑剔人家五官长得不太明显啊，男人秃顶啊，男人有啤酒肚，甚至男人的声音也成了许诺觉得不合适的理由。

陈瑶总是教训许诺："你以为你还十八岁啊！你已经是买一送一的情况了，别以为天下真有一个男人，为你爱得死去活来，那是小说和电影。现实生活中，再美的爱情也抵不过柴米油盐。现实一点，找个经济情况好一点的男人就嫁了吧，一个人，孤单寂寞不说，肩上的担子也太重了。"

许诺没好气地说："不是18就要降价处理？就要委曲求全？对我不喜欢的人，我不敢想象和这样的男人牵手共度一生。"

"许诺，我老公单位有一个男的，离异，条件挺不错的，比你大四岁，准备约你们星期天见个面呢。你就认真点对待好吧？星期天收拾一下，打扮漂亮点。啥时候我才能收到谢媒礼啊！"陈瑶一阵风地走了，留下许诺呆坐在办公室。

突然才想起去接儿子已经迟了，赶紧关灯走人。

8　最柔软的痛

许诺快步奔向学校，这个时候学生其实早就放学了，只是因为工作的原因，她不可能像别的家长一样下午不到四点就把孩子接回家。儿子很懂事，每天都会留在学校把作业做完，然后六点在校门口的传达室等着许诺来接他。今天天色阴沉，六点，天色已暗下来了，远远地，许诺就看到儿子站在校门口，小小而单薄的身子在暮色中像个剪影，许诺不禁有些心痛。

儿子是懂事的，自很小的时候问过许诺爸爸在哪儿，许诺告诉他爸爸在外国，要赚了足够的钱才能回来，儿子就把他当成一个梦，偶尔会问："爸爸什么时候才会赚够钱啊！要不我们寄给他路费？"许诺只能对着他微笑，然后转身偷偷抹眼泪。自己当初坚持独自生下儿子的决定是否是正确的呢？除了儿子没有爸爸的孤独之外，许诺给了孩子一个温暖的世界。当初要这个孩子的时候，许诺就想过了就是乞讨也不会让孩子受苦。更多的时候，儿子给了她无尽的快乐，陪伴她度过了无数失眠、孤寂的夜晚。

"想吃什么菜呢？妈妈晚上给你做大餐。"虽然今天心情很乱，许诺还是只想微笑面对儿子。儿子的要求很低，一盘牛肉或者一盘清炒的土豆丝就会令他雀跃。

果然，他的回答是："土豆丝，辣点的。"儿子在许诺肚子里的时候，许诺莫名其妙地喜欢上了吃辣的，还必须得市场上的那种小小尖尖的野山椒，俗话说酸儿辣女，可偏偏生下来是个儿子。也许是在肚子里的这种培养，儿子从小就喜欢吃辣的，并且生下来的时候就是满脸的红疙瘩，医生说是火气太重的原因。就是因为辣椒吧。

儿子吃着晚餐，口里说着美味，让许诺觉得一天的辛苦都化为乌有。吃完饭后，儿子做作业，许诺打扫卫生。许诺应该说是有轻度洁癖的人，总是喜欢家里干净，当然，整洁倒不是她追求的，比如书报，她不会一定要放在某处，她甚至更喜欢散落在沙发或者桌子上，随手就可以翻阅，但前提是房间必须干净无尘。她特别讨厌到别人家里换别人用过的拖鞋，一般她宁愿光着脚，幸好现在好多人家都准备了鞋套，当然她也很少去串门。别人睡过的床和被子也是她不能容忍的，所以，如果出差，酒店失眠成了她最大的负担，绝不用酒店的浴缸和毛巾，因此出差成了她最痛苦的事，幸好她的这个岗位出差很少，每次出远门她总会带个比较大的包，不像其他女孩子尽是衣服，她基本上是把家里浴室里的东西全搬出来了。

儿子做完作业，许诺遵照老师的要求签字，并没有查看对错。只是问了一句儿子，都会吗？儿子说都会。许诺没有多看，因为从儿子进学校第一天开始许诺就告诉儿子，妈妈小的时候学习是没人监督的，你也同样靠自己，不懂的可以问我，但我不会每天检查你的作业，全靠你自己自觉。儿子听懂了她的话，也从没给她带来麻烦。

儿子读一年级的时候才五岁，没有达到法定年龄，但儿子说读小学看上去比上幼儿园有意思些。第一次考试，67分，儿子说中午躲在角落里哭了一回，后来再也没有低于90分了，许诺给他定的标准就是不低于90分。现在儿子不到八岁，已是三年级的学生，除了个子在班上仅算中等，其他一切都很正常。甚至还挺招教师喜欢的。

晚上给儿子洗澡，小男生挺顽皮的，许诺给他打香皂，他"咯咯"地笑，还一边闪躲，"妈妈，好痒啊！"许诺看着孩子天真稚气的脸，忍不住爱怜地在儿子脸上亲了一口。

儿子洗完澡后看了一会儿书就睡觉了，许诺去掖了一下他的被子，清秀的小脸蛋在朦胧的台灯下特别惹人怜爱，每晚睡着后在儿子脸上亲一下成了许诺必不可少的程序。许诺是个宅女，特别是带着儿子，晚上基本上都宅在家，看看电视，上上网，偶尔写点东西，一晚上似乎很容易就过去了。

只是今晚，许诺却无法像平时一样淡然，有些失魂落魄，早早上床，却根本无法入睡。

许多事情，看得开是好；看不开，终归也要熬过去。别以为看不开就不会过去。尽管如此，但注定这是一个无眠的夜。康宇轩，这个只存在许诺记忆中的名字，如今连带他的人一起，再次出现在许诺眼前。

过往，如同电影般，一幕幕重演。

9　过往回忆：莲的心事（一）

和康宇轩的认识，还得从许诺失败的初恋开始。

十年前的初秋。许诺大四，这个学期已没有太多的课业，主要是大家开始毕业前的准备工作。女生们更多一项就是要准备一些漂亮的衣服，校园和社会毕竟不一样，多少要有工作的样子。中午室友叫她一起去逛街，准备找工作面试的行头，许诺欣然前往。许诺还有一个小小的秘密，大四了，许诺想打扮得漂漂亮亮地去见心中的他。

他，刘奇，在许诺六岁的时候两人成为了邻居，比许诺大两岁，但因为许诺上学早，刘奇比许诺只高一个年级。从六岁起，他就是许诺眼中的偶像，那时候还不叫偶像，反正许诺就是喜欢和他在一起，喜欢他用过的书，喜欢和他一起到县城边上的小河里抓小鱼，更喜欢他在学校总是戴着三道杠，神气地为大家唱歌、朗诵。当然这一切的一切都只是默默地，到了中学，许诺内向而害羞的性格已不允许自己再和他一起出去玩，一起去爬山，更多的时候，只是躲在房间里写一些诗句。高中的时候，许诺最喜欢的就是席慕容、三毛、亦舒等人的作品。少女的心啊，是那样的朦胧而多情，却深埋心底，如同《莲的心事》：

我，是一朵盛开的夏荷，
多希望，你能看见现在的我。
风霜还不曾来侵蚀，
秋雨还未滴落。
青涩的季节又已离我远去，
我已亭亭，不忧，亦不惧。
现在，正是，
最美丽的时刻，
重门却已深锁，
在芬芳的笑靥之后，
谁人知道我莲的心事。
无缘的你啊，
不是来得太早，就是，
太迟……

许诺高三的时候，刘奇已考上了省城的大学。刘奇只在节假日才回家，许诺总觉得心里特别期待节假日，一到放假就在刘奇家门口缓缓走过，就想偷偷看刘奇是否回家了。

高考结束，许诺填报完志愿后正好碰到刘奇放假回家，刘奇很关心地问她："许诺，你报的什么学校？"眼睛直直地望着许诺，这一瞬间，许诺已是心里小鹿乱撞，多年后，许诺才明白，当时的眼神可以用这首歌来形容——《我的眼里只有你》。只是，当时，小女生，内向害羞的小女生怎会懂这些？听到许诺报的学校名，刘奇哈哈大笑，说："和我们学校很近的。"许诺一听，心里不知有多高兴。

　　这个暑假，刘奇迷上了吉他，许诺也偷偷地去买了一个，某天终于找了个理由，要刘奇教她弹吉他。当年的许诺那个着迷啊，一个星期，左手缠满纱布，三周过后，长满了茧子，但许诺觉得特别开心，许诺至今还记得刘奇弹给她听的第一支曲子是《爱的罗曼史》。其实许诺从小学习过钢琴，只是到了中学后就放弃了，并且有着不错的歌喉，自从迷上吉他后，许诺越来越觉得自己是个文艺青年。

　　许诺也到了省城上大学，临走的时候，老妈叮嘱她在校期间不要谈恋爱，作为一名中学老师的母亲很有做思想工作的天赋："早恋是没有结果的。"许诺红着脸点头答应。并且拒绝父母相送，硬是要一个人去学校报到。到了学校报到后的第一件事就是去了解刘奇的学校是否真的和自己的学校很近，当知道和自己学校只相隔两站路时，许诺是满心的欢喜。

　　记得开学不久就是中秋节，第一次离家在外过节的许诺多少有点想家，加上和同学们也不是太熟悉，中秋节的下午许诺没什么事就到教室去看书，看得累了就趴在桌子上迷迷糊糊睡着了。突然有同学叫："许诺，外面有人找。"许诺正纳闷儿是谁，来到教室外，正是刘奇。午后的阳光斜斜地照在教室的长廊上，让刘奇微笑的脸上有一种别样的生动和光芒，许诺在这一刻迷失，也有些不知所措，突然觉得有雾迷蒙了双眼。

　　"还习惯吗？"刘奇笑着问许诺。

　　"还好。"

　　"呵呵，看上去还不错。"刘奇边说边在许诺头上拍了拍，这个动作，是刘奇原来常对许诺用的，比如许诺小学升学的时候，刘奇看到许诺总是在玩，就拍着她的脑袋说："快去学习，考好点，别总是玩。"是啊，在这种品学兼优的优等生面前，许诺这种边玩边学的态度总是惭愧的。

　　这个中秋节的一幕多年后许诺想起来都觉得温暖。不久之后许诺学到张学友的一首歌《太阳星辰》，里面有句歌词是最好的诠释：

太阳星辰即使变灰暗

心中记忆一生照我心

再无所求只想我跟你

终于有天能重遇又再共行

全因身边的你将温暖赠这普通人

曾经孤僻的我今温暖学会爱他人

上大学第一次回家是国庆节，刘奇居然早早就到学校来等许诺，那时没有手机，真的只能是傻傻地等着碰面。许诺内心是多么高兴却又非常害羞，所以，连说话动作都十分拘谨。

长途汽车站，过节出行的人特别多，为了挤上汽车，在旅客还没下车的时候，上车的乘客就已开始往上挤了。刘奇护着许诺，拉她往里挤，有人挤掉了一桶鳝鱼，一地的鳝鱼在地上乱爬，许诺最怕这种像蛇一样的动物，吓得大叫，刘奇的手紧紧拉住许诺的手，然后拉她一起跳过鳝鱼阵，还抢到了座位。

坐定了，许诺看到刘奇已是满头大汗，许诺赶紧去掏口袋里的手绢，却在半路上停住了，她怕她的举动被刘奇看透她内心的秘密，因为刘奇从来没对许诺说过任何令人遐想的话，许诺怕自己的暗恋被人看穿却得不到回应，这是多么可怕而难为情的事啊。

刘奇并没有在意他头上的汗，只是随意地用手擦了一下。许诺内心狂跳不已，不知从什么时候开始，在刘奇面前的许诺变得怯弱且木讷，就像张爱玲说的：见了他，她变得很低很低，低到尘埃里，但她心里是欢喜的，从尘埃里开出花来。

10 过往回忆：莲的心事（二）

大学生活就这样平淡地过着，偶尔刘奇会来学校找许诺，也没有什么特别的事，无非是看她过得好不好，也邀请许诺到他的学校玩，许诺答应着，却从没有去过。偶尔有一回路过，鼓起勇气在他学校门口溜了一圈，最终没去，那时候又没有手机，这样漫无目的地找去，许诺有些自卑的心理跨不出这一步。

许诺的大学生活简单而枯燥，大多的时候都在图书馆或者教室，偶尔参加一下社团。许诺不是那种在人群中就使人惊艳的女子，平平常常，只是眉宇间有种特别的灵动让人感觉很舒服。其实也有男生对她多看几眼，但她都会远远地逃避。在许诺的心里，除了刘奇，似乎没有谁可以走进来，从六岁开始生长的喜欢，已经深深扎根。刘奇对许诺也特别好，但以许诺这种在爱情上缺少想象力的性格，也没有看到人家超出邻居及熟人的特别关爱。

大三的下学期，因为学校有文艺演出，许诺班上排了个女孩子穿军装的节目，班上有个女孩正好认识了一位武警战士，这位武警哥哥在她的桃花电眼下，硬是叫上几个战友把他们的制服送过来当了道具。

演出前一天许诺正和室友试军装，偌大的腰头居然找不到皮带，许诺只好双手提着裤子满屋子找皮带，正好听到一室友在门外叫："许诺，有人找。"许诺想都没想就双手提着直往下掉的大军裤走了出去。

门外站着刘奇，依旧是许诺喜欢看的温暖微笑，总是专注的眼神。许诺顿时石化，恨不得有个地洞钻进去，脸一下子红了。刘奇哈哈大笑："你这干吗呢？我回去了一次，你爸说你挺久没回去了，叫我给你带了点生活费。"许诺羞得转身就往寝室跑，刘奇走过来将一叠钱塞在她上衣的口袋里，哈哈大笑地走了。许诺只能呆呆地看着他把钱塞进自己的口袋里，而无法腾出提裤子的双手。

自此，许诺再也没有遇到刘奇。大三结束快放暑假的时候，刘奇再次出现，这次有点不同，皮肤明显黑了些。许诺到卫生间洗茶杯，因了上次的尴尬事件，茶杯足足洗了五分钟，许诺真的怕见到刘奇。

刘奇说他快要毕业了，这几个月是到外省实习去了，毕业工作也基本有了着落，就是来告诉许诺一声的。许诺的怯弱和木讷在此时又适时地表现出来了，没有更多的言语，只是微笑着，间或"哦"一声。

其实许诺在班上男生面前有时候是口若悬河的，并且还是辩论赛的主辩手。当刘奇离去，许诺又是如此的悔恨，恨自己就怎么不能对刘奇大胆地说笑，甚至恨自己就没长个花容月貌，不是能说会道，至少也有个美色可以迷惑他。

许诺啊许诺，懦夫。有室友看到走过去的刘奇，问许诺："这谁啊？生得这般的风流倜傥。许诺你小妮子从没看到在学校有绯闻，不会是和这帅哥暗度陈仓吧！"许诺大叫"冤枉"，心底里却有一种幸福在流淌。

整个暑假，许诺没有见到刘奇，只是听他妈妈说上班了，许诺不敢问大人太多，生怕被瞧出心里的秘密。

临开学的时候，许诺碰到了刘妈妈，刘妈妈说："许诺你也快毕业了吧，这是我们家刘奇的办公室电话，你毕业方面有什么要问的可以咨询他。"刘妈妈从小看许诺长大，也是许诺母亲的同事，平时总是对许诺妈妈说："你女儿真懂事，是个好孩子，我要是有个女儿就好了。"刘家两个都是儿子，刘奇是老二。

母亲送许诺上车，突然感慨了一句："当初说要你学校里别谈恋爱，现在眼看就要毕业了，我也不管你了。你刘姨早几天还和我说要是有你这样的儿媳妇就好了。我也没说什么，只能说小孩子的事大人管不了。因为我也确实不清楚你们小孩子之间的事。"

许诺一下子脸皮发烫，仿佛秘密被发现，但表面上还是很镇定地说："妈，你就别操心了，我现在只想好好毕业，找个好工作。"

"说得也对，孩子，父母也没什么关系，一切都得靠你自己。你好好努力。"可怜天下父母心，许诺从小就是个非常独立从不要父母操心的人，这一点，也是父母的骄傲。

大四了，同学们都在准备着找实习单位、找工作。女孩子更是在衣着打扮上开始下功夫，要成为一个社会人了。

星期天室友王梅约许诺出去逛街，一直以来在打扮上从不下功夫的许诺突然也想打扮得美美的。其实是因为她想去实现一个愿望，那就是想去看看工作了的刘奇是个什么样子。

在百货商店许诺看中了一条连衣裙，白底上有淡红的玫瑰，穿在许诺身上真是让许诺的身材显得玲珑有致，王梅在一旁对许诺说："许诺你知道吗？用某个作家的小说名来形容你的身材很合适。"

许诺问："什么小说？"

"《丰乳肥臀》和《细腰》。"

许诺呵呵大笑。

"许诺，你平时就喜欢穿一些宽松的衣服，完全显不出你这么有料的身材啊！瞧这小屁股翘翘的。"王梅拍了许诺一把，虽然这件连衣裙标价不便宜，但许诺却没有犹豫地买下了，她在心里对自己说："就奢侈一次吧！"

11 睫毛下的伤城

一个周五的下午，许诺拨通了刘奇办公室的电话，在电话接通的一瞬间，许诺就听出了是刘奇本人，心里特别紧张，狂跳不已，许诺赶忙挂上了电话。公用电话，后面还有人在排队等着打，许诺平复了一下心情，还是再次拨通，依然是刘奇本人接的，许诺装作没听出刘奇的声音，"请找一下刘奇。"

对方很快就回了一句："是许诺吧？你还好吗？"

"挺好的，你呢，工作怎样？"

"还不错，星期天到我这边来玩吗？"刘奇主动邀请许诺去玩，并且告诉她他分的宿舍就在单位的后院，许诺觉得策划的事情是如此顺利。刘奇告诉了许诺他们单位及单位宿舍的具体地址，许诺默默记下了。两人约好十点在单位大门口碰面。

星期天，许诺早早起床，一直在收拾打扮着，其实也没什么可打扮的，除了润肤霜，唯一的化妆品是一支淡淡的口红，这还是和王梅逛街时王梅逼着她买的，说是找工作用得着这些。许诺在头上别了一个精致的发卡，涂上了口红，照了镜子后又用纸轻轻地擦了一下，她不想刘奇看到她有些特别。精致的连衣裙衬托着她二十二岁青春而饱满的身材，是那样充满活力。

十点，许诺到了刘奇的单位门口，远远地就看到刘奇从院子里出来，头发比以前长了些。刘奇一路走来一直盯着许诺看，许诺开口第一句居然是："你头发怎么留这么长啊？"

刘奇摸了摸头发，笑着说："这段时间太忙了，经常下工地，都没时间理发呢！"然后别过头看着许诺，"都长成大姑娘了呢，我远远的都不敢认呢！"

许诺笑了笑。两人边走边聊，很快就到了刘奇的宿舍。

刘奇说他运气挺好，到单位就分到一个两居室的小套间，一边说一边打开了门。许诺进了门，又开始了小紧张。刘奇在给她泡茶，许诺坐在外间的餐桌旁，餐桌上还摆着几个包子和一杯豆浆。

许诺问刘奇："你还没吃早餐？"

刘奇说："吃了呢！"许诺突然觉得不知下句接什么。只是听到里间有窸窸窣窣的声音。突然，从里间出来一位穿着睡衣的女孩，睡衣是粉色而有些透明的，女孩对着许诺笑，"许诺吧？你好！"好像对许诺认识很久的样子。许诺惊诧不已，刘奇笑了笑，向许诺说："这是我女朋友夏静。"许诺的血仿佛在一瞬间停止流动。许诺觉得自己是个天生的演员，慌乱中显得很镇定地向夏静微笑并说："你好！"

接下来就是有一句没一句的聊天，夏静的成熟及妩媚的风情让许诺有片刻的失神。后来夏静搬出一本相册让许诺看，许诺虽然心乱如麻却还是礼貌地应付着翻动。许诺看到桌上有一个小闹钟，指着十一点，这一个小时如同一年般漫长。

许诺合上相册站了起来，对刘奇说："我得走了。"刘奇有些吃惊地站起来，"吃了饭再走啊，正准备要夏静去买菜呢，我这房子外面还有一间厨房，可以自己做饭吃的。"

"不吃了，我上午还约了人在友谊商场等着呢，顺便来看下你工作的地方。"许诺很平静地说。

"男朋友？反正就在这附近，叫他过来，一起吃饭，带给我瞧瞧！"刘奇笑着对许诺说。

许诺只是笑了笑，很坚定地跨出了脚步，夏静也起来送客，"许诺，经常来玩啊！"

"好！"许诺匆匆走出房间，下了楼，基本上就是一路小跑地奔出了刘奇单位的院子。

出了院子就是大街，再往前走一点就是一个人行天桥，许诺站在天桥上看人来人往，桥下车来车往，脑袋一片空白，脚底发凉，手心里却是潮湿的。许诺突然听到她的世界里，有东西坍塌的声音。眼里，不自觉地流出了液体。许诺回想起夏静穿着睡衣出来的一瞬，清楚地知道两人关系已非同一般。

许诺回想刘奇的话："男朋友？带给我瞧瞧！"心里就一阵阵的痛，这些年来，除了刘奇，许诺没有仔细看过别的男生啊。

睫毛下的伤城，路过的是谁的风景，谁的心啊！许诺的眼中满是眼泪，

11 睫毛下的伤城 17

只能把头仰过去再仰过去，不让眼泪流下来。

12　意外的初相识

　　许诺不知道自己是怎么回到学校的，躺床上，脑袋里面尽是夏静的脸。成熟而妩媚，原来刘奇喜欢这一型的，而自己呢？许诺突然意识到自己就像一只丑小鸭，从不打扮，也没有女人味吧，更多的时候室友还笑话说她像个女汉子。泪水无声地在脸上肆意蔓延，加上没有吃午餐，许诺慢慢地睡了过去。

　　再醒来时，两个室友在叽叽喳喳地讨论女生如何使用化妆品的问题，并且还在相互实践着，看到许诺醒来，要许诺也加入。许诺哪有心情，虽然没有照镜子，也能感觉到自己的眼睛应该是有些红肿的。怕室友看出异样，许诺随手在床上拿起一本好久没读过的书就出了宿舍。

　　下午的校园里阳光很好，因为已是夏末秋初，少了些炎热，许诺不知到哪儿待着才比较好，更怕的是碰到熟悉的同学或者学弟学妹。许诺想起学校隔壁就是附属中学，到那儿应该不可能碰到熟悉的人，于是许诺就低着头漫不经心地走进了附属中学，来到他们的足球场旁边。

　　此时，球场上没人，许诺喜欢这种空旷，终于可以抬起头，仰望着蓝天。这算初恋吗？恋都没有恋啊，暗恋吧，或者只能叫暗自喜欢在今天终于画上了句点。许诺的眼泪又来了。坐在足球场的台阶上，孤独无助再次向许诺侵袭。许诺把头深深地埋在自己的双腿上，尽情地流泪。

　　也不知过了多久，只是抬头看到西边有一轮红日在慢慢下沉，球场上不知什么时候来了一群男生在踢球，许诺觉得这里也待不下去了，起身离开。

　　许诺走得不快，依然是低着头，突然许诺感觉到后面虎虎生风有东西袭来，却已无法闪躲，许诺的后背被足球重重打了一下，因为没有任何防范，许诺就这样连球带人一起摔倒了，只听到背后有一群男生的"啊"声。

　　左膝盖处钻心的痛，右脚的脚脖子处也感觉一使劲就痛，应该是扭伤了。有一个男生跑了过来："对不起，你还好吧？"

　　许诺龇牙咧嘴没好气地回了一句："好什么啊，痛死了。"确实也痛，加上心情不好，许诺此刻突然有一种情绪的释放，一直只是默默流泪，此时终于可以放声哭一场。

　　男生看了一下许诺的伤口，说："对不起，我送你去附近的诊所包扎一下，我去拿书包。"

　　很快男生去背了书包，许诺想站起来自己走，但无奈双脚一使力就痛。男生过来搀扶了她一把，顺手捡起了地上的书帮许诺拿着。"星期天学校医务室没人，我带你去校门口的一家诊所吧，挺近的，不好意思啊。"许诺这时候才想看一眼旁边的男生，他个子很高，许诺才160公分，这个男生应该在

180公分以上，虽然说行动举止从容但还是看得出少年的稚嫩。

许诺想应该还是中学生，于是问了句："你是附属中学的？"

对方回答说："是的，高三。"

许诺在心里念了句小屁孩，想到刚才居然在这中学生面前大哭了，不禁有些脸红。幸好很快就到了诊所。

诊所的主治医生是个五十岁的男医生，查看了伤情后就叫护士开始清理伤口，然后开了一堆吃的用的药，许诺说："小伤用不着这么多药吧？"

医生很严肃地说："现在天气这么热，不吃消炎药就会化脓，你右脚上是伤了筋，俗话说伤筋动骨一百天，虽然你没这么严重，但也还是要贴膏药一周的，记得每天还要来换一下这左膝盖上的药。"最后结算的数字是128元。许诺叫怎么这么贵啊，想到对方就一中学生，哪好意思要他付这么多。许诺连忙说："我来付。"可话一出口又尴尬了，想想自己就穿了件新买的想今天显摆一下的连衣裙，根本没带钱出来。

"没关系，是我闯的祸，应当我来。"男生很快就随护士去收银台付了钱。

13　精神赔偿

"你是我们学校的学生吗？"出了诊所，男生问许诺。

许诺大笑，"你觉得我有显这么年轻吗？"

男生笑了笑，"和我们班的女同学也差不多啊，只是她们一般在学校穿校服，因为今天星期天，我不敢判断。"

许诺随手指了一下后面的大学校门："我是这里的学生，大四了，小同学。"

男生呵呵笑了，"大同学，我觉得你挺善良啊！"

"怎讲？"

"今天你居然想自己付药费，让我很惊讶。你知道吗？前两天我一同学骑车擦了别人一下，还没有外伤，都被索赔了二百呢！"

许诺一听，不禁笑了起来，"看来我还得找你赔偿点精神损失什么的才行啊。"

男生笑了笑，指了路旁的一家粥铺说："这样吧，已到晚餐时间，我请你吃点东西，算是精神赔偿吧！"

许诺连忙摇头说："你一小孩子哪有什么钱啊，不用了，你就送我到宿舍吧，我这腿也实在使不上力。"

"你反正要吃饭的，干脆吃了回宿舍吧，等会儿难得下楼。"许诺想想也有道理，这粥铺也还花不了多少钱，大不了到宿舍还人家就是了，于是应了男生的提议。

粥铺许诺也来过很多次，最喜欢的就是皮蛋瘦肉粥，于是许诺还是按平时的喜好点了这个，"女生就是吃得少啊！"这个男生点了蛋炒饭，还有煎饺。

两人坐定，许诺仔细看了一下对面的男生，高大，五官生得很端正，挑不出一点毛病，并且有一种少有的干净气质，绝对是个帅哥坯子。看起来并不爱笑，不过在一路上也陪着许诺笑了几次，笑容让人感觉很温暖。

"高三了，学习应该很紧张吧，还有空踢球啊？"为了避免两人的沉默，许诺觉得大人应该先提起话题，主动关心一下对面的男生。

"紧张，不过我还好。"

"你还好是什么意思？成绩好？"

"是啊，成绩还不错。"

"哦。"许诺本来想以过来人的姿态给对面的男生传经送宝，看来是用不着了。一阵沉默，"你叫什么名字，同学。"许诺只好问一些漫无边际的问题了，反正是小男生，她也就放得开。

"康宇轩，你呢？"

"许诺。"

"这名字有点意思，容易记啊！"

吃完饭出来，康宇轩将许诺一直送到宿舍，走的时候还不忘记说："对不起，如果你有什么问题可以到学校找我，高三五班，我会负责到底的。"

许诺无所谓地说："应该没什么大事了，你走吧，早点回家学习。"

第二天一早起，许诺发现外伤似乎有好转，但这扭了的脚脖子表面不痛不痒，一下地用力就钻心地痛，无奈，一拐一拐地去上课，幸好只有一上午的课，下午许诺就留在宿舍看书了。

下午四点，许诺记得应该去诊所换药的，实在不想下楼，但想想这天气还是怕化脓，挨到五点，太阳也快落山了才出门。刚走出宿舍，就看到迎面走来的康宇轩，"你怎么又来了，又不是什么大问题。"康宇轩笑了笑，"昨天你有一本书我帮你拿着，在诊所的时候随手放进了我书包，我今天给你送过来，顺便看下你有没有好些。"

许诺说："好些了，正准备去换下药呢！"

"那我陪你吧，反正我也没什么事。"许诺想一起出去也正好，接过康宇轩递过来的书，一拐一拐地慢慢移着，康宇轩没有作声地走上来，搀扶着她，许诺觉得走起来轻松多了。

14 没妈的孩子

换完药，康宇轩继续扶许诺回去，进了学校，许诺说："我准备到食堂吃了饭再上去，你回去吃饭吧。"

"要不你请我在你们学校食堂吃？我还没在你们学校吃过饭，我反正回家也没饭吃。"

许诺一听，也没什么大不了的，"行，请你吃就是了，还你昨天的人情。"

"你倒是礼尚往来记这么清啊！"

"当然，你也不看我学什么专业的。"

"学什么专业？"

"财务管理。"

"哦，难怪。以后你老公要遭殃了。肯定会被管得死死的。"

"这小屁孩倒是想得多。现在的孩子啊，比我想象的复杂啊！"

"你也没大多少，不要总是一种什么都懂的样子，认为我就什么也不懂，社会经验说不定我比你还丰富。"许诺白了他一眼，懒得和他计较。

到了食堂，许诺说："自己点，不用客气。"康宇轩兴致勃勃地去窗口，点了两份餐，许诺把餐票递了过去。

两人坐定，许诺问："为什么说回家没饭吃啊？父母不在家做饭的啊？"

"我妈在我初三的时候就去世了，我爸总是忙工作，哪有时间管我的饭。"

许诺一听，这母性的光辉一下子就涌了上来，"你都读高三了，这个时候别人的父母都是一门心思管着孩子学习，你爸也太不重视了吧。"

"习惯了，我和他关系一般。"

"不会是叛逆少年吧！"

"那倒还不至于，我品学兼优好吧！你们学校饭菜挺好吃的啊！"

"那你没饭吃的时候就到我们学校吃啊，我帮你买点餐票就是了。"

"那行啊，我明天还来陪你换药，你给我买好餐票。"康宇轩当即从口袋里掏出钱包给了许诺两百元。

许诺不禁觉得这个男生好笑，随口就说："不怕我骗了你的钱啊！"

"怕什么，您现在这一拐一拐的能跑多远呢。"

这小子，嘴还挺厉害，果然不是懵懂无知啊。

第二天下午五点，康宇轩果然出现在许诺宿舍楼下，许诺给了他餐票，他照样陪着许诺去换药，许诺的外伤基本上结痂了，诊所的护士说只要保持不碰水，可以不用再换药了，只是扭伤的地方还是要坚持贴膏药。

康宇轩特意问许诺："你一般几点去食堂吃晚饭？"

"问这个干吗？调查我？"

"不是，如果我来吃饭的时候正好能碰上你，有个人聊聊天不是更好吗？这里我又没有别的人认识。"

接下来的日子，许诺还真的经常遇到在学校的食堂吃晚饭的康宇轩，两人自然会坐到一块儿边吃边聊。某天两人一边吃着，许诺问他："你还真喜欢上我们学校的饭菜了？"

康宇轩说:"还真的不错,价格又实惠,更重要的不是吃饭的时候还可以有人聊聊天吗?"

许诺一想到这是一个没妈的孩子,父亲还不管,该有多孤单啊。"算了,就当我多了个弟弟吧,你有什么困难就来找我,虽然我别的帮不上,但学习上啊、生活上啊,还是可以开导你的。"

"你星期六、星期天一般怎么过?"对面的男生问许诺。

"学习啊,一般图书馆,我是特别喜欢看书的,不一定是专业的,乱七八糟的书都喜欢读。不像你们现在,就是为了高考,不可能读别的。"

"我有时候去福利院做义工的。"对面的男生轻轻说了一句。

"义工?我只是从电视里听到过,没去做过,我还挺好奇的呢!"

"这周我会去,要是你想去我来叫你。"

"好啊。"许诺好奇的个性一览无遗,"你一高中生怎么想起做这个的?"

"这是我妈在的时候带我去的,虽然我妈不在了,因为在福利院里我认识了几个小朋友,所以我只要有空还是想看看他们。"许诺突然觉得对面的男生让她很陌生,虽然萍水相逢,以前没有想过过多地了解他的生活,但还是让她有种种意外。

星期天,康宇轩早早就来叫许诺,许诺问他远不远,小孩子有几岁了。康宇轩一一作答,许诺看到康宇轩在伸手拦的士,赶忙拉了他一把,"坐公共汽车啊,的士不划算。"

许诺顺便在公车站旁边的小店里买了几包吃的还有几盒水彩笔,许诺说:"你看,节省的的士费就可以变成小朋友的礼物了!"

康宇轩在一旁笑了笑,"我爸虽然不管我,但平时给的零用钱还是挺多的,所以我习惯去拦的士了,还是你会算计。"

"算计?这是贬义词,小孩子就是用词不当,我这叫会过日子,会计算。"许诺狠狠地朝他白了一眼。

"你老人家有男朋友没?"康宇轩问。

"怎么的?小孩子还这么八卦啊!"

"不是,就是觉得您刚才这一媚眼有点勾人,所以我好奇一问。"

"去你的,这是白眼好吧,我对你这种小屁孩还会浪费我迷人的媚眼?"许诺觉得这男生真的有点欠揍。

阳光福利院里的孩子不少,有的甚至比康宇轩还高大,但一看就是智障少年。许诺才进去的时候有点害怕,慢慢地就觉得心痛。康宇轩对许诺说他管得最多的是一个叫健的小男孩和一个叫圆圆的小女孩。

小男生长得异常清秀,乍一看是个很可爱很帅的小男生,康宇轩告诉许诺他是一名自闭症患者,和他讲话他也不会回答,只是活在自己的世界里。

圆圆的左手有点残疾的,但长得特别可爱,娃娃头,眼睛大大的,许诺觉得用折翼天使来形容一点不过分。许诺将吃的和水彩笔送给她的时候,她非常高兴,不一会儿,就在一张白纸上画了个女孩子,并且写上了我爱你。虽然字写得歪歪扭扭,但许诺很感动,背过去擦了擦眼泪。

　　原来,世界上还有这样的一群人,缺少关爱。许诺突然觉得自己的世界,是完美而富足的。许诺和康宇轩约定每个月去福利院一次,许诺想尽自己的可能,给他们多一点关怀。

　　日子就这样平静地过着,虽然夜深人静的时候许诺依然会想起刘奇。那段时间许诺正好读到一个女作家的作品,池莉的《太阳出世》,这是一个中篇小说集,中间有一个故事说的就是一个女孩子暗恋上了一个已婚的男子,为了能够和这个男人在一起,女孩子制造了一个男人强暴未遂的现场,让这个男人百口莫辩,结果男人被判了刑,男人的老婆也和他离婚了,而女孩子在男人出狱的那天和他领了结婚证。许诺看到这个故事,唏嘘不已。

　　想想是不是也可以用在自己身上?但她想到的是找不到一个实施这个方案的场所,更重要的是故事里的男主角对这个女孩子是有感觉的,而刘奇,对许诺到底是什么感觉,许诺从来不敢碰触。也许只是流水与落花的感情吧,许诺想。许诺是理智的,知道她和刘奇之间应该就是这样了。许诺发誓一定会将这个秘密藏在心底,不说出来就少一份尴尬,至少还可以像以往一样,做朋友,青梅竹马的。

　　青梅竹马,真真是可惜了这个充满浪漫色彩的四字成语。

　　康宇轩的餐票用得很快,许诺都给他买过好几次了。每次吃饭的时候,许诺发现自己就像个长辈,灌输她的思想给对面的男生。从小道理到大哲学。对面的男生会和她抬杠,但也乐于接受她的说教。谁叫咱大你几年呢,有资格说啊!许诺心里总是有这种优越感。

15　生日礼物

　　转眼到了秋末冬初,寝室里的姐妹们都在张罗着给男朋友织围巾。爱心牌的,总让人觉得温暖。许诺不禁有些心酸,其实许诺初中的时候就和隔壁的阿姨学习过,甚至会织毛衣的,也曾想过给刘奇织一条,但最终没有送出去的勇气而作罢。女孩子们挑灯夜战,偶尔许诺还会给她们一些指点,以至于室友笑着说:"这个有些 man 的人其实很女人啊,可惜没有男朋友,无用武之地啊!"许诺笑而不答,继续她的文学梦:读书、写作,偶尔也在报上发表一些豆腐块,领点小稿费打打牙祭。

　　十二月的一天,康宇轩照旧在许诺学校的食堂晚餐,许诺开玩笑地说:"孩子,多吃点,长身体的时候,吃饱了才能好好学习,天天向上。"

　　康宇轩突然一脸严肃地对许诺说:"这周星期五是我的生日,十八岁,我不是小孩子好吧，我有次偷看到了你的证件，你也就比我大三岁，我原来还估计大四岁，不要总叫我小孩子。"许诺怔住了。为了化解尴尬，对康宇轩说："过生日啊，那咱就提前祝你生日快乐了！"

"别光说不行动啊，大人，多少送个礼物什么的吧，不是总倚老卖老的吗？"

许诺白了他一眼："想得倒挺美的，不过，也不是不可以考虑啊，反正一块橡皮也花不了多少钱。"

"切。对了，我们班几个玩得好的同学准备就在学校附近的梦园订一桌，您老人家也来一起吃个饭吧。反正喜欢说教，让他们也受点您的教育！"许诺眼前一晕，康宇轩继续说："胆小就不要来了，不过，人不到可以，礼要到啊！"许诺真的有想拿手上勺子敲他的冲动。

晚上回到宿舍，宿舍里依然有几个同学在编着爱心围巾，许诺转念一想，这康宇轩不是说要礼物吗？干脆就织条围巾，估计这有点小叛逆的家伙是不会用的，因为许诺平时看到他除了校服就是运动装，但都是许诺一般不敢消费的名牌，正好可以堵上他的嘴。

第二天许诺就去挑选了毛线，开始了她的恶作剧牌围巾。其实色彩很好，只是许诺觉得这小屁孩应该是不会戴这种手工围巾的，许诺只想告诉他："礼到，但喜不喜欢不是送礼的人应该考虑的事。"为了能在周末赶出来，许诺也开始了挑灯夜战，一边织一边想象小孩子失望而可能有点愤怒的脸。室友很惊讶许诺的举动，许诺说就是练练手，别人也确实没见许诺有异常行动，也就信了。

周四的晚餐时间，康宇轩告诉许诺周五晚的餐厅地址以及在饭店门口碰头的时间为六点。

许诺说："知道了，就算人不到礼也会到。"

康宇轩两眼发亮："真有礼物？我其实就随便一说的，主要是人到，我甚至在我好朋友面前夸下海口，有喜欢说教的学姐莅临指导呢！"许诺心里可打起了鼓，干吗和一帮小孩子闹啊。

周五晚六点，许诺提着已完工的围巾，特意找了个比较精致的礼品袋装着去学校附近的梦园。梦园在许诺印象中挺高档的，许诺觉得这群小孩子也太夸张了，只是现在城里的孩子好像都这样了。远远看到康宇轩和几个同学站在门口，里面还有两个女生。有的提着蛋糕，有的提着精致的礼品袋，看来他们很重视这个生日宴。

许诺站着迟疑了一下，看到康宇轩叫同学们先进去了，自己站在饭店门口，许诺快步走过去，"生日快乐小朋友，这是送你的。"

康宇轩呵呵笑，口里说着："还真有礼物啊，咱们快进去吧！"伸手接过了许诺递过去的袋子。

"小朋友，我不和你们一起吃饭了，我另外有约，先走了。"许诺实在鼓不起和他们一起吃饭的勇气，免得弄得大家不自在。

康宇轩问："有约会？没发现你有男朋友啊！"

"小看我，最近交的不行啊！"许诺挑衅的眼神让康宇轩定定地看了她足足好几秒，然后许诺自顾自地走开了，还是听到康宇轩在后面叫了一句："别用你的媚眼吓跑了别人！"许诺咬牙切齿生生没有回头。

16　物以稀为贵

接下来有一段时间没有再看到康宇轩来学校吃晚餐，学校也进入期末考试阶段，许诺忙着应考，但总觉得生活中好像少了点什么，又说不出一个所以然。

本学期的最后一个星期天，天空中飘着小雪，湿湿的，特别冷。许诺从图书馆出来就直接去了食堂，在食堂里看到了康宇轩。许诺见面就问："星期天也到食堂来吃晚餐的啊！"康宇轩笑了笑，许诺突然看到他背后的靠椅上挂着一条围巾，明显是许诺制造啊。

许诺惊讶地指着围巾说："这个，你还真用？"

"怎么不用啊，我用了这个人气可高了。我们班女生特别迷，说更有种特别的气质了。男生们都想高价订制一条呢！"

"是吗？把业务接到我这儿来啊，我正好赚点外快。"

"财迷啊你，如果都是你织的，我这条还有这么高的价值吗？物以稀为贵，你织得多就没有价值了，懂吗？"许诺听着觉得这家伙说得还挺在理。

"这段时间没怎么见到你，认真学习去了？"

"是啊，准确地说是应考去了。"

"什么考试？"

"有消息了再告诉你吧。对了，要放寒假了吧，你要回家吧！"

"当然了。"

"你们家有电话吧，告诉我啊。"

"为什么？你一男声，要是被我父母接到，指不定以为我在学校交了什么坏人啊。不过你也应该没事要找我。"

"作为小辈过年给您拜个年这个理由充分吧！"

许诺觉得告诉也无妨，就告诉了他家里的电话，康宇轩说："你不问我的吗？"

许诺想了一下："不用啊，第一我应该没什么事找你，第二我不会主动给男生打电话。"

"老人家理由还挺多，我还正好懒得告诉你，免得你一不小心假期无聊打电话来对我说教。"

"明天就要考试了，大后天我就回家了，你好好学习吧。"许诺在起身之前不忘记说教一句，康宇轩也站了起来，第一时间就是抓起背后的围巾挂在脖子上，许诺在心里暗自承认，不得不说，这条围巾挂在这家伙脖子上还真帅，不禁多瞄了两眼，迎来的却是康宇轩"怎样"的嘚瑟眼神。许诺赶紧将头一扭说："拜拜。"

大年初二的下午，许诺和父母去亲戚家拜完年回来就窝在自己房间看书，听到客厅里母亲在叫："许诺，电话。"

许诺接过电话："喂？"

"许诺，新年快乐，给你拜年了啊！"

许诺一听就是康宇轩的声音，这小子还真打电话来了，关键是，许诺第一次听他这样直白地叫自己的名字，于是大叫："你懂不懂礼貌啊，居然这样叫我。"

"您忙什么呢？"

"过年，当然是忙着做吃的，拜年啊，吃饭睡觉啊！你呢，小朋友？"

"我没什么事，学习、锻炼、无聊。"

"身在福中不知福啊！"两人又扯了一阵无关紧要的，大多时候就是相互抬杠，却觉得其乐无穷。

突然许诺觉得母亲好像一直在旁边监听着，匆匆挂了电话。

"谁啊，许诺？"母亲发问了，原来八卦并不是年轻女孩子的特性。

"一个同学。"许诺不想解释太多，上一辈人总会有一些难以沟通的问题。也难怪母亲发问，几年大学生活，还是头一次有男生打来电话，许诺想偷偷笑，母亲肯定以为有什么状况，其实小屁孩一个。

刘奇也回家过年了，只是还带了女朋友夏静，母亲回来告诉许诺，许诺只是轻描淡写地"哦"了一声。痛过了哭过了也思过了，许诺已将之尘封，更不可能让母亲发现点什么。

许诺还去刘奇家拜了年，只是刘奇不在，听他母亲说带着女朋友到街上玩去了。谈话间，对许诺轻叹一声。许诺明白这一声叹息的意思，但装作若无其事地和他母亲闲谈一会儿就回家了。

临开学的前两天，许诺的父母很慎重地和她谈了一席话，无非是关于毕业分配的事情。许爸说："许诺，你是一女孩子，要不还是考虑回县城，我多少还有点关系，应该可以找到不错的单位。"母亲倒在一边说："我们还是尊重你自己的意愿，你觉得在省城发展更好你就留在省城，不过一切都得靠你自己啊！"

许诺一脸轻松地说："你们就别操心了，不是说儿孙自有儿孙福吗？"此时正好电话响了，许诺如获大赦般冲过去接电话，此人却是康宇轩。

"许诺，要开学了吧，什么时候来学校啊？"

"怎么的，你还管起大人来了？"

"不是呢，过了年想约你一起去福利院啊！"

原来如此，许诺说："本来想后天来的，既然这样，我明天下午过来吧，后天正好有一天的空可以去。"

"要不要我来车站接你啊，你行李多吗？"

"不算多吧，不过，你也人高马大的，做劳力应该还是不错，你就来吧，我会把我老家的特产带给你当酬劳的。"两人约好了在长途车站碰面的时间。

17 找工作

长途车站，许诺一下车就看到康宇轩醒目地站在出站口，许诺打心眼里承认这家伙是有些抢眼的。康宇轩接过许诺的皮箱及一袋子食品，直接就拦了一辆的士，大过年的，许诺没说什么，康宇轩倒说话了："我请你坐车，你待会儿请我食堂晚餐，怎样？"

"成交！"许诺没好气地回答。

许诺果然请了康宇轩在食堂晚餐，临走的时候将一袋食品交给他："这是咱做长辈的一点小意思，回家慢慢吃。"

康宇轩问："特产？"

"也不算吧，反正我们那儿过年的家常食品，有一部分是我亲手做的啊！"

"你这么能干？"

"那是自然，咱十岁开始就学会了做饭菜，贤惠远近闻名啊！"十岁就会做饭菜是事实，远近闻名就是吹了，许诺总觉得在这家伙面前不挣回点面子是难得降住他的。

其实许诺觉得这个没妈的男生多少在过年过节的时候是很孤单的，心里隐隐发痛，只是每次见到他倒觉得他很乐观，而且是有点贫嘴的。

康宇轩很高兴地抱走了这堆食品。

第二天的福利院之行，康宇轩提了两盒巧克力，是给健和圆圆的。小健依旧不说话，只是用大大的眼睛望着屋外。圆圆很高兴，把巧克力打开，分别送了一颗给许诺和康宇轩，许诺一边吃着一边想流泪。许诺有时候总是恨自己泪腺太发达，其实有时候并不想哭，但眼泪就是不争气地掉下来，感动的时候哭、激动的时候哭，伤心的时候哭、委屈的时候哭，特别在这个小男生面前，又一次被他看到自己流眼泪。平时爱贫的康宇轩并没有取笑她，只是默默地给她递上了纸巾。

开学了，许诺这个学期基本上没有了课，就是联系实习单位找工作。也有单位到学校来招人，但许诺不属于瞩目的，所以，一切还是得靠自己。制作简历、去人才市场、买报纸看每周四的招聘专版。每天忙得不亦乐乎。已经很少能正常时间去学校食堂吃晚餐了。为了便于找工作，许诺还去买了个手机。虽然贵得有点心疼，但想想付出才有回报，其实还是挑了个较便宜的款式，许诺想能用就行，关键是找到好的工作。

再次碰到康宇轩已是三月的一天。依旧是在食堂，康宇轩说："你都不吃饭的吗？很久没碰到了。"

许诺说："太忙了，基本上作息时间都乱了。对了，我花血本买了个手机，便于找工作，你想要咱的号码吗？"

"当然需要了，都这么熟悉了，才告诉我电话。"康宇轩从包里掏出一支手机准备记号码。

"你一中学生也用手机？"许诺惊讶地问他。

"我爸不要了的，我用一下，平时都是关机的，放心，不会影响学习。"

许诺记得他说过父亲做生意，虽然没时间管他但在经济方面挺大方的。其实这样的孩子很多，学坏的也很多，许诺庆幸对面的这个家伙没有学坏。

两人交换了电话号码，许诺说："我将会很忙，为了生计，要好好找工作。你也要高考了应该会更忙啊！"

"我倒不用太在意高考。"

"为什么？你不是说你成绩挺好吗？"许诺惊得跳起来。

"我其实早就参加了国外的考试，刚好前几天来录取通知了。"

"啊？啥地方？"

"美国。"

"出国很贵吧？"许诺很少想出国的问题，所以对外国学校了解得也不是很多。

"我有奖学金呢！"

许诺听得云里雾里，这小子还真是不显山不露水就开往美国了，害她还在劝他好好学习。

"所以啊，别人赶考的时候我真的没事做了，既然你这么忙，有没有我可以帮得上的？可惜没什么体力活啊！"康宇轩挺真诚地对许诺说。

许诺没好气地说："不烦我就算是帮我了。"

"那祝你好运啊，找到工作记得请客啊！"

真是时时不忘吃啊，许诺心里想，"那也得领到工资，没看到我买了手机投资很大啊！"

"行吧，您心情好与不好的时候都可以呼唤我，算是我尽一份力吧！对了，再忙也还是要吃饭的吧，按时吃饭吧，我还是喜欢到你们学校吃饭的。"

"知道了，碰到了就算是中奖呗，祝我好运才是正途。"

一次次地投简历，有的可以面试，面试之后就没有下文了，有的连面试都没有，如同石沉大海。许诺觉得原来工作没这么容易，因为有些单位许诺也实在不愿去。

四月底的一天，许诺终于接到一家软件公司的电话，许诺记得自己已经去面试过的，对方需要一名财务助理，说白了就是财务部的打杂的，公司虽然规模不是很大，但因为是高科技公司，许诺很喜欢那儿的氛围。

18　祝贺的礼物

许诺很兴奋，终于找到了工作。第一时间打电话告诉了康宇轩，果然吃货康宇轩要求许诺请客吃饭，许诺说领到工资才请，"既然不请，一起碰个头吃个晚餐吧，咱也祝贺一下你终于成功就业。"许诺觉得也有理，于是两人相约在第一次吃饭的粥铺。

吃完饭，康宇轩从书包里掏出一个盒子，"祝你找到工作，送你的礼物。"

许诺不禁哈哈大笑，顺手接过去，小朋友会送我什么呢？

"打开看看啊！"

许诺打开盒子，里面是一个钱包，棕色钱包的上面有一些暗的花纹，许诺想相对于女生们用的钱包，这个明显不够时尚也不够花哨，这男生可能选东西就是这样吧，康宇轩说："希望有些财迷的你赚很多的钱，把这个钱包塞得满满的。对了，现在已不流行现金，卡塞得满满的。"许诺笑了，"虽然你这个钱包不够女人味，但咱还是谢谢你的诚意。"

吃完饭后各自回家。许诺对新的工作既兴奋又担心，这就是新出社会的人的通病吧。

许诺在软件公司的试用期为两个月。

为了能顺利通过考核，每天早早起床，和所有的上班族一样开始了追公车的职业生涯。

虽然是财务助理，实际上就是财务部的机动人员，哪里需要去哪里。许诺为了尽早地了解公司的具体业务，每天总是第一个到办公室、最晚一个走，还有办公室的卫生啊、开水啊，都抢着做。加上开朗的性格，很快就和办公室的人打成一片。

每天下班回到学校，已七点多，食堂里早就没有饭吃了，许诺为了省事，干脆买了一箱方便面，这样就省得每天还得想晚餐怎么解决了。

这天下班后许诺又去学校门口的小超市买了一箱方便面，这是第几箱许诺已不记得了，室友说闻到这个味都想吐了，但许诺已习惯了。回到宿舍随手把钱包丢在床上就去了卫生间。回来的时候，室友王梅对着许诺大叫："许诺你发财了？买这么好的钱包。"

"钱包？很好吗？"

"晕，你不知道这个牌子吗？国际大牌，这小小一个包就是好几千呢！"

许诺吓了一跳，"假货吧，现在不是什么都有仿的。"

"绝对真货，你得相信我的眼光。"许诺还是相信王梅的，她用的都是名牌。许诺只好说："这是一个亲戚不要了的，只是我给它美容了一下，显得比较新而已。"室友不再说话，以她对许诺的了解，是不可能买这么贵的钱包的。

许诺立马跑到宿舍外面给康宇轩打电话："死小子，你送我的钱包哪儿来的？"

"有什么问题吗？"

"我听同学说这个是很贵的，你疯了，快快从实招来。"

康宇轩说："别大惊小怪的好吧！我从我爸的柜子里随便拿了一个，这是经过批准的，你就别担心了，用都用了，你还好意思退个旧的回来？"

一句话说得许诺很无语，"以后你给我小心点。"

"又威胁吧，咱不是小孩子了呢！你上班情况怎样？都没看到你到学校吃过晚饭了。"

"我都改为方便面了，每天加班。"

"你还真够拼命啊！"

"当然了，小孩子，学着点啊，我可是起好了带头作用。"许诺免不了又自吹了一把。"方便面还是少吃吧，我曾经吃得闻着就想呕。"康宇轩说，"有时间就早点回学校吃饭吧，我们很久没一起吃饭了。"

许诺说："我也差不多闻到方便面就呕了，但为了能顺利通过试用期，不得不多付出一些努力啊！"

"要不我每天帮你在食堂买好饭，等你回来吃？"康宇轩说。

"别麻烦了，你多留点时间好好学习。我忙完这段时间应该就会正常上下班了。"许诺依然不忘记告诫康同学。

19　有房出租

时光飞逝，许诺终于顺利领到了第一个月的工资，也正是高考结束的时候。许诺打电话给康宇轩，请他吃饭，第一是还愿，第二呢，感觉收了人家一个价格不菲的钱包多少得表示一下。

康宇轩在电话里就开始选地方，许诺说："你小屁孩要求还挺多，以为我领很多薪水吗？"康宇轩选择了一家西餐厅，许诺说："我从没去过，贵吗？"

康宇轩说："不贵，是很普通的消费，只是环境比较安静，适合聊聊天什么的。"许诺一听，还好。

两人在康宇轩选定的西餐厅碰头，"你来过？"许诺问。

"是啊，同学过生日来过。"

"过生日来这种地方？现在的小孩子果然什么都懂啊！"

两人坐定，有服务员递上餐单，许诺立马接过翻看，果然也不是很贵，原来西餐厅也有商务套餐，许诺立马点上两份，康宇轩说："你也不让我看看的吗？"

"大人为你做主了，你不是要出国的吗？西餐什么的以后够你吃的，我喜欢中餐。"

"加份水果沙拉总可以吧？"

"那倒是可以的。加吧！"

许诺问："你什么时候走？"

康宇轩说："八月。"

"那你还得游荡两个月啊！"

"别说得我一天到晚游手好闲样的好吧？我也做正事的。你不是要毕业了吗？"

许诺说："是啊，就要毕业离校了，学校不能住了，我最近正在单位附近找合适的房子呢！"

"你们单位没宿舍啊！"

"没有，据说有也是几个人住一间，还不能做饭。我这个人比较喜欢清静，希望有独立的空间，所以准备到外面租房子，但最近打听了一下，一室一厅挺贵的，两室一厅呢，暂时还没找到合租的人也不划算。虽然多花点房租，但可以做饭，吃得便宜些也吃得好些！"

"还真是会算计。"康宇轩定定地看了许诺一眼。

"计算好吧。在国外别把母语全忘光了啊！你要是过两年回来变成个假洋鬼子，我会告诉你我不认识你。快点吃，吃完我还约了一个房东看房子呢！"许诺催促康宇轩。

康宇轩对着许诺做了个面目呆滞的表情，口里嘟囔着："有这么请客的人吗？一点情调都没有了。"

"什么？情调？和你需要什么情调？"许诺一脸不耐烦。

饭后康宇轩说没什么事可以陪许诺去看房子，房子离许诺单位不远，是很老式的单位宿舍房，虽说算是市区，但从大马路走进去有一条很深的巷子，许诺觉得晚上应该是有点小恐怖的。

房子的楼道十分狭窄而昏暗，要不是许诺看到出价比较便宜，也不会选这儿来的。还没看到房东，许诺就已没有勇气住在这里了，好歹也来了，多少也看一下房。

房东是个四十多岁的男人，说着地道的本地话，许诺进了房屋，就闻到一股很大的异味，匆匆看了一眼就出来了，只是对房东说再联系。而康宇轩根本就没有进去，只是立在门口，望着楼下出神。

许诺说："发表点意见啊！"

"没意见发表。听说某人平时胆子挺小的，敢住这儿？晚上敢一个人回来？"

许诺说："我再找，先回学校了，拜拜。"

一连几天许诺又看了几处房子，可以说腿都跑细了，但确实没有中意的。看得中的吧，价格高，价格低的，又实在入不了许诺的眼，天秤座的许诺天生的爱美和鉴赏力，最不起眼的地方，也喜欢弄得美美的。许诺在心里告诫自己，要求不要太高，主要是周边环境好加上上班方便就行。

毕业一天天临近，房子还没着落，许诺有些着急，幸好有一个同学说在外面租了个房子，可以收留她暂时住一下，可是人家上班的地方和许诺正好一个在城东，一个在城南，因此，这也不是长久之计，只是许诺知道自己不用搬着被子睡马路上去了。

这天许诺正筹划着把行李搬到同学处暂住，接到康宇轩的电话："你租好房子没？"

"还没呢，先到同学处暂借宿一段。"

"我亲戚出国了有套房子没用，只是离你单位有几站路，但还是很方便的，你有没兴趣去看一下？"

"租金怎样？"许诺的第一反应是房租。

"租金好说。"康宇轩在电话里很随意地说着，"房子一直空着的，你先看下行不行？"许诺一听，也就几站路，并且公交车很方便，立马说去看看。

康宇轩带许诺去的房子其实是一个比较新的小区，电梯房，房子在八楼，一打开门，许诺就感觉这房子太好了。

新房，虽然只是简单的装修，但生活用的家具电器都是配备齐全的。

许诺说："这是新房子呢，别人都没用过的，会出租吗？价格肯定不便宜啊！"

"我亲戚这几年是不会回来的，听说房子这样放着没人气还不如有人住着，至于房租，他说随便给，我就和他谈了，六百，他也同意了。你觉得怎样？"

许诺一听六百，还是有点高，在许诺的预算中，只准备三百左右。但许诺也知道，这种全新的两室一厅，还是电梯房，六百已是便宜得不能再便宜了。

许诺说："行。我别的地方省点用就是了，大不了再去做兼职。"

"我亲戚只有一个要求，只租给一个人，你就不要再转租别人了。"康宇轩对许诺说。

许诺频频点头说没问题。

康宇轩说："星期六你休息，就搬家吧，正好我这个劳力还可以借你用下，下周咱要去外地旅游一段时间，你就征用不到免费的劳动力了。"

果然星期六一大早，康宇轩就到了许诺宿舍。

室友们大多都走了，许诺整理了大件的东西，还有一些书啊衣服什么的散落了一床。康宇轩见到此情况，不禁摇头："这是不是女生的房间啊，这么凌乱。"

许诺正为如何打包苦恼，索性一屁股坐下，不动了。

康宇轩一一整理着，有的书一看就没用了，随手就往一边丢，许诺又赶快捡起来："这本也许还用得着。"同样，一堆衣服也是如此，"这样的你工作了穿不出去了，扔了。"许诺又赶紧捡回来，"有用呢，做抹布总行吧！"最后发现衣服底下居然还有一件内衣和一条短裤，康宇轩停止了整理，望了望许诺，许诺脸红了，一下冲过去胡乱塞到已涨得快要爆炸的旅行包中。

两人大包小包的，搭了个的士，正式入住了许诺租下的房子。

只是许诺没有见到房东，康宇轩说房租就暂交给他，许诺自言自语道："你不会骗了我的房租消失了，然后我被房东赶到马路上吧？"

康宇轩瞪了她一眼，还狡黠地笑了笑，"凭咱俩的关系，相信你也不会做这种事。"许诺立马给了他高度的评价。

把行李搬进房子，许诺就开始四处观察，心里做好了设计，比如要弄两个窗帘，厨房虽然有家电但没有做饭的工具。但小区附近有家大型的生活超市，平时购生活物品很方便。许诺叫康宇轩帮着整理书，自己就下楼去超市，她准备中午就在这儿开火做饭了。

20　大师的手艺

许诺在超市提着大包小包的东西回来时，看到她的书籍已整齐地放到了房间的书架上，衣服也已分类整理到了柜子里。许诺惊讶于一个男生的井井有条。

"从小我妈就培养我这种习惯了，我不喜欢看到凌乱的样子。"许诺联想到平时他总是衣着整齐比一般男生讲究，也就不难理解了。

"你休息一会儿，我开始做饭，让你尝下许大师的手艺。"许诺进到厨房，干脆关上了门，一来是不想被打扰，二来是在这新地方做饭菜，一切都还不熟悉，也怕弄砸了有扫许大师的名誉。

一个小时后，许诺端出了三菜一汤，康宇轩大叫原来你真会做饭，迫不及待地抓起筷子试味道。"许大师这名号名副其实，果然不错。"

许诺可是有点颜色就开染坊，"怎样？没让你白劳动吧！有美食伺候。"

康宇轩还告诉许诺，以后的房租每月一交。康宇轩给了许诺一本写着他名字的存折，他说这是亲戚要他代开的存折，另外还配有一张卡，他会转交给亲戚，许诺只要按月存进去。这样的话许诺觉得比一般的按季度预交要压力小很多。

居有定所，并且还很满意，许诺在工作上就更加有动力了。

顺利地通过了试用期。每天工作上觉得能学到一些新的知识，许诺开始规划未来。

许诺一直觉得自己的理想并不是做财务工作，但眼下财务人员还算是比较稳定也比较长久的职业。因此经许诺决定参加职称还有专业方面的考试。有个学姐就是拥有各种证书，现在和人合伙开了会计师事务所，过得很不错的。虽然许诺的爱好不在此，但有时候理想和现实总是平行线，所以，许诺深知，温饱解决之后才能谈兴趣爱好，饿着肚子是不可能谈阳春白雪的。

接下来一周康宇轩果然就旅游去了。偶尔会发个短信告诉许诺他到了雪山，一下就又到了海边，许诺回复就是一句话：带当地特产。人没去，吃的东西还是可以体验一下的嘛。

再次见到康宇轩是他云游回来，回来就打许诺电话，目的有二：一是带了点小纪念品及各地特产，二是在许诺家附近报名考驾照，每天要到许诺家蹭晚饭。

许诺说："我每天下班挺晚的，还要为你准备晚饭啊，康同学。"

"大不了我每天负责买菜好吧许大师，太喜欢吃你做的菜啊！"

果然许诺下班回家就听到屋内有电视声，这家伙居然已经进了屋，许诺问他："你怎么进来的？"

"作为房东的代理人，我还有一套钥匙啊！"

许诺大叫："我怎么就忘记了换锁啊！"

"没必要了，我又不是什么危险人物，就是来吃顿饭，还负责买菜。"许诺无奈地进厨房处理他买的一堆食品。

"许诺，你也别烦我啊，这驾照考完估计我就出国了，到时候你可别不习惯没人替你买菜，我还可以增加一项服务，负责洗碗好吧！"

许诺说："你爸平时真不在家？"

"是啊，一个月都难得见他一面的，很忙。"

许诺叹了一口气，说："还不是想赚更多的钱，为你创造好的环境。"

"也许吧，我以前不理解他，总想和他对着干，现在基本上能理解了，只是我们的关系有些生分了。"

康宇轩每天晚上会到许诺家蹭饭，偶尔还打电话问许诺想吃什么菜，弄得办公室的同事以为许诺谈恋爱了，许诺只得说是表弟。康宇轩偶尔也会去和同学聚会，但都不会忘记告诉许诺，他不来吃晚饭。

许诺有时候有一种错觉，家里多了一个人，一个什么人呢？也说不清，反正就是觉得两个人吃饭总比一个人吃有趣，而康宇轩这个人还是令人舒服的，不多言，也没有什么坏习惯，唯一让许诺有点意见的就是喜欢抬杠，并且很快就发现了许诺的各种弱项,在许诺语重心长地对他说教的时候,他总有可以还击的地方,偶尔他不来吃饭,许诺倒觉得一个人吃饭原来真的很无聊。

在这个城市,许诺也是没什么亲戚和挚友的,许诺想与其是说他来蹭饭,于她而言也是一种慰藉。虽然对方是个男生,但在许诺眼中就当他是弟弟,一个缺少家庭温暖的孩子,但却很温暖的男生。

许诺想想他不久就要出国,两人相处起来就更加没有不安和压力。

每天饭后,康宇轩都会负责洗碗,许诺说:"正好,女孩子的手不能弄粗糙了。"

康宇轩很不客气地对许诺说:"就你的手?我看你的手以后就适合戴个白金钻戒。"

"为什么?"许诺疑惑地问。

"戴上这样的和你这双不够白晰的手反差很大,更能体现白金和钻石的光芒啊!"

许诺这才知道被这家伙耍了,气得猛捶他肩膀,此人双手尽是泡沫,微笑着任许诺捶打。

21　离别

日子就这么继续着,八月的一天,康宇轩说:"明天我就不来吃饭了,要准备一些东西,后天就启程了。"

明明知道他是要走的,但平时并没把这件事放在心上。现在突然说出来,许诺觉得有些怅然若失。

许诺特别准备了丰盛的饭菜,就当是饯行吧。

这些天的相处,仿佛已经成了一种习惯,习惯有一个人对着她做的饭菜大快朵颐,习惯有一个人在吃饭的时候和她抬杠讲点小笑话,也习惯饭后有一个人在厨房哼着歌洗碗。

许诺虽然在厨房里忙碌着,但想得太多,爱流眼泪的习惯在此刻又不争气了,该死的水雾一下子迷上了双眼。

饭菜上桌,为了掩饰自己的情绪低落,许诺尽量装作轻松,东拉西扯地问着话,不让康宇轩看出异样。喜欢抬杠取笑许诺的康宇轩也显得比平时沉默。

许诺只得主动开腔,打破沉默。

"你一个人去吗?"许诺纯粹是没话找话。

"还有一个同学,不过我爸会送我到上海,他顺便出差。"康宇轩抬头回答着,给许诺夹了一筷子菜。

"同学？和你同一所学校？"许诺兴奋起来，似乎一下子找到了语言的突破口。

"不是，另外的学校，不过在同一个城市。"

"男的女的？"许诺突然八卦地问他。

"女的。"

"呵呵。"许诺对康宇轩暧昧地笑了笑，"有情况？"

"许诺，你笑得有点暧昧啊！"

"一男一女，挺好的啊，我又没说什么！"许诺辩驳。

"明显是心术不正的笑啊！你心脏长右边吗？"康宇轩脸色微红。

"难得有同学一起，这不挺好的嘛，到了那边人生地不熟，也多个说话的人。再说不是有很多这种从同学发展到什么什么关系的例子啊，同学变同志，同志者，志同道合也。"

"懒得跟你讲，不是你想的那样好吧！我现在在想可能会想念你做的饭菜啊。"康宇轩话锋一转，不再和许诺讨论这个问题。

"到时候你付美金过来，我寄给你？"许诺装作很认真地对康宇轩说。

"财迷，动不动就是钱！"康宇轩又夹起一块瘦肉放在许诺碗里，"来，堵上你的嘴，许八卦！"

"哈哈……"许诺笑得花枝乱颤，实则心里透着落寞。

饭后，许诺第一次将康宇轩送到楼下，临别，按理少不了要说两句场面上的祝福话，可许诺在这一刻又表现了她的嘴笨词穷，只是默默地跟在康宇轩后面走着。

许诺最后说："有人送你，我明天就不送你了。人生地不熟的，注意安全，按时吃饭，保重啊！保重的意思是保持体重，因为外国食品热量高，你别变成胖子。"

康宇轩转身微笑着，很轻松地对许诺说："许诺，来个美式的离别拥抱吧！"

许诺没有拒绝，这些日子，这个纯净、开朗的男生，同样也让她忘却了伤痛，开开心心地过着每一天。

第一次和他相距这么近，许诺觉得搂着她的男生有着宽大而结实的怀抱。转身，上楼，许诺有一种空空的感觉，内心有些莫名的慌乱。

22 美食诱惑

接下来的日子，许诺基本上就是两点一线的生活，因为宅的个性，下了班就是读读书，参加考试，日子过得平淡而紧张。

母亲偶尔会来电话，转着弯问是否有男朋友什么。许诺都想笑，其实偶尔坐在房间里也觉得孤单，许诺不想用寂寞来形容自己。

谁都希望在最好的年华遇见一个人，可往往是遇见一个人，才迎来最好的年华。

同学们毕业后各奔东西，即算是在同一个城市，也难得一聚。

单位有个叫杜军的软件开发员倒是好像对许诺有点小意思，没事总喜欢往财务室跑。许诺觉得自己有点外貌协会，该男生绝对不属于许诺喜欢的类型，因此，许诺只好有意无意地躲避。

康宇轩走后的一周，给许诺打来了一个报平安的电话，许诺简单问了他几句之后就说："国际长途很贵的，有时间写信吧，便宜，哈哈！"虽然说是一句戏言，可是两周后，许诺真的收到了一封信封上写有英文字母的信，许诺在收到信的一瞬间笑得趴在了桌子上。这小子，还真写了。

可怜的许诺，不得不去温习如何写英文信封，因为她也要写国际邮件啊，而且是纸质的。许诺记得才读大学的时候高中的同学还会互寄明信片什么的，到第二年就只有死党会寄了，到第三年基本上就绝迹了。如今又提笔写信，倒不知如何下笔，该说些什么了。因为，康宇轩的信只写了一行字：许诺，寄点饭菜来吧，饿！

许诺的回信无字，只是弄了四个他平时喜欢吃的菜，拍了照片冲洗出来寄了过去，照片的背面：每周一菜。

一来一住的书信，偶尔深夜的电话，因为有十多个小时的时差，康宇轩知道许诺一般睡得还是挺早的，所以电话还是打得不多，当然，许诺还是会说教：国际长途啊，没事少打点，认真学习才是正途。

康宇轩描述着他的学校，所学的课程，还有和洋同学们闹出的一个又一个的笑料。许诺没事的时候看到这些都会会心微笑。

有次康宇轩说："许诺，你居然拍了菜品的照片过来，就没想过把你的人像顺便也拍一张过来？"

"你不是饿吗？我当然拍菜的照片，让你望梅止渴啊！我的照片又不能解决你的饿。"

"那不一定，见相片如见人嘛，有时候挺想你的，唉，有个人没事就对我说教、啰唆其实挺好的。这样吧，我寄一张我的给你，和你交换，怎么样？"

许诺想这人倒是挺一厢情愿的，但他的提议让她又无法拒绝。许诺精心挑了几张寄给他，寄出国门的东西，不能随便啊，代表中国女孩子的形象。

许诺收到的照片居然是康宇轩和一个外国男生的合影，许诺不禁问："为什么不是单人照？"

康宇轩说："第一，告诉你我身边全是男生；第二，你难道不觉得我比这男生帅吗？"

"自恋到极点！"许诺回给他的只有一句话。

偶尔的联系，如同许诺平淡生活中的小浪花。慢慢也成了一种习惯。有一份牵挂，有一个念想，有一个人，在遥远的国度，他会记得你，你也会记得他，一个人的世界，会因另一个人而温暖。

可进可出，若即若离，可爱可怨，可聚而不会散，才是最天长地久的一种好朋友吧。

23 再次相见的尴尬

再次见面，已是第二年的六月。

许诺见到的康宇轩比一年前多了一份成熟，没有学会耸肩摊手的动作，笔挺的身材让许诺在最初相见的一瞬有些不敢正视。碰面依然就是谈吃的，说就是想吃许诺做的菜。许诺可以理解，也特别感动，特意去买了他喜欢的菜，在厨房里忙乎了两个多小时。

等许诺把饭菜端上桌的时候，康宇轩已靠在沙发上睡着了。兴许是累了，要倒时差。许诺叫醒他，他依然是以前的兴奋表情，许诺觉得非常有成就感。

吃饭的时候，康宇轩问了许诺的近况，突然问许诺："你的理想是什么？"

许诺摸了一下头，很严肃地对他说："你听了别笑啊！我的理想就是不用奔波劳碌而每月有足够的收入，睡到自然醒，然后坐在有微风拂面阳光充足的房间里写作。偶尔洗衣做饭，闲适而生活充实。闲云野鹤的生活，我认为是最高境界。当一个作家曾经是我的理想。不过作家的生活是清贫而要耐得住寂寞的，和现实差太远。"

对面的康宇轩笑了，"你这种生活有几种方式可以达到：一是找一个有钱人嫁了，这样就解决了经济来源问题，不过，以你的个性和你这离惊艳还有点距离的扮相和有点小倔强的性格，在金钱攻势面前不会为之所动，所以可能性不大；二是自己奋斗，成为有钱人再过这样的日子，如果速度慢点，你可能就只能写青春回忆录了啊！"

许诺真真是挑起碗里的饭粒砸向他。

"不过你还有第三种可能，我如果发达了，可以考虑资助你过这种闲云野鹤的生活。"

"是吗？那你快点发达啊！我算算，以你这种年纪，估计真能资助我的时候我已是满头白发了。"话毕许诺起身收拾碗筷，康宇轩笑着说："我来洗。"

"你才回来，怎么好意思呢，坐着休息吧。"转身准备进厨房。

"许诺。"康宇轩在身后叫着，许诺一回头，"什么事？"康宇轩怔了一下，支支吾吾地说："你去换件衣服吧！"

康宇轩指了指许诺的裙摆，许诺穿的是白底碎花的棉质裙，许诺顺着他指的地方一看，傻眼了，恨不得钻地洞里去，裙上有很大一片血迹。许诺知道是好朋友来了。许诺的好朋友总是有点推迟，所以自己都有时候算不准，冬天还好，夏天的时候快到那几天总是弄得很紧张。这天因为康宇轩说要回来，也有些小激动，忘记做防备工作了。刚才可能一直在厨房忙着，吃饭的时候又和康宇轩说话太过投入，好朋友来了也浑然不觉。这下可糟大了。许诺立马跑回房间，结果更尴尬的事发生了，卫生巾上个月用完不记得备货了。

　　许诺急得满头是汗，只能换了条裙子出来，然后对康宇轩说我出去一下。康宇轩好像立马明白了什么似的，说："我去，你休息吧，刚才做饭很累了。"转身就出了门，许诺立在客厅中间打着转不知如何是好。

　　不久康宇轩提了个塑料袋子回来，什么也没说，递给了许诺，许诺立马冲进厕所。里面好几包，各个牌子一包，看来是不清楚许诺用什么牌子只好让她来做选择题了。许诺在心里暗想："都知道买这个了，未必这小子在国外为别的女生买过？"但这种问题又不好意思问出口，许诺自顾在厕所的镜子前做了个鬼脸。

　　许诺扭捏着从厕所出来时看到康宇轩正在厨房洗碗，看到许诺出来，"许诺，你教我做菜吧，也许我在国外用得着。"

　　"好啊，先行拜师大礼吧！"许诺一下子忘记刚才的尴尬，又开始和康宇轩杠上了。

　　康宇轩走后，许诺睡在床上想起饭后的尴尬场面，仍不觉把被子蒙过头上，在被子里哀号。

24　拜师学艺

　　康宇轩回来后一直都是在会同学、走亲戚，终于在一周后对许诺说：从今天开始正式拜师学艺。

　　约着拜师学艺的那天本来是个大晴天，临到下班时却下起了瓢泼大雨，许诺坐在办公室没伞干着急。这时康宇轩打来电话，说是要许诺下楼，他送伞来了。许诺下了楼，果然看到康同学撑着伞站在门口。

　　"师傅，我有诚意吧，给您送伞来了。"

　　许诺心底虽感激，嘴上却说："勉强合格吧！还没行正式拜师礼呢。"

　　雨继续下，两人共一把伞去拦的士，却是半天都没拦到。不知何时，康宇轩的手很自然地搂住了许诺的肩膀，许诺不习惯地想挣脱，"你想淋成落汤鸡吗？"康宇轩扭头瞪了许诺一眼，许诺无言，侧目瞧了一眼旁边的男生，专注打伞拦车心无旁骛的样子，如果自己再继续挣扎别人肯定会认为矫情、见外，共个伞而已，也没必要表现得这么古板。

　　被这个需要自己仰视才行的男生搂着肩膀，小鸟依人就是这样的感觉吧。

许诺在心里骂自己:"神经病!"

好不容易两人打到一辆车,许诺回家第一件事就是进房间换衣服。

等换完衣服出来,才发现康宇轩的T恤湿了一大半,这场大雨,伞根本就不够用。许诺对康宇轩说:"你把湿衣服脱下来,这样会感冒的。"

"师傅,我要是脱下来,你这儿未必有男人的衣服给我换上?"

许诺没好气地说:"当然没有,女人的裙子倒不少,要不你也试试?"许诺有些为难,但聪明如她灵光一闪,转身进入卧室,取来一件T恤,这可是在学校的时候有天和同学逛夜市买下的宽大睡袍T恤裙,康宇轩应该可以穿得下。

许诺递上这件极品,说:"来,换下!"

康宇轩皱着眉头,接过了许诺递上的衣服,仿佛做了一场激烈的思想斗争,相对于湿漉漉的上衣,可能觉得还是换上要舒服些。许诺清楚他是喜欢干净整洁的,怎么受得了这么黏糊糊的感觉。

康宇轩两手交叉脱掉了上衣,许诺第一次这么近距离看到男生半裸的样子,并且是健康魁梧的身材,不禁有些脸红,赶忙扭过脸去。

"许诺,你瞧瞧!"康宇轩换好了衣服,对着许诺叫。

许诺转身,"扑哧"一下笑出声来。许诺平时穿是宽大的袍子,现在套在他的身上,不过就是一件上衣,要命的是还贴得比较紧,让胸前的卡通图案越发抢眼。

"你就别挑三拣四了,总比穿湿的好!我现在去把你的衣服用吹风机吹干。"

"已经这样了,不着急,先做饭吃吧,很饿了,许诺。"康宇轩很无辜的眼神望着许诺,就像一个一天没吃饭的孩子。

许诺觉得在他面前,经常一些决定就是会无缘无故地改变。于是进到厨房,开始做饭,不过,此人不是来学艺的吗?许诺在厨房大叫着:"徒弟,快来打下手,要不怎么学得会?"

康宇轩屁颠屁颠地跑进来,"师傅,你可得认真教我啊!往后我在国外长的可是咱中国人的脸啊!"

"放心,师傅会手把手地教你的!"许诺一边淘米,一边回应他。

"真的手把手?来来来,先手牵一下手?"康宇轩嬉笑着将手伸向许诺的手,许诺干脆利落"啪"的一声打在他的手上,"老实点,严师出高徒!仔细看着,煮饭加多少水合适。"许诺示意康宇轩仔细看水位,如何用手背估量水位,康宇轩立马恢复到老实听话的状态。

饭后,康宇轩照旧洗碗,许诺回到卧室用吹风机给他吹干衣服。衣服虽然没有全湿,但湿的程度也比较厉害。许诺吹得很专注,因为怕总是朝一个地方吹容易高温将衣服烫坏,原来在学校室友就干过这样的傻事,何况许诺看了一下康宇轩的这件T恤，看似普通，实则不是便宜货。许诺自从工作后，自然在同事朋友的熏陶下，也开始对时尚、大牌及奢侈品有了一定的了解。

许诺看到手上的衣服差不多干了，回过神来，眼睛朝客厅望一眼，想看一下那个家伙在干吗。抬头就看到康宇轩正倚在门口，有些出神地看着自己。

"你干吗？犯傻了？站在那儿！"许诺疑惑地问他。

康宇轩似乎猛地回过神来："没有，没有，就是来给师傅汇报，碗我已经洗好了，厨房也收拾过了！"许诺不禁笑了，原来当师傅真的很威风啊！

"徒儿，为师已将衣服缝补好，你穿上试试！"许诺故意学着电视里古装剧的对白对康宇轩来了这么一句。

"有劳师傅了！"康宇轩照着许诺的腔调倒是接得很流利，居然还做了个双手作揖的动作，逗得许诺实在忍不住笑趴在床上。

25　相亲

第二天上班刚进办公室，同事周红就问许诺："昨天来接你的是你男朋友？好帅啊！没听你提起过，保密工作做得好啊！"许诺听得一脸通红，还真不好怎么和别人解释她和康宇轩之间这种有点不同寻常的故事，许诺只好笑了笑，什么也不说。

几天后的一个下午，徐朋打来电话，说他办公室的同事有个表哥在烟草公司工作，没有女朋友，徐朋说立马就想到了许诺，要许诺打扮漂亮点，晚上去相亲。许诺深知家里也很关心自己的个人问题，自己呢，其实也觉得一个人的日子有时候确实孤单枯燥，只是觉得不会轻易对一个男生动心，但人总要走出第一步，于是也爽快答应了。

许诺早早下了班回家换了件衣服，平时从不化妆的她将毕业时买下的化妆品打开，看了一下日期，还在有效期内，虽然不精通化妆，但也做了个薄施粉黛。

一切准备完毕，有敲门声。许诺打开门看到的就是康宇轩，"今天不能教你了，我约了人吃饭，你自己解决吧！"

"师傅，你这么没有职业道德啊，怎么不提早通知我呢？"康宇轩一边说一边打量着许诺，"今天与众不同啊，打扮得这么漂亮，有情况？说吧，干吗去？"许诺知道骗不过他，于是告诉他相亲的事。"我正好没地方吃饭，陪你去，当参谋怎样？"许诺气不打一处来，干脆不理他，径直走出了门，身后康宇轩大叫一声："师傅，如果没我帅就不要勉为其难啊！"许诺听了不禁偷笑，这小子，还真有意思。

相亲的晚餐定在一个高档的饭店，四人，徐朋和徐朋的同事，加上男女主角。对面的男生长得挺高大，皮肤黑黑的，也许是因为单位好吧，处处不忘记显示他的优越感，这让许诺很不舒服。比如对服务员的呼来唤去，比如我们单位如何如何，许诺觉得，这不是一个世界的人。

对方有房有车的条件在许诺眼里就成了显摆，许诺从来就不是物质女孩，家里虽然不是有钱人家，除了从小严格要求，也从没让许诺缺少过什么，所以，许诺觉得，金钱攻势在她这儿是行不通的。但出于礼貌，还是表现得相当淑女。

饭后两位介绍人提出有事先走了，许诺知道是想特别留时间给两人单独相处，男人主动提出去看电影，许诺实在不想去，和不对胃口的男人单独去看电影，许诺的人生是第一次，不想勉强自己，同时也是对别人的不尊重。许诺找了个相当充分的理由：头痛。拒绝了电影，互留电话之后男人提出送许诺回家，许诺不好再拒绝。

小区门口许诺下车和男人说再见，许诺知道这是再也不见的意思。

许诺在楼下就看到家里灯火通明，她以为是自己出门忘记关灯了，进门才发现康宇轩并没有走，正在客厅看着电视。

"师傅，相亲怎样？回得这么早，看来不太顺利啊！"

"别烦我，怎么还没走呢？"

"我在这儿做了饭呢，单独实践了几道菜，给你留了一些，你试试？"

许诺说："不想吃了！"

"吃吧，你肯定没吃饱，我们班的女生经常在男生面前吃饭就像猫一样，估计你今天也装淑女了吧！"许诺听他这么一说，还真有点饿了，确实因为有些拘谨并没有吃饱。

许诺坐在桌子旁边，吃着康宇轩端上来的菜，觉得虽然不是特别好吃，但也还可以入口，"还不错！"这是许诺中肯的评价。

"许诺，和你说件严肃的事。"康宇轩坐在许诺的对面。

"什么事？"许诺好奇地抬起头，这小子从没严肃过啊。

"我觉得吧，你呢，总是去相亲就要扮可爱装淑女，我呢，也懒得对别的女生献殷勤，干脆我们试试？"

许诺差点被一口饭噎着，"今天不是愚人节啊！"

"我是说真的。"康宇轩一脸真诚，眼睛放亮，但脸色微红。

"送你四个字，天方夜谭。"许诺白了他一眼。

康宇轩继续说："我快二十岁了，很正经和你说的啊！"

许诺觉得好笑，"我都二十三了，达到法定晚婚年龄了。"

"那又怎样？"康宇轩反问。

"我都是晚婚年龄了，而你连结婚的资格都没有，你觉得我们之间有可能吗？第一，我比你大；第二，我从没这么想过；第三，我们相隔天远地远的，没有未来。"许诺连珠炮似的说出了三大理由。

"你没比我大多少，说到社会经验我也不比你少，你没想过的话从现在起可以好好想一下，这两年来，只有和你在一起我才感觉很温暖很舒服。虽然我们现在确实不能在一起，但我毕业后就回国，并且我争取提早毕业，很快就会过去的。或者我过两年回来和你结婚？"

"你快走吧，你这个疯子，以后别再出现了。"许诺将康宇轩推出了家门。许诺只能苦笑，这个家伙是疯了吗？突然说这样的话。

26　表白

接下来的三天，没有任何康宇轩的消息，许诺照常上下班。偶尔许诺还是会想起康宇轩的疯话。这个家伙说了这疯话就玩消失了，许诺想他是因为自己说了要他不要再出现，他觉得不好意思再见面呢还是根本就是一戏言，所以自顾自地玩去了？

许诺心里隐隐有些不安。许诺倒希望是后者，至少，再见还能是朋友。想想许诺其实也没什么朋友，除了上学时几个走得近的同学，像康宇轩这种虽然从没当他是朋友却总感觉就在身边。应该算是一种什么感情呢？许诺想如果他比她大，成熟稳重，又在同一个城市，是不是也可以考虑作为交往的对象？许诺想答案是肯定的，因为两个人在一起确实很舒服。不用做作，也无须伪装。爱情是什么？不一定非得电光石火，细水长流应该更温暖。

然而，偏偏他就是比她小，而且还相隔天涯，未来是怎样估计连他自己都没有把握，没定性的小孩子，这也太不靠谱了。

星期天许诺在家看书，准备职称考试。有人敲门，是康宇轩。许诺打开门仔细瞧了一下他的表情，一脸坦然。

许诺有点没好气地说："来干吗？"

"星期天没什么事，到处逛下啊！别老待在房子里。"

"不是说要你不要再来了吗？"

"你不要我来我就不来了？我可没地方吃饭的。再说，我随口和你说说的事，你就吓成这样，我收回不就行了。"果然是随便说的，原来只是逗自己乐的，许诺心里骂开了，死小子。心里也就坦然了。

"陪我去逛下街吧，我一表妹考了学，硬是要我送个礼物给她。"许诺想出去走走也行，立马答应了，起身就说："走吧！"

"女人出门不是都要打扮一下的吗？你就这样出去？"康宇轩从上到下打量了一下许诺。

许诺上下审视了一下自己，"有什么问题吗？又不是约会，难不成还要刻意打扮一番？"

"你这是对我的不尊重，快点，姑奶奶，我还真怕你会穿着拖鞋出门，我在楼下等你。"康宇轩先出去并关上了门，许诺想了想，自己这一身是随意了点，逛下菜市场还行，于是还是换了条裙子出门。

楼下大门口，许诺看到康宇轩在接电话，对电话那头的人说："今天有很重要的事，过两天我再给你送过去吧！"

挂了电话，许诺随口问："谁啊？"

"一同学，就是和我一起出国的。"

"哦？是那个女生吧！对了，你们有没有……嗯？"

"别胡说了，八竿子打不到的。她找我借一本书而已。"

"原来关系还是挺密切的嘛！"

"我叫你许八卦好吧，不是这么一回事。"康宇轩脸红脖子粗地解释着。许诺哈哈大笑，第一次看到他面红耳赤挺着急的样子。

"有照片没，我帮你参谋一下？"许诺继续她八卦的特性。

"说了没有这回事，再说和你绝交了。"康宇轩变了脸色，许诺第一次看到他这种表情，知道他是真生气了，于是不再言语。

为了打破沉默，许诺问："你准备送你表妹什么礼物？"

"哪用得着我准备送什么啊，人家早就给我下订单了，要一个手机。连型号都自己选好告诉我了。"

"那就直接去商场手机专柜买就是了。"

两人买了手机，许诺对康宇轩说："这个月的房租我还没存的，去下银行。"康宇轩却对她说："不着急，我亲戚又不等钱用。对了，存折的密码就是你的生日，如果你手头紧的时候，这里面的钱都可以取出来应急的，有钱的时候再还上就可以了。"

许诺问："真的吗？你亲戚人也太好了！"

"是啊，所以你不用急着存。先陪我去趟福利院吧，我回来还没去呢！"

康宇轩不在国内的这一年，许诺虽然很忙，但还是坚持隔几周就去一次福利院，平时也把小健和圆圆的情况告诉康宇轩。

"没有父母疼爱的孩子就是令人心痛。"许诺边走边说。突然转头看了看康宇轩，这也是个在十多岁就没有了妈妈的孩子，心里也随之悸动了一下。许诺想：他也是孤单的，要不然当年也不会为了吃饭有人陪而天天到自己的学校吃食堂。虽然有时候也不失孩子气，但却比同龄人多一些成熟。

康宇轩在国内并没有停留太久。但这些天许诺已习惯每天回家的时候有人买好了菜等着她来下厨，然后有人洗碗。

自从康宇轩说只是开个玩笑之后，再也没有提起这个事，不过，晚饭后，倒是将宅女许诺的生活进行了改变，比如，到江边骑自行车或散步，还有，去看电影。

第一次和康宇轩去看电影的时候，许诺还有点小紧张，因为这是许诺第一次单独和男生看电影。电影院里的情侣档是最多的，看着一对对亲密相拥，许诺有些手足无措，康宇轩却一脸坦然，旁若无人，许诺也慢慢变得轻松大方。从第二次开始，在等康宇轩排队买票的时候，许诺就会跑到另外一边买零食和水，然后两人会合，会心微笑。两人的距离，和亲密无关，却又透着几分亲昵，比情侣远一分，比朋友又近一点。

从此，许诺喜欢上了看电影。

在许诺眼中，康宇轩就像一个伴，一个亲人，温暖而没有负担。有时候许诺想，身边有这么一个伴还真不错。

这次要走的时候康宇轩说："许诺，你会去机场送我吧？"

"我可不想去，你知道吗？我最不喜欢离别的场面。上次我去火车站送我一同学，本来没什么事，可一到那种场合我居然就情绪低落。"

"送我一下，这次，我一个人走，你也帮我提下行李啊，我没少给你出过力。"康宇轩的语调让许诺不忍拒绝。这家伙好像吃定了许诺是心软之人。

许诺自然只能答应，"你的行李都准备好了吗？"

"其实也没什么要准备的，夏天回来，带的也不多，只是给我姨妈带了些东西。"

"你姨妈在美国啊？"

"是啊，没去多久，她原来不在美国，所以没给你说起过。"

许诺送康宇轩到机场，这是许诺第一次到机场。原来只从电视里看过。在此以前，许诺从没有机会来这儿。

一路默默无语，许诺真的最怕的就是离愁别绪。

康宇轩要进安检的时候，突然对许诺说："来一个离别的拥抱吧！"没等许诺反应过来，一双坚实的臂膀就环住了许诺的肩。

"许诺，我上次不是随便说的。我真的对你有一种特别的感觉，我要和你在一起，不要拒绝我，我是认真的。"康宇轩在许诺耳边轻轻地说着，说完在许诺额头上如蜻蜓点水般迅速亲了一下，然后头也不回地快步走向安检。

许诺心里狂跳不已，僵硬着半天才回过神来，此刻某人远远回头向她招手微笑。

康宇轩消失在许诺的视线里，许诺的眼泪不自觉地流下来。额头上轻轻的印记，却如同刻进了心里。

27 水晶之恋

没有康宇轩的日子，许诺又开始了两点一线的生活。波澜不惊。偶尔午夜康宇轩会打来电话。告诉许诺他有时候会自己动手做中国菜，按照许诺教的样子，但就是做不出许诺的味道。许诺只会在电话里呵呵笑。

康宇轩说："好想念和你在一起的日子。有家的温暖。每每想到这些，就是我加倍努力的动力。"许诺听着默默地流泪，其实，没有他的时光，也是流淌得如此缓慢啊。

许诺想不管康宇轩说的是真是假，就让自己的内心跟着感觉走吧。反正天遥地远的。

许诺的生日，收到了康宇轩寄来的礼物——一条水晶手链。后来许诺才知道这是很多女孩子喜欢的大牌。

我和你的爱情
就像水晶
没有负担秘密
干净又透明

这是贺卡上写下的句子，许诺知道这是一首歌的歌词，但康宇轩就这样写着寄过来了。

许诺读到一首诗，其中有几句让她动容：
在一往情深的日子里
谁能说得清
什么是甜什么是苦
只知道确定了就义无反顾

友谊和爱情之间的区别在于：友谊意味着两个人和世界，然而爱情意味着两个人就是世界。在友谊中一加一等于二；在爱情中一加一还是一。许诺知道自己的内心世界，已经朝自己担心的那边严重倾斜。

许诺彻底地思考过了，如果接受康宇轩的感情注定是没有结果的，但和别人恋爱就一定有结果吗？许诺不想违背自己内心的真实，就像这诗句中说的：确定了就义无反顾，输了又何妨，人生最重要的不是结果，而是当下的幸福。流年岁月，谁能预知未来呢？

徐志摩说：一生至少该有一次，为了某个人而忘了自己，不求有结果，不求同行，不求曾经拥有，甚至不求你爱我，只求在我最美的年华里，遇到你。

在许诺最美好的年华里，心存感激，因为康宇轩的出现，而变得不同，温暖幸福。

从许诺戴上手链的那天起，许诺就确定了自己的真心，不拒绝，不强求。

其实和康宇轩的联络，两人之间很少有肉麻的甜言蜜语，倒是少不了相互抬杠、相互鼓励以及一些生活中的笑料，但这些，足以让许诺每天都神采飞扬，工作更有干劲。

隔空的爱恋，准确地说应该是一种准恋爱状态。从来没有过实战经验的许诺，对于这种异地恋兴奋而陌生。

许诺其实在大学的时候就深知很多情侣，毕业后分飞就是因为分隔两地，不是有句话，毕业等于失业加失恋！而更多的例子是，一方出国，铁定结局就是分手。

许诺和康宇轩纯粹是出了国分开了才开始的这段感情，有多少胜算，只有天知道。许诺想：就当是一次心的旅行，不管结果如何。

许诺甚至直接对康宇轩说："你觉得我们会有结果？别人都是一出国就劳燕分飞。"

康宇轩说："你不要想太多，你只要想着，有一个人，天天在盼着和你相见，你就直直地朝我走过来就好。"

"听说外国人挺开放的，有没有漂亮的洋妞对你感兴趣？"许诺半开玩笑半当真地问。

"有啊！"康宇轩回答得非常顺口，倒真不好判断这句话的真实性。"不过，我没仔细看过！"听得许诺直骂他："姓康的，你耍我是吧？"

"许诺，如果你再去相亲，也别怪我到时候给你好看！我了解你的性格，你到现在都认为我们之间像个玩笑。估计你是不会告诉你的同学、朋友你有男朋友的。"

许诺呵呵笑，还真被他猜中了，自己压根不敢告诉别人这种特别的恋爱状态，即便是告诉别人，别人也会觉得这不可能有结果。当然，相亲这种事倒还真有安排，不过，许诺都拒绝了。

许诺心里既甜蜜又忧伤，还有点小烦恼，再次见面，他们之间将会是怎样的场景？

28　爱情滋味

幸福的日子总是过得飞快，又是一年夏天。康宇轩要回来了。许诺这次特别打听了他的航班。

机场，康宇轩出现的一瞬，高大挺拔的身姿加上拽拽的神情，无可挑剔的五官，实在是惹不少女孩注目，许诺在心里问自己："这么帅的男生说喜欢自己，不是做梦吧！妖孽啊！"

这次康宇轩一把紧紧抱住许诺，在许诺耳边轻轻地说："许诺，好想你！"

"嗯。"许诺眼眶一下子湿润了。

"你有没有想我？许诺。"

"讨厌！"许诺对着康宇轩轻轻地揍了一拳，这一刻，所有的一切都可以忽略，自己浑然不觉地在康宇轩面前撒娇。

虽然在心里许诺已幻想过多次两人的再次见面和相处。但许诺感觉自己是个粗线条的人。还有就是许诺骨子里是非常保守的人。在原来暗恋刘奇的时候，许诺就发誓，牵谁的手就和谁过一辈子，这种想法在学校曾被室友笑话她为山顶洞人，但许诺一直是坚持的，这也是许诺决不与男生暧昧、决不拖泥带水的原因。

　　对于和康宇轩的感情，许诺认为是一次意外。于是为了慎重起见，他决定和康宇轩约法三章：

　　一是可以继续一起吃饭一起看电影等，但不能想也不能做乱七八糟出格的事；二是不想让双方家长知道，因为我们现在这个样子肯定不会被上一辈认同，免得让长辈操心；三是一定要遵守以上两条。能做到吗？

　　康宇轩看着许诺严肃地宣布在一旁只想笑，"坚决执行。"

　　"知道我为什么愿意陪你疯一次吗？"

　　"为什么？"

　　"我前段时间看到一本杂志，里面有个女孩子问情感专家：'一个男生对我很好也很喜欢我，我也挺喜欢他，只是年龄比我小点，我应该怎么办？'专家说：'喜欢他就不要放过他。'"

　　康宇轩挑着眉头靠近许诺，"所以，你也决定不放过我？"许诺吓得赶紧闪开。

　　"许诺，这次，我就是回来和你结婚的。我已经达到法定结婚年龄了。结了婚，你就不会和我约法三章了吧。"

　　"你疯了吧？你还要在国外继续读书，结什么婚。"

　　"不行，我要履行我的承诺，和你结婚，让你放心。再说，结了婚，你也可以有理由到国外和我一起啊，陪读，好不好？"

　　"不要，你现在都还靠家里人负担，我自己能养活自己，我不会去什么陪读，我就想好好工作，等你回来，好吗？"

　　两人在结婚问题上没有达成共识。两个人的相处，和以前也并没有太多的不同。许诺想，这是不是约法三章起的作用？或者，就像现在流行的一句话：太熟，不好意思下手？不管怎样，许诺觉得，在自己能控制的范围内发展，挺好。

　　这段时间许诺的工作特别忙，因为公司想引进风险投资，财务上有许多工作要做，许诺只好把一些工作带回家做。

　　康宇轩说："我反正没什么事，可以帮你忙啊，比如打打字啊、做做表格什么的。"许诺觉得有一帮手真不错，康宇轩也挺尽心，连续几天都是帮忙到近十二点才离开。

　　这一晚康宇轩一边起身一边打着哈欠地对许诺说："许诺，你有没想过这么晚我还要独自回家是件很危险的事情啊！"

　　"你一大男生有什么好怕的？"许诺没好气地回了他一句。

　　"我怕被劫色！"康宇轩一边回答，一边还冲许诺眨了眨眼。许诺毫不

48　我只在乎你

犹豫地给了他一拳。"你这不是还有房间,床也有,完全可以让我留宿嘛!"

"想得美!"

"我又不是什么危险人物,日久见人心,你还不了解我?"

康宇轩走后,许诺觉得他说的也有点道理,虽然是男生,太晚回家终归是不安全的。

许诺口头上虽没有应允,中午还是特意到街上去转了一趟,买了一套床单被套,顺便给康宇轩准备了换洗的衣服。

这是许诺第一次给男生买衣服,虽然说像她这种年纪做这种事情应该是最正常不过的,但许诺总有种做贼心虚的感觉。

她也想体会一下,一个女生给男生准备这些东西时的心理,终究,许诺发现原来自己也是个小女人。

许诺根据康宇轩的个子,给他准备了内衣、内裤还有一套睡衣,中午回办公室的时候是快步溜进去的,生怕别的同事看到问起。

爱情的滋味复杂,绝对值得一试二尝三醉。虽然,许诺觉得,自己完全还在试一试的阶段。

或许可以爱很多个人,但只有一个人会让你笑得最灿烂,而这个人就在你的身边,而且他也只为你而笑。

两情相悦,这就是最大的幸福。

29 雷雨夜的初吻

周四许诺依然带了一大叠的工作回家。康宇轩问:"你们老板给你加工资了吗?你这完全没有个人休息时间了。"

许诺笑了笑,"公司的关键时刻,干吗这么现实啊。如果公司真的引进了风投,效益好了,薪水自然会涨的。人不能太现实,总是钻钱眼里啊!"

康宇轩说:"谁请了你谁赚大了。这么大公无私,爱岗敬业。"

"这样吧,我今天还是继续帮你忙,星期六你总可以抽出时间到外面玩玩吧!再说我回来都还没去过福利院的,你总得陪我去一次吧!"

许诺赶忙答应:"行,只要今天完成了,星期六疯玩一天怎么样?"

饭后,康宇轩积极帮许诺工作,许诺还讨好地为他泡上一杯枸杞菊花茶。

不知不觉,许诺完工的时候已过了十二点,外面下起了雨,而且越下越大,雷声滚滚。突然一声巨响,一个炸雷吓得许诺尖叫一声跳起来,本能地跳到了康宇轩身边,结果一个趔趄,正好跌坐在康宇轩的腿上。康宇轩赶紧将许诺抱着。许诺待在他怀里,静呆了几秒,直到雷声过去才觉得不好意思,想要站起来。康宇轩环着她的腰,手臂上加大了力气,紧紧把许诺抱在怀里,然后,许诺感觉到一种温暖的气息向脸部靠拢。

许诺不是傻子，但还是紧张得要命，只会一个劲地闭上眼睛。

温润的嘴唇贴在许诺的唇上，先是试探性地浅尝辄止，许诺身体僵硬，紧张又害怕，还有就是感觉新鲜而期待。这样似乎给了他鼓励，许诺感受到对方的呼吸急促起来，有一种感觉叫铺天盖地，有些无法呼吸，许诺觉得除了眩晕还是眩晕。

不知过了多久，许诺觉得仿佛过了很久。终于被康宇轩放开，两个人面红耳赤。

窗外依然是大雨倾盆，许诺说："要不你今晚就睡这里吧，这么晚了，外面雨实在太大。只是要自己铺下床单。"

"好，这个我在行。你先去洗澡睡觉吧，我自己来就行了。"

许诺洗完澡出来，看到康宇轩已把床铺铺好，于是递给他睡衣，"你也去洗澡睡觉吧。"康宇轩看到许诺手中的睡衣，呵呵傻笑，许诺不好意思地走进了自己的房间。

外面雷声一个接一个，许诺靠在床头坐着，虽然极疲惫，却无法入睡，只是想到有康宇轩在，也就没这么怕了。

康宇轩洗完澡穿着许诺买的睡衣特意跑到许诺的房间："你看看你选的衣服穿我身上怎么样？"

康宇轩的眼睛在台灯柔和的灯光下显得很亮很亮，表情兴奋得像个孩子。

康宇轩坐在许诺身旁问："是不是害怕，睡不着？"这话说到了许诺心坎里，许诺没作声。

康宇轩轻轻地将许诺拉到自己怀里，拍拍许诺的肩说："安心睡吧，有我陪着呢！"说完还特意理了理许诺的睡裙。许诺吓坏了，声音都有些发抖地说："你别乱来啊！"康宇轩呵呵笑："傻瓜，我怎么会乱来。"

他确实没有再动作，只是轻轻在许诺的额头上亲了亲，然后搂着她。许诺觉得是那样的踏实。

实在是困得不行了，若有若无地听到他在她耳边轻轻说着："许诺，你知道吗？我足球踢到你的那天就觉得你有种不同寻常的气质。那天你很漂亮，穿着连衣裙，当时让我心跳得特别厉害……"许诺渐渐入了梦乡。

第二天，许诺清晨醒来，发现自己一直躺在康宇轩的臂弯里。

"许诺，我们今天去结婚吧，我这次回来就是来完成这件大事的。我希望一诺千金，让你安心。"他轻轻地吻她。

"哪有这么容易结婚的，双方家长都不知情。"

"许诺，我们都是成年人了，完全可以决定自己的事情。答应我，让我觉得自己像个真正的男人，可以给心爱的女人坚实的臂膀和力量。我们结婚，谁都不告诉，就咱俩自己知道，好不好？"他真诚地望着她。

看着这个英俊帅气的男生向她如此表白，许诺的心里既甜蜜又忐忑，不

我只在乎你

过,相爱的人,总是有些不顾一切的,年少时也免不了冲动,以为爱就是一切,甚至觉得他们的爱情,是那么与众不同。许诺鬼使神差地答应了他的要求。在那个炎热的夏天,一个普通的星期五,她和康宇轩竟然去领了结婚证。

她甚至还记得领证出来的时候,大厅里有一面镜子,许诺照了照,对康宇轩说:"未婚进去,已婚出来,你看我有什么变化吗?"

"有什么变化?"他搂着她的肩,冲她狡黠地笑了笑,许诺的脸上顿时飞上红晕。

30　狭路相逢

一晚上,回忆了过往,如电影般清晰闪现,多年以后许诺回想这一晚还是面红心跳,心似狂潮。

许诺在天色将亮的时候终于因疲惫而睡着了。因为失眠,顶着黑眼圈到了单位。许诺知道想太多也没有用,现在重要的是把手上的工作做好。

新人新动作,厂里很快就召开了全体员工大会。大会上,许诺接到了大红的聘书。公司新的领导班子组成,康宇轩并不会常驻这里,虽然他是直接领导,但是因为他在总公司有任职,听说大多时候,他都会在总部而不在这里,许诺觉得轻松了许多。公司的日常管理都是由吴志刚负责。

许诺的办公室从原来的七楼搬到了八楼,原来财务总监的办公室,正好和吴志刚打对门。陈瑶说是总裁的意思,所有的高管都在一层办公,这样便于更好地沟通。许诺搬上去的时候扫了一下隔壁,"总裁办"的门牌让她心里暗自叫苦,怎么这么倒霉,仅一墙之隔。继而想想他反正一般不在,也就是弄间办公室装个样子,心里顿时释然了。

许诺上任的第一件事就是财务制度的健全和发布。原来不是没有财务制度,但很多地方是有制度不执行,原来动不动就找尚方宝剑来压财务人员实施报账,让底下的财务人员也不好办事。另外有些细则制定不够准确,执行起来很难,量化和数字化,这是她第一件要做的事:任何人,都是由制度管理,没有特权可言,她的这一改革,得到了吴志刚的肯定。

接下来的工作基本没有喘息的时间,单位厂房改扩建及换先进的生产线,营销策略的重大变动,产品的重新市场定位和包装设计,作为财务负责人,许诺都脱离不了关系。审核预算、计划、资金的安排、争取银行贷款等等。许诺最头痛的就是银行贷款的问题。

原来单位也贷过款,但金额都不是很大,许诺一般要做的就是提供各项财务报告,跑跑腿,真正的应酬方面基本上都是老板和许诺的上司谈妥的,偶尔许诺也作为办事人员作陪,但也就是坐在餐桌上装笑脸,兴起时向客人敬一杯酒表示礼貌即可,现在,应酬的重任就压在了她肩上,许诺想想就头痛。

"陈瑶，怎么办啊！这是我天生的弱项，这不是赶鸭子上架嘛！"陈瑶还是特别能理解她，也只能安慰说："习惯了就好，学会保护自己又不得罪人吧！"

此次厂房扩建的贷款比想象中容易，原来贷个款不知要跑多少次。被收购后果然是大树底下好乘凉。许诺想肯定是吴志刚功不可没，毕竟他原来在这一块还是有些老关系的。

但吴志刚却告诉许诺，贷款如此顺利，全是康总的关系。许诺不得不重新审视，他，康总，从嬉皮笑脸到现在的冷面老板的历程。

顺利地签了贷款合同，银行的放款速度也十分迅速，让单位急于上马的厂房改造和新生产线迅速起动。

31 特别的缘分

第二天上午陈佳和打来电话，约许诺、徐朋一起吃午餐。许诺早前就说过升职请客的事，因此非常愉快地答应了。陈佳和特意约了一个吃湘菜的新馆子，说是有特别推荐，许诺知道在美食方面，他是绝对的专家。

说起和陈佳和的相见，还颇为戏剧化，还得从许诺申请QQ号码开始。

许诺的QQ号码已用了很多年，上面都有几个太阳了，但除了同学和工作伙伴，没有什么网友。虽然是资深QQ用户，许诺却从没见过网友。与其说是奇迹，不如说是定力，用陈瑶的话说是外面诱惑不够。

但也有一个例外，那就是陈佳和。

许诺是到湘南公司才申请的QQ号码，当初对这种事物还根本不在行的许诺，请信息部的一个男同事申请了一个号。申请完以后，男同事演示着如何找人加好友，顺手就点了一个同城名叫"网事如烟"的人加为了好友，这是许诺唯一主动加的陌生QQ好友，静静地在许诺的QQ里和Q龄同年。

后来许诺也逛过聊天室，知道了那些地方是很直白的某种交流场所，因此，许诺再也不去那里。

许诺最初的时候也通过别人请求，加过陌生人为好友，但人家一打招呼就是"美女，一夜吗？"或者是"美女，视频吗？有相片吗？"之类的。这些人统统被拉黑。平日里偶尔也会响起咳嗽声有人主动要求加，除了工作关系，许诺从不加陌生人。

"网事如烟"却是久经考验，与众不同。这些年如同一个老友，已成为许诺生活中一部分。

白天工作时间，如果在线，会相互打个招呼，偶尔夜深人静的时候，说说各自的工作和生活。开心，或者烦恼，能够有一个人倾诉，总是能排解心里的郁闷。

许诺称他为如烟，许诺清楚记得当年加了他以后自己并没有主动和他聊天。对方主动发来问候："你好！"许诺回答："我不会聊天，是我同事加你的！"对方回了一个微笑的表情。

没有过多的寒暄，工作之余，对方会发给许诺一些好玩或者搞怪的表情，还有就是问一些脑筋急转弯的问题。比如：四个人打麻将，为什么警察带走了五个人？许诺实在想不通的时候，对方会说：笨，麻将是一个人的名字嘛。诸如此类，让许诺情绪低落的时候看到这些也会莞尔一笑。

为此许诺也经常收集一些同事们在群里发的搞笑表情，相互交换，还有，许诺也特意弄了几本《脑筋急转弯》进行恶补，原来有些东西你找到了诀窍就是一通百通，许诺觉得，高手过招，果然要知己知彼，才有胜算。

许诺一直觉得和如烟的交往是从她特意收集的表情和笑话开始的，而并非聊天。因为最初的聊天你来我往的就是这些内容，并不涉及个人情况。

慢慢地，许诺觉得这个人作为网友并不讨厌，从不问自己年龄，也不像别的网友一样要照片什么的，只是聊聊心情，聊聊工作，还有自己的爱好，以及人生感悟。

渐渐地从聊天中许诺得知对方原来在大学任教，不满足于现状下海经商。经过几年的摸爬滚打，终于做得小有规模。

许诺也会和他说工作上的一些苦恼，甚至是作为母亲的喜怒哀乐，但并没有告诉对方自己是单身妈妈。对方总是作为过来人，对许诺进行开解。许诺没有问过他的年龄，因为对方所表现出的学识和见地，许诺觉得应该是个中年人，并且对方告诉自己虽然在事业上还算一帆风顺，但感情上并不顺利，妻子在他创业最艰难的时候和他离婚去了国外。

许诺觉得他们同是天涯沦落人，只是，她没有告诉对方。

听他讲述他的创业故事，偶尔还会为他出谋划策，提出自己的见解，甚至表现出的是轻松幽默的个性，和一个反正不会碰面的人聊天，自然放得开，无拘无束。

许诺觉得这个人，在她的生活中是很特别的。现实中，他缥缈，而在网络上，却实实在在给你一份温暖和鼓励。

三年前，如烟对许诺说第二天要去外地，如果运气好可以签到一份很重要的合同。许诺祝福他，开玩笑地说："你要是成功了记得第一时间告诉我，我也曾为你出谋划策。"

对方主动向许诺要了手机号码，因为他说第一时间能通知到的就是手机。许诺犹豫了一下，觉得对方不是无聊的人，在网上这些年，是值得信赖的。但还是和对方约定：不通电话，只发消息，坚持一条原则：现实中不和网友来往。

其实在许诺心目中，见网友总和一夜情或者一些桃色事件相联系，报纸网络上这种负面报道很多，因此，许诺觉得自己和这些事是决不会沾边的。

果然，对方也很守约，当天只是短信告诉许诺他签约成功，事业上将会有质的飞跃。许诺真心祝福了他。

从此后，每每节假日，许诺都会收到来自如烟的祝福。仅仅是淡淡的一句祝福，却让许诺感觉到原来总有一个人记得你也会有一种满足感。

许诺将他的号码就设定为如烟。许诺一直要对方称自己为老太太，潜意识里是一种自我保护吧。虽然对方从不相信许诺有多老，但对方告诉许诺说：网上无帅哥美女！

这可能也是他从没有问过许诺到底多大，相貌如何的原因吧。对方在网上打招呼的时候总是：老太太好！许诺回报给他一个微笑。

许诺的生活是平静如水的，如果说有一抹亮色，就是网友如烟吧。因为，他不存在于现实生活中，却让现实生活中的许诺多一份坚强，也多一份生趣。

许诺也曾有过想听听他声音的冲动，但想到这是自己定的游戏规则，决不能违反，有些东西，靠近了，就结束了。

即便是最坚强的人，总需要一个情感的出口，和一个陌生人说起这些，好像更多一份自在。尽管，大家都在同一个城市，但，于千万人之中，即便是擦肩而过，也不会有一刻的回眸。许诺和如烟，就如同两个相互信任、最熟悉的陌生人。

如烟也曾因为要出差，不能去看已订好的演唱会，把票转送给许诺，送票的过程如同地下组织接头：

许诺要如烟将门票放在某商场的存物柜，然后将柜子号码及密码发送给许诺，许诺凭密码打开商场的存物柜取票。

如烟曾笑话许诺的如此坚持等同于迂腐，也曾说其实有些人不一定要永远戴上网友的帽子，当现实中的朋友也未尝不可，许诺很坚持。

许诺说：要让这个坚持成为一个传奇。

如烟说：虽然不可能对老太太感兴趣，但必须尊重老太太的任何决定。

许诺坐在屏幕前捂嘴而笑。

现实中的如烟生意越做越大，也越来越忙，其实在网上碰到的时候已经很少很少，倒是偶尔黄昏或午后的短信问候让许诺感觉到一份异样的温暖。许诺觉得自己骨子里也是有暧昧情结的，不，用现在的话说，这就叫闷骚吧。

32　从网络到现实

然而，这个许诺从不想见面的网友，却实实在在地出现在了她的生活中。缘分，这种东西，就是让你毫无预见性。这事还得从许诺和徐朋合作开设的面包屋说起。

徐朋是许诺的高中同学，因为毕业后大家都在省城工作，所以一直关系密切。重要的是高中的时候两人可没少一起去采购零食溜大街。徐朋是个男孩子性格，所以许诺及一帮好友都叫她朋哥，不知道的听许诺打电话叫朋哥总会以为她和一男人打亲热电话。

　　徐朋想开面包屋的念头由来已久，一直想开一个有特色有个性的面包屋。和许诺说起不知多少次了，门面也看过好多。徐朋有段时间一直在研究面包的做法，没事就天天在家做面包，更重要的是她的弟弟徐友是学西点制作的，高不成低不就的一直没有找到合适的工作，一心想自己创业。徐朋在省城也没什么朋友，老公的态度就是不支持不反对，因此，许诺就成了倾诉对象。

　　不过，以她不断出品的面包来看，许诺觉得很不错，许诺赞美她的语言是：我觉得我愿意投资当股东。徐朋就更有兴趣了。

　　徐朋在街头转悠了三个月，终于看中了一个门面。是在一个高档小区，临街拐角的门面，俗话说金角银边，位置确实不错，加上是一个高档小区，各项设施都很齐全，入住率也已经很高，周边还有几处高档写字楼。唯一的缺点是房租有点高。

　　许诺当时一看就觉得位置确实不错，房租虽有点高但也还在可以接受的范围之内，加上此处门面是房东收回的原始门面出租，不需要出转让费，也省了一大笔，难怪当日徐朋要许诺无论如何要放下手上一切早点来看，好早点定下来。

　　徐朋和她的弟弟都看好，许诺也觉得不错，徐朋说："老许，投资吧？"许诺和徐友从设备到装修合计了一下，算三个人投资的话，许诺还是能拿得出的，只是手头就会很紧了。许诺想好了，大不了刷信用卡。

　　许诺也一直觉得想做点什么投资，一是投入不大但风险较小的，二是收益较快的。既然徐朋这里有这么一项目，投资也不太多，大可参与一下。许诺与徐朋说好了，她不负责日常管理，只做幕后的人，最多就是负责财务，三人分工明确：徐朋负责人员及日常管理，徐友负责生产制作，许诺负责财务核算。

　　经过四十多天的艰苦奋斗，一个叫心语的面包屋终于顺利开张了。

　　许诺和徐朋两人站在温馨的店面里，相视而笑，"许老板？"

　　"徐老板？"两个女人相互打趣笑成一团。

　　店内设有制作区、卖场区还有一般面包店没有的顾客休息区，在这个区域里顾客可以坐着享受美味，喝一杯咖啡或者茶、果汁。另外墙上的书架上还放着不少杂志和书籍，充满小资情调。

　　开业后，心语面包屋就以美味可口和温馨精致赢得了顾客们的口碑，营业额一天天往上升。许诺和徐朋打心底里笑开了花，徐友每天站在店里的制作间也是意气风发。他向许诺夸下海口，争取每周有新的口味上架。

一个星期天，徐朋打电话给许诺，说是一个朋友介绍，想让心语面包为朋友的西餐厅供应西点，这是市内有名的西餐厅，还有好几家分店，徐朋觉得是个很好的商机，要许诺下午一定要到，一起去谈谈合作方案。

当天见面的地点就是在一家名叫左右的西餐厅。老板姓陈，叫陈佳和。四十岁左右，风度儒雅，戴着一副眼镜，很有些书卷气，衣着却时尚讲究。许诺凭第一印象就觉得这是一个值得信赖的生意人。也因为是这样的人，所以才能做出在业界有名的西餐厅吧！

许诺喜欢有书卷气的人，腹有诗书气自华，什么样的老板经营什么样的企业，这可是一点不假。

三人边喝咖啡边交谈，更多的像朋友，谈自己的理念、谈自己的过往以及得失，以诚待人。

在经商方面，陈佳和无疑是徐朋和许诺的前辈，但他更像一个朋友，讲述的过往，笑中带泪。没有谁能随便成功，一路的艰辛在他的眼中都是一个个值得回忆和骄傲的故事。

许诺觉得他是值得尊敬的。对于未来的合作，陈佳和也提出了一些自己的建议，徐朋和许诺觉得非常中肯。陈佳和提出要许诺方拟定一个合作协议。徐朋自然把这种文案工作推给许诺，要许诺负责起草。为了便于沟通，许诺和陈佳和交换电话。

当许诺把对方报的号码输入手机并打给对方时，手机上居然显示：如烟。这一刻对方手机响起，并且对面的男人在第一时间惊讶地望向许诺。四目相对，许诺不得不承认：天下如此之大，天下又是如此之小。

因为有徐朋在，许诺没有表现出过多的惊讶，陈佳和到底是久经沙场的人物，瞬间也保持了镇定。只是边喝咖啡边细细打量，这个平时总自称为老太太的女子，现在就出现在他的面前，不是老太太，而是青春靓丽的女子。

许诺眼中的如烟，比曾在心里设想的形象更加完美。但许诺并不想因为彼此原来就熟悉影响生意上的事情，只是，天意弄人。

许诺谢绝了对方的晚餐邀请而离开，许诺觉得突然和如烟，不，应该说是和陈佳和的相见太过于戏剧化。

分别之后陈佳和发来的第一条短信息是：老太太并不老。

许诺回了一条：网事并不如烟。

自此，陈佳和从网友成为了现实中的朋友，不，应该比普通的朋友更多一份关切。只是，他还是称许诺为老太太。

33　冤家路窄

陈佳和对许诺说因顺路，中午的时候来单位接许诺，因为他约的地方离徐朋家挺近，因此徐朋单独过去。

陈佳和到了楼下打了许诺的电话，许诺立即出门，锁门的时候正好碰上康宇轩也从办公室出来准备离开。

许诺在心里暗想：他怎么也来公司了？真是冤家路窄。出于礼貌，向他点头打了个招呼。对方嘴角倒是扯了一下，面无表情。

只是，电梯里的尴尬不可避免。狭小的空间，鸦雀无声，许诺只能盯着右上角电梯的楼层显示屏，以此来打发显得如此漫长难受的时光。

走出公司大厅，许诺大步走出电梯将康宇轩甩在了后面，陈佳和的车正好在大门口候着。许诺快步走过去，许诺觉得原来有男人殷勤相守是件令人愉快的事情，何况这个男人还彬彬有礼地下车为你打开副驾驶座的车门。

坐定，许诺看到康宇轩走在前面，应该是去停车场开车，但还是回头往后面自己上的这辆车看了几眼。许诺想刚才陈佳和下车接她的一幕他肯定是看到了的，看到又何妨呢？井水不犯河水。

陈佳和推荐的湘菜馆确实不错，席间，许诺对陈佳和说："我曾有段时间就是想开一家米粉店，觉得投资低回本快，并且只做早餐。"

陈佳和哈哈大笑，徐朋在一边说："许诺，我知道你早上是最起不得早的，人家做米粉的都是凌晨四点就得起来熬骨头汤什么的，像你，七点起床，只能给人家做午餐吃了。"

许诺呵呵笑："是的，所以，一直没做嘛，怕耽误大家的早餐。"

许诺又给陈佳和讲起她和徐朋一起去南岳烧香的事。话说徐朋某年在菩萨面前许了愿，但忘记是三千还是三万支香了。于是来到菩萨面前，想记起这个数字。许诺说像你这样的人，绝对想不到万字，肯定是三千。徐朋说就三千。

于是两人跑到庙外买了一堆香，徐朋说："一把把数啊，现在生意人不实在，一把三百肯定不足数。"许诺说怕少了多放一把不就行了，难不成少了不行，多了也不行吗？徐朋说："这必须得心诚才灵，一支支地数。"于是两人在庙外席地而坐，一支支地数，惹得很多行人驻足，问这是做什么？许诺说干脆还在前面摆个盆子，搞不好会有一些人往里面丢钱。

两人一唱一和地讲着故事，引得陈佳和哈哈大笑。

陈佳和说："和你们俩在一起聊天有意思。"眼睛却直直地注视着许诺笑颜如花的脸。"真好，阳光、开朗。"看得许诺有些不好意思飞快收回眼神，低下头。

饭后陈佳和依然送许诺回单位。陈佳和对许诺说："你有没有考虑过个人问题？"许诺说："也不是没想过，但是难啊！一个女人，带着个孩子，孩子是我的命。我独自生活久了，只怕很难一下子适应和另外一个人一起过日子的生活。"

陈佳和笑了笑："人总会有一些经历的。有些事，如果不去尝试，又怎么会知道自己适合哪种生活呢？"

"是的，你说得有理，我要重拾生活的勇气，获得新生！"说完许诺还哈哈笑了两声，陈佳和微笑着说："这才是我印象中的许诺嘛。我会监督你的！不准偷懒，勇往直前。"

34 外地培训

许诺上任之后不久,总公司及下属各公司的财务负责人会议在海南召开。许诺要离开一周，又只能把儿子拜托给陈瑶。

会议为期一周，前三天都是紧张的工作部署会议，每晚回到宾馆，许诺第一件事就是给陈瑶打电话，陈瑶很明白她的心思，都会立马把儿子叫过来听电话。第三天，儿子接电话的时候告诉许诺："妈妈，今天陈奶奶接我放学去了你们单位，我特意去了你办公室所在的楼层，陈阿姨告诉我你搬了新的办公室，可惜门是锁着的，进不去，但我到隔壁康叔叔的办公室玩了一会儿！"许诺以为听错了："你叫陈阿姨听电话！"

陈瑶接过电话，向许诺解释说："是这样的。今天我妈接了孩子就去做理疗，把两孩子放我办公室了，我给多多说你升职了，办公室在楼上。结果我去开了个小会，这家伙坐不住就溜到八楼去看你的新办公室。你办公室不是锁了门吗？他在门口溜达的时候正好碰到康总了，小家伙居然和冷面康总搭上了话，还到他办公室玩了会儿电脑呢。"许诺一听头都要爆炸了。本来就井水不犯河水的两个人，又节外生枝，许诺想也许人家也不清楚是谁的孩子才逗一下的，要是知道是我的孩子，人家估计都懒得理。

开了一天会，许诺在头晕脑涨中睡了过去。

从第四天开始，会议就结束了。接下来就是当地的旅游观光，许诺虽然记挂着家里的儿子，但也已挺久没有出来旅行，正好散散心。只是海南的海风和太阳，几天就晒得许诺成了健康肤色。

许诺到家是星期天，儿子在陈瑶家，当许诺出现在陈瑶家门口时，儿子像小鸟一样扑过来，许诺想，即便是有陈瑶最好的照顾，母子亲情还是不可替代的。

晚上，许诺给儿子洗澡，儿子像倒豆子一般向许诺说着这一周的新鲜事，包括一不小心弄哭了班上的一个女生，原因是他答应给女生讲故事，因为老师拖堂下课时间不够，所以儿子说不讲故事了，而女生就哭了，还跑去告诉了老师。许诺在心里暗自发笑，小女生真有趣。

儿子还说去看了妈妈的办公室，交了个好朋友，许诺问："谁啊？"

"康叔叔！"

许诺想笑："你怎么和他成为朋友的？"

"我到他办公室玩了，这个学期我们英语不是要网上做作业吗？他帮我上了网，还指导我做作业呢！我还听到他用英语和别人打电话，看上去英语棒极了，感觉比我们老师都要好！"

许诺笑了笑说："他本来就在外国待了好几年，当然很棒了！"

"他还告诉我他喜欢足球，我说我也喜欢，我在学校还是后卫呢！所以他说有空带我去踢球。"

"你们聊得还挺多的啊？"

"是啊，我们聊了挺久，后来陈阿姨在外面叫我我才出来的。"

许诺听了觉得又好笑又难过。

"你们就碰到一次吧？"许诺想康宇轩应该不常来这边上班的。

"四次呢，我们碰到一次后，就成了好朋友，他就说要是下了课没地方去就到他办公室玩。从星期二到星期五我放了学都去了，因为陈奶奶这段时间风湿犯了，接了我们后每天都要去做理疗，就把我和娟娟送到陈阿姨这里了，娟娟占了陈阿姨的电脑，我就跑去找康叔叔玩。康叔叔办公室有两台电脑，所以有我的位置。"

许诺在心里吓了一跳，天天去了，这小子。许诺问儿子："康叔叔知道你是谁的孩子吗？"

"知道啊，第一天我在你办公室门外溜达，他就问我找谁，我就说了不找谁，就是来看下我妈妈的新办公室。"许诺一拍脑袋，这姓康的什么意思啊，对我都一副不认识的样子，对孩子倒挺好。许诺也懒得多想，反正已经如此，儿子从小除了和外公相处多一些，大多的时候确实也没有和男性待在一起，书上不是说小学教育要多引进男教师，说明男生还是需要多和男性交往的，才更像男子汉。

顺其自然吧。何况许诺回来以后，反正是要下了班再去接孩子的，也就不会再发生这种事情了。

许诺后来问陈瑶，这康总怎么这几天天天来这边办公室了？陈瑶说："可能是这段时间公司要决策的事情比较多，所以这周每天下午都来了。"许诺还真怕星期一上班碰到他不知说什么好。

儿子临睡前对许诺说："康叔叔告诉我下周都不能陪我玩，他要去国外出差。康叔叔是什么职位？都可以随便去外国，应该很好玩吧？"

许诺觉得一下放心了，明天上班和康宇轩相遇的机会为零，也就不用考虑碰到如何搭讪了。

在外面睡了一周，感觉从没睡踏实过，终于可以无比放松地躺在自己熟悉的床上，温暖而舒适，许诺美美地睡着了。

34 外地培训

35　棘手问题

许诺出差的疲惫刚刚缓过来，公司却出了大事。

公司的基本账号被查封了。

这是公司出纳到银行去办理业务才知道的事情。没有任何征兆的情况下，出了这种大事，作为财务负责人的许诺急得双脚跳。

以前公司从来没有发生过这种事，何况现在是云里雾里搞不清楚状况呢！更令人头痛。这事牵扯的方面太多，一是影响公司业务无法开展，二是对外影响很坏，损害公司形象，三是根本就没有接到任何征兆就被封，不知公司到底出了多大的事。

但事已如此，没有他法，只能兵来将挡，水来土掩。

许诺在第一时间将这个消息告诉了吴志刚，吴志刚本来准备外出见客户也匆匆赶回公司。许诺在办公室踱步，考虑要不要把这个消息告诉康宇轩，但想到他那张冷漠的脸，加上这又正好是自己财务这一块的事，不正好给他一个辫子抓吗？吴志刚才是自己的直接上司，思前想后，许诺决定不和他报告。

许诺想，要说也让吴总去说吧！自己去说，一个电话打过去，弄不好劈头盖脸就是一顿骂，于公，被上司骂也在情理之中，换了任何一个人是老板骂许诺，许诺也觉得情有可原，可现在老板是某人，许诺拉不下面子，搞不好自己管不住自己的嘴，一时冲动顶嘴都有可能，所以，还是避开为妙。

许诺要陈瑶通过他老公或者其他人脉打听一下具体事由，最后终于清楚：有供货单位开给湘南的增值税专用发票出了问题，而对方的办案人员干脆一不做二不休先就申请把湘南的账号封了再说。

临近中午，许诺向吴志刚汇报了整个情况。

吴志刚和许诺讨论了一下，觉得这个案子与公司本身关系不是很大，重要的是配合调查，当然也可能要补交税款，但公司在业务流程上并没有过错。

实际上处理起来却没想的这么简单，封了容易解冻难，即便是你没问题，一个配合办案慢慢调查也足以让企业吃不了兜着走。

不能让办案人员老是拖着，影响公司的日常业务。积极应对，尽快解冻账号，其余的配合工作是后话，肯定要做的。

许诺看到吴志刚向公司的法律顾问和康宇轩打了电话，下午两点召开有关人员的紧急碰头会。

下午，会议室，康宇轩带了他的助理，也是一型男，不过不像何翔般平易近人，果然物以类聚，人以群分，这个助理也是冷冷的，但一副干练模样，这是许诺第一次看到他带的助理。到会的还有公司法律顾问、吴志刚、何翔、许诺，及财务部的相关人员。

许诺首先将事情的来龙去脉讲了一遍，律师具体分析了这个案子最好和最坏的结果。

康宇轩说他上午接到吴志刚的电话后就利用关系了解了全部情况，也联系上了整个案子的关键人物，对方答应明天一定解冻。但财务部的人一定要配合接下来的具体工作，还有就是，以后要加强财务部人员素质培训，避免风险。

许诺只有频频点头的份儿。谁叫出问题的是财务这条线啊。虽然主观上没有错，但客观上确实还是应该多加防范的。

康宇轩飞快地讲完几点后，说了句："解冻后具体的工作流程你们讨论，我就不参与了。"

然后匆匆起身，许诺听到他对助理说了句："去机场。"

许诺觉得这个人有点像空中飞人，因为，大多的时候，他都是来无影去无踪。理论上，很好，避免过多的接触，事实上，许诺内心还是相当认同一件事：他很辛苦。

36 神仙眷侣也分飞

账号果然如期解冻，许诺领导财务部的人员配合来自经侦和税务部门的调查。因为康宇轩方已与相关部门做了些工作，所以这次的事情也很快完满解决。

许诺将税务局最后的结论送到吴志刚办公室,向他汇报此事已完全了结，公司也没有很多损失。

此时正好已到午餐时间，于是两人到公司食堂，边吃边聊。难得的轻松，两人不免拉起了几句家常，毕竟作为老同事还是有旧可叙的。

"许诺你可还是老样子，不，感觉比原来还年轻了，也注意穿着打扮些了，看上去还是小姑娘样的。"吴志刚开了个玩笑，许诺说："没有呢，只是觉得到了这个年纪，也应该让自己过得有个样子，岁月是把杀猪刀，等到老了追悔莫及啊！我自从过了二十五岁，就告诉自己每天都是二十五。对了，我们的师姐应该也还是风采依旧吧，她当年可是学校的校花，多少男生做梦都想着她啊！"

吴志刚苦笑了一下："我们分开了，两年前。"

"啊？"许诺张大了嘴巴觉得不可思议，"吴总，您俩原来可是我们羡慕不已的神仙眷侣啊！"

"清官难断家务事，感情的事，旁人是无法理解的。其实我们很早就出现了问题。你也知道，诗韵这个人是很理想化的。婚姻生活，难免柴米油盐，加上性格上一些分歧，我们经常吵架的。吵完以后她就喜欢冷战，有时甚至出走，慢慢地感情就淡了。加上我去了北京发展，分居两地，再后来又被公司派往海外，这婚姻就已是名存实亡。女孩子，还是要现实点，有梦想是好的，但生活不是电视剧啊。许诺啊，这些年我看你呢，也过得挺不容易的，韶华易逝，你也早做打算，碰到合适的人，就把该办的事办了吧，一个女人带个孩子不容易。"

许诺是第一次听吴志刚说这些。一个四十出头的中年男人，应该是经历了岁月的洗涤，也经历了感情的伤痛，才会这样语重心长吧。

37　一对璧人

一转眼又过去了一周。

中间儿子还问起过许诺："妈妈，你说康叔叔原来答应带我去踢球，还会不会兑现？"许诺说："这个可难说了。"

"难不成康叔叔也喜欢骗人？"许诺看到儿子一本正经的样子暗自好笑，但心里又隐隐发酸，只好对儿子说："康叔叔倒不是骗你，只是因为他工作很忙，所以抽不出时间。"

儿子不再说话，许久自言自语地说："为什么男人们都忙啊！娟娟的爸爸也总是忙，从不带我们玩。"许诺一时语塞。

星期三的下午，许诺办公室的电话响起，是吴志刚，叫许诺一起到康总办公室关于财务方面的事情碰个头。

许诺敲开康宇轩办公室的门时，吴志刚已在里面了，许诺觉得少了一份尴尬，许诺想也许只是自己心里作怪，人家早不把你当回事了，看这一副不认识公事公办的态度就很明显啊。

这是许诺第一次进康宇轩的办公室，平时，有碰头会都在大小会议室。看得出他的办公室风格就是黑白灰，现代而不失庄重，办公室是个套间，从开着的门可以看到里面是一间带卫生间的休息室，摆着一张宽大的床。许诺想：搞这么夸张，还以厂为家吗？

依旧是直来直去的作风，也没有过多的寒暄，主要是对近期公司的财务状况作个了解，还有就是有一个想收购一家原料供应商的案子，如果收购成功，可以为湘南的原料成本下降起关键的作用，听说已在接洽中，要许诺做好出差的准备，主要是去把好财务关，为是否值得收购及收购的价格作参考。

五点，事情正式谈完，吴志刚突然对许诺说："许诺你有驾照没？你是可以配车的，但一直没看到你申请啊！"

许诺说："有，但自从考试后从没摸过，怕当马路杀手，加上平时上下班也并不太远，所以没申请。"许诺的驾照是三年前陈瑶逼着她一起考的，当时许诺觉得自己买车还没影的事，陈瑶说要学会未雨绸缪，就这一点，许诺觉得陈瑶的决策总是对的。

许诺起身准备出办公室门，正好有人敲门，随即就看到一张精致而妩媚的脸，一位高挑而性感的女孩子站在门口莞尔一笑地对康宇轩说："我今天特意来参观你这边的办公室的。"没有任何称呼，说话也很随意，许诺想，应该是特别熟悉的关系。许诺礼貌性地向对方微笑了一下，出了办公室。

许诺收发了几个邮件后就关机准备去学校接儿子。走出办公室正准备锁门的时候，康宇轩的办公室门也打开了。女孩先出门，看到许诺微笑了一下，等到康宇轩出来关上门，一把将手放到康宇轩的臂弯挽着康宇轩，有点撒娇的腔调对康宇轩说："今天晚餐你准备请我到哪儿吃啊？我中午都没怎么吃，饿坏了。"

"就你嘴馋！"许诺看到康宇轩的右手轻轻在女孩子的头上敲了一下。许诺在他们经过的一瞬赶紧贴住了门，闪出一条大道，直到他们拐向电梯才开始抬脚，这时陈瑶从走廊另一头走过来："许诺，看到没，康总和一个女的，真真是一对璧人啊！这女孩子长得真漂亮，高挑性感。"

许诺附和了一声："是啊！"在心里暗暗想：原来男人都喜欢妩媚性感的！

许诺甩甩头，懒得多想，她于他，已是路人甲了吧。

这些年的时光，许诺一直想忘记某人，可某人偏偏又出现在生活中。这些年，某人是否也曾想起过她呢？这些年，他是怎么过的？应该过得很好吧！香车美女，意气风发的样子。

陈瑶还告诉许诺："你知道吗？康总为什么年纪轻轻就身居高位？他是康盛集团董事长的儿子，内定的接班人。不过听说个人能力还是很不错的，在留学期间就帮父亲发展了海外事业。"许诺发现自己原来八卦的个性退化了，好像现在已不太去打听别人的私事，所以，这些事要不是陈瑶告诉她，她根本不会知道，估计也不会去打听，自从办公室搬到楼上来后，和财务部的人都有些距离了。

许诺想以前康宇轩只是说父亲是做生意的，没想到还是做这么大的生意，原来许诺也只是认为他是一个普通生意人的儿子，事多而没法管儿子的父亲。康盛从医药到地产，涉及的行业很多，难怪当年没时间管儿子。

周末的上午，办公室的行政小刘给了许诺一把车钥匙，说是配给许诺的车，虽然是原来财务总监用过的一辆车，但也只有两年的车龄，车况还是很不错的。许诺有些兴奋，但又犯难，怎敢上路啊！

许诺决定星期六或者星期天要找个人烟稀少的地方练练手。许诺想，有了车，接送儿子还是要方便些，特别是刮风下雨的天，有时候儿子被淋湿了，挺心疼的。还有就是，也方便回老家看父母。平时因为带着孩子，总要带着大包小包的衣物等，小孩子出门免不了要备很多物品，挤车十分不方便，所以，许诺回家都少，只是一到寒暑假，就会把儿子送到父母那儿。

虽然父母要照顾年迈的外公外婆不能到省城来帮许诺看孩子，但对这个从小带大直到上小学才放到许诺身边的外孙从来都是牵挂的，只要一放假，就希望许诺送过去，一是想念孩子，二来也是想减轻许诺的负担，让许诺也轻松一下。

38　我就是我，是颜色不一样的烟火

陈瑶一直对许诺的个人问题不遗余力。这次，又介绍了一个，听说是律师，还和几个人一起合伙开了个律师事务所，离异，有一个女儿。

陈瑶对许诺说："在你这个年纪，黄花闺女都不一定找得到没结过婚的，您就将就些，过日子嘛，何况人家经济条件不错，这个很重要，如果找一个什么也没有的，你一天到晚得计算着一分钱做两分钱使，你以为好过？再说这个男的虽然比你大了八岁，但人家只有一个女儿，你呢，是一个儿子，比较好相处。"

许诺没有拒绝，陈瑶反复交代了两人预定的地点，一个西餐厅，"打扮女人点啊！别浪费了你的好身材。"陈瑶不忘记叮嘱许诺。

女人点，呵呵，许诺想笑。自从怀孩子的时候许诺剪下了一头乌黑秀发后，这些年来就没有再留过长头发，一向是短发，显得干练，所以总有人说许诺大气，是不是就是说没有女人味呢？许诺才懒得想这么多。

至于许诺的身材，一直是陈瑶所羡慕嫉妒恨的，陈瑶说她是属于喝水都长胖的体质，所以天天都要想着减肥，基本上没痛快吃过一餐饭，而许诺呢，其实吃得也不少，但这些年一直就保持着少女般的身材，该挺的地方挺，该小的地方小。只是许诺打扮一直都不是属于前卫或者性感的，不是特别熟悉的人，一般不会知道她的身材是玲珑有致的。

许诺穿了一条连衣裙，外面套了个小西装去赴约。这些年，许诺虽然不喜欢花枝招展，但在穿衣打扮上也有了自己的个性和标准。不会买太贵的品牌，但也有自己喜欢的几个品牌，风格简约而时尚。

许诺到西餐厅门口的时候接到了一个电话，许诺猜应该是约会对象打来的，果然，对方说姓何，许诺其实已远远看到一个男人一边走一边打电话，应该就是他。

何继明，对方递上了名片。律师，许诺在心里暗暗想应该是特别会策划的人。

四十岁的男人，何继明就是这个样子，没有显年轻，也没有显老，就是这个年纪的男人的样子，身材保持得不错，没有啤酒肚，头发浓密，没有秃顶，这是许诺最不喜欢的三大硬伤，他都没有。许诺是个挑剔的人，虽然从心底里告诫自己没有太多资格挑剔别人，但听着何继明家乡口音严重的普通

64　我只在乎你

话，许诺一是觉得费力，二是觉得难受。他这种普通话表达怎么为别人辩护？未必要法官去猜？许诺喜欢听的，要么就是纯正的普通话，要么你就干脆说本地方言。但许诺还是努力想不在意对面这个人的语言表达，毕竟这不是最重要的，这和人的语言天赋有关，不能把自己的标准强加于别人。

一餐饭下来，通过双方你来我往的交谈也对对方了解了一些情况，何继明结了账，提议去公园走走。许诺没有拒绝，陈瑶说过，要多给别人机会，同时也是给自己机会嘛。何继明就是这种虽然不能让你一见倾心，但又挑不出哪儿不好的人。积极相处啊！

公园里，晚上灯光朦胧。有不少情侣在花间树下相依相偎。在这种氛围下，许诺感觉到何继明靠自己越来越近。许诺还不习惯有男人如此靠近，下意识地轻轻移开一点。

两人在公园的湖边长椅上坐下，何继明问许诺近期有什么打算，许诺说："没什么远大理想，走一步算一步。"何继明又谈了谈他的女儿，许诺想为了公平原则，她也谈了谈自己的儿子，然后就不知要说些什么了。

走出公园，已是九点，何继明问："我们去哪儿？"

许诺说："有点晚了，回家吧！"

"你家还是我家？"何继明眼睛发亮地问许诺，许诺怔了一下，"各自回家啊！"

"小许，我觉得你也是过来人了，何必装呢！"

"什么意思？"

"我的意思你还不明白，咱们也这么一把年纪了，啥不懂啊！难不成像小年轻还玩纯情的游戏？"

许诺听到这，顿时明白了他的意思，血往头上涌，许诺想如果不是克制，绝对有甩他一巴掌的冲动。"不好意思，我就是我，有我的原则，装也好不装也好，再见。"许诺转身头也不回地迅速离开。

"什么人啊，流氓！"许诺坐上出租车后还在心里暗骂，然后拨通陈瑶电话，因为儿子还寄在她家呢。

陈瑶觉得许诺说话口气不对，于是问："姑奶奶，怎么回事？"

许诺没好气地说："你怎么介绍一流氓啊，第一天就想和女人上床。"陈瑶在电话那头哈哈大笑："许诺啊，你要跟得上形势啊！"

许诺只回了她一句："呸！"

出租车里，正放着张国荣的歌，《我》：
不用闪躲为我喜欢的生活而活
不用粉墨就站在光明的角落
我就是我是颜色不一样的烟火
天空海阔要做最坚强的泡沫

……

许诺是张国荣的粉丝，曾经因为身上仅有的十元买了一盒他的磁带而走五公里的路回家。只是，俊美如他、洒脱如他，却早早地离开了这个很多人喜爱他的世界。

路灯把许诺的身影拉得很长，没有人的陪伴，孤单前行。

我就是我，是颜色不一样的烟火，不必在意别人的眼光，也没有必要随波逐流。

许诺更加坚定自己的内心，绝不勉强自己。

优等的心，不必华丽，但必须坚固。哪里会有人喜欢孤独，不过是不喜欢失望。

许诺坐在小区的长椅上，情绪低落。打开手机，看到有一则短消息，是陈佳和发来的，他其实很少在晚上发来短信：今天喝了点酒，突然想见你。

许诺想，这恐怕也是一个失意之人吧。不知哪来的勇气，许诺拨通了他的电话。

"许诺？"陈佳和的嗓音平和，与平日相比有些哑，应该是喝了酒的缘故。

"怎么了？喝酒了？"许诺问他。

"今天有几个朋友聚会，高兴，喝了一些。现在回家了，突然想起你。你呢，现在在做什么？"

许诺不禁有些神伤，今晚的自己何尝不是伤感的。于是直白地说："今晚相亲了，遇人不淑，生着气回来的。"

"怎么了？相亲？还遇上坏人了？"陈佳和的语调一下子提升了，声音也高出了许多。

"其实也没什么，同事介绍的，只是此人太过流氓，见面就想上床。"许诺也顾不得害羞，直截了当地说出心中的郁闷。

"许诺，与其去相亲，怎么不考虑身边熟悉的人？"

"熟悉的人？"许诺反问一句。

"是啊，熟悉的人。不早了，别气了，你早点休息。听听你的声音我心情好多了，谢谢你许诺。"

"你也早点休息，喝酒不要太多，对身体不好。晚安。"许诺挂了电话。谢什么呢？相互问候，彼此温暖。

39　VIP 客人

许诺的休息日也是排得满满的。

星期六陪儿子在家做作业，自己搞家庭大扫除。星期天下午陪儿子到艺术中心上钢琴声乐课。

儿子从幼儿园开始就学习弹钢琴。当初只是一种巧合，路过琴行的时候儿子表现出极大的兴趣，而且，许诺儿时的梦想其实也是弹钢琴，只是因为种种原因放弃了，多少有点母梦子来偿的味道。不过儿子在这方面挺有天分。

还有心语面包屋就像另一个孩子，自己真金白银投进去，哪有不管的道理。虽然说分了工只做幕后工作，但因为和孩子上课的地方很近，许诺把孩子送到艺术中心后，总要到店里看看。

这天徐朋也在店里，自从店开张以来，生意确实不错，徐朋的工作热情很高，基本上都以店为家了。搞得徐朋的老公都有些意见，不过，会赚钱的女人，哪个男人不喜欢？不，应该说工作着的女人，都是美丽的。

许诺来到店里，和徐朋两人泡了杯咖啡，坐到休闲区，两人讨论着节假日促销方案。

说话间，徐朋目光注视着门口，小声对许诺说："瞧那对俊男美女，明星似的！"

许诺一回头，看到了康宇轩和那个曾在单位挽他手的女孩子。许诺想远远地背对着他们应该可以躲过去，不想打招呼，也懒得解释。徐朋看到两人选购了不少花色的点心，立马迎上去，看来美女老板是想亲自杀一刀。

"帅哥美女，我看到你们不是第一次来了，有没有意向办张会员卡啊，充值以后可以积分也可以打折。"

许诺听到康宇轩说："算了吧，每次还得带张卡跑，麻烦。"

"还可以献爱心啊，我们会把充值金额的1%捐助给山区的孩子。献爱心不要怕麻烦。"徐朋这个爱心妈妈，开个店也不忘记她的那些孩子，这也是许诺觉得很有意义的事情。店里经常会送一些面包到福利院。

女孩开口对康宇轩说："那就办吧，写你的名字啊。"

"请到这边填写您的资料。"徐朋把这两人引到休息区，许诺这下知道躲不过了，只好站起来，向两人打招呼。

徐朋惊讶了："原来是熟人啊！许诺是我们店的合伙人，老板之一，朋友之间正好多支持！"许诺彻底无语。原来投资开面包店并没有和别人说起过，也不太想在还没有成功之前过多对外宣告，这是许诺的性格，不到十拿九稳的事，一般不会说出来。

康宇轩的目光在许诺的脸上稍作停留，并没有发言，只是坐在一边喝着徐朋倒上来的茶。女孩子很快填好了资料，徐朋带他们到收银台办手续，许诺依旧坐在这边，她想有徐朋就足够了，况且自己的角色就是幕后。许诺远远看到了徐朋喜形如色的表情，估计是充了不少的钱吧。

果然，两人走后，徐朋一路哼着歌过来，对许诺说："你猜这两人刚才充了多少钱？"

"一千元？"

"五千。"

"准备把面包当三餐吧，搞这么多？"

"许老板，做生意的人还怕销售额多吗？"

"我把你的这位朋友设定为VVIP，告诉他生日的时候我们店会免费送上生日蛋糕。你猜他怎么说？可以要求许老板亲自送吗？我一口答应了。许诺，你朋友这可算是给足了你面子，你做这点小事不为过吧。何况人家给我们这么大一面子，做好服务是本分啊。"许诺心中暗暗叫苦，这不是没事找事吗？极力想躲开，却总是要有纠葛。

"许诺，这两人应该是金主啊，出手阔绰，刚才我瞄了一眼外面停的车，也不是一般高档货色啊。是你什么朋友？要把业务做深做精啊，这不是你一直说的吗？你还应该再进一步挖掘他们的潜能。"徐朋的生意经是越来越厉害了。

徐朋还说："和陈佳和的合作合同也签了，只是针对西餐厅会设计几款专门的产品，现在徐友正在设计当中，不久应该就可以正式供货了。另外，陈佳和先生似乎对你的个人情况很感兴趣啊！"

许诺已听不进去了，喝掉最后一口咖啡，快速赶往艺术中心接儿子。咖啡怎么这么苦啊，刚才没觉得。

一路上许诺想，按刚才的情形，两人住在附近？这里本来就是富人区，很正常。许诺想以后还是少来的好，免得老是碰上尴尬，也许觉得尴尬的只有她一人，因为那女孩子根本不清楚状况，而康宇轩，冷面郎君，这种没心没肺的男人才不会像女人一样多想呢。可能还巴不得在你面前秀恩爱，谁说男人不小心眼啊。

只是我为什么要害怕呢？你敢秀我就敢看，谁怕谁啊！

40　他的表白

暑假，儿子送回了老家父母那儿。许诺最怕的就是儿子放长假，自己要上班，根本没法管，孩子还小，又不能放他独自一人在家，虽然陈瑶家里有人管，但也不是长久之计。加上一放假，陈瑶的妈妈也带着外孙女回老家小住，这个问题就尤为突出，所以，儿子的假期基本上就是在老家度过的。

不过，儿子很喜欢回老家，因为从小就在那长大，他也有一些好朋友，其实老家的孩子相对于省城的孩子，更为纯朴。儿子不像现在城里有些孩子一样带社会气，这是许诺最欣慰的。走的时候，儿子还专门要许诺准备了几样礼物，很便宜，但都是当下小孩子最喜欢的，比如三国杀啊、小玩具什么的，儿子说要送给好朋友的，许诺暗自发笑：这小家伙这么小情商还挺高啊！

许诺觉得儿子在身边的时候有时候神经绷得紧紧的，挺累，但他不在身边，却倍感孤独。

陈佳和自从知道许诺的孩子送回老家之后，相约殷勤了起来。虽然偶尔他也会叫上徐朋，但更多的时候只是单独约了许诺。

许诺并不抗拒和他的相处，但也清楚男人不会无事献殷勤。所以对于他的邀约能推就推，因为清楚自己心里，并没有作好接受一份感情的准备。

中年的男人，就像一杯陈年的老酒，不烈，但醇厚。

一天晚饭后，陈佳和提议去江边走走。挺热的天，许诺觉得去江边吹吹风也不错。

江边自从市政府进行大力改造后，成为了人们纳凉的胜地，当然，也成了情侣们扎堆的地方。

许诺和陈佳和慢慢地走着，望着江上偶尔来往的船只，许诺有些失神。

"许诺，有些话一直想对你讲，又有些犹豫。"陈佳和打破了沉默。

"什么？有话就讲啊，我是个不喜欢拐弯的人，你知道的。"

"就是因为了解你，才一直没有讲！"陈佳和指了指江边的长椅，正好有一对情侣走开，空了出来。

许诺随他一起在长椅上坐下，"那天晚上听到你说去相亲，还遇人不淑你知道我有多难过吗？"陈佳和语气有些加强，"许诺，你知道吗？我们没见面之前，我一直对你存有好感，虽然并不清楚你是老太太呢还是妙龄女郎。这些年，如果不是面包店的事，估计我们根本不会见面，我清楚你的性格，我怕如果我有进一步的要求，我们连朋友都没得做！"

许诺一下子明白了他的意思，慌乱起来。

"许诺，自从我们相见之后，我对你就有了一种特别的感觉。如果你对我印象也不错，不妨考虑一下我。虽然我年纪比你大一些，我们中年人的情感也不会像毛头小伙一样热情似火，但我想找的就是你这样的，温暖、善良的女子。我想我们都曾受过感情的伤害，你的过去，我不想问，我只想，你的未来，过得平和安宁。"

许诺有些结巴地说："我们一直都是好朋友。但我还真没考虑过这个事，包括对任何人。我想说的是，不管怎样，我是珍惜你这个朋友的。未来如何，我对自己都没有把握。如果某天我们真的能有进一步的发展，我希望是随缘的结果。请给我足够的时间。"

"好，我能理解你。要知道从相识到见面，我们用了七年，再进一步的时间是多长我可真是很期待，但绝不会给你压力。"陈佳和有点小幽默地化解了许诺的紧张。

41 出差（一）

关于收购原料供应厂的案子很快就到了实质性阶段，这天，吴志刚通知许诺周三出差。周二下午许诺收到了去出差的机票,吴志刚告诉许诺第二天十点大家在公司碰头,司机一起送大家到机场。

许诺经过办公室的时候,听到后勤人员正在打电话:"康总,因为我们这边新的财务制度规定如果不是出于特殊时期或者商务招待,公司内部人员出差一律不订头等舱,给您订的机票,希望您不要介意……谢谢!"许诺估计是通知康宇轩飞机时间的,听到这电话,许诺有点想笑,这可是许总监制定的,吴志刚首肯。

许诺就是觉得原来公司在吃喝招待上太过分,开源节流任何时候都不能放松。没想到第一刀就杀在了康宇轩头上,估计此人平时都规格高些吧。

越是忙,啥事都赶着趟来了,早上起床就发现好朋友也来凑热闹了,这个时候出差是真真不方便。许诺拖着有些不适的身体,还是早早来到公司。

十点,许诺和吴志刚、康宇轩一起由公司司机送往机场。

一路吴志刚和康宇轩交谈得较多,围绕着公司及此次出差的目的交谈。许诺觉得不方便发表任何意见,只是看窗外飞快闪过的风景。

吴志刚说:"许诺,不说话啊,平时话不是也挺多的?"

许诺回了一句:"我正听两位领导高见呢,虚心学习。"

吴志刚呵呵笑着,"刚才不作声,一说话就耍贫嘴。"

不久车就到了机场。

工作这些年,许诺每年也都有机会坐飞机外出,每每到机场,总会有一些场面让许诺心绪不平。

机场早在两年前已翻新扩建过了,现在的样子和昔日比更加豪华现代。只是,多年前的一幕幕不断浮现,许诺每每都会眼睛湿润。

这一刻,同行的两个男人走在前面,许诺思量着不能让别人看出异样,所以一个人较慢地走在后面。昔日的男主角近在眼前,他还会记得当年的深情相拥吗?

许诺看着他的背影,依旧挺拔,而且更有了一种男人味,只是,再也不是那个在许诺耳边轻轻说"许诺,我好想你"的大男生了。现在连背影都是冷酷的,许诺在心里暗自形容。找到这个形容词的时候许诺小小兴奋了一下,太配了,能想到这个形容词是要一定天分的。

上了飞机,许诺才知道,三人的机票在同一排,而许诺的位子正好在中间,吴志刚开玩笑地说:"许诺,好福气啊,左右都有护花使者。"

"呵呵,简直是左拥右抱啊!"许诺在他面前是轻松的,也和他玩笑了一句,其实心里暗叫:"真倒霉。"不过许诺很快就找到了和吴志刚换位的理由,"两位领导坐里面,我坐外面给你们端茶递水的也方便些。"这个理由太充分,吴志刚没有拒绝,于是,他坐到了中间,许诺坐在靠走道的位置。

飞机起飞,许诺打定主意是一睡到底的,因为她每月好朋友来的时候,

70　我只在乎你

特别是来的头两天许诺都是不太舒服的。许诺闭目养神,听到吴志刚和康宇轩两人在讨论着一些事情,渐渐的什么也听不到睡着了。

许诺是被冷醒的,因为是夏天,许诺穿的是短袖短裙,飞机上的空调实在太厉害。于是许诺向空姐要了条薄毯继续睡,但许诺知道自己已经着凉了,偏头痛的老毛病又犯了。

下了飞机,许诺的腿有些发软,对方单位有商务车来接,许诺强打精神,微笑、握手、上车,然后坐在最后一排,靠在座椅上难受地闭上眼睛。

终于到了酒店,三人,每人一间房,都在同一层,只是许诺和康宇轩又打了隔壁。放下行李,就到对方单位去参加碰头会。

会后,许诺的工作很多,海量的财务数据需要查看分析,有电子档,有纸质的。许诺干脆打了一大包,准备带回酒店晚上开工。

晚宴是对方单位招待的,许诺因为偏头痛根本没有什么胃口,这种场合,许诺也就不用太多的应酬喝酒,只是礼貌地端了几次杯,基本上属于舔一舔的状态。半杯红酒端了好几次都没下去多少。许诺坚持着喝了点粥,出门在外不吃东西,更加容易水土不服,抵抗力就会更低,所以许诺强迫自己多吃点。

42 出差(二)

饭后对方还安排了娱乐活动,去娱乐城唱歌。虽然康宇轩和吴志刚极力推辞,但对方的老总却是个豪放之人,一定要去,要不然就是不给面子。恭敬不如从命,所以大家还是去放松放松。

许诺是真不想去了,可是这个时候不去,不但扫了人家的面子,也会让自己的领导没面子,硬着头皮也得上啊。

席间对方本来是安排了两个三十出头的少妇模样估计是办公室主任之类的人作陪,也许是发现这边的康宇轩居然这么年轻,许诺看到在KTV,对方又加了一名年轻漂亮的女孩子来作陪。

许诺曾觉得自己是个文艺青年,其实许诺平时还真的喜欢唱歌,学生时代室友就曾形容许诺是曲库,原因是不管是流行的还是不流行,都会唱,还记得歌词。想当年,许诺的手抄本都有好几本,还不包括买的歌曲集。这个爱好由来复杂,主要有两个原因:一是许诺在高考后发现刘奇也喜欢玩吉他,许诺就更着迷上了吉他,她认为孩子弹吉他特别帅。一度是十指缠纱啊。二是许诺宅,从学生时代起就不喜交际,就喜欢宅在家中学习、听歌、写东西。有段时间,许诺的业余生活甚至就是给报纸和电台定期写歌评,独到的见解还挺受欢迎。只是后来孩子到了身边,事情多起来,这两件事都尘封了。

只是今天头痛厉害,还真没什么兴致,感冒引起嗓子发哑,说话就感觉有点痒想咳嗽。加上有吴、康两位领导在,对方也就是想要他们两位玩得尽兴的。许诺想正好可以低调地坐一旁养养神。

对方安排的女性陪同人员应该是资深接待,唱功不错,开始就唱了几首暖了场子,接下来就开始邀请吴、康唱了,从独唱到对唱,气氛很融洽。

许诺知道康宇轩唱歌是唱得很好的,原来他母亲在的时候,每周都会陪他去上钢琴、声乐方面的课。许诺曾经每晚领教康宇轩在厨房洗碗时的放声歌唱。因为有这样的底子,康宇轩一开口唱就让几位女士安静了下来。

后来也邀请许诺献唱,许诺委婉拒绝,指了指自己的嗓子,还有头痛,确实不能唱,就让我当个好粉丝吧。

大家也不勉强,许诺窝在一旁,养一下神也好,偏头痛实在是让人难受,头动一下就觉得仿佛房顶在动。但敬业如她,每曲终了,闭着眼睛也不忘记鼓掌。

熟悉的音乐响起,许诺不睁眼也知道是邓丽君的歌《我只在乎你》,而接下来许诺闭着眼听到的第二段居然是男声唱起,许诺睁开眼睛,看到的是康宇轩在唱,而那个年轻的女孩手里也握着麦,站在了康宇轩旁边,看来是受邀而唱。

如果没有遇见你,我将会是在哪里
日子过得怎么样,人生是否要珍惜
也许认识某一人,过着平凡的日子
不知道会不会,也有爱情甜如蜜
任时光匆匆流去我只在乎你
心甘情愿感染你的气息
人生几何能够得到知己
失去生命的力量也不可惜
所以我求求你别让我离开你
除了你我不能感到一丝丝情意

两个人唱着,偶尔还对视一下,许诺在心里想:又不是拍戏,扮什么深情款款呢?

43 贴心关心

因为第二天还有许多工作,K歌也结束得挺早。许诺回到宾馆,洗漱之后,虽然头痛,但并无睡意。

许诺索性看带回来的财务资料。房间的电话突然响起。

许诺接起电话："喂？"

"许诺。"许诺听出来是康宇轩的声音。

"你睡了吗？"

"还没呢，康总有事吗？"

"哦，那你开下门。"

许诺挂上电话不到一分钟，门就敲响了。康宇轩站在门口，也没有多问，走了进来，手上拿着一盒药。"看到你应该是感冒了，我正好备了一盒在旅行箱里，你吃两颗吧，这次来工作量挺大，病倒了可没法完成！"许诺想果然有老板风范，把牛侍候好了，才有力耕地。

康宇轩看到许诺摆放一床的资料，问："在加晚班？"随手拿起一份资料想看看，许诺正准备去倒水吃药，却发现刚才洗澡时拿出来的一包卫生巾随意放在了资料下面。资料被拿起，这玩意儿正好大大地露了一回脸。

许诺觉得挺不好意思的，可康宇轩并没有任何表情，挺认真地翻阅了一下资料，又放回了原处。许诺想，这也没什么大不了的，他这么一大男人啥没见过？何况是你自己找上门来的。"身体不舒服早点休息吧！注意安全，记得把门反锁上。"康宇轩头也不回地走出了房间并关上了门。

许诺吃了药，继续看资料，不久感觉药劲上来了，只想睡觉，迷迷糊糊睡着了。

许诺醒来的时候，已是八点多，许诺暗想："遭了，睡过头了。"手机里有一条短信，是吴志刚发的："我和康总去对方新的基地看现场，你就留在宾馆看资料吧！"许诺下到了餐厅吃了点早点，就到房间认真看资料。中午吴志刚又打来电话，说是不回来，要许诺自行解决午餐。许诺看到外面白花花的太阳，加上身体也不舒服，正好懒得出门，直接打了客房服务电话，订了餐。

傍晚的时候康宇轩和吴志刚都回来了，用吴志刚的话说，推了对方的招待，只是想自己人一起安安静静吃个饭，顺便也有一些事情要讨论。

三人合计，到了外地，干脆就去吃当地的特色，在房间闷了一天的许诺自然也来了兴致，立马跑到酒店前台找当地的服务员打听什么地方可以吃到当地的特色菜。

两个男人倒好，坐在酒店大堂的沙发上，跷着二郎腿，一副乐得清闲的样子，坐等许诺探回情报。

幸好许诺在这方面有经验，千万不能去什么旅游指南上的推荐，来自民间的口碑才是真正的好。

许诺用笔记下当地人介绍的地方，对着沙发上两大男人一挥手，出发！怎么一说到吃，许诺就活力十足了呢？其实吃了药，又休整了一天，身体基本上恢复了。

出租车把三人拉到江边的一家饭店，果然不错。夕阳西下，虽然不是秋水共长天一色的情景，但夕阳的余晖，斜斜地洒在江上，微风徐来，也是充满诗情画意。

更重要的是，端上来的美食，完全唤醒了许诺的味蕾，当然，也包括康、吴两人。

44 彼此问候

三人边吃边聊。康、吴两人说了今天去现场考察的情况，许诺也把财务情况简单地作了一下汇报，从现金流到有几笔不正常的罚款，都提出了自己的看法。康、吴两人对今天的收获甚是满意，于是两个男人同时想到了小饮一杯。吴志刚还特意问许诺要不要也来点，康宇轩说："我们男人喝喝就行了，假如喝醉还可以留一个清醒的。"许诺正愁找不到不喝的理由，这句话让许诺下了台。

一杯酒下去，大家似乎都放松起来。吴志刚说："康总，认识你也有一年多了，以前总是在会议桌或者应酬席上碰到，像今天这样放松可是第一次。"

"是啊，今天我们就随意点，无拘无束，按理我比你小，就称你一声吴大哥吧！这段时间你也确实辛苦了，接手这样一大摊子。"

"兄弟，像你这样的位子也是一天到晚忙得很，我看你倒是精力很充沛呢，到底是年轻。兄弟，结婚了吗？"吴志刚问康宇轩，许诺本来是看着他们俩的，听到这个问题，不知怎的立马低下头，心里突然紧张起来，心跳得很厉害，这其实也是自己想知道的啊！

"还没有！"康宇轩喝了口酒答道，许诺突然有种如释重负的感觉。

"你家老爷子应该也想早点看到你开枝散叶啊！"

"他比较开明，虽然也会过问，但并没有催得紧。"

"估计你也不好找，一是可能要关系到家族联姻，或者要考虑公众形象，也没那么容易呢！有女朋友了吗？"

"这些倒不是重要的，重要的是合得来。"许诺听着这没有直接回答的话，倒是摸不准是否有女朋友，没有正面回答啊，不过，许诺想到上次亲密挽手的女孩子，应该是有的。

"你呢？"康宇轩问吴志刚。

"我现在可是孤家寡人一个，离婚后也想过再找，但是难啊！现在的女人都现实了，难得找到一个真正关心自己又各方面都合拍的人呢！"

许诺听着两个男人闲散地喝着聊着。卸下面具，所有的人都只分两种：男人和女人，各自有各自的愁和苦，与平时的叱咤风云无关。

吴志刚一转头又对许诺说："认识你也这么多年了，现在还是一个人，带个孩子，多不容易啊！"

许诺低头苦笑："这可能是命吧！"接下来三人都沉默了。

吴志刚的电话铃响打破了沉默。吴志刚接完电话对康宇轩和许诺说："我有个大学同学在这个城市，正好和这家单位有些业务往来，应该能提供些有用的信息，我等下就去会会他，刚才就是他打来约我碰面的电话，我就先行一步了。"

吴志刚的离开，打破了平衡，许诺觉得有些不自在了。许诺想起身去买单，毕竟对方是自己上司，按理应该由下属处理这种事，但康宇轩已起身去买了单，两人走出饭店。

出门就是江边，虽是夏夜，但凉风习习，还挺舒服的。

康宇轩慢慢往前走，许诺准备去拦车，看到他没有要拦车的意思，也只好先跟着，在江边散步。此时，许诺的手机响了，许诺看了一下，正是老家的电话，知道肯定是儿子想和她通话了。

许诺问儿子吃饭吃得好吗？有没听外婆的话，无非就这些，许诺觉得有趣的是只要和儿子通电话，自己语调就会特别柔和，甚至会学着儿子的声调和他撒撒小娇地说话。

儿子问："妈妈，你是一个人出差吗？"

"不是呢，有三个人。"

"有我认识的吗？不会有陈阿姨吧！"

"陈阿姨没来，有个你认识的叔叔。"

"是康叔叔吧，他还答应我踢球的呢！"

"别老记着踢球的事，大人很忙的。"许诺在电话里亲了一下儿子后收线。

康宇轩在旁边听着，接过话："我是答应过你儿子踢球的，太忙，一直没时间，主要是后来也没有碰到他。"

"你别在意，小孩子，闹着玩的。"许诺随意答了他一句。

"这些年你过得怎么样，许诺？当年死活要离婚，说没有束缚的爱情才更能体现是否是真爱，现在你孩子都有了，我倒想知道什么是真爱。"康宇轩目视前方地问许诺。许诺心里如海浪翻腾。对方漫不经心的一问，让她一时不知怎么回答，最后只简单地回了句："还好！你呢？"

"我也很好！"许诺在心里说：看出来了，你很好。高富帅，香车美女应有尽有。许诺想既然你也就是漠不关心的随便一问，我也没必要作过多的解释，免得你以为我想纠缠你，于是对康宇轩说："回宾馆吧，我想早点休息。"于是径直去拦车，康宇轩说他想再走走，并没有跟着许诺上车。

45 感觉

许诺回到宾馆洗完澡后，看了会儿电视，准备休息，响起了敲门声。

许诺问:"谁啊?"

"我。"许诺听出是康宇轩,于是打开门。门口的康宇轩脸色发红,浑身酒气,许诺清楚之前离开的时候他并没有喝成这个样子,看来刚才一个人又喝了一些。不等许诺让他进来,他直接闯进来,并关上了房门。

许诺问:"康总,什么事?"对面的人什么也不说,一把抱住许诺,将许诺重重压在床上,许诺想叫,却叫不出来,因为他的唇已很快封住了她的嘴。

良久,康宇轩放开了许诺,缓缓起身,"许诺,我恨你,当年一声不响玩消失,和别的男人生了孩子你就应该幸福啊,为什么现在却过成这样子?我恨你!"许诺还没有回过神来,门啪的一声响,康宇轩已走了出去。

许诺联想到刚才的吻,扑在被子上默默流泪。为什么说我玩消失?这些年我受的苦还不够吗?我需要你的时候你又在哪里呢?明明有女朋友,为什么还这样?

许诺哭累了,终于慢慢睡了过去。

第二天醒来,发现双眼又红又肿。许诺翻看行李,幸好带了副墨镜。

第二天的行程也是原定好的,对方单位约好许诺等人在宾馆早餐后就来接。在餐厅,许诺看到吴志刚和康宇轩已经在吃着了,吴志刚看到许诺一大早戴个墨镜,开玩笑地说:"这是为了摆 pose 呢还是看了不该看的眼睛出了问题?"许诺笑了笑,看到康宇轩公式化地朝她点了一下头,没事人样地在吃着他的早餐。面部并没有什么特别的表情,还是一副冷冷的样子,吴志刚反正是习惯了他这个样子,所以并没有看出有什么不同。许诺其实最不喜欢看他这个样子,多年前喜欢对着她温暖微笑的他,才是她心中永远的风景。

许诺特意坐到了离他较远的凳子上吃早餐。间或和吴志刚交流一两句无关痛痒的话。

接下来的行程很紧张,吴志刚另外还布置了属下做一些市场调查,两天后终于结束,回来的时候就是许诺和吴志刚一起坐飞机,康宇轩因为有另外的工作飞去了别的城市。

飞机上,吴志刚谈起了从湘南出去后的这几年的情况,原来他从湘南出来后就到了康盛,得到了康董事长的赏识,被派到北京和海外,这次因为收购湘南,才把他从海外调了回来。也从吴志刚的口中得知她的师姐也就是他的前妻很早前就和原来大学里曾追过她的一个高干子弟在一起了。只是听说现在也过得并不幸福,因为听说这个男人是个纨绔子弟,并没有想和张诗韵走进婚姻的打算。

许诺对于别人的感情,不想过多地评论,自己在这方面就是个爱无能。

这个夏天注定是让人不得安宁的夏天。许诺觉得自从再次见到康宇轩,自己的生活和情绪完全被打乱,原本想她和他,只是远远的,不会走得更近,各自还是各自的生活,不会有任何交集。

而那晚的情形，却将许诺的思绪完全打乱，陷入困扰。

许诺想这也许就是自己一个人在困扰，别人根本就没当回事，不过就是一次酒后的放纵罢了。男人不是常说女人如衣裳吗？何况是这种别人眼中的高富帅，这些年，也许人家早已变成游戏花丛的风流大少。

一切，在自己当年消失的时候就已经画上了句点，当年也告诫过自己，不怨天，也不尤人。这一夜，就当意外，只有略过。

就像暗处的种子，没有阳光，有时候也能发芽。没有孩子陪伴在身边的许诺觉得夜是漫长的，也是紊乱的。

许诺再一次打开旧日的铁盒，盒子里只有三样东西，这是许诺留下的唯一与康宇轩有关的东西：一个日记本，记录当年心情的日记本；一本存折，当年租房时存钱用的存折，留下的原因只是因为存折上的户名叫康宇轩；还有就是康宇轩送的水晶手链。

翻开日记本，这里记录了自己当年的悲喜及心路历程。也有一些当年因喜欢而摘抄的诗句：

坐在夏天的月光里等你
夏日，即将远去
你在远方向我呢喃
苦了夏
苦了期盼

等你，坐在夏天的月光里
月色擦不去云影
我的心无法宁静

痴心守护
梦中见淫雨迷蒙
何时能见你跋涉的背影？

我向原野的深处走去
进入你的思绪
默默地感受时间的分量
久久地不肯离去

当年，就是这样的一种相思两处闲愁吧。此去经年，合上日记本，剩下的只有一室的清冷。

46　远赴灾区

出差回来没几天，下午上班时间，许诺看到右下角 QQ 上的及时新闻，西南某市地震了。

许诺看到公司的 QQ 群里一下子异常热闹起来。

许诺在内心为他们祈祷，天灾难防，只希望大家都能平安。

震后过了几天，徐朋打来电话，许诺知道她肯定会打电话来的。徐朋是民间义工组织爱心妈妈群里活跃分子，托她的福，许诺每年总也少不了去做义工、捐钱捐物。当然，许诺其实是很喜欢去做这些事情的，不过，和徐朋的主动热忱不同，而许诺，一般是被动相随，只要徐朋一声喊，从不打反口。

果然，徐朋的电话就是：了解到灾区缺医少药，你们厂生产的一些药正是灾区现在紧缺的，有没想过捐献一批？

许诺问："你怎么知道的？"

"有同行在呼吁啊！"

许诺说："我们公司每年都有慈善捐助，但具体方案必须向公司领导请示。"

许诺向吴志刚打了个电话，简单说了一下情况。吴志刚说当然要进行捐赠，公司正在要陈瑶负责赈灾的事情，既然有药品方面的需求，那我们就尽早送过去。

许诺自告奋勇地对主管这个事的陈瑶说："让我负责送过去吧，是我的朋友联系的，我好和对方交接。"

陈瑶说："后勤部的小王负责开车，你就负责和对方交接吧，一来是财务人员，二来，也算是我们公司的领导代表！只是现在对那边具体情况不了解，虽然已过去了几天，但恐怕交通等方面都有影响。"

许诺猎奇的性格在此时又展露无遗，"没关系，我看了网上和电视上的报道，有不少爱心企业都赴灾区了，不用担心。"

其实许诺主动请缨还有另外一个原因，这些天，虽然和康宇轩交集较少，但自从他出现，就已经对许诺的心产生了巨大的冲击，她想走得远远的，去想通一些事情。

现在正是儿子不在身边的假期，没有负担，完全轻松上阵。

公司很快就组织了物资。星期一一大早，满满一车的药品，由小王负责驾驶，许诺押运，向灾区挺进。

许诺早已和当地赈灾组织取得了联系，告诉了对方出发的时间。许诺的心情是复杂的，既为灾区人民祈福，也想忘记一些自己的烦恼。尽管有人劝告许诺要小心，毕竟还是震后不久，道路、设施可能有危险，生活设施也不一定有保障。许诺望着满满一大旅行包的方便面、饼干和水，充满信心。

一路上，小王倒是个能说会道的人，一刻也闲不住，天上地下，无所不谈。许诺也只好和他附和着，许诺知道开长途车容易疲劳，自己一定要在旁边盯着，不让他走神。

沿途的风景不错，许诺却根本没有心思欣赏。

下午，许诺的手机响起，许诺一看，是陈瑶，接通，陈瑶问："到哪儿了，还顺利吗？"

许诺说："还行，就是屁股都坐麻了，因为路途遥远，必须在途中住一晚。不过一路风景不错，就当是散心啊！"

陈瑶说："你倒是散了心，我这个在家里的就挨骂了！"

"怎么了？"许诺问。

"今天下午开例会，康总听说送药品的就是你和小王，发了一通脾气呢！"

"为什么？"

"康总说：'公司的男人都做什么去了？让一个打雷都怕的女人去灾区。'"

"你不会解释一下，是我自己主动要求的啊！"

"哪敢吭声啊！不过，许诺，他怎么知道你怕打雷的事？"

许诺一时语塞，只好说："人家只是打个比方，意思代表是弱女子吧！"

说起打雷，许诺一直都是害怕的，不过，自从做了母亲之后，还有更弱小的需要保护，每每这个时候，许诺都会护着儿子："宝贝，别怕，有妈妈在。"与其是在安慰孩子，实则孩子也是一个伴，给她莫大的能量。让她变得坚强。

陈瑶说："亲爱的，保持联系啊，随时报告情况。姑奶奶，你倒是这么勇往直前地去了，急得老板在办公室打转转呢！"

"没这么夸张吧！"

"反正下午我去他办公室送文件的时候，看到他在窗前踱来踱去。"

"晕，你以为人家是为这个事啊！老板考虑的事情可多了，这种小事他不会放心上的。再说，应该也没什么危险，来之前我还是查了一些消息的。"

"希望如此啊！保重。"

许诺心情久久不能平静，陈瑶说康宇轩在办公室急得团团转倒是没有证实的事情，太虚，但他居然还记得她怕打雷，这可是事实。许诺想，换了任何一个女人前来，估计他也是这种反应吧，他只不过是认为公司不该派女人前往而已。

为了安全起见，傍晚时分，许诺和小王在途中的一个市里找了一间宾馆住下，早早休息，好第二天早上早点赶路，争取傍晚时分赶到目的地。

坐了一天的车还真是浑身胀痛，感觉下肢都有些麻木水肿了。回到房间，洗了澡以后靠在床头，准备随便看下电视就睡觉。

手机响起，许诺一看，陌生来电。许诺疑惑着接通电话："喂，哪位？"

"许诺，是我！"

许诺听出来是康宇轩的声音。许诺并没有存康宇轩的电话，虽然人事部早发了通讯录，但许诺想自己和他并不会有什么需要主动联系的事情，公事的话自然在办公室可以查电话号码。

"你到了哪儿？还好吗？"许诺有些慌乱，但还是很公式化地回答了他的提问，并且告诉他要明天傍晚才能到达。

"注意安全，到了告诉我一声。"

"好！"许诺回答得非常简单，再也找不出接下来要讲的话，对方也什么没讲，但也没挂电话，仿佛双方对峙一般通着电话却保持沉默。还是许诺沉不住气："康总，再见！"匆匆挂断。

许诺发现自己的脸居然有些发烫。不过就是上司对下属的关心而已，别大惊小怪。许诺告诫自己，你本来就是出来散心在思想上彻底和某人划清界线的，别搞得越来越纠结。

躺在床上，许诺想起刚才两人的沉默，明明能够清晰地听到对方的呼吸声，如此熟悉，多年前的感觉重新涌上心头。

只是那时，青春年少，他的笑，足以温暖整个世界，痴痴的，带着傻气做傻事的那种。

当青春的光彩渐渐消逝，干裂的心田，即使撒下再多的种子，终是不可能滋发萌芽的生机。许诺想这些年，自己就是干裂的，即便有一汪清泉，恐怕也难抚平沟壑。

47　报平安

许诺很晚才睡着，早上六点，客房服务就开始了叫早。小王也早早来敲了许诺的门："诺姐，我们早点出发。"于是许诺飞快洗漱过后就和小王到餐厅吃了早餐，出发。

一路奔波，中午过后，就不再是高速，路况越来越差，临近目的地，道路被严重破坏，只是通过简单整修，已恢复畅通。

许诺和当地赈灾办取得了联系。终于，在黄昏的时候，将一车药品顺利交给他们，对方核对之后给许诺开具了收据，财务人员，做事免不了细致一些。

天色已晚，小王想往回走找没受灾的城市住一晚，但考虑到路况很差，晚上并不安全，许诺还是觉得就宿在当地。赈灾组织为他们俩各自安排了帐篷，许诺是和一个电视台的女记者住到了一起。

女记者年纪很轻，许诺了解到她才二十五岁，名字叫蒋卫，一看就是精明能干的人。

两个女人，在狭小的空间里，许诺表面上有时候会有男人般的大大咧咧，实则胆小得很，而蒋卫倒真是见过些风浪的，所以，在这个帐篷里她表现出的是安逸得很。

蒋卫最初一直在用手提电脑写稿，许诺深知新闻的时效性，在一边躺着，并不能入睡，于是就看小说。原来下了一些小说在手机里的。

九点后，蒋卫伸了个懒腰，站起来，说了句："搞定。"冲许诺笑了一下，便开始打电话。

许诺在一旁，不得不把电话的内容全部收于耳底。应该是给男朋友打的电话，说说笑笑，很是缠绵，最后还不忘在手机上亲了一下。许诺听得都有些脸红了。

许诺突然想起康宇轩说过要她到了报个平安的，一忙碌，忘记了。

许诺有些犹豫地拨通了电话，电话铃只响了一声，就有人接听："许诺，你到了吗？"

许诺没想到会这么快接通，有点结巴地说："到……到了！"

"怎么了，说话结结巴巴的。"

"没事，被口水呛了。"许诺觉得自己编理由真的不需要打草稿。

"住哪儿？"

"住帐篷。"

"帐篷？一个人？"

"不是，还有一个女记者。"

"那你注意安全。"

"好。"许诺又没话可说了。许诺觉得可能又会出现可怕的沉默，这次脑袋转得快些，立马说了句"晚安"挂了电话。

旁边的蒋卫眼睛大大地望着许诺打电话，然后问："你男朋友？"

"不是啊，单位领导！"

"不对，如果是单位领导你们关系也不一般，你要相信我的眼光，一看一个准。"

许诺解释了一句说："我们领导是出了名的冷面残酷，所以我打平安电话也显得慌张。要不是此行关系到公司的声誉，才不想打这个电话碰这颗雷。"蒋卫在一边呵呵笑，原来这样。

一夜基本上就是迷迷糊糊的状态，没睡好，第二天清晨小王来找许诺的时候，他说他睡得很好，许诺真是羡慕不已。

两天才到家，到达熟悉的城市已是华灯初上，万家灯火。刚进城许诺就听到小王的妈妈打来电话，问什么时候到家，饭菜都热了一遍了。许诺觉得很温暖，有家真好。虽然自己的父母也是这样疼爱自己，只是眼下，不在一个城市，即使是爱，也只能远远地牵挂。

小王先把许诺送回家才转回去的,许诺干脆在楼下的小饭馆吃了一个蛋炒饭再上楼。

回家第一件事就是好好洗个热水澡。然后洗衣服,看了一会儿韩剧,才准备上床睡觉。人其实有时候累了,但就是睡不着。就如同上班的早上总是睡不醒,而休息的早晨却睡不着一样。

睡觉前,许诺习惯给手机冲电,许诺看到手机上有个未接来电,上面显示着康宇轩,来电时间应该是自己正在洗澡的时候。

许诺想应该是问是否顺利到家了。可现在离来电时间已过去近三小时,并且已快十二点,许诺不想回电吵到别人,考虑到别人也是出于一片关心,于是发了一条短信:"安全到家。"很快有回信,更短:"收到。"只有两个字。

许诺习惯性地按了回复键,打上一行:你多写两个字会死啊!突然意识到现在两人的关系仅仅是上下级关系,并且还是冷漠的上下级关系,许诺立马按删除,可惜要命的是,人一激动手一抖,正好按了发送。许诺狂叫一声,倒在沙发上。许诺想这下可真是捅了马蜂窝,只能听天由命了。很快又有一条短信回复:收到短信。

许诺看着这四个字,哭笑不得。

48 互留电话

假期快结束,儿子也来了省城。星期天,依然是许诺送儿子去艺术中心学钢琴的日子,许诺将儿子送到艺术中心后照例去心语面包屋,它也需要她的管理和呵护。前段时间,她特意给儿子弄了个手机,如果一时半会儿没赶回来,可以方便儿子和她联系,免得他在艺术中心干着急。

等她从面包屋回到艺术中心接儿子的时候,在音乐教室的走廊外,许诺意外看到儿子和康宇轩站在一起,许诺觉得奇了怪了。两人正在打打闹闹的。许诺走近的时候,看到那个曾在公司出现挽着康宇轩手的女孩子走过来。女孩子向儿子打招呼,问康宇轩:"是认识的人吗?"康宇轩说:"是公司同事的孩子。"儿子也在向女孩子打招呼:"Miss Chen。"看来这个女孩子就是这艺术中心的,康宇轩出现在这里也就不奇怪了,接送女朋友上下班嘛。许诺向他们俩点了点头,牵着儿子就下了楼。

回家的路上,儿子对许诺说:"以后我星期六和星期天都可以用这个手机吧?"许诺点头答应,儿子无非是想玩玩手机上的游戏。许诺很严肃地说:"每天只能玩半小时。"儿子很满意地答应了。儿子又说:"今天我和康叔叔交换了电话号码呢!"许诺不置可否地笑了笑,根本没把这事放心上。这不过是大人应付小孩子的伎俩。

"Miss Chen 是谁啊，刚才我看到你叫的那个人？"许诺问儿子。

"她是这个艺术中心的负责人，经常在这儿的，大家都叫她 Miss Chen。我听教我钢琴的李老师说，Miss Chen 是这个艺术中心老板的女儿。"许诺在心里暗想：难怪了，果然是龙配龙，凤配凤，门当户对啊！

许诺的生活是越来越忙了，白天忙单位的事，晚上忙自己的事，但感觉过得特别充实，每天挨着枕头就睡着了，原来，转移注意力真的能让一些心事放下。

许诺每次送儿子上课还是会顺便去下面包屋，就像自己的另一个孩子，时刻想知道他的近况，还有每个月也要按时对店里的收支进行核算。

庆幸的是每月核算出的结果，三个股东都会会心微笑，努力付出总有回报。

许诺没有再在艺术中心碰到康宇轩，不过，儿子说，偶尔他们俩会互传短信，许诺想笑，一个孩子和一个大人能传什么短信呢？

一天晚上趁儿子熟睡，许诺好奇地看了一下儿子的手机，是有短信，差不多每条都是小明的故事，应该说是每一条都是一则笑话：一个叫小明的孩子在不同的时间地点发生的一系列笑话。晕，这就是康宇轩传的短信，许诺想到了两个字：幼稚。儿子的回信就更好笑了：呵呵，收到！或者是：请记得我们的约定，骗人是小狗。毕竟是小孩子，真是单纯得可爱。

这周日许诺将儿子送到艺术中心后又去了心语面包屋。

面包屋里生意不错，但不幸却在此时发生了：一个年轻妈妈带了个不到一岁的宝宝在休息区喝水，但宝宝伸手打翻了营业员才倒过来的一杯热水。顿时，小宝宝腿部娇嫩的皮肤立马就红肿了，孩子不停地哭，这个妈妈急得六神无主。许诺进门的时候正好碰到这一幕，店里的员工都慌了手脚，徐朋和徐友都不在。

许诺见此情景，将小宝宝的腿放到冷水下面去冲，然后叫上一个店员，陪着这对母子往儿童医院赶。

49　有话要说

挂号，开药，一系列事情做下来，许诺觉得自己像是打了一仗。坐在走廊外等在诊室涂药的孩子，才想起儿子应该上完课了。许诺打了个电话给儿子，儿子果然已经下课，问什么时候去接他，许诺说："店里出了点麻烦，一下子过不来，要不你再去琴房练下琴吧！"

儿子却说："康叔叔在这儿呢，他说下午有时间，可以带我去踢足球，但就是怕你不同意。要不你和他说一下吧。"

儿子居然就把电话递给了康宇轩，"我带多多去踢球，你办完事来接他。"

说话干脆，许诺一时也想不出更好的办法，只好应了一句："好。"

这位年轻的妈妈从医生处出来，幸好医生告诉她并不严重，只要按时抹开的药膏就好。

女人不再哭，心情也平静了。从医院出来的路上，她告诉许诺，她一个人带着宝宝在家，丈夫出差了，要晚上才会回，刚才出了这样的事被吓坏了。

虽然店里并不用负责，但事情毕竟是在店里出的，许诺支付了所有的诊治费用，并且派了一名店员陪她回家，要求员工陪到晚上她老公回来。

其实许诺是有过经历的，一个女人带一个孩子，特别是孩子有病的时候，是胆子特别小的，自己太清楚这种感受了。年轻妈妈对许诺很是感激。

许诺送了这对母子到家后，已近黄昏。一下午都没有孩子的音信，也不知这两人怎么过的。

许诺打儿子的电话，通了，儿子说正和康叔叔在吃饭，许诺问在哪儿，儿子说了个饭店的名字，离自己家并不远。许诺说赶过去接他。

进入饭店，许诺看到儿子已经吃完了，和康宇轩两人靠得很近，一起在用平板电脑玩游戏，一个玩，一个在旁边指点，开心得很。看儿子头发的样子就知道下午肯定是出了一场猛汗。

许诺在饭桌边刚坐下，陈佳和打来电话，说自己最近去了趟欧洲，给许诺带了礼物，许诺自然是非常感谢，只好说："无功不受禄，看来我得请你吃个饭才好意思。"陈佳和在电话的那头呵呵笑，说择日不如撞日，今晚如何？

许诺只好告诉他今天没空，要带孩子，只能再约其他的时间，其实陈佳和清楚许诺晚上没有自由的时间，表示理解。

儿子看到许诺的到来既高兴又失落，对康宇轩说："康叔叔，我要回家了。"康宇轩听到了许诺和陈佳和的电话，面无表情地看了一眼许诺，转头问多多："今天玩得开心吗？"

"开心，康叔叔，下次我们再一起玩。再见。"

许诺牵起儿子的手欲离开，康宇轩问："许诺你吃饭了吗？"

许诺说："还没呢！"康宇轩指了指桌上已打好包的几个饭盒对多多说："给你妈提上！"儿子乖乖地提上饭盒和许诺回家。

回到家，许诺第一件事就是给儿子洗澡，小孩子出了汗不及时换衣服是最容易着凉感冒的。

洗澡的时候，儿子很兴奋，说个不停，说下午踢球是如何如何开心，晚餐又是如何如何好吃。还有两人共同玩了《愤怒的小鸟》，许诺发现男孩子和男人在一起果然还是不同的，至少儿子和自己在一起的时候，这些快乐，确实没有。一个从没享受过父爱的孩子，突然能够有一个这样的玩伴，肯定是兴奋的。

"康叔叔说当年一球就把你踢哭了，是不是真的，妈妈？"儿子在床上突然问许诺这个问题，许诺惊吓一跳，"怎么问这个？你怎么知道的？"

"康叔叔说的。他说当年飞起一脚，球打到你，你就坐在地上哭。"

许诺听儿子的描述，自己好像一个弱不惊风的小朋友一样了，直觉得好笑，"别听他吹，骗你的，你妈有这么爱哭吗？"

"有啊，我看到你哭过几次了，有次看电视都哭！"许诺彻底无语，板着脸对儿子说："熄灯、睡觉！"

深夜，许诺呆坐在灯下，仔细地想着，这康宇轩到底什么意思。平时冷冷的，并且有女朋友，出差那天晚上却演了那么一出。想到那晚的情形，许诺不禁脸红。但是另一方面他却对孩子挺好，这也太矛盾了。

许诺前思后想，彻底过一遍这段时间的情形，以她情商，最后得出的结论就是：因为恨你，所以我要报复你，总是在周围制造影响，这些仅仅是为了满足他自己的报复心、虚荣心。因为从他不缺女人就可以看出，他就是以胜利者的姿态来俯视你。

许诺想到这，火气一下子就上来了，恨不得立马就和他说个一清二楚。

第二天直到下午许诺在公司也没看到康宇轩，许诺知道他在公司的时候并不多，于是给他打电话。她想在电话中告诉康宇轩：除了工作上的事，大家井水不犯河水，不要再装好心和儿子接触，不要再有任何别的纠葛，这样对双方都好。

电话接通，对方开口就说："许诺，我在北京，什么事？"这么直接让许诺一下子回不过神，原来出差了，都不在这个城市，许诺赶忙说："没事了，拜拜。"许诺挂了电话，心里暗骂自己："许诺啊许诺看你这点出息啊！"

晚上十一点，许诺正准备睡觉，手机响了，许诺看到是康宇轩的电话，还是接了。"许诺，你白天是不是有什么事？"

"也没什么事，本来想找你谈谈，但看到你出差了就没事了。"

"谈什么？"

"电话里一时也说不清，晚了，休息吧！"许诺觉得自己此时有些词穷。

"我后天回来，我们谈谈！"对方收了线。

50 欠下的解释

康宇轩说约许诺后天谈谈，许诺不免在床上辗转反侧。

谈什么，怎么谈，许诺还真没底，许诺其实觉得也就三两句话就可以说明问题了，但对方似乎很重视，并且，今晚打电话的语气也显得平和，没有了往日的冰冷。

如果对方主动问很多的事情，是要一一说明，还是见招拆招？

许诺心头又乱了。

青春是没有经验和任性的。而许诺在当年青春的日子里，却是任性而倔强的。这些年，慢慢走向成熟，但，骨子里，仍是任性的，只是，理性的任性。

两天后康宇轩果然约许诺到办公室。

"你早两天要和我谈什么事？"康宇轩直接发问。

"其实也没什么，就是想告诉你既然我们已经没有什么瓜葛了，就当个普通同事就是，不要再去逗我儿子，或者他找你也不要答应，免得都各自不自在。"

"谁不自在了，你吗？我可没有！"许诺一听，原来如此，他果然一点没觉得不自在，可能还暗自高兴吧，可以这样像个胜利的施舍者。

许诺大声对他说："康宇轩，别以为你有什么了不起，既然各自有了各自的生活，大家就当什么也没发生过吧！如果你硬是要显示你胜利者的姿态，大不了我不干了走人就是，这样就八竿子打不到了。"

"许诺，你还是自以为是的老样子。当年你说要离婚，我答应了你，你说你会一直等我回来，结果我出国后没几天你一言不发消失得那么彻底，当年你玩闪婚闪离，现在又是这种态度，这些年我以为你多少会有所愧疚，给我一个解释。今天我还满怀希望，以为你是要给我一个合理的解释的，结果你还是一副事不关己、高高在上的样子。你以为我缺女人，要觍着脸来求你吗？"

"知道你背后女人排着队，这不正好吗？井水不犯河水。"

"我对你的孩子好，只是出于关怀一个单亲家庭的孩子，而且是真心喜欢的。再说，孩子是无辜的。当年你莫名消失，我希望你给我一个解释。"

"我需要解释吗？当年倒是你欠我一个解释。还有，你不要接近我的孩子，惹我烦。"许诺觉得话不投机，说完就甩门而出。

许诺对着康宇轩一通脾气之后，觉得气也顺些了。女人嘛，终归小心眼的。许诺想以这种态度对他，要是换了别人，肯定会招来工作上的刁难甚至炒鱿鱼，但以许诺了解的康宇轩，是不会这样做的。只是以他年轻气盛的脾气，冷酷到底是最有可能。酷就酷吧，许诺懒得去考虑更多。白天的工作，加上面包屋，还有儿子的事情，已经足够让她精疲力竭。

许诺自傲的性格，绝不可能低头和康宇轩有交集，而许诺也清楚，今时今日的康宇轩，也早过了单恋一枝花的年纪，而且应该是周边莺莺燕燕不断吧。

其实早些年许诺也曾幻想过某天和康宇轩的相见，也许在街角的咖啡店，或者在落霞满天的江边，他带着温暖的笑容，和你寒暄，即便不再说从前，只是寒暄：许诺，你还好吗？这样就足以令人动容，许诺想想都觉得有泪迷蒙双眼。

只是现实和想象果然差很远很远。

许诺想，我都放下了怨恨，你倒还理直气壮了。凭什么！

51　出卖隐私

正在气头上，许诺的手机响起，是陈佳和的电话。许诺有些莫名的慌乱，还是接通。

"我想见老太太。"电话那头陈佳和迎头就是一句这样的开场白，逗得许诺呵呵笑，原本的紧张感荡然无存。

"今天中午有空吗？你应该来把我带的礼物拿走，顺便请我吃个饭！"陈佳和发出了邀请。于公于私，许诺都觉得不容拒绝，于是欣然前往。

还是在他的西餐厅，不过这次是专门的包厢。

陈佳和依然是风度翩翩，不紧不慢的性格和许诺风风火火的性格有着强烈的反差。

原来彼此都是很熟悉各自的境况的，只是没想过某天会面对面交流。而现在，对方的热情，让许诺不免有些压力。

陈佳和说一直当许诺为红颜知己，只是许诺一直强调自己是老太太，加上陈佳和平时在许诺空间里看到的文字也是比较独到老辣的，所以在心里给许诺定位的也是一个饱经风雨的女子，而第一面看到的却是年轻的女子，看上去比实际年龄还要小一些，当时相当震惊。

陈佳和静静端详许诺，"许诺，你的眼睛特别吸引人，乌黑发亮，透着小孩子的纯真！"看得许诺特别不好意思。

"我后来听你的朋友徐朋说你是位单身母亲，这些年你可从来没提起过。我原来还一直以为你有一个幸福的家庭呢，总是显得挺乐观向上的。"陈佳和问许诺。

第一次，陈佳和这么直接地说出了心里的想法。许诺想，果然是徐朋把自己卖了。

陈佳和一边解释说："你也别怪你朋友，我是和她聊合同细节时偶尔谈起的。"

许诺说："你不要因为咱们相识而把这个带到生意上去，一码归一码。公是公，私是私，好吗？"

"放心，我是个生意人。只是特别的缘分，我不想错过。上次的提议，希望你认真考虑。"许诺从他的镜片后看到了闪闪发亮的光芒。

"知道吗？原来每次和你在网上聊天，就觉得你是个伶牙俐齿、思维活跃的女孩子，见面却发现你更多了一份婉约的气质。"陈佳和对许诺说。

许诺打趣地对陈佳和说："你这是变相地损我现实生活中嘴笨吧！"

陈佳和温厚地对许诺笑着，"平时休息日怎么打发？"陈佳和问许诺。

许诺说:"除了照顾孩子,就是宅在家看书看电视,做家务。"陈佳和哈哈大笑,"这倒不像时下年轻人该有的生活。"

"我平时喜欢锻炼,偶尔爬山,和朋友打打球。"陈佳和告诉许诺。

许诺开玩笑地说:"难怪你身材保持得挺好!你打什么球?"

"羽毛球、网球,你有兴趣吗?"陈佳和问许诺。

许诺其实原来在大学里还拿过系羽毛球冠军的,只是这些年,很少打了,除了偶尔和徐朋打一下。

许诺的羽毛球还得感谢刘奇,当年就是他喜欢放学后留在学校练习打球,许诺也就跟着留在学校,体育老师很喜欢这两个孩子,于是放学后会给他们单独教授开小灶,所以,两人打下了很好的基础。

"听说你羽毛球打得挺好的!"许诺觉得有种被徐朋卖了的感觉。徐朋啊徐朋,我们是卖面包,不是卖个人隐私啊!

陈佳和带给许诺的是一整套Estée Lauder的化妆品,许诺觉得太贵重了,不肯收,陈佳和说:"作为朋友以及合作伙伴,你都应该收下。再说,这玩意儿又不能抹我自己脸上。你如果觉得心里不平衡大不了回赠我礼物就是了,哈哈。"

许诺只好收下。

下午许诺给徐朋打了个电话,徐朋似乎早有准备,对许诺说:"这个陈佳和不错啊,听说你们很早就熟悉了,更可贵的是他对你相当有意思。我帮你看过了,我觉得适当的时候推波助澜是有必要的,女人,终究是要个好归宿啊,你一个人带个孩子容易吗?许诺,好的缘分也不要错过。如果成了记得送双高级皮鞋谢我啊!"

许诺只能苦笑。某些事情,总是不可控地朝前发展,结局如何,没人能预知。

52 绯闻男女

一天上午陈瑶对许诺说:"好久没有逛街了,一起去逛逛,买点衣服吧!休息日要带孩子,干脆中午去。"女人天生就觉得衣柜里少一件衣服,一到换季感觉就是没衣服穿,当然,实际她们从来不会裸奔。

许诺和陈瑶早早在食堂吃了午饭就外出,许诺对陈瑶说:"我还是坐你的车吧,你技术好些!"

"懒就懒呗,还找这么堂皇的理由。"

两人在商场转悠着,商场正好在搞活动,两个女人试来试去,每人从里到外弄了两套,正好也快到下午上班的点了,于是满载而归。

半路陈瑶接到社保局的电话,要她立马赶去核对相关数据,许诺要陈瑶直接去社保局，自己坐车回单位就好。陈瑶将许诺放在一公交站前，无比体贴地说："许总监，一元就可以到公司，绝对符合你的节约原则。"

许诺大骂她贫，很久没坐过公交车的她倒很怀念坐公车的日子，正好有一辆车开来，许诺就跳了上去。

不幸的是，还没到公司那一站，就开始下起了小雨。许诺心里暗认倒霉。下了车，雨却并没有停。没有伞，看到雨势并不大，许诺决定一路狂奔到公司算了，但公交站离公司还是有挺长的一段距离，而让许诺没料到的是雨居然越下越大，从淅淅沥沥，变成了豆大的噼里啪啦。

许诺将新买衣服的袋子抱在胸前，一路狂奔，雨幕，迷蒙了双眼。有一辆车"吱"地停在了她身边。车窗摇下来，许诺看到了那张冷酷而熟悉的脸。

"上车。"车上的人对她喊了句，许诺此时也顾不了太多，拉开车门就坐到了副驾驶座。

"雨中漫步？许总监好兴致。"康宇轩不冷不热地说着。

"还不错，感觉好极了！康总有兴趣也试试？"许诺浑身滴着水却毫不退缩地回了一句。

"这，是为了勾引谁呢？"康宇轩深深瞥了许诺一眼，许诺火气上升，突然低头看了一眼，自己身上的白衬衫被雨淋湿后如同透明，看上去确实让人心生邪念。

许诺只好不作声了，车子已驶入单位大院，康宇轩将车停在大门口，指了后座一件外套说："先借给你用一下，这是我办公室钥匙，到里面洗个澡换件衣服吧。看你手上这一包，应该是有备用衣服的。"

许诺没有多想，披上后座的西装，拿着钥匙冲向电梯，康宇轩则停车去了。

许诺想今天购买的衣服还真是应景，里外淋得透湿，正好有得换。锁在康宇轩的卫生间冲了个热水澡，把全套新装都换上了。

许诺正准备从里面出来，却听到行政总监的声音，应该是在向康宇轩汇报工作，许诺吓得在里面大气不敢出。

终于听到外面有人出去关上门的声音，许诺才偷偷从里面探了个头出来，先望望风。

"干吗？你！鬼鬼祟祟的！"康宇轩问许诺。

"怕被人看到啊！"许诺小声回答。

"怕什么？这有什么好怕的？"康宇轩很疑惑。

"怕传绯闻啊，我这个样子从你办公室里间出来，传点什么绯闻还不得把我一世清白毁了。快点，帮我到门口看有没有人？没人我就可以快步闪到我办公室了。"许诺命令康宇轩。

康宇轩斜了她一眼，竟然很配合地起身去拉开门，然后大声在门口说："没人，你出去吧！"许诺大叫："小声点！"然后一阵风似的逃出来，立马闪进自己办公室。

久久,许诺才平静下来,开始认真工作。

临下班,许诺的办公室门被敲响,随即康宇轩进来,手里提了一个袋子,许诺正纳闷儿他要做什么。此人直接走到她办公桌前将袋子"啪"的一声放下,"这些东西不拿走,放在我的办公室,我才会出绯闻!"许诺记起,自己换下的湿衣服当时全放在浴室不记得带出来了,随即羞得满脸通红。幸好,康宇轩放下袋子转身就出去了。

许诺想到早几天自己还是如何义正词严地对他说井水不犯河水,这下,倒是自己差点犯了他一下了。

许诺不得不重重捶了捶自己的脑袋。

53 巧遇初恋

儿子的钢琴老师力荐儿子去参加本市的一个钢琴比赛,许诺最初让儿子学钢琴并没想过让他成名成家,也从未给过他压力,只不过想陶冶情操,另外也可以有助于小脑的开发。

但作为老师就不会这么想,总是希望有学生出成绩的,所以,既然老师要儿子参赛,也没什么不好,至少可以让他在一段时间内更有压力,练得更勤快,另外,参加比赛,也可以锻炼心理素质,作为男孩子,能抗压很重要。

星期六的比赛在青少年活动中心举行,星期六许诺一大早就送儿子去参加比赛。这是儿子第一次参加比赛。

比赛场景让许诺真正体会到了可怜天下父母心。

远远地就已经大堵车了,许诺只能提早把车停到了附近的一个商场,然后走过去。一路上都是参赛的选手和父母,望子成龙望女成凤的心理期许大同小异。许诺暗自庆幸,幸好儿子学的是钢琴,体积巨大,不用带着乐器跑。许诺看到学古筝的基本上就是一家三口全出动,偌大的一个琴盒,提着赶路不是一般的艰辛。

儿子带着准考证进去了,因为再也不准有家长陪同,许诺站在外面的大厅等候着。

"许诺?真是你啊!"许诺一回头,看到了刘奇,旁边还有他老婆夏静。这些年,虽然同在一个城市,许诺一次也没有碰到过刘奇。自从到过刘奇宿舍,正好看到他的女朋友以后,许诺就再也没想与之有任何交集了。加上之后不久,父母搬家,和外婆外公住到了一起,从此和刘奇家也不再是邻居,因此,即便是回家,也没有碰到的几率。只是偶尔听母亲提起过他生了孩子,并且工作情况不错,在省城都买了好几套房子。

许诺略有些紧张,当年可是一看到他就紧张得不行的,现在虽然还有些紧张，但此紧张已非彼紧张了。

"我来送儿子参加钢琴比赛，你们呢？"

"我们也一样呢，送女儿参加比赛。"许诺一听巧了，两个女人就有了共同的话题，相互聊起了育儿经。

谈话间，许诺知道了刘奇的女儿比自己儿子大半岁。看着两个女人相互聊着，刘奇只是在一旁静静微笑着。

许诺转头问刘奇："早前听我妈说，你现在发展得挺好的，现在都做什么呢？"

"我还在原来单位，做项目负责人。"许诺想这应该是不错的，像他这个年纪，应该算是升得比较快的。

许诺介绍了自己这些年一直在一家药厂做财务。没想到刘奇突然问："你老公呢，从事什么行业？"

许诺一听，很慌乱，刘奇应该是根本不知自己单身妈妈的事。许诺只好支吾着一句带过地说："和我在一个行业的。"

刘奇说："咱们一起长大的，在省城这样的朋友很难得，还是要多走动。我们原来一起玩的王凯和李晓珊几家一直都联系密切，基本上每月都要聚那么一两次。"

许诺连忙点头称是，顺便也问了一下王凯和李晓珊的近况，这几个人可是一起长大的玩伴。

夏静在一旁说："来，相互留下电话，以后方便联系。我们刘奇啊，是个标准的宅男，除了工作就是待在家里，一点也不喜欢交际，就是跟这几个死党联系多点。"夏静在一旁数落着刘奇，许诺心里有一点点刺痛，宅在家里不好吗？陪着老婆孩子，赚得也不少，难不成天天不着家就是成功男人？但也有另一种理解，也许这是这个女人夸奖自家男人的另类方式吧。

刘奇在一旁微笑着，许诺迎着他的目光，突然发现他的头上有了些许白头发。少年白头的人许诺是见过不少的，但刘奇头上的白发却格外醒目。许诺想，本来工作就有压力，也许老婆也不是省油的灯，双重压力才让这个男人过早地生了白发吧，少年的他，并不曾有白发的。转念一想，此人多情，不是有古诗云：多情应笑我，早生华发！

多年前钻心的痛仿佛还在眼前，只是，再次的相遇，才发现年少的爱情，不过是自己追逐着的一个梦。有人说，人的一生，会不断地喜欢着甚至爱上不同的人，只是，大多数的人都只能成为人生路上的风景，只有极少数的让我们驻足、有交集。和刘奇的算是爱情吗？最多算是懵懂的单恋、暗恋吧？许诺想刘奇就是她年少时的梦，梦醒后，一切，了无痕。

不久儿子比赛出来了，居然是和刘奇的女儿一起出来的，看来分到了同一小组。双方打过招呼之后准备离开，刘奇的车就停在少年活动中心的院子里，许诺看到是辆不错的车，心想刘奇过得很不错，这也正是她所希望的。

临别时，夏静说："多联系，有空到我家做客。"许诺答："一定。"

54 租个老公

许诺并没有将和刘奇的偶遇放在心上。这么多年过去了，早就物是人非，何况当初两人之间并没有过任何的感情纠葛。许诺也从不后悔当年自己的处理方式，她总是固执地认为：是你的，终究是你的，不是你的，强求也没有用，何况感情的事，必须是两个人之间的心心相印。既然是落花有意而流水无情，自然就不应该再去牵强。只是当年怯怯的小女生，心里怯怯的情愫，若干年后，也算是寂寞午后的温暖回忆，毕竟，也是有过小小故事的人，虽然这个故事永远埋在心底。

周五中午，许诺接到吴志刚的紧急电话，下午要去某酒店会见来自国外来的考察团。本来人家根本没有时间和湘南公司的人碰面，但经过多方努力，对方终于给湘南机会，可以有两小时的洽谈时间，这为湘南开拓海外市场是一个极好的机会。康总刚从外地回来，要许诺到机场接他然后直接去酒店会议厅，他和营销负责人正好在一起，会先行过去。许诺问："接康总不是有司机吗？"吴志刚说："司机因为老家有人结婚请了两天假，再说，假如合作，少不了财务负责人的参与，你也应该参加。你直接去机场接康总一起去酒店是最佳方案。"

许诺挂了电话，离康宇轩飞机到的时间只有不到两个小时了。虽然对于许诺来讲，这无疑是个苦差事，但公是公，私是私，许诺还是立即起身准备前往机场。

办公室后勤小刘敲响了门，递给许诺一把钥匙："许姐，吴总交代让你开康总的车去接，开会应该用得着。"

许诺被小刘引领着在公司停车场找到了康宇轩的车子。小刘说："许姐，你小心点开，这玩意儿不是一般的贵。"因为康宇轩来公司的时间并不多，许诺其实没有在意过这是他的专用车位。

许诺对车根本不了解，也在这方面没什么兴趣。在她眼中奔驰宝马就是好车，因为这几个标识是她非常熟悉的高档车标，还有就是一般人说人家有钱，就会说，看，人家开大奔的，或者开宝马的。

许诺看到康宇轩的车标不过就是上面有一个字母B，许诺对小刘说："这个总没有比奔驰还贵吧。"小刘轻轻笑了笑："这得看什么样的奔驰了，一般的可以买好几台了。"许诺吓了一跳，她还是个上路不到一年的车手啊，但唯一可以安慰的是，她驾车以来，还没出过什么岔子，许诺总觉得自己是有这方面天分的。

许诺小心翼翼地来到了机场，机场的信息显示准点到达，也就是十分钟后康宇轩就会到达。许诺站在接机口。多年前，也是站在同样的位置，许诺翘首以盼地接康宇轩，那个阳光帅气的少年从里面快步走过来，拥着她，在她耳边轻轻诉说："许诺，我好想你！"许诺的眼睛有些潮湿，不知道他是否还会记得当年的情景啊！

许诺想，今天，迎接她的将又是一脸冷漠吧！上次的不欢而散，他会记仇的吧。许诺远远看到康宇轩从里面走出来，她向他招手，她想叫他，一时间竟找不到合适的称呼，所以，就简单的"嗨"。康宇轩应该也很远就看到许诺了，径直走了过来。脸色倒没有了平时的冷漠，显得十分平和，甚至还向她微笑了一下，虽说是转瞬即逝的，但还是让许诺觉得舒服不少。许诺想作为属下应该去帮康宇轩推皮箱，但被他拒绝了。

终于上了车，许诺又是一番显得较为生疏的开车动作，"你下来，我来开。"康宇轩说话了，声音很柔和。

"没关系，你休息一下吧，才下飞机，应该挺累的。"许诺这句话回答得也挺温柔。

"还是我来吧，我可不想半路出点什么岔子影响今天的会谈。"康宇轩直接下车拉开了驾驶室的门，"其实刚才来的路上就差点出了麻烦，幸好我身手敏捷。"许诺乖乖腾出位置还不忘将自己夸一把。

许诺坐在副驾驶位置，觉得是通体的舒畅，不用紧张驾驶，轻松坐着，好车的效果就是不同。侧目看一下康宇轩，真是讨厌，为什么连开车也显得这么气质不凡呢？许诺暗自叫苦，自己真是有点花痴了，这个人，已与你无关啊！

正在此时，许诺手机响了，当手机上出现"刘奇"二字时，许诺还是小小地慌乱了一下。许诺看了一眼康宇轩，接通了电话。

依然是当年温和的声音，刘奇说本周六晚上，约上了原来老家的几个朋友聚一下。平时他们经常聚会的，因为原来没有许诺的联系方式，所以这一次一定要许诺参加。刘奇说："我们都是家庭聚会，你一定要带老公孩子来。大家一起认识一下。只有你是大家多年未见的。"

许诺脑袋转得飞快，最后终于语气极不肯定地说："我老公不一定有空来的，我带孩子过来吧！"

挂了电话，长嘘一口气，许诺一转头看到康宇轩脸上神秘的微笑。许诺突然想到手机其实是非常漏音的，估计在这安静狭小的空间里，康宇轩应该是听到了全部。许诺顿时脸上发烧。

"我可听说许诺现在是单亲妈妈，什么时候找了老公？"康宇轩幽幽地说。

"要你管啊，八卦，大男人偷听我电话！"

"其实你也不用为难，现在很多单身青年逢年过节都是租个男友或者女友回家应付。你大不了也租一个应付你朋友啊！应该是重要的朋友，看你表情。"康宇轩为许诺出着主意，这回是少有的友好，仿佛多年前与许诺抬杠的他。

"还是康总聪明有办法，我怎么没想到呢！行，听你的，就这么办，去租一个。"

"租也要租一个靠得住并且放得心的。如果你不介意，我倒是不介意借给你用一下。不收你的租金，只要你招待一顿饭。毕竟曾经是你老公，尽管很短暂，但前夫也是夫啊。"

许诺也不示弱："可以啊，不过，不光只借人啊，这车啊什么的全套道具都得借，行吗？"

"成交。"康宇轩说完，又陷入了严肃。

许诺在心里暗骂了一句："变脸真快，变色龙！"看他神情应该是在考虑工作上的事，许诺也懒得理他，安静坐在车上，用手机看网络小说。

55　预演家人

下午和国外考察团的洽谈十分融洽。这些年，许诺的英文还给了老师不少，虽然指导儿子学习还行，但在这个场合基本上处于连猜带蒙，康宇轩自信、严谨的态度让许诺再一次重新审视这个人。流利的英文，大方得体的风度，干净爽朗的声音让对方对他很有好感。他们之间的无障碍交流，让这次会面取得了特别好的效果。他不再是多年前嘻哈的大男生，而是商场上沉稳、果断的斗士。许诺喜欢看他工作时的状态，甚至是着迷的。这是许诺第一次发自内心的赞叹。

因为对方另外有宴请，许诺等人在下午五点结束了会议。吴志刚先行离开，许诺看他走得匆忙的背影都有些怀疑此人是不是也周末约会去了。

"走，到你家吃晚餐去！"康宇轩对许诺说。

许诺吓一跳："你说什么？"

"你不是明天要租用我吗？今天当然得先招待我啊，把我招待好了，我明天自然会表现好。再说，今晚不是正好可以预演一次一家三口的其乐融融吗？"

许诺彻底无语了，原来这家伙来真的啊！刚才以为不过是车上的斗嘴而已，"我还得去接儿子呢！"

"一起去啊，正好我和你儿子有段时间没见了。"

来到学校门口，许诺照例远远看到儿子站在传达室门口。儿子看到康宇轩，居然越过许诺，直接扑向他："康叔叔，你怎么来了？"许诺看到被康宇轩举起笑成一团的两个人，鼻子发酸。

三人又一起去买了菜。许诺问康宇轩："口味没变？"

"没变，你看着办就是！"这倒是让许诺倍感轻松，因为对于他原来的口味，许诺是再熟悉不过的。

康宇轩到了许诺的家，显得无比大方，仿佛根本不是第一次来。也没有到四处观察，接过许诺沏的茶，就和多多在沙发上玩笑着。

许诺到厨房做饭，康宇轩和儿子去了儿子的房间，不知两人在房间里玩闹着什么，两人的笑声不时传出，第一次，这个家这么热闹。许诺的泪水无声地滑落。

吃饭的时候，许诺再一次看到了多年前熟悉的场景，他还是对她的手艺十分肯定。

"多多，平时在学校有人欺侮你吗？"

"没有，因为我很强大！"多多举起他的右手，握着拳头来了个强的姿势，"就是有人老问我爸爸怎么没看到来过。"许诺赶紧低下头装扒饭。

"是这样的，明天，你妈妈要带你去见一个朋友，为了在外人面前有面子，我明天会充当你的爸爸，你说行不？"

"当然行了，咱们挺合得来的，要不，下周我有家长会你也来吧！"

"那你明天要好好表现，别让你妈妈丢脸啊！"

"放心吧，这个我懂！"多多冲着许诺一笑，许诺觉得这小家伙真是鬼精灵。

饭后，许诺正在收拾桌上的碗筷，康宇轩的电话响了，许诺听出对方是女声，好像还挺急促的样子，康宇轩对对方说："你别急，我马上就来！"

挂了电话，康宇轩对许诺说："我明天下午来接你们。"然后匆匆离开。许诺的心里怅然若失，租来的就是租来的，何况还没付租金，品质自然没保障。许诺想能让他这么飞奔而去的应该就是他的女友吧，尽管，他从没提起过这方面的事情。

56　表现不错

星期六下午，康宇轩果然如约前来。穿着很随意的休闲服，许诺觉得这种打扮是很得体的，自己就是穿得比较休闲，因为是朋友间的家庭聚会。

刘奇早就把家庭住址发到了许诺的手机上，因为这个楼盘比较有名，所以很容易就找到了。

刘奇的家是一套顶楼的复式楼，约莫二百多平方，楼上楼下，装修得很有品位。楼上还有一个空中花园，有假山有花花草草，还有一个小鱼池。据说这只是前两年才搬过来，另外还有几套房子出租了。这次聚会的还有另外两个小时候一起长大的朋友：王凯和李晓珊。都是小时候一起到河里捞过鱼虾、一起到山上摘过野果子的。只是因为八年前许诺的离开从此在省城就没再来往。他们忍不住嗔怪了许诺的无故失踪，接下来就相互介绍着各自的家庭情况。他们看上去家庭情况虽然没有刘奇这般，但也是一家人幸福融融的。

四个孩子年龄相差也就两三岁上下，所以，很快他们就玩到了一起，直接到楼上玩他们的游戏去了。

康宇轩表现是大方而得体的。下车的时候还特意从尾箱里提出一个精致的礼盒，说是送给许诺朋友的，许诺其实一直没想好应该带点什么礼物去刘奇家，毕竟是第一次上刘奇家。但心里也总是有些隔阂的，无法定夺。临出门时才最后在心里决定就到他家小区门口去买水果，康宇轩的礼物解决了她的困惑，不管是什么东西，许诺都觉得比她做的决定要好。

相对于刘奇，王凯和李晓珊的老公，这几位男士多少已有点人到中年的味道，康宇轩的年轻帅气让女士们惊呼："许诺，你一直不出来和我们碰头就是怕这年轻帅气的老公被别人抢了吧！"许诺只能笑而不语。

刘奇家的保姆做的饭菜手艺不错，满满一大桌。夏静在周边点着哪几道菜是她亲手做的，要大家多吃点。刘奇立马说："是是是，你最能干了！"逗得大家哈哈笑。

许诺看得出夏静是幸福而以刘奇引以为豪的女人。许诺打心底里高兴：至少说明，我当年的眼光是没有问题的。

席间大家各自扯着家常，问起许诺："你老公在哪儿高就呢？"许诺看到康宇轩欲回答的样子，立马抢过来说："就和我一样，也在医药行业，不过他做销售的，经常出差。"许诺这么抢答的目的有二：一是不想让康宇轩为难；二呢，告诉大家他平时出差，以后如果再有聚会不出席也属正常，因为不可能每次都租吧！

康宇轩听到许诺的回答只是点头微笑配合着，间或给许诺和多多夹着菜，许诺想：怎么装得这么体贴啊，是不是经常做这种事？

晚上九点，大家一起告别。王凯和李晓珊在争着约下次活动的地点到底是谁家，因为原来他们是三家轮着转的，许诺想这下可有问题了，总不能老是只去别人家吧。

大家最后约定到时候再电话联系，这让许诺放心不少。

刘奇两口子一直送大家到电梯口。下到地下车库时，许诺突然想起康宇轩的车，恐怕有些招摇，来的时候忘记考虑这些了。许诺轻声对他说了句："让他们先走！"康宇轩似乎明白了什么，果然礼貌地和他们打着招呼，目送王凯和李晓珊两家先行上车离开。临走，李晓珊摸着多多的头说："这小帅哥长得真像爸爸！"许诺只能报以微笑，康宇轩也同样在微笑。

车上，许诺说："刚才幸好没让他们看到你这车，我听办公室小刘说挺贵的，我下回可不一定能租到这么个道具，所以一定不能让他们看到。"

"未必你下回准备换人？人家怎么看你？"

"晕，总不能每次都租你啊，我得从长计议……"许诺看到儿子坐在车上有些话并不方便说，瞬间打住。

康宇轩对许诺说："刚才你朋友说多多长得像我呢。"

"怎么可能呢，人家也就是一句恭维的话！"许诺立马回答。

"那多多爸爸呢？"

许诺正思忖着该如何回答，多多在后座抢着说："我妈妈说爸爸在国外，挣够了钱就会回来。不过，这些年他都一直没回来！估计是不要我们了。"

"这种男人总是不出现没有责任感不要也罢！"康宇轩皱着眉头说。

"是啊，不要也罢！"许诺附和道。

"其实只要条件令人心动，我不介意经常被租用的。"康宇轩转头看了许诺一眼，许诺将头一撇，切，你就嘚瑟吧！

57 摆正位置

康宇轩将许诺送回小区，多多说："康叔叔，再上去玩会儿吧！"

"不去了，再去，你妈会不高兴了！"一边说一边盯着许诺的脸，许诺干脆扭一边不看他。

许诺的心高气傲康宇轩是知道的，只是当年感情很好，偶尔意见有分歧，大多的时候都是康宇轩嘻哈逗许诺笑而化解。许诺呢，也不是个坚持的人，也会很快给他台阶，所以两人从来没有真正的争吵，基本上就是打情骂俏抬杠之类的情景。

自再次相遇以来，两人工作中的碰面并不是很多，大多的时候许诺是向直接领导吴志刚报告工作。所以，工作中许诺没有觉得有太多的不方便，偶尔的相遇，许诺虽然一直心存芥蒂，但不想把这种情绪带到工作当中来。再者，以她对康宇轩的了解，工作和生活，他分得很清，工作中并没有故意为难她，这已足矣。

这次租用的事情，许诺想就当是一次意外，因为，两个不同世界的人，应该就像两条平行线，这只不过是康宇轩有心血来潮的冲动，或者，只当是学雷锋热心助人吧。

但是，通过这次假扮一家三口，许诺发现康宇轩其实骨子里还是原来的样子。即便是他的冷漠，许诺也并不想与他计较，如今的他，也许习惯对周边的人冷漠严肃。

许诺打心眼里不再排斥他，也不必再多花心思去报复他先前的冷漠。人都是有两面性的。今不同往昔，许诺知道。

以现在各自的生活位置，许诺只想过得平和自在，而康宇轩，也不再是从前那个只想让许诺微笑的少年。他的生活于许诺，已是云泥之别。

许诺是个独立自强的人，心地善良。虽然人聪明，但并不精于算计。在感情上，许诺是被动的，主动向男人示好这种事，于许诺，绝无可能。何况这些年过去了，没有人，会在原地等你，走在一起是缘分，一直在走才是幸福。

对康宇轩，许诺当年也怨恨过，但这些年过来，见多了周遭的分分合合，分手只在一瞬间。自己当年也算是相当固执而偏激，所以，有些事，许诺并不想再较真。虽然不恨了，但也不能再爱，摆正为纯粹的上下级关系就好了。这一点，许诺心里很明白。

再见亦是朋友，多一个朋友总比多一个敌人好，何况，这个人，虽然表现冷漠，但从没有为难过自己。

至于他以后和孩子的相处，许诺也想过了，他们两个想在一起玩，就任之，不阻挠，也不鼓励。

许诺想康宇轩和孩子玩也不过是一时的新鲜，当他被工作及别的女人纠缠，自然就不再会有时间来了。没必要再像上次那样过激地和他争吵。

出租事件后，两人并没有更多的交集。甚至，许诺都没在公司见过他，他就像个空中飞人，即便是不出差，待在集团总部的时间也比在这边多，毕竟这边只是兼管的。

想开了，也就一切都坦然了。

当星期三上午办公室通知许诺下午三点到康总办公室召开紧急会议时，许诺不再像以前一样怕自己会紧张尴尬，他就是一个普通的上级，和吴志刚一样，平常视之。

春天，已是各自的春天。

若爱，则深爱；若弃，则彻底。暧昧，伤人伤己。

许诺觉得她的生活，又可以恢复原来的平静从容了。

只是就在这天，许诺痛彻心扉。

58　无尽伤痛

就在这天中午十二点半，许诺正在食堂午餐，接到母亲的电话：外公过世了。

许诺听到的瞬间眼泪就不自觉地狂涌而出。

许诺电话向吴志刚请了假，匆匆往老家赶。许诺已无法自己开车，虽然开车也不过三小时的车程，许诺搭了个的士回家，

外公九十二岁了，在半年前已确诊为癌症，这个消息来得不算突然，生老病死在这个年纪也不再是惊诧的事，只是，这段时间以来外公一直是坚强

的。这是许诺记事以来第一次失去至亲的人,而且,外公对于她来说,还有一份独特的情感。

在许诺心中,外公就是一个沉默寡言但心思细密的人。年少时离家,来到了一个水利单位,从事最普通的水电工作,一直到退休。曾经因为修建大坝而从三十米高的大坝上掉下去,满口牙齿全部掉落身负重伤,但从没向单位要求过任何的赔偿补助。外公退休的时候,正好许诺出生,许诺就是在外公外婆的怀里长大的。

听妈妈说,小的时候,外公为了能让许诺吃得好,天不亮就到市场上去守着卖猪肉的摊子,选最好的肉给许诺熬粥。但这一切,外公从没和许诺提起过。

这些年,许诺每每回家,外公总是要做一个许诺喜欢吃的菜,虽然年事已高,但还是十分健朗的。不光如此,许诺的儿子没有上学前放在父母家,外公也是每天必定要坐在门口,逗一会儿这个小曾孙。

外公没读过很多书,但却是个什么活都能干的好手,从木工到泥工等。许诺最敬佩的是外公和外婆的感情。

两个老人结婚已超过七十年,早已是白金婚。当年,十四岁的外婆经媒妁之言嫁给了从未谋面的二十岁的外公。就是这样的老式婚姻,两个人却一辈子不曾争吵,用外婆的话说:"脸都没红过。"

许诺也曾问外婆:"要是结婚的时候你发现对方是个丑八怪怎么办?"外婆说:"就是瞎子瘸子都得跟着过日子。"正是这种没有杂念的专一信仰,让两个人一直过得幸福美满。

其实外婆是个脾气急躁的女子,但外公用他的善良隐忍和包容,让这个女人一直过着虽然没有大富大贵,但却衣食无忧的幸福日子。

外婆说外公在外面工作的时候,每月的工资除了生活费都会寄回家来;退休后每月的工资也是由外婆管理。外婆目不识丁,却掌管着家中的财政大权。

外公外婆结婚十年后才生了一个女孩,也就是许诺的母亲,生的时候是难产,听说在家生了三天三夜,流了很多血,外婆差点就丢了命。

外公当时就哭了,决定不再要孩子。

于是这个唯一的孩子成了这个家的心头肉,母亲说当年十岁了外公还会让她当马骑。

许诺记得满头白发的外婆在回忆起当年结婚之初的日子仍会脸红:我在房里绣花,他在屋外的桂花树下吹笛子,偶尔给我送几个枣子什么的。

而许诺记得,外公最后一次到省城来治病,还不忘要许诺替外婆买几个质量好的发夹,当时就令许诺动容。

在许诺眼中,这就是最浪漫纯粹的爱情,只是两个老人从没有说过爱情两个字。也许,他们的人生里就没爱情两个字,只是用漫长岁月无声地把这两个字书写得美丽动人。

许诺悲伤地回到家,更多是还要照顾好已哭得不省人事的外婆。一段情,七十多年,未来一个人孤独地走,怎敌得过过往的温暖陪伴啊!

许诺无比伤痛,但作为这个家最为坚强健壮的一份子,许诺知道自己一定要坚强。下午,许诺的手机里收到一条康宇轩的短信:许诺,你老家具体位置在哪儿,我想过来一趟。

许诺想应该是下午开会没有出席,康宇轩问了原因吧。想到他发信息的时候应该正在开会,也深知他是很忙的。再者,如果他过来,许诺还真不好向父老乡亲交代他们之间的关系。

许诺回了一条短信:谢谢,不用过来。

康宇轩回了一条短信:保重,有需要随时联系我!

许诺还是有些感动的,虽然这个人已不属于自己,他已有他的生活,但在悲痛的时候,他还是会站在她的身边,给她关怀,多少是一种慰藉。

只是此情此景,许诺没有更多的时间去思考她与他之间的问题。

59　两男相遇

许诺在家待了五天,家里的事基本处理完毕。家人还是要她不要过多分心,安心去工作,带好孩子。

星期天的下午,许诺坐长途汽车返回省城。路上,陈佳和打来电话:"许诺,忙什么呢?"

"我回了趟老家,现在正在回省城的长途车上呢!"

"是吗?我正好在河西,你是在西站下车吧,我来接你啊!"陈佳和热情地问着。

"太麻烦了吧,我下车后打车回家挺方便的。"

"不麻烦,你还有多久到?"陈佳和很坚持。

"半小时到。"

"行,我在出站口等你。"

许诺下了车,走出出站口,果然看到陈佳和正站在口子上等着。天色将晚,陈佳和看到许诺还戴着个墨镜,不禁笑了笑:"很酷啊老太太,这个时候还戴着个墨镜。"

"我外公去世了,这几天眼睛都是肿的,畏光。"

"对不起,许诺,我不清楚情况。你还好吧?"

"没事。"许诺迎着陈佳和打开的副驾驶座,上了车。

"我本来是想问一下你喜不喜欢听蔡琴的演唱会,因为一个朋友说有票。

听说你正好在这边，顺便就来接了你。这几天忙，也没顾得上和你联系，不好意思，这么大的事我都不知道。"

"没关系，今天谢谢你。"许诺靠在椅子上，无力地回了一句。

上车不久，许诺的手机响起，许诺看了一下，是康宇轩。"许诺，家里事情处理得怎样了？"

"都处理完了，我现在回了省城，快到小区了。"

"好的，我在你家小区门口等你。"

许诺想，他来我家门口做什么。

"孩子呢？"陈佳和问许诺。

"我妈说小孩子胆子小，也不懂事，没要我带回去，我把他放在同事家了。"

"那一起去吃个晚饭吧，也正好是饭点了。"陈佳和建议。许诺想到刚才康宇轩说的在家门口等她，也不知有什么事，许诺只好对陈佳和说："不去了，我还要去接孩子，好几天没见了，挺不放心的。"

陈佳和表示认同地回答："也好，那下次再约。过段时间一起去听演唱会。"

许诺点头说："好。"

许诺在小区门口下车，陈佳和下车帮她提行李。

"许诺！"许诺没回头也知道是康宇轩的声音，而且他还径直走了过来。

许诺只好和他打招呼，"康……总。"然后就是两个男人相互对视着，许诺说："这是我朋友，陈佳和，这是我们单位同事。"许诺左右指着，突然觉得很不自然。

"你好！"两个男人居然同时说出这一句，表面两人都随和，随即就出现了冷场，许诺觉得气氛怪怪的。还是陈佳和打破沉默："许诺，那我先走了，再见，有事打电话！"然后上了车。

"这人去接你的？"康宇轩直截了当地问许诺。

"碰上的，顺风车。"

"听多多说你今天下午回来，所以想来看看你。"

"我没事，现在去陈瑶家接多多。"

"吃饭了吗？一起去外面吃个饭？"

"不用了，我们俩随便弄点东西吃就行了，我不想动了，回去了，再见。"

"这样吧，你去接多多，我去买吃的，既然不想动，就吃现成的吧！在家等我送吃的来！"

许诺去陈瑶家接了多多，孩子毕竟还小，只知道是太爷爷去世了，看到许诺悲伤的表情，懂事地牵着许诺的手，不作声，没了往日欢快的叽叽喳喳。

不久，康宇轩就弄来了一些吃的，招呼着许诺和多多吃饭。许诺虽然没什么胃口，但也尽量吃了一些。

"你回去吧，我想早点休息。"许诺下了逐客令。

"好，要不你明天还在家休息一天吧，看你脸色不太好！"康宇轩对许诺说。

"没事的，睡一觉就好了。谢谢！"这句谢谢许诺是发自内心的，再怎么样，也应该懂得感恩，没有谁有义务来关心你。

康宇轩回了一句："谢什么！"

60 订婚传言

星期一，许诺并没有休息，投入到了紧张的工作当中。间或，还是会想起外公的音容笑貌，情绪低落。只是忙碌的工作，渐渐冲淡了悲伤。

周五，办公室发通知组织管理人员周六郊游，登山加烧烤。

许诺本来不想去，陈瑶说："许诺，你不参加公司的集体活动本来就不对，再说带上孩子一起去散散心也好。"许诺想想确实也很久没带孩子参加户外集体活动了。

意外的是，康宇轩和吴志刚两位都参加了。这可成了女孩子们的福利：老板如此亲民，自然心花怒放。

康宇轩一扫原来在公司西装革履的冷面形象，T恤牛仔裤加上雷朋的经典款墨镜，让很多女同胞折腰。许诺打心眼里想：这家伙还是这么帅，不，比原来更有看头。

年轻的女孩子都有意无意地靠近他，不过，此人冷面惯了，虽然今天已是全力走亲民路线，还是免不了和大家有一种隔阂。

他倒是很会找乐子，找到了志趣相投的人，那就是许诺的儿子多多和陈瑶的女儿娟娟。他带着两个小孩子，玩得很欢，甚至让多多骑到了他肩上，多多在上面一边挥手一边喊着："驾……"许诺觉得好笑又无奈。

陈瑶在一边说："看不出来，这帅哥还挺喜欢和小孩子玩。"许诺笑了笑，没有出声，只是烤着手中的鸡翅膀。

在一旁，陈瑶小声对许诺说："听总公司朋友传出的内部消息，说我们康总有位交往多年的豪门女友，在总公司的周年庆典上要宣布订婚的消息呢！原因是他和他父亲有承诺，三十岁一定结婚。"

许诺在心里想，多年前不是就有人说要订婚，现在又订，得订多少次啊，但又不便说出来，只是笑了笑，"很正常啊！男大当婚嘛。"

虽然只是陈瑶说出来的八卦，许诺想无风不起浪，看来，康宇轩这些年别的没变，至少在女人问题上可是进步很多，当年开一下他和女同学的玩笑都脸红脖子粗。

男人嘛，何况是年轻英俊又多金的男人，心里明镜似的，知道如何发挥自己的优势。征服女人当成人生的乐事。许诺又想到那晚的康宇轩，是的，那晚，本来是只属于她的，只是，是错的时间。

许诺突然觉得对他顿生厌恶，算什么呢？和别人出双入对的，居然还对自己做出那样的事。旧情复燃？征服？抑或只是酒后的冲动？

许诺看到康宇轩带着两个孩子远远地走过来，两个孩子手上都用野花编了个花环，儿子跑过来，郑重地戴在许诺的头上，"好漂亮啊，妈妈！"娟娟的花环则挂到了陈瑶的脖子上，两幸福的妈妈同时笑了。

有几个漂亮女孩子同时围到了康宇轩周围，送上烧烤的食物给上司是名正言顺也是理所应当的事。看到康宇轩被女同事们围住微笑不已的样子，许诺想到五个字："他在丛中笑。"

不是每个女孩子都能成为灰姑娘，但每个女孩子多多少少都做过灰姑娘的梦。许诺也做过，只是现在早就梦醒了，实实在在地过好每一天才是最重要的。

坐着旅游大巴回程的时候，儿子和娟娟吵着要坐到后面一起玩，最后变成许诺正好和康宇轩坐到了一起。估计有很多女孩子在心里暗羡许诺的幸运，同时她们又很放心，一个孩子都这么大了的欧巴桑，对于她们的帅总裁是不构成任何威胁的。

一路无语，也许各怀心事，许诺干脆闭上眼睛睡觉。连日来的伤痛疲惫，让她很快就睡着了。醒来时，许诺发现自己的头搁在康宇轩的肩膀上，康宇轩并没有睡觉，在用平板电脑看着什么资料。

许诺清楚记得自己是靠着左边的窗户睡的啊，难不成一路颠簸，摇到他这边来了。许诺觉得有些尴尬，立马坐正，为了掩饰尴尬，掏出手机，浏览新闻。

这时接到徐朋的电话，告诉许诺和陈佳和的合同从明天起正式实施，向咖啡厅供货，并且陈佳和还答应介绍别的客户过来，徐朋兴奋得说话声音都洋溢着笑意。

许诺听到这消息也挺高兴，两个女人不免在电话里神掰起来，从如何做好配送到发展前景。

最后许诺豪迈地对徐朋说："说不定咱们真的能发达啊！成为连锁店老板。我们的时代真正要到来了！"

挂了电话，许诺还免不了回味一番刚才两人设想的宏图伟业。手机传来短信，许诺打开一看，康宇轩发的："还是老样子，容易激动！"看来刚才一切他都听进去了，许诺侧目扫了他一眼。此人依然不动声色地在玩着他的平板电脑。

许诺对陈瑶发布的八卦消息还是耿耿于怀，恶狠狠地白了他一眼。

61　演唱会回来

周三晚陈佳和约许诺晚上去听蔡琴的演唱会，这是早就定好了的事情。许诺是很喜欢蔡琴的，自己的车里有几张蔡琴的CD。只是考虑到晚上要照顾孩子，许诺还是有些犹豫。许诺试探性地给陈瑶打了个电话，说晚上要加班，问是否能将儿子放她家，晚点去接，陈瑶满口答应了。

陈佳和下班时间到许诺单位接许诺，有男人殷勤相守，当然，前提是这个男人不讨厌，没有哪个女人不喜欢这种被呵护被宠爱的感觉。

蔡琴有很多的经典曲目都是许诺喜欢的，她的浅吟低唱，深情婉转，只有亲临现场才能真正体会金话筒的魅力。

许诺以前从没去听过谁的演唱会，第一次和陈佳和一起身临其境听蔡琴的完美演绎，确实是一个美妙的夜晚。

在陈佳和送许诺回来的路上，两人聊着各自的见解和感受，甚至聊到了蔡琴的婚姻。

"许诺，上次我提出的问题考虑得怎样了？"陈佳和突然问许诺。

"这段时间太忙了，没什么头绪。最主要的是孩子，如果对方不能接受我的孩子，相处不好，我宁愿这辈子一个人。至于你，你……"许诺结巴着，脑袋迅速转着想恰当的词。

陈佳和呵呵笑了，对许诺说："别紧张，我又不会吃了你。这周六带孩子一起去爬山怎么样？我也带我的孩子去。"

许诺觉得这是一个不错的提议，欣然答应。

深夜的街头行人很少，车辆也是三三两两，陈佳和的车里放着轻柔的萨克斯音乐，灵动的空间，显得非常有意境。

相隔如此近的两个人。此刻虽然都不再言语，某种气氛，尽在不言中。

许诺竟然有了些许的紧张，在感情上她是迟钝的，也不善于表达自己的情感。她更害怕的是，对方如果进一步表白，拒绝，是一种伤害，而接受，自己却根本没有做好这方面的准备。

在小区门口下了车，许诺和陈佳和道别，和别人不同，陈佳和每次都会下车相迎或相送。

深夜的街头，微风轻拂，头上正好有一片树叶飘落，陈佳和很随意地帮许诺从她的肩头拭去。

陈佳和望着许诺，深情地说了一句："你的过去我来不及参与，你的未来我希望能陪你一起走。"许诺想这应该就是表白了，迟钝的她，显得十分慌乱。

陈佳和看出了她的慌乱："许诺，别紧张。我只是想让你知道我的心意。"一边说，一边轻轻拍了拍许诺的肩膀，动作自然而亲切，让许诺有些面红、心跳加速。

幸而并没有进一步的动作，接着说了："再见。"要不然，许诺想，她只能逃。

许诺转身往小区走，准备到陈瑶家接儿子。已经很晚了，恐怕儿子都坚持不住睡觉了。

"许诺！"许诺回头看到康宇轩的车猛然停在了自己的身边。许诺惊讶他怎么会出现。

"和男人约会连儿子都不管了吗？"坐在车上的某人冷冰冰甩出这么一句。

"什么意思？"许诺也是怒目而视。

"你儿子说你因为加班，把他丢在陈瑶家，他都想睡觉了也不去接他。他在别人家很无聊就打了我电话，我还当了真，可是到公司并没看到你，倒是刚才有幸看到动人一幕！"

许诺没想到儿子居然会给他打电话。别的倒没什么，可是自己确实撒了个谎。

"约会去了？"康宇轩下车来直接对着许诺质问。

"要你管啊，我约不约会不关你事，你来做什么！"

"我来做什么，我怕你一时半会儿回不来，准备接多多回家睡觉的，他说他有家里钥匙。"康宇轩对着许诺说。

许诺有些理屈，不好再说什么，干脆不作声，也不理他，直接往陈瑶家里快步走去。

儿子在陈瑶家靠在沙发上已睡着了。

陈瑶要他去床上睡他硬是不肯，说要等妈妈来接他。

许诺看着熟睡中儿子清秀的小脸，心头很是愧疚。暗自心痛：儿子，妈妈以后再也不会丢下你一个人出去玩了。

许诺去抱儿子，儿子醒来，看到许诺，喊了声妈妈，又睡过去了。看到妈妈到来，应该说是安心了，睡得更加踏实。许诺只好抱着儿子下楼。儿子也有近五十斤了，许诺觉得自己的力气越来越有限，抱着他很吃力。抱着儿子下楼，才发现康宇轩并没有离开，而是在楼下等着。

看到许诺吃力的样子，康宇轩一声不响走过来把儿子接过去，抱着他，让他趴在他肩头，儿子继续睡着。男人结实的肩头，让他睡得更香。

康宇轩跟在许诺身后，开门，进屋，直到将儿子放到床上，并盖上被子，关上门出来。两人一路无语。

许诺关上儿子的房门对康宇轩说："今天谢谢你了，太晚了，请回吧！"

康宇轩压低声音对许诺说："许诺，我好几次看到这个男人了，你现在口味变了，喜欢老男人啊！"

许诺气不打一处来，半夜三更的，又不能说大声，也只能压着愤怒说，"是啊，人的口味总是会变的嘛！老男人怎么了，更会心疼人。"

说完不再吭声，太晚了，不想做太多的解释，更主要的是心里确实对儿子有愧疚，只能偃旗息鼓，以沉默表示送客。

"口味再变也还是要照顾好孩子！"康宇轩坚定地对许诺说。

许诺心一横，对康宇轩说："放心吧，下次约会我带着儿子去！"

某人被噎得无话可说，甩门而去。

许诺出神地坐在沙发上，今天，到底是怎么了？

62 他的体贴

周五的早上儿子说要在学校排练一个节目，要许诺稍晚点去接他。

到了下班时间，许诺想想去接儿子还有点早，干脆再处理一些手头的工作，月末了，财务上的事情本来就多，加上自从收购以后，单位的生产和销售都已有了很大的突破，财务上的事情就更加繁重了。

许诺关灯离开办公室的时候，偌大的办公楼，已显得特别寂静，周末嘛，同事们都走得特别积极的。

在走出办公室的时候，正好看到康宇轩也从办公室走出来，简直是不约而同。

想想前晚的不欢而散，许诺有些不知所措，该不该打招呼呢？踌躇间，对方先开口了："这么晚才走？"

"是的。"

正好电梯来了，两人进了电梯。

"你儿子呢？"

"今天学校搞活动有排练，要我晚点去接。"

"那要不……"电梯只下了两层，在六楼停住了，康宇轩的话没有说完，打住了。

进电梯的是办公室的小刘，却是捂着肚子进来的。

许诺关切地问："怎么了？"

"肚子疼，刚才在办公室坐了一会儿，以为会好点，现在越来越疼。"小刘虚弱地靠在电梯壁上，可以看到额头上直冒冷汗。

"要不去医院吧？这样子好吓人。"许诺一把扶着她，征求小刘的意见。

"你扶着她，我去开车，一起去医院。"康宇轩在旁边冷静地说。

许诺打心眼里感激这个人在这个时候并不冷血。

电梯到一楼，门一开，康宇轩飞快地冲了出去。

许诺扶着小刘慢慢地往公司大门口移，小刘疼得连走路的劲都没有了。

许诺基本上是用尽全力将小刘扛在肩头，一步步往外移。

康宇轩将车停在大门口，跑了过来，想在另外一边扶起小刘。"你抱她一下吧，她没法走路了。"许诺对康宇轩说。

康宇轩看了许诺一眼，一言不发，立马抱起小刘快步向门口走去，许诺跟在后面，来到车后座，让小刘躺着，把她的头放在自己的膝盖上。小刘已经疼得说不出话，一脸惨白。

车子向最近的医院飞奔而去。在急诊室，医生做了一系列检查，是急性阑尾炎，需要马上做手术。

许诺在病床前紧握着小刘的手，想以此减轻她的痛苦，康宇轩去交费办手续。

小刘被推进了手术室，许诺和康宇轩才松了一口气。

站在手术室外等着。许诺觉得要通知小刘的家人，但她清楚小刘是外地人，家人不在本市，是否有男友倒不太清楚，一切，只有等小刘手术后醒来才知道。这时许诺才想起还没接儿子的。

"我还没有接儿子放学呢！"许诺对康宇轩说了一句，想说自己去接儿子，但康宇轩一大男人守在这肯定是不方便的。

"我去接孩子！你守在这儿吧，女孩子方便点，我顺便去弄点吃的。你一个人在这儿没问题吧？要不我再找个人来？"

"没事，我打电话给陈瑶就是了，是她办公室的，她应该比较了解她的情况！"许诺对康宇轩说。

不久陈瑶打来电话告诉许诺，小刘有个姑妈在本市，已经知道消息，会很快赶过来照顾她。

阑尾手术挺顺利，等小刘做完手术送进病房，许诺才看到康宇轩带着儿子来了。后面还跟着一个中年妇女，穿着医院护理的制服，康宇轩说顺便请了一个护工，可以照顾小刘，护理人员是受过专门训练的，自然比许诺更有照顾病人的经验。

许诺还是免不了向护工询问和交代几句，护工对许诺说："你安心回去吧，我们是专业人员，会照顾好的。你老公真心疼你啊！刚才生怕临时请不到护工，着急得很。说你还没吃饭，也不懂照顾病人。你快点回去休息吧。"

许诺听得脸发烧，怎么别人也误会是老公呢。其实八竿子打不着啊。幸好刚才和护工对话的时候，康宇轩已带着孩子先行走出了病房。

许诺出病房的时候，小刘的姑妈也赶到了，许诺终于可以放心地走了，原来还担心可能找不到小刘的亲人，自己要在这照顾一晚的。

许诺带着儿子和康宇轩离开医院。儿子说在路上康叔叔已经带他吃过了晚餐，康宇轩指了指座位旁的食盒说："这个回家吃吧，在医院估计你也没胃口。"

许诺想此人办事挺有条理，考虑也周全。

儿子坐在后排，伸长脖子对康宇轩说："康叔叔，我们明天又去踢球吧！"

许诺正想指责儿子胡乱要求，没想到康宇轩居然立马答应："好，正好很久没运动了。"

路上，许诺的电话响起，是陈佳和打来的，许诺迟疑了一下，接听了电话。

陈佳和在电话里问许诺在哪儿，有没有吃饭。许诺为了不让他担心，就说在外面和朋友一起吃过饭了。

陈佳和问许诺："明天约好要去爬山的，什么时候出发？"

许诺一下子脑袋有些短路，根本就没料到今晚会有这么一出，更重要的是儿子说要和康宇轩去踢球，许诺真是左右为难。最后许诺只好说："有个同事病了，明天还得去照顾，改天再去爬山。"

挂了电话，更悲催的是，儿子居然在后座很好事地追问许诺："妈妈，刚才谁打电话来，说要去爬山？"许诺彻底无语，只好对儿子笑了笑说："妈妈的一个朋友。"

许诺侧目看到康宇轩似笑非笑的表情，暗骂：见鬼，有些事情，为什么偏偏总是被他遇上呢？

康宇轩说："许诺，明天我和多多去踢球，你一块儿去吧？"

许诺思考了一会儿说："我去，不太方便吧？"

"是你不方便还是我不方便？"康宇轩紧追着问。

"大家都不方便吧？你说呢？"

"我没什么不方便的，那明天我来接你们！"很果断的回答，掷地有声，没容许诺有辩驳拒绝的机会。

只有儿子在车子的后座雀跃："好啊好啊，大家一起去，太好了！"

63　一起去踢球

星期六，儿子早早起床，许诺还在睡觉，他就爬到许诺床上，用小手捏了捏许诺的鼻子。许诺装睡，然后，猛地将儿子抱住，在他脸上狠狠地亲了一口。逗得儿子呵呵笑。

"小臭，怎么这么早就起床啊，还早呢！"许诺懒洋洋地对儿子说。

"起来吧，妈妈，早点吃了饭，等下康叔叔会来叫我们去踢球啊，别等人家到了我们还没准备好。"这小家伙，怎么就这么兴奋呢？

许诺起床，洗漱之后开始做早餐，酸菜肉丝面。酸菜是老妈做的，外面根本买不到，味道特别地道。儿子最喜欢这款，平时他有些挑食，为了让他多吃一些东西，许诺可没少操心。

尽管起得早，但康宇轩在母子俩正准备吃早餐的时候就来了，并且是直接上楼。

儿子问他："康叔叔，你吃早饭了吗？来得这么早。"

"没有啊！"康宇轩回答着，却是毫不客气地在餐桌前坐下。许诺不得不把自己的一碗让出来，然后再次进厨房煮了一碗。

等许诺从厨房出来，康宇轩的面条已经一扫而光。

"还有吗？太好吃了，再给我一点。"许诺只好又把自己碗里的再给他一些，她早上一般吃得很少的，幸好刚才多煮了一点。

"康叔叔，我妈妈做的面条好吃吧？"儿子一边吃，一边问康宇轩。

"好吃，所以我才又加了啊！"

"那你常来吃啊！我们就可以经常一起去玩了。"

"好！"这两个人一问一答，根本不容许诺插嘴。

早餐后，许诺给儿子换上运动服，康宇轩就带着儿子下楼了，要她快点换了衣服下楼。许诺也换上了运动装。

上了车，康宇轩指了指座位上的平板电脑，对许诺说："上面下了一些电影，还有不少音乐，待会儿你无聊的时候用得着。"许诺觉得这个人还挺细心的。

球场上有不少人，其中还真有不少是爸爸带着孩子来玩的。最小的孩子估计不到三岁，走路都摇摇摆摆，居然也追着足球跑。

许诺一直对足球不感冒，最多就是喜欢某个帅哥偶尔关心一下，比如小贝，贝氏弧线，帅气外型，时尚先锋，更重要的是人家还是位好父亲，没事就把家里小孩抱手上，还左手一个右手一个，果然是运动员好身手。还有卡卡，没有绯闻的巨星。留着小茶壶盖的罗纳尔多倒不是因为帅被许诺所认识，主要是他长得有特色，绯闻女友一个比一个漂亮。

今天是阴天，没出太阳，但温度却刚好。许诺坐在看台上，在平板上找了一部电影，文艺片，《那些年我们一起追过的女孩》，这是从一堆影片中好不容易找到的。许诺知道这一部很有名，但却一直没有看过，有的时候，怀念青葱岁月，但却并不想靠得太近。青春是本难忘的书，总是仓促翻过，留下的是诸多的疼痛和遗憾，不忍轻易触碰。

许诺的旁边也有一些和许诺一样的陪客，只是正在旁边换装的两个男人的对话引起了许诺的注意。

"你看到没，那边踢球的好像是康少？"

"不会吧，这家伙会有时间踢球？都好久没和他聚了。"

"绝对是的，不过，怎么带一小孩？"

"走走走，这家伙这段时间都没和我们这帮兄弟聚了，我们就说一段时间没见搞出儿子来了，看他怎么反应，哈哈。"两个男人脱了外衣抱着足球就下场子里面去了。

许诺想，应该是康宇轩的同学吧。幸好自己离得远，要不真的就会陷入这两个男人的口舌战中。

远远地，许诺看到三个男人彼此拍打了几下，然后，四个男人，三大一小居然开始打起了小配合。许诺只是担心这两个人到底怎么审问康宇轩的。男人的事，谁搞得清，他们也许说了上句就没想过下句的，一笑了之吧！不像女人，随便一句话都可以想得出一车的原因和理由。

踢了近两个小时，许诺看完这部影片抬起头的时候，看到满头是汗的四个人一起往自己坐的这边走来。怎么办，闪吧，不想和他的朋友碰到，难得解释啊！

可是，径直走过来的四人，让她无处可逃了。

康宇轩指着两个满头大汗但也同样身材高大的男人说："我高中同学，王一波、肖刚。"许诺只能点头微笑，"这，孩子他妈！"这就是对许诺的介绍，怎么听怎么别扭。

对面的两个男人却是一本正经地，点头问好，刚才在许诺旁边换衣服时的嘻哈劲荡然无存。

回去的车上，许诺说："你干吗把同学带到我坐的这边来啊，碰到了挺不好的。"

"是你坐在人家放衣服的地方好吧！再说，都是我玩得最好的哥们儿，打个招呼没什么不好。"

许诺一下子无话可说，只好对康宇轩说："顺道去下医院，我去看看小刘！"

64　出轨的男人

周六晚，儿子睡觉之后，许诺一个人静静地在沙发上出神，想想今天爽了陈佳和的约，而他近来的殷勤问候让许诺觉得应该认真考虑一下这个问题。

对方已委婉地表明了某种态度，但迟钝如许诺也清楚，他给予的关切，已超出了普通朋友的范畴。许诺口里一百个不愿承认这种动向，心里却也很明白。

陈佳和，一个成功的商人。无不良嗜好，儒雅风趣，成熟稳重，无疑是理想的结婚对象，但在许诺心目中的定位，他就是可以信赖的朋友或者兄长，虽然两人的感觉，离爱情很近，但只是近而已，就像一场足球赛，满场追着球跑，如果没有临门一脚进到球，终究是无味而缺少激情的。

有人说感情是可以慢慢培养的，少了那份心动，即便是风景看透，也不过是残缺的情感。许诺从不相信电视电影里山盟海誓的爱情，也深知，爱情只是短暂的，更多是细水长流。只是，如果连最初的心动都没有，又如何坚持漫长的细水长流呢？

许诺觉得应该和陈佳和认真地谈一次，朋友之间，忌讳的就是暧昧，不仅容易误会，也容易伤人。许诺珍惜这个朋友，所以更要早点说清楚。

许诺做出这个决定，觉得心情也一下子放松了，于是准备洗澡睡觉。

许诺刚刚洗完澡出来，就接到朋友李晓珊的电话。

自从上次在刘奇家聚过以后，双方不仅留了电话，还加了QQ，有空就会在网上聊聊家常里短的。

"许诺，你们两口子感情还好吧？"李晓珊语气挺着急的样子，许诺一听这话，丈二和尚摸不着头脑。

"怎么回事？"许诺问。

"许诺，咱俩这么多年的朋友，我就不绕弯子告诉你吧，我五分钟前看到你老公和一个开着红色跑车的女人从我们这边酒店离开了。这女人短头发，一看就是有钱人。你老公坐副驾驶位子，不会有什么状况吧！两人上车前有说有笑，显得挺亲密的，看上去这女人年纪和他差不多！"

许诺一下子语塞了，脑袋转得飞快，对李晓珊说："你看错人了吧？"许诺暗自思忖：人家和任何女人在一起，又与我何干呢？

"绝不会错，你知道当年我想变近视戴眼镜显得有知识的样子，天天躺着看书视力还是好得很，再说在刘奇家的时候看得那么真切了怎么会认错人呢？我刚才想不告诉你的，但一想到好朋友，还是得透个信，我呢也不想说别的，你这种老公，没钱都有人倒贴的，还是看紧点吧。"

许诺听了有点好笑，说康宇轩傍富婆是绝无可能，陈瑶不是听说他要订婚了吗？只是不知是不是那个Miss Chen。但李晓珊说此女短头发，Miss Chen可是留着长发的，应该是另有其人。

许诺只好对李晓珊瞎编着说："想起来了，是他的一个朋友呢，我知道的。"

挂了电话，许诺心里不免骂开了：这个花心萝卜！

许诺想到当年的康宇轩，掰下女同学都会脸红，许诺于那时的他，只能用"我的眼里只有你"来形容。

许诺深感失望，虽然，他已不再是她的，不再是只为她微笑的少年，但她还是希望，这个自己曾深爱的人不是情场浪子。希望他是专一深情的，即便不是对她。

她希望心底里保留的形象不要被颠覆。

康宇轩正是血气方刚的年纪，又没有结婚，有几个女人传几段绯闻又算什么呢？与你又何干？

许诺很认同一句话：不以结婚为目的的恋爱都是耍流氓，只是，每个人的世界观并不一样。这个人，也许也已是花花大少了。

许诺想你康宇轩泡妞就泡妞，干吗要被我的朋友看到啊！还偏偏是演过戏的朋友面前。真是烦人！如何面对这些朋友？一点面子都让他丢光了。

许诺这颗易躁动的心一下子又冲动起来，康宇轩啊康宇轩，你怎么着都好，但牵扯上我名声的事，绝不能哑忍。

许诺立马拨通了康宇轩的电话。

65 宝贝

"我说姓康的，刚才听我同学说我老公在外面傍了一开红色跑车的富婆从酒店离开。你上次既然装了人家老公，能不能在外面检点一些啊？坏我名声，我多没面子啊！"

"哈哈……"电话那头传来哈哈大笑，"宝贝，你管我太严了，就是几个老同学聚一下。有个同学新买了一辆跑车，一定要我领略一下她的驾驶技术，现在正在体验中。"

手机里，还真的传来发动机的轰鸣声。许诺特无语地挂了电话。

宝贝，呕吐。

宝贝，留洋回来的人都习惯这样称呼了，也没什么特指，只是一个昵称吧，不必在意。但是当年康宇轩情到浓时就是这样叫许诺的。虽然年纪比许诺小，但总喜欢在许诺耳边轻轻喊她诺宝贝，自从许诺和康宇轩恋爱之后，许诺倒从没觉得这个人年纪比自己小，虽然她脾气差点，但却是一个通情达理的人，并不会无理取闹。她喜欢在他怀里撒撒娇，或者耍耍无赖。

更多的时候，让许诺觉得在他面前自己真的就是个小女生，他总是宠着她，放任着她小女生般的刁蛮任性。当然，在她心情好的时候，也不会忘记打击她，抢白她，让她哭笑不得。

许诺想这家伙是不是这些年叫习惯了，是个女人就是宝贝吧！刚刚才会叫得如此顺口。

深夜，许诺躺在床上无法入睡，此刻的康宇轩，不知是否已回家。

是在酒吧流连，还是在酒店？想到这，许诺的心脏隐隐作痛，甚至一骨碌爬起来，站在窗前，看着窗外一轮寡淡的明月，思绪无法平静。

虽然许诺知道他在任何地方都与她无关，她也管不着，只是，人非草木，有些事，能说忘了就忘了吗？何况他现在偶尔总会出现在她的生活中，并且，也没有让她讨厌。

许诺的脑海里，不断有女人性感妩媚的样子出现。

又是一个失眠夜。

星期一下午上班时间，许诺正在忙着看财务分析。

门敲响，许诺头也没抬说了句："请进！"

有人进来，径直往里走，却没人吱声，许诺只好抬眼看一下，康宇轩意气风发地站在了她的办公桌前。

　　"晚上凭什么骂我？"康宇轩理直气壮地问许诺。

　　"能怪我吗？我同学打电话告诉我说我老公傍富婆。"许诺没好气地对他说。

　　"你同学还真是好眼力啊，我难得和女人在一起，就掀起桃色风暴。"康宇轩居然心情很好地辩解着。

　　"对了，你们那同学轮着聚会的节目还在进行吗？"康宇轩在许诺办公桌另一边的椅子上随意地坐下来，看来此人没有立马要走的意思，眼神还直直地看着许诺。

　　"聚了啊，怎么了？"许诺抬眼看他，回了句。

　　"你另外租人了？"康宇轩脸色一变，质问许诺。

　　"没有，老公出差了！"许诺答道，然后垂下眼神，盯着电脑屏。

　　"你老公总不能老出差吧？再说，也应该轮到你回请了吧！"康宇轩脸色缓和了一下。

　　"下次我会告诉他们离婚了，这样就不用思考再租再借，还能博大家一个同情。"许诺振振有词地说。

66　洗清冤情

　　"许诺，你明明心里不是这样想的，却说得这么极端。问题是现在我的清白需要洗刷，你倒好，顺着这个什么老公傍富婆又离了婚，你说我在你朋友们的心目中变成什么形象了？你必须得还我清白。你是离婚离上瘾了吧？你还想离几次？"

　　"我怎么还你清白？向他们发个通告，说你不是傍富婆，只是泡小妞？"许诺居然有些动气地说。

　　"说了就是我一同学。原来在美国的时候一起留学的。另外还有几个男同学一起聚聚，男同学有两个你都见过了，就是球场上碰到的。大家兴起，才坐了一下她新买的车。"

　　许诺一听到美国一起留学的同学，头就是一阵眩晕，随口问了一句："你同学结婚了吗？"

　　"没有，一直单着呢。"

　　许诺心底升起一股火焰，努力平复了一下情绪对康宇轩说："你准备要我怎样为你申冤？"

　　康宇轩说："你回请一次你的朋友们。晒恩爱破谣言！"

　　"那也并不能洗清你傍富婆的传说啊！何必呢！"

"我自有办法！"康宇轩十分有把握地说。

"什么办法？"许诺这下倒问得十分天真了。看他怎么解释？

"请他们到我家，自然有办法消除误会，你只要照我说的做就可以了。"

"你疯了，这个闹剧越搞越大，我收不了场。本来我若现在公布离婚，还只是一个和傍富婆的男人离婚的正义女子；经过这一出，我就成为被踢出豪门的怨妇了。"

"继续演就是了啊，何必要说离婚呢？"

"能演多久？"

"如果你喜欢，就像百老汇的经典剧目，演几十年啊！"康宇轩哈哈大笑地说着，已没一点正形。

许诺抓起桌上一叠文稿朝康宇轩砸过去："去你的，大头鬼！"

康宇轩跳起来用手挡了一下。

此刻，陈瑶正好推门进来。凭此人和许诺的关系，大多数时候都没有敲门程序的，正好看到这一幕，惊呆了，惊呼一声："许诺！"

许诺不知如何是好，发窘地呆站着。康宇轩镇定地对许诺说："许总监果然铁面无私，坚持原则。就按刚才我们商定的方案进行！"然后头也不回地走了出去。

"许诺，你好大胆子，居然向老板扔东西！"陈瑶还有些惊魂未定。

许诺脸上发窘，只好解释说："我是对一笔开支有意见，是对事不是对人。摔文件的时候用力大了点，飞出了办公桌！"陈瑶半信半疑，还是劝许诺要注意对领导的态度：别人虽然年轻，但老板就是老板，该有的尊重马虎不得。许诺点头称是。

下班时分，许诺收到康宇轩的消息："今天令我如此难堪，如果本周六不叫上朋友洗清我的冤情，后果自负。"

许诺还真不是被吓大的，但是想到自己的种种行为，更想到康宇轩会见的是什么美国留学的女同学，无名怒火心头涌起。

奶奶的，再演一次又何妨，演大一点又何妨，反正你没娶我没嫁的，没惹着谁啊！当年别人不是也这么向我演示的！

"行，这次你当导演，我只负责演。周五前将剧本发给我。出场费按一级演员标准支付。"许诺回复了他的短信。

半小时后，许诺再次收到康宇轩的消息，这是一个邀请函，包括时间地点，最后注明要许诺将此消息转发或者致电给她的朋友们。

许诺暗骂：这次玩大了，搞不好还会穿帮啊。

但好奇如许诺，更多的却是被一份新鲜好玩所代替，突然发现这周要做的事还挺多，挺刺激的，真有当演员的感觉了，就像是微电影，但重要的是演主角啊！

许诺将该短信转发后，很快三朋友就回了信，内容大致相同：收到，很兴奋，第一次可以去许诺家。

一周前两天平静过去，许诺也没再看到康宇轩，星期三下午，康宇轩又来了许诺办公室，直接将一把钥匙拍在许诺的办公桌上。

"我今天下午出差了，前期工作都完成得差不多了，剩下的事情你认为还需改进的自己看着办，这是门钥匙，地址早发给你了，你去处理吧，我周五回来。"康宇轩将钥匙放下后，很不负责任地立马离开，让许诺连发声的机会都没有。

许诺坐在办公室冥思苦想，把这场戏可能发生的结果考虑了一遍，最后觉得也没什么大不了，豁出去了。许诺的座右铭是：从最坏处想，往最好处努力。这个虽然不同于工作，但也算是生活的一部分。

星期四中午，许诺怀着一颗好奇的心，中午在食堂匆匆吃了饭后就去康宇轩提供的地址：周末的演出地点，熟悉一下场地，俗称——踩点，许诺有点想笑，小偷才叫踩点吧！

许诺其实对这个楼盘并不陌生，前几年还打过不少广告，是个高档楼盘，好像是分洋房和别墅区的，根据地址，许诺终于找到了康宇轩留给她的门牌号码：这是一栋独栋别墅。许诺知道这下玩大了。康宇轩这小子摆明了是为了正名的，证明自己不是傍富婆的小白脸，肯定不会让许诺到她的两房一厅里晒恩爱啊！

许诺觉得这次演出比上次难度大多了。

67　袖珍型

屋外的花园修剪得很漂亮，宽大的长廊，摆着现代气息的桌椅，应该是很适合在此品茶聊天的地方，闲适清雅。

许诺进入房子的第一感觉就是空旷。

房子的装修风格是现代简约型的。表面上看与豪华气派无关，但从细节处可以看出设计师的独具匠心，许诺很喜欢这种风格，不像暴发户，也不像地主，却清新脱俗，明亮现代。只是偌大的房子，优雅而有品位的装饰，缺少人气。

许诺从下到上转了一圈，大致搞清楚了布局：

一楼是客厅和餐厅以及厨房，还有两间说不出用途的房子。应该是类似保姆房及休闲区吧，反正许诺也没弄清楚只是猜测而已。

许诺首先视察了厨房，因为这里是聚会必不可少的工作阵地，做饭是少不了的。冰箱里只有些基本的食品，要想在家做十来个人的饭菜，食物是肯定不够的，许诺考虑了一下，要准备一个食物清单，周末全部采购进来。

二楼是三间卧室和一间书房。卧室都很大，特别是主卧，有意思的是床头挂着一张大大的照片。一男一女亲密贴在一起的头像剪影。是康宇轩和谁的？许诺左看右看也没看出个名堂。当然，许诺只见过和康宇轩亲密挽手的 Miss Chen，但照片上的人头显然不像。许诺也懒得猜测。看不出是谁更好，别人兴许认为是夫妻恩爱照。

另外两间卧室有一间应该是客房，还有一间是儿童房。而让许诺感到诧异的是，房间里也备了不少儿童服装，却都是七八岁的男生的尺寸。许诺清楚康宇轩是没有结婚的，装修有儿童房不奇怪，总得为日后结婚作准备的，但这些小孩子的衣服又怎么解释呢？

许诺回到主卧室，走进旁边的衣帽间，看到左边区域也有不少女式服装，都是全新的，吊牌都在上面，价格不菲。化妆台上也摆着不少化妆品，不过全是没开封的。这些应该是为他的女朋友准备的，原来许诺还担心他家的摆设像个单身汉而不像个家，需要用心布置一番，这样看来，准备得很充分了。

许诺心里也有些紧张，假若人家女朋友冷不丁冒出来，不会把自己当贼吧。转念一想，康宇轩应该是算好了时间或者和别人打好招呼的，要不然，这出戏也会弄砸啊。

许诺给康宇轩打了个电话，告诉他已经到房间看过了，除了需要准备一些食物，其他都很好，对这个导演的布置表示满意。最后许诺弱弱地问康宇轩："你女朋友不会突然冒出来，把这出戏砸了吧？还有，你在我朋友眼中是洗清了冤情，但你和你女朋友怎么交代啊？"

康宇轩问："女朋友？"

"你房间不是有很多女人用品吗？化妆品和衣服。"

"原来你指这个啊，老实说我身边的女孩子从来都是身材高挑的，那些衣服也就你这种袖珍型的可以穿。你就当是你的演出服吧！我的事不用你操心，你只管做好你演员的本分就行了。"

许诺边打电话边走到衣帽间，查了下衣服的尺寸，果然全是自己的尺码，但心里却气得不行："姓康的，我虽然个子不高，但也有 160 公分，不至于叫袖珍好吧！你女朋友高挑又怎么样？又不能当饭吃！"啪地挂掉电话，还狠狠地在康宇轩的衣服上捶了几下。

太伤人自尊了。

68　准备聚会

周五康宇轩果然如约而至，出差回来就到了许诺的办公室，约许诺一起去接多多。

到学校接了儿子，儿子听说要去康叔叔家玩，高兴得蹦了起来。小孩子嘛，只要有得玩，怎么样都是高兴的。

许诺根据列的清单，在超市推了两车东西出来。康宇轩站在一旁皱着眉头说："要准备这么多吗？"

"少废话，就你弄出来的事，还不得累死我啊！"

"你也别急，明天会有钟点工来帮你的，她每周休息日都会来。其实也可以要她做，但我看你不亲力亲为是不放心的，所以没告诉你！"许诺一听，心里轻松了不少，还是忍不住对他高声："别在一边光待着不干活，把这些提到车上去！"

周五的晚餐就在康宇轩家进行，也算是提前演练。

吃饭的时候，康宇轩说："多多，今晚就在这儿睡觉吧，我们还有一些好玩的没玩呢！"

"好啊好啊！"儿子没原则地举双手赞成。许诺正准备开口反对，康宇轩说："熟悉场地嘛，明天还得早早赶过来，何必呢！这里房间多着呢！"说完还对许诺眨了眨眼。当着孩子的面，许诺只好把话吞了回去。

给儿子洗完澡后，儿子就和康宇轩玩去了。许诺一个人在客厅里摆弄着遥控器，在别人家就是不习惯不自在啊。

十点，许诺觉得应该叫儿子睡觉了，于是上楼去儿子的房间。许诺推门进去，看到康宇轩捧着一本书坐在儿子床边轻轻讲着故事，而儿子已经睡着了。

康宇轩和许诺一起出来，许诺说："我也准备睡了。"然后向客房走去。

康宇轩一把拉住她："你睡这边吧，方便一些。"硬是把她推进了主卧室。

"那你呢？"许诺问。

"我也睡这边啊，不是扮夫妻吗？"康宇轩笑着说。

许诺生气地一转身就准备离开。

"和你开玩笑的，我不会睡这儿的！"

康宇轩从衣柜里提出一件低胸的真丝吊带睡裙对许诺说："我个人认为这件不错！"许诺一言不发，接过衣服，直接带进浴室，还怕了你不成？人老珠黄也什么都敢穿！

许诺顶着湿漉漉的头发从浴室出来，料想康宇轩应该已去睡觉了，结果却看到他悠闲地坐在卧室的靠椅上看着书。

"你怎么还没走啊！"许诺不悦地质问他。

"怎么不吹干头发啊！"康宇轩根本就是答非所问。

"我没看到吹风机！"许诺老实地回答。

"就在浴室的柜子里，我帮你拿！"康宇轩拉开浴室柜门就找到了吹风机，插上电源，"来，我来帮你！"

"不用！"许诺不想接受他的好意，无奈，机器在人家手上，也就只好

68　准备聚会　117

站在他前面，背对着他。两人无语，只听到吹风机嗞嗞的声音。

许诺是短发，吹风机很快就吹干了头发，同时，也将浴室镜子的雾气吹干，许诺瞄了一眼镜子，突然发现自己清晰地出现在镜子中，低胸的吊带裙让许诺丰满的胸部一展无遗，白花花一片。而许诺突然想到背后的康宇轩，以他的身高，应该是俯视她的，肯定是春光乍泄。许诺的脸一下子红了，立马说："吹好了。"想转头走出去，却被康宇轩挡住了去路。

康宇轩放下机器，什么也没说，一把拦腰将许诺抱起，许诺吓得直叫："干吗，你要干吗？放开我！"

69 小刺猬

康宇轩将许诺放到床上，许诺吓得直往后退，只见他俯身靠近，许诺叫着："康宇轩，你要做什么？你别欺侮人！"

"叫什么？你应该感到幸运，你是第一个睡上这张床的女人。"康宇轩贴在许诺的耳边轻轻说了一句。

"你……"许诺一下子看到康宇轩本来微笑着的脸变得铁青，然后起身愤然离去。

许诺想："完了，聊垮了，导演甩手不干了，明天还有戏没？"

许诺有些心虚，躺在床上，根本无法入睡！

许诺睡不着，干脆下楼喝水。

许诺到厨房喝了杯水，关灯从厨房出来的时候，看到窗外，月色很好，反正睡不着，许诺索性到院子里去透透气。

月下的花园特别美，淡淡的花香，在如水的月光下，整个园子恍若仙境。许诺特别喜欢花园一隅的秋千椅，走过去，坐在上面，轻轻摇晃一下，仿佛回到童年时光。

许诺靠在椅子上，抬头望着月亮在云里穿行，这样的夜晚，坐在陌生的花园里，回想这些日子发生的事情，感觉就像是做梦。

不过，她还是很快回到现实，因为她看到了屋门口、月光下、静静站着的男人，应该也是才洗澡出来，穿着浴袍，就那样静静地站在门口望着她。

"睡不着，我来透透气。"许诺首先开口。

康宇轩没有作声，走了过来，在许诺身边坐下。

"有些女人总是喜欢煞风景。"

"说我吗？"许诺倒还挺老实，侧过身傻傻地望着他。

"你说呢？晚了，穿这么少坐在这儿会着凉的，早点回屋休息吧！"康宇轩对许诺说着，手很自然地搭在许诺裸露着的肩膀和手臂上，轻轻摩挲了几下。初秋的夜清凉如水，更深露重，许诺有些冰凉的身体明显感觉到了他手的温暖。

许诺有些莫名的紧张，轻轻移开一点，离他远点。

"怎么防我像防贼一样？"

"因为你不值得信任呗，绯闻不断，我是不会陪别人玩游戏的。"许诺边说边站起来，准备回屋，还不忘记弱弱地问了他一句："明天，这戏还演吗？"

"开机了就不会 NG，早点休息，小刺猬。"康宇轩恼火地回了她一句。

许诺在心里骂开了，居然叫我刺猬，你还是穿山甲呢！

许诺回到房间并没有很快入睡，可能是换了陌生的环境。很晚才入睡的她，第二天醒来已是满室阳光。

洗漱完下楼发现儿子都比自己起得早，已经在楼下和康宇轩一起吃着早餐了，两人有说有笑，在玩着脑筋急转弯的游戏。

厨房里，有个中年妇女已在忙碌，康宇轩介绍说："这是刘嫂，有什么事都可以帮你处理。"

刘嫂是个面相十分和善的人，做事也特别麻利，对许诺的出现并没有表现出任何的惊讶，详细地问了一下许诺中午的人数及准备的菜式后，就一言不发地埋头做事了。

许诺吃完早餐后也投入到厨房的工作中，一些基础工作可以交给刘嫂，但有些食材需要早早准备。

她交代康宇轩的任务就是：接客。

康宇轩打趣地说："把我当牛郎啊，还接客。"

"牛郎织女的牛郎，总可以了吧！"许诺白了他一眼，某人伸手就在许诺的头上轻轻抚了一下，"织女，做完饭记得给夫君织匹布！"

70　聚会

上午十点左右，刘奇、王凯和李晓珊三家相继到来。

他们到来的第一句话都是：许诺，原来你们家这么大啊！许诺回应一句：才搬来不久。其实许诺想到这句话也是考虑较周全的，因为只是为了演一出，难免怕有地方露馅，说搬来不久，有些细节不到位也比较好解释。

刘奇一家是第一个到的。夏静进门就对许诺说："这房子什么时候买的？现在这边的房价可贵了。"一看就是一个喜欢打听楼价的主，难怪她家买了好几套。

这些问题问得许诺一问三不知，只好求救般望向康宇轩。

康宇轩搂着她的肩，陪着朋友们楼上楼下地参观，对朋友们提出的问题一一回答，态度不知有多好，这个时候的许诺，真像一个只会躲在男人背后三从四德的小女子，低眉顺眼，温婉听话。

男人们看到康宇轩的车库,有了共同感兴趣的话题,那就是车。

大家参观完毕,康宇轩带着大家到屋外的院子里喝茶聊天,秋高气爽的天气,在院子里正合适。

孩子们到楼上玩耍。许诺则进到厨房和刘嫂一起忙碌。

冷不丁李晓珊溜进了厨房,问有没有要帮忙的,许诺说基本上都搞定了,你就等着吃现成的吧!许诺至今记得当年和李晓珊等人到老家附近的山上烧野果子吃的事,当年两人都有点天不怕地不怕的假小子性格。

李晓珊说:"许诺,看你家这情形,那天差点误会你老公啊!"

"没事的,你是为我好才告诉我的嘛!我感激还来不及呢!"

"不过许诺,男人还是要看紧点,特别是你这种高富帅老公。"李晓珊小声地劝告许诺。

许诺一听,此话也有理,即便是对方实则与自己无关,但还是得表明立场,于是顺口就来了句:"他要是敢在外面胡来,我打断他的腿!"听得李晓珊扑哧一笑:"你啊,还是这么直来直往。"

说话间,康宇轩进来取饮料,只听到许诺的后半句,于是问:"要打断谁的腿?"

李晓珊笑着说:"你老婆啊,说要是你在外面拈花惹草,就打断你的腿!"

康宇轩哈哈大笑:"我怎么敢啊,被她管得死死的!"拎着饮料就出去了。

许诺暗骂:"影帝!"

大伙吃了一个开心的午餐,对许诺的手艺很是称赞,都说:"没丢咱家乡人民的脸。"

许诺呵呵笑,康宇轩则在一边顺着说:"就是这手艺,让我根本不喜欢在外面应酬,就想在家吃饭。"

许诺被他说得真是从头到脚犯晕,好的导演,一定也是好的演员。

餐后大家相继离开,许诺长嘘一口气,总算结束了。

厨房也因为有刘嫂用不着许诺再去收拾,许诺带上儿子准备回家。

许诺把房子的钥匙还给康宇轩,康宇轩说:"留着啊,以备不时之需。哪天我出差了,你朋友要聚会什么的,你就可以使用啊!我又没付你什么酬劳,就给你一个随时使用的权利吧!"

许诺正色道:"我可不敢,哪天丢了东西会怪我头上!或者哪天和你的正室相撞,把我当小三打。"

康宇轩居然听着许诺的话呵呵笑,也不解释,只是说:"走,先送你们回家。"

许诺谢绝了康宇轩的相送。

在回去的路上,许诺想:他的名声是洗清了,但以后,这几个青梅竹马的朋友又如何应付呢?这个皮球一下子踢到了她这边。

车到山前必有路，到时候再说吧！世间万物都有可能瞬息万变，走一步看一步，办法总比问题多，肯定可以解决的。

71　酒吧巧遇

转眼到小长假，许诺将儿子送到了母亲那儿，自己在家只住了一晚就回了省城，准备和徐朋一起好好策划一下面包店新一季的活动。

本来约好第二天到店里碰头，结果头天晚上八点多，徐朋打电话给许诺："我现在在酒吧，你也来陪我喝一杯吧，不要开车。"

酒吧这种地方对于许诺来说是陌生的，如果说一次也没去过是假话，但仅有的一次也是几年前原来财务部的一个男同事过生日，一起去过一次。

许诺认为酒吧一是吵，二是乱，三是消费高。

据调查，酒后的人看别人，漂亮指数会增加20%，这也许就是酒吧里有些意志薄弱者为什么容易相互对上眼的原因吧。一觉醒来，只怕根本不敢承认枕边人就是昨晚的那一个。

许诺想徐朋肯定是有什么烦心事的，平时她也不是一个特别爱热闹的人，虽然性格开朗，但并不喜欢泡吧。

许诺想去酒吧也无所谓，儿子不在家，偶尔放纵，不，应该叫放松一下未尝不可。许诺暗自发笑，打扮打扮，涂脂抹粉，还换了件比较性感的衣服。

许诺看到徐朋的时候，她应该是已经喝了好几杯了，脸色发红，不过，神志清醒。

"许诺，我们女人一天到晚就想着这个家要如何操持好，一天到晚忙这忙那，一不小心就变成了黄脸婆，凭什么他们男人就可以潇潇洒洒什么也不管，还要要求女人上得厅堂下得厨房呢？"

许诺想徐朋肯定是和老公吵架了。一问详情，果然，两口子就是为了点屁大的事情。徐朋的老公QQ密码不记得了，为了找回密码，就在回答原来设定的问题，问题是：你的初恋是谁。徐朋好奇地坐在一边，看他怎么找回密码，结果，问题回答了四次，结果还是显示不对。徐朋怒了，你到底有多少初恋？自然是一顿争吵，于是徐朋独自到了酒吧，她说也要学学男人们，到酒吧好好放纵一把。

许诺打开一瓶啤酒，和徐朋碰了一下："今天我们也在这酒吧畅饮，跟着音乐high一下。不过，别喝多了，差不多就行啊！"

"有多少初恋都不重要好吧，老徐，重要的是他现在是你老公，对你很好的老公。何况男人当初在回答这个设定问题的时候，也许就没当真随便填的，搞不好填的是某个女明星的名字呢。"许诺开解徐朋，宁拆十座庙，不毁一桩婚啊，何况平时两口子感情挺好的。

两个女人，没事就互碰一下瓶子，间或跟着酒吧厚重的打击节奏摇摆。也曾有男人过来相邀，两女人同时 say no。只是许诺的浅饮，敌不过徐朋的豪饮，不到十点，徐朋已经竖不起头了，许诺知道坏了，赶紧打了她老公的电话。徐朋的老公正在家担心打电话也不接、离家出走的老婆，接到许诺的电话长松一口气，立马赶了过来接她。

许诺喝得不多，这两年偶尔也要喝酒应酬什么的，酒量也稍有长进，因此，除了有点面红耳烫，并没有其他。她谢绝了徐朋老公说一起走的好意，因为两个家的方向正好相反。

许诺走出酒吧准备去拦的士。酒吧门口，一女孩醉得东倒西歪，许诺看到有一不怀好意的男子向她靠拢，女孩子虽然醉了，但还是反抗地推了一把。

许诺看到这女子有些面熟，女孩子抬头推人一瞬，许诺认出她就是 Miss Chen。这不是康宇轩的女朋友吗？怎么弄成这样子。许诺并没在她周围看到她有同伴，此刻，许诺的个人英雄主义思想又冲动起来，立马走过去，对这个不怀好意的男子叫道："走开，别挡道。"然后去扶 Miss Chen。男人看到有同伴来相扶，悻悻地走开了。

许诺好不容易将 Miss Chen 拉起让她坐到了门口的长椅上，再也没办法了，只好打康宇轩的电话。

72　他的女朋友

"你女朋友在酒吧喝得烂醉，你来接一下吧！"

"女朋友？谁？"电话那头的康宇轩问了一句，背景是非常安静的，和许诺这边的嘈杂成鲜明对比。许诺在心里暗骂：说你女朋友你还问谁，到底有多少个？混蛋。

"Miss Chen 呢，我也不知她叫什么，我儿子这么叫她的。"许诺没好气地说。

"知道了，哪个酒吧？我就来。"康宇轩问了地址，立即挂了电话。

许诺坐在酒吧门口的椅子上，看着这边已昏睡过去的 Miss Chen，再次相遇，居然是这种情况。并且，自己还做了一个好人。只是，她有什么样的烦恼需要到这儿买醉？康宇轩呢？刚才听康宇轩的态度，并不知情，许诺一下子还想不通，当然，想不通也不关她的事，家家有本难念的经嘛。深夜，陪着他喝醉的女朋友静坐，还真有些滑稽。

康宇轩很快就到了，看到醉倒在长椅上的 Miss Chen，一脸怒容。他抱起 Miss Chen 放到后座，然后对许诺说："你开车了吗？"

许诺说："没有。"

"那还不上车？"

许诺看了一眼后座的 Miss Chen 说："不方便吧，我自己打车就是了。"

"这么晚了，上车吧！"康宇轩拉开了副驾驶座的门，许诺不再多言上了车。

一路无语，许诺觉得不方便打听他们的事。

"你怎么在酒吧？"康宇轩问许诺。许诺觉得奇怪，这个问题不问他女友问我做什么，不过，此刻问后面的人也等于白问。许诺说："陪同学散下心。她被老公接走了，我出门的时候看到了她。"许诺用手指了指后座。

许诺看到车子并没有朝康宇轩家的方向开，倒是往许诺和徐朋的面包屋方向开。果然进了面包屋附近的小区。

车停在了地下车库，康宇轩刚把 Miss Chen 拉下车，结果就听到"哇"的一声，她吐了，除了地上，许诺看到她衣服上也有脏物，连忙在一边给她递上纸巾。

两人终于把她弄上了电梯，许诺看到康宇轩按了个"32"，这是电梯里的最大数字，应该是住最高层吧。屋门是密码锁，康宇轩熟练地按了密码，进入房间。

康宇轩直接把 Miss Chen 抱进了卧室，许诺站在客厅里，打量了一下房间。房间很大，一看就是女孩子的房子，温馨浪漫。许诺还没来得及细看，康宇轩已经走出了卧室，对许诺说："许诺，她衣服挺脏的，你去帮她换一件好吧！衣服都在她卧室的衣帽间。"

许诺以为听错了，她是你女朋友，换个衣服还叫我作什么。许诺呆呆看了康宇轩一眼，不知所措。

"快点去啊！"康宇轩催促着。

许诺走进卧室，在她的衣柜里找了件睡裙，幸好 Miss Chen 穿的就是连衣裙，换起来没费多大的功夫。

很快许诺就帮 Miss Chen 把衣服换好了，虽然喝醉了，但并无大碍，睡得很平稳。许诺顺手将换下的脏衣服放到了卫生间，出来看到康宇轩正坐在客厅，若有所思的样子。

康宇轩看到许诺出来，立马站起来说："我们走吧！"

许诺有些诧异，有点结巴地问："你……你不住这儿？"问完又觉得自己有点天真，顿时脸发红。

"我女朋友是吧，刚才打电话通知我说我女朋友，神经病！许诺，你有没有一点眼力见儿啊。她是我表妹，陈晶晶，多年前你不是还陪我给她买过手机的。从小就是我的跟屁虫。"

许诺一听，明白刚才为什么要叫自己为 Miss Chen 换衣服了，虽然是表兄妹，毕竟男女有别。虽然被骂了，许诺不知怎的心里却一点也不觉得难受。但另一个声音又告诉她：看来陈瑶说的要和他订婚的不是 Miss Chen 了，是何许人也呢？"关你什么事啊！"许诺心里有个人暗骂自己。

一上车，康宇轩就上下打量了一下许诺："今天穿成这个样子去泡吧，不说明一下原因？"

许诺避开他的眼神，自顾自地说："我同学和老公吵架了，就跑到了酒吧，约我去陪她喝一杯。"

"你倒是越来越长进了，酒量不怎么的还敢去泡吧，还穿得这么暴露。"康宇轩不悦地说。

"你少说这些，今天要不是我出现在酒吧，你表妹指不定有什么危险呢！刚才我去拉她的时候就有个不怀好意的男人去拉她。"许诺没好气地回了他。

"你儿子呢？不会又把他丢在别人家你自己出来玩乐！"康宇轩问许诺。

"放假我送他到我妈家了，我才不会不管孩子呢！小人之心。"许诺回了康宇轩，然后八卦的特性又展露了，"你表妹什么事要到酒吧买醉啊？"

"还能有什么事啊，为情所困啊！"康宇轩没好气地说，"你们女人啊，真搞不懂，到底要怎样？女人心，海底针！"

"你怎么这样说啊！女人是弱者。"许诺不甘示弱地说。

"晶晶原来在国外的时候谈了个朋友，她回国的时候男的学业还没修完。男人家里条件一般，于是我姨父极力反对他们再来往，并且另外介绍了一个门当户对的给她认识。前段时间，这男的回来了。晶晶觉得还是想和原来的男朋友好，家里人的反对，加上自己的压力，这不就去喝酒了。女人啊！都不知怎么想的。许诺，要是你，你会怎么办？"

73 女人心，海底针

"要是我？我肯定要忠于自己的内心。如果根本不喜欢后来介绍的，当然没必要牵强在一起。现在前男友不是回来了吗？如果不是因为原则问题而分开，机缘巧合，好马还是可以吃回头草的。忠于自己的内心最重要。"许诺振振有词地发表了她的看法，"但是，男人是最容易见异思迁的，说不定原来男友早就有了别的女人了呢，所以晶晶才如此痛苦。是不是？"

"这个我就不清楚了。"康宇轩沉思了一下，突然掉过头对许诺说："你呢？你原来的男人不是就在你面前吗？你怎么想的？"

许诺根本没想到他会来这一句，一时语塞，最后终于挤出几个字："我原来的男人虽然出现在我面前，可是却冷漠得不认识了，何况人家恐怕早就成了别人的男人。"

"吱"的一声，车子一个急刹车，康宇轩把车子弄停了，许诺问："怎么回事？"

康宇轩一转身，双手狠狠抓住许诺的双肩大声质问："许诺，你说什么？"

你给我说清楚！什么早就成了别人的男人。你说我冷漠，是的，最初见到你我是冷漠的，因为我实在是太生气了。当年你要死要活和我离了婚，说是为了考验我们的爱情，然后你突然消失，我一直等着你给我个解释。我是装作冷漠没有错，你看看你自己，脑袋昂得比什么都高。我就觉得我好像是上辈子欠你的，总是一次次说服自己，一次次来靠近你。"

许诺沉默了，康宇轩说："许诺，我们好好谈谈吧，我不想再这样演下去了！"

康宇轩继续开车，直到许诺的小区楼下。停了车，许诺下车说"再见"，康宇轩什么也不说，只是跟在许诺后面，许诺问："你干吗？"

"到你家和你好好谈谈。"

"有什么好谈的，都是过去式了。"

"死也要死个明明白白，你得好好解释一下当年为什么玩消失。"许诺觉得今晚自己根本就没有心理准备和他谈这个，在进门的时候，打开房门，欲把他关在门外，无奈，男人的力气让她节节败退，康宇轩进得家门，顺手将门关上。

许诺一想到当年的事，本来平复的心情又无法淡定了，站在门口，对康宇轩说："没什么好说的，过去了就过去了吧，我不想再提了。"

"你是不是有无法说出口的苦衷？"康宇轩突然对许诺来了一句。

许诺想苦衷是有，更多的是痛苦，回忆就如同揭开旧日伤疤，虽然康宇轩一再接近自己，但他身边一拨接一拨的故事让许诺觉得分开了这些年，自己一下子还真的无法将他看透。前路等待自己的是什么，根本无法知道，实在不想再去伤自己一次啊。

许诺沉默不语。

"行，我不逼你，也不要你说当年的事，我只问你，那天我看到的男人是谁，是你的交往对象吗？"

许诺不想和他多解释，甩给他一句："这是我的私事，没必要向你交代。"许诺话音没落，康宇轩霸道地一把搂住了她："你这个坏女人，就会折磨我！"许诺想叫，却被他一吻唇封。

康宇轩是霸道的，侵略的，许诺想反抗，但是传递给大脑的是熟悉的味道。多年前，许诺最迷恋和不舍的味道。许诺觉得自己在他的怀里慢慢变得全身瘫软。康宇轩的双手将许诺的后背搂得紧紧的，仿佛要将她揉进自己的胸膛。

突然，许诺的电话响了。许诺似乎一下清醒过来，试图推开他去接电话，但康宇轩将许诺搂得紧紧的，亲吻着许诺的耳朵喃喃说着："宝贝，不要接。"

电话却固执地一直在响，在这个深夜尤其显得声音响亮。许诺再次用力挣开康宇轩的双手，接起电话，电话是陈佳和来的。

"老太太，还没睡吧？休息日晚上应该睡得晚点，所以才打电话来。明天约了你的朋友徐朋一起谈下一季合作的事，徐朋要我通知你，明天晚上一起吃晚饭，到时候我来接你。"

许诺知道自己有多慌乱，脑袋里没有更多的想法，只能一味地说："好，好，明天见！"

许诺抬头看旁边有些愤怒的某人："晚了，还不走？"

康宇轩却执意不走："你得说清楚你和他之间的关系。"

许诺无奈，只好口气放软对康宇轩说："真的就是普通朋友，有工作上的联系。我今天很累了，又喝了一些酒，头脑很乱，还有些事情我需要好好地整理，等我理清一个头绪我们再谈好吧，我今天实在没心情谈。"

康宇轩表情见好："好吧，你早点休息，等你清醒的时候，我们好好谈谈，我知道不消除你心里的疙瘩你是不会对我有好脸色的。"

临走不忘记甩给许诺一句："酒吧那种地方以后少去。"

74　同学和同事的相遇

心语面包屋和西餐厅之间的合作很愉快。徐朋说要请陈佳和吃饭，一来是表示感谢，二来为下一季的合作双方再做一些探讨。因为徐朋的提议，才有陈佳和深夜的电话。

第二天下午，陈佳和如约来接许诺去饭店。

席间，三人聊得十分投机，本来是一种合作的应酬，变成了朋友之间的热聊。餐桌上，陈佳和毫不掩饰对许诺的关切，从端茶倒水到盛饭夹菜。

徐朋坐在一边，对着许诺眨眼会心微笑。许诺的心里可是打起了鼓，这两人未必达成了某种默契吗？

晚餐吃得差不多的时候，徐朋的老公来电话，说是一份重要合同落在了徐朋的车上，要她立即送过去。于是徐朋匆匆先行一步。

许诺甚至认为这个偶发事件都是原来就设计好的。罢了，徐朋也是真心为自己好的。

许诺陪陈佳和吃完饭后，陈佳和说："你儿子不在身边，正好可以充分放松一下，一起去看场电影如何？"

电影于许诺，是件非常奢侈的事，除了单位每年"三八"的固定节目：集体看电影，许诺基本上就只有陪儿子看过几次动画大片了。

不是没时间，而是确实没人，没有合适的人。

其实很多的爱好，如果没有合适的同伴，就少了很多乐趣。就像徐朋形容的嗑瓜子，徐朋说只有嗑完后将葵花子壳随意地丢在地下，才是真正的爽。而磕着瓜子，却要把壳小心翼翼地放在某处的时候，这种享受就完全没有了。

徐朋是随性之人，总是在生活细节上率性而为，在她家，饭碗和菜碗永远都没有相同的花色，甚至没有相同的形态，她总是看到合适的花色就淘一个。许诺恰好也喜欢她这种随性，所以，关系才铁。

许诺觉得和陈佳和一起去看电影有些不妥。虽然一直以来，两人在网上聊天很多的时候都会聊到电影。只是绝大部分的影片，许诺都是在网上或者电视上看的。

现实生活中，许诺觉得，看电影于单身男女来说，是一种恋爱或者准恋爱状态才有的活动，她只和康宇轩一起看过电影。

许诺的人生里没有暧昧。

许诺在一些事没有彻底理清楚之前，并不想给别人造成误会，给别人希望，就会有失望，希望越大，失望也就越大。

她婉拒了陈佳和的提议，陈佳和说："那就去江边散散步，女生不是都怕长胖吗？饭后走一走，活到九十九。"这个提议，许诺无法拒绝，点头称好。

两人结账后走出饭店，陈佳和要许诺在门口等着，他去开车。

许诺站在饭店门口，意外的是，正好碰上了康宇轩和一名女子也从饭店走了出来。

女人年纪和康宇轩年纪相仿，身材高挑，和陈晶晶的亲切妩媚不同，此女属冷艳型的。尽管只是瞬间一瞥，许诺还是看到了似曾相识的眼角眉梢，只是当年的冷傲模样，变成了现在的冷艳。这张在她脑海中盘旋了多年的脸今天终于见到了真人。

许诺的内心狂跳。这么多年了，以为自己早忘记了，但偏偏什么也没忘记，许诺其实想装作没看见欲快步转身离开，康宇轩却早已看到她并和她打起了招呼："许诺，你也在这儿吃饭？"

许诺转头称是。

"来，认识一下，这是我同学张萌萌。"

许诺向名叫张萌萌的女人微笑："你好，我是康总的同事，许诺。"

张萌萌只是嘴角扯了一下，算是给了回应。果然是冷美人，骄傲的冷美人。

康宇轩把许诺拉到一边，指着较远处陈佳和的背影，小声问许诺："你，又约会？"

"什么意思？"

"刚才那个老男人，你们不是又单独吃饭了吗？"许诺一听真是气炸了，正待发作。

"宇轩，走吧，我们还得去和赵总他们碰头呢！"张萌萌在叫着康宇轩，顺便还送给了他娇媚的笑容，原来她是会笑的，只是对他而已。许诺看得一阵恶心。

"你呢，你和这女人应该也没那么简单吧！"许诺反问他。

"同学而已，当年一起留学的。现在和她所在公司有个新的合作项目。"

"切，骗谁呢！"许诺回了他一句，头也不回地快步追陈佳和而去，实在不想再站在这儿等了。

　　在陈佳和的车上，许诺依然心情难以平静，并且觉得胃部特别难受。陈佳和从许诺的沉默中感觉到了许诺前后心情的变化，关切地问："许诺，你怎么了，刚才还有说有笑的，怎么突然一下子变了？"

　　许诺虽然心里不好受，胃也不舒服，但又无法向陈佳和说明原因，只好说："可能吃得太饱，突然觉得有些难受。"

　　陈佳和说："那我直接送你回家吧。"

　　一路上，许诺在心里努力说服自己：他的事与她何干？如同她的事，也与他无关一样。这么多年过去了，就当今天没遇上吧！

　　陈佳和送许诺到小区，执意要送许诺回家，因为他觉得今天许诺的脸色有些不对。这是陌生的男人第一次到访许诺的家，当然，许诺和他其实并不算陌生，许诺觉得拒绝别人的善意不太好。

　　陈佳和进到许诺的家，要许诺好好休息，许诺靠在沙发上。

　　陈佳和关切地问："要不要吃点药？"许诺摇了摇头，还表示对第一次上门的朋友太失礼。

　　陈佳和温暖地笑了："女孩子，就是需要人照顾的。"他很快到厨房给许诺端来了一杯温开水，坐在许诺旁边，伸手在许诺的额头上探了探，许诺感觉到了，这是一双温暖的手。陈佳和说："没有发烧，休息一下，多喝点开水，好好睡一觉应该就好了。"

　　陈佳和耐心地交代了许诺一些注意事项，包括如果还是不舒服记得第一时间打电话通知他，然后离开。

　　许诺刚刚躺到床上，电话响起，是康宇轩。

75　醋意大发

　　"许诺，在哪儿呢？"男人慵懒的声音。

　　"早睡了，吵什么啊！"许诺没好气地说。

　　"吃醋了？"对方呵呵笑。

　　"谁吃醋啊！有没搞错？"

　　"我吃了好吧，我现在都睡不着，你今天又和那个老男人约会了。"

　　"你不会这个时候电话骚扰来查岗吧！"许诺也毫不客气。

　　"那倒不是，我还是很相信你的。当然，也怕你一时糊涂啊！宝贝。"康宇轩的语气近乎梦呓。

　　许诺回了他一句："神经病！"挂了电话。

　　许诺胃部不适躺下后症状渐渐减轻了，但直到凌晨才睡着。因为是休息日，第二天醒来的时候都已快到十点了。

徐朋打来电话："许诺，昨天和陈总二人世界还不错吧？"

许诺真是一肚子苦水无法倒出，只能苦笑："你别乱点鸳鸯谱啊！"

"什么乱点？我可是经过多方论证才推上坡的。只能做到这样了，余下的事就看你们两人的造化了。"徐朋在电话里呵呵笑。

许诺起床后，孩子不在身边的休息日心里还真是空荡荡的。

突然想起很久没去小吃一条街了，今天秋高气爽的，去逛逛也不错，穿着吊带的休闲长裙，外配一件长袖的开衫，美美的，又很随意，很适合自己喜欢的无拘无束的文艺风，独自去偷欢，并且不开车出门，走到哪儿算哪儿。

许诺来到小吃一条街，还是去了很久不曾去过的小店，弄了几份小吃。左手提着，右手还边吃着，至于形象，懒得顾了，爽了口舌再说。

许诺在路边闲闲地走，耳边有汽车鸣笛声，并且鸣得很坚持，许诺回头，发现居然是康宇轩的车子，只是车子副驾驶座上还坐着张萌萌。

"许诺！"康宇轩在叫着她，许诺对他微笑着招了招手，算是对这两人打过招呼了，转身继续走。

"许诺，你去哪儿？"许诺没想到康宇轩居然停了车下来挡在了她面前。

"我就是随便逛逛，买了些小吃，准备回家了。"

"那上车，我送你回去。"

"不用了，你不是还有同学在，不方便。"

"有什么不方便的，上车。"康宇轩拉着许诺，扯开后座的车门，把许诺塞了进去。

许诺上得车，向张萌萌说了句："你好！"对方只是轻轻哼了一声。

"刚才和萌萌一起去电视台做了一个房产方面的专题访谈节目，关于我们合作的新项目的推广的。"康宇轩一边开车，一边说着，还回头看了下许诺。

"哦。"许诺觉得再也没话可说了。

"宇轩，你先送这位女士回家，然后一起到我家吃午餐吧？"

"不了，我先送你回家，我还有事，不能去你家吃饭了，代我问叔叔阿姨好。"康宇轩侧头回了张萌萌。

十字路口，红灯，康宇轩突然回头对许诺说："刚才看到你提了一些好吃的，快点，弄一口来试下味道。"许诺只好打开袋子，立马用牙签弄了一片卤香豆干送到他嘴里。

"不错，挺好吃的，好久没吃过了。"许诺看到旁边的张萌萌脸都绿了，出于礼貌，许诺对张萌萌说："张小姐要不要试一下，味道不错的。"

"谢谢，不用。"对方回答得没有任何温度。

康宇轩将张萌萌送到家后，对许诺说："许诺，到我家做饭给我吃！"

"想得美，好不容易休息一天，我才不要做厨娘。"

"一起做啊，师傅，我当年学的底子还在的！"康宇轩侧过头对许诺说，语气里透着当年对着许诺耍无赖的口气。许诺心里隐隐发酸，多少年了，这种熟悉的腔调不曾听到。而这段时间，她看到的康宇轩总是成熟冷峻的形象。

　　"傻吧，刚才张萌萌家不是有现成的吃，怎么不去？"

　　"你才傻呢，看不出我为什么不去吗？"康宇轩也不再和许诺理论，直接往他家开。

　　半路上，许诺的电话响起，"阿忆，是你吗……什么？你回来了……在哪呢？知道了，我就在这附近……我们一起吃饭？好的好的，你就在那个商场逛一下，我二十分钟就到……好久没见了，当然要见啊。"

　　许诺挂了电话，对康宇轩说："我一个老同学回来了，我得去陪她吃饭。"

　　"许诺，我发现你好像比我还忙，我好不容易逮着个机会，又让给别人了。我陪你一起去，蹭个饭？"

　　"不行，你去了，多生分啊，影响我们姐妹叙旧。你把我送到王府井百货吧！"

　　"我什么好处也没捞到，凭什么还要做你司机啊！"

　　"你看，狐狸尾巴露出来了吧！快，送我过去。"

　　"知道了，但你得记着你欠我的，明天一起午餐好不好？"

　　"看心情吧！"许诺看着他的表情，故意这样说，却是暗自发笑，这家伙还是当年的表情。

76　挚友相见

　　康宇轩将许诺送到约定地点离开，许诺口中的阿忆，是许诺的初中同学，何忆。当年，许诺怀孕后，辞去工作，在街头无助闲逛的时候，就是碰到了何忆。

　　何忆初中毕业去读了中专，所以，碰到许诺的时候，她都工作好几年了。当她听说许诺刚刚失去了工作，对许诺说："我舅舅的玩具厂正好缺财务人员呢，你是大学生，又有工作经验，肯定可以去做主管。我上次回来，还带了好几个朋友一起过去，要不要一起去东莞？"

　　许诺想到远离父母去遥远的南方，心里还是发怵的，但想想自己现在的处境，去一个没人认识的地方未尝不是一件好事，何况还有何忆，初中的时候是同桌，许诺经常帮助学习上较弱一点的何忆。那时的何忆，在丹桂飘香的季节，每天会采一小枝桂花插在许诺的桌子上，因为她家门口就有几棵桂花树。

　　只是许诺答应何忆南下的时候并没有告诉何忆她怀孕的事，走一步看一步吧。许诺回到康宇轩亲戚的房子里，收拾了一些自己用得上的简单行囊，只是带走了存折和手链，这是他们之间，也算是信物吧，一件是礼物，一个是写着他的名字的东西。

许诺和何忆也有两年没见了。当年到了玩具厂不久，何忆就看出了许诺身体的异样，许诺知道瞒不过她，就告诉了她怀孕的事，并且告诉何忆对方在国外，对方并不知她怀孕的事，只是她自己坚持生这个孩子。

何忆听得唏嘘不已，但还是尊重许诺的决定，她舅舅并不主张去打胎，也觉得怀孕不会影响她从事的财务工作，所以，大家更多的时候都是帮助许诺共渡难关。不久何忆也怀孕了，两个女人在一起就更加有了共同语言，当年婴儿用品都是一买就是双份的。

许诺对何忆是心存感激的，在许诺临产最痛苦的时候，何忆一直陪伴在她身边。

许诺记得进院不久，深夜的时候实在疼痛难忍，不禁叫了起来，一个护士跑过来对她说："许诺，你还早得很，别叫太大声影响别人休息。"是何忆一直在一旁握着她的手照顾她，开电视分散她的注意力，递上巧克力减轻痛苦，许诺觉得那种痛苦永远难忘。

何忆的孩子比许诺的小三个月，一个女孩。许诺生完孩子后不久就回了娘家，但和何忆一直保持联系，何忆每每回老家探亲都会联系许诺，何忆是许诺最感激的朋友，在最困难的时候，给予她莫大的帮助。

商场门口，许诺见到正等着她的何忆。

"许诺，越来越漂亮了！"何忆搂着许诺。

"你也是！"

"孩子呢？"

"放假到我妈家小住了，你一个人回来的？"

"是的，我妈生病了，我回来看下！"

"严重吗？"

"还好，住了几天院，基本上好得差不多了。"

"现在厂里情况还好吗？"

"还算可以，但也比不上前几年了，出口订单减少了一些，不过，好在我们是老厂，还有一些老客户。"

"代我问你舅舅好啊，当年挺感激他的。"

"好的，你过得怎样？还单着？当年你就是因为和孩子爸爸失去了联系，现在一直没找到？你不会还一直在等着这负心汉吧？还是要早作打算，过了三十的女人，就不是什么紧俏货了。"

"呵呵，是啊，所以找不到合适的嘛。走，吃饭去，附近我知道有好吃的。"

两个女人去了附近的饭店，边吃边聊，饭后许诺搭的士送何忆到了火车站，直到她上车。

77　金屋藏娇

许诺第二天从睡梦中醒来已是日上三竿，并且还是被徐朋的电话吵醒的。

"许诺，今天你朋友，那个 VIP 打电话来预订了一个生日蛋糕，原来说好了你要负责送蛋糕的！"许诺想昨天是答应和康宇轩一起午餐的，没想到他还弄出这档子事出来，是怕咱不去，故意再找个借口吧，有一点可以肯定，他的生日是还差得远的。她没好气地对徐朋说："你叫店里的某个员工去吧，年轻美女送过去没准人家还高兴些！"

"你别想逃避，我刚才已打电话确认过了，VIP 说今天在家里休息。还特意说要许老板亲自送去，说许老板知道他的家庭住址，重要的是他还说有可能也有团购业务要和你谈。"

"老徐啊老徐，你可真正成为一个生意人了，什么时候都不忘记生意。"许诺没好气地对徐朋说。

徐朋呵呵一笑："难不成你嫌钱赚多了难受？"

许诺一听头都大了，当然赚再多也不会难受。只是看来康宇轩这次是故意点了名要自己上门去了，偏偏又不能和徐朋明说。送就送啊，大不了火气上来一下把蛋糕拍他脸上也不是没可能。

许诺问徐朋："人家说要送哪儿？"

"放心，你到店里来就是，地址都给你写好放在蛋糕上了。还有贺卡，你上午去送吧，晚上去送就没诚意了。"

这些天，其实许诺已经感觉到了康宇轩的诚意，但是，受过一次伤害的许诺觉得已不是多年前的稚嫩丫头了。而且，也伤不起了。尽管自己内心并不拒绝和他在一起，但是，在一起会有未来吗？年轻的时候可以试，现在这个年纪，做任何决定都会慎重，还有，现在要在一起，也已不是两个人的事，还有双方父母，复杂着呢。

原来康宇轩是冷酷的，许诺自然也不会低头，现在在对方已转变态度，许诺想与其这样猜着演着，也许，开诚布公地谈一次更好。

许诺提着蛋糕进了康宇轩家："早啊，许老板，亲自送蛋糕来了？昨天约了一起午餐，你顺便带个蛋糕，也在情理之中。我才起床不久，还没吃早餐，就等着你来做饭，两顿一起吃。"

"不是有人过生日吗？你不去参加生日宴会？"许诺反问他。

"我爸今天过生日呢！往年都是大宴宾客，今年宣布只静悄悄地在家请至亲及好友吃顿饭。可能也是年纪大了，不喜欢热闹了。我今天晚上回家吃饭就可以了。"

许诺免不了问："你爸也年纪大了，你怎么不和他一起住家里啊！这样一家人在一起也热闹一些。你一个人住这儿不觉得没人气吗？"

"我也需要一些自己的空间啊！这个你不懂的。我和我爸在某些方面总是有代沟的，难以沟通。"

"什么空间啊，不就是金屋藏娇的空间吗！"许诺白了他一眼，讽刺地说。

"你要这么认为也可以，现在你也算我这里的娇了，啊，美娇娘！不，美少妇一枚啊。"康宇轩边说边笑。

许诺真恨不得给他两下。

"许诺，我今天就想吃你做的！"说完还用特无辜的眼神望着许诺，就像问家长要糖的小孩子般期待的眼神。

许诺无语，真是服了你啊！许诺想给他做做饭也没什么大不了的，反正自己也没吃。

许诺打开冰箱，发现里面的食物不多，但还是准备了一些常用的，康宇轩说是钟点工为他准备的。很快许诺将冰箱里的食物组合了一下，准备做个三菜一汤。

康宇轩把许诺领到厨房就走开了，许诺想："只会吃现成的啊，一点忙都不会来帮。"

当许诺将饭菜端上桌的时候，看到康宇轩从楼上下来，应该是刚从浴室里出来的，头上还滴着水，裹个浴袍，领口开得很大，许诺想：你一大男人，露什么露啊，生怕别人不知道你帅吗？

康宇轩坐下，吃着许诺做的饭菜："就是这个味，好难吃到啊，许诺，你手艺比原来更好了啊！"

"那当然，从少女都成少妇了，总得有长进啊！"许诺自嘲地白了康宇轩一眼。

"少妇？少妇不是最具风情更有韵味的吗？我喜欢！"康宇轩边吃边笑，许诺只有在一旁当气球的份儿。

两人吃毕饭，康宇轩显得特别主动："我来刷碗，老样子，你去喝杯茶，对了，还有水果。"许诺也不和他争，自顾自到客厅沙发坐下，喝茶，顺手在茶几上拿点东西翻阅。看来康宇轩是个工作狂，茶几上零散堆着的全是工作资料。

"许诺，咱们别搞得像仇人样好吗？我认输了。"康宇轩走过来坐到了许诺的身边。声音就在许诺耳边，两人如此之近，许诺坐在沙发上，看到他靠近，有些紧张。

"许诺，你啊，还是这么傲气，刀子嘴，豆腐心，脾气急躁，容易武断。"康宇轩的手揽住了许诺的肩头说。

"晕，罗列我所有的缺点，又来打击我是吧！"

许诺觉得对康宇轩是没有免疫力的。为了避免不必要的尴尬，许诺欲站起来，康宇轩紧紧抱住了许诺，并将她压在了沙发上，紧接着许诺感受到他的心跳。

"许诺，出差那天晚上喝了酒，壮着胆子闯入你房间，我就确定，我只想要你，并且我也确定你也是需要我的。我根本不觉得我们之间有这么多年没有相见，感觉就在昨天。"康宇轩在许诺的耳边呢喃，许诺浑身发烫。"我知道想要你主动对我示好是不可能的了，你不过来，我就过去。"他的吻，温柔而缠绵，许诺已无力招架。

突然"嘭"的一声，关门的声音。许诺吓得立马朝门口望去，康宇轩也松开了许诺。许诺看到门口呆若木鸡的 Miss Chen，而康宇轩对着她大叫："陈晶晶，把钥匙还给我，你在这儿出入太自由了！"陈晶晶什么也没说，只是非常慌乱地转身拉开门跑了。

78　昔日情敌

许诺平生第一次遇到这么尴尬的事，冒火地对康宇轩说："这下好了吧，被你表妹看到了，看你怎么收场。"

"看到就看到啊，她又不是小孩子，不存在少儿不宜的问题。"

"我的意思是刚才这样是不正常的！我们之间已经不是原来那种关系了。"

"哪种关系啊，一个单身男人和一个单身女人，什么不可以做？何况我们曾经是夫妻。都是你，才让我们天各一方的。别想太多了。下午陪我到外面逛逛吧，反正休息，多多也不在家，你肯定闲着没事。"

许诺断然拒绝："不去，和你在一起是危险的。你现在是个随便的人。"

"许诺，我随便起来不是人，你信不信？"康宇轩又夸张地靠近许诺，许诺吓得跳开。

"去吧，许诺，陪陪我，我孤家寡人的，我要为我爸选生日礼物呢，你帮我出出主意。你要是去，我考虑堵上陈晶晶的嘴，让你平安无事，无任何绯闻，好吗？"

"我真是服了你，姓康的。"许诺最终投降。

许诺和康宇轩一起去了市中心的商场。这些年，许诺从没和男人一起逛过街。

天气是如此晴朗，而许诺的心情却是晴转多云。许诺发现康宇轩太抢眼了，从商场的地下车库上自动扶梯开始，就有不少女生注目。

可旁边的男人却似视若无睹，见许诺远远掉在他后面实在看不过眼，一把就拉住她的手。许诺触电似的想甩开，晕，你不要面子我还要注意形象，保不定会遇上熟人或者同事什么的，没法解释。

康宇轩突然揽住许诺的肩头："怎么了，装成不很熟的样子吗？原来你喜欢玩地下情？"

许诺觉得自己还真是玩不起的人，"你有想过买什么礼物吗？"许诺问康宇轩说。许诺只想快点搞定，离开这种公共场合。

"我要是有好想法也不会拉上你啊！快点想想，你平时不是脑袋转得挺快吗？"

"我觉得吧，你爸现在什么都不缺，缺的就是你对他的孝顺和关心。年纪大了，特别需要家庭的温暖。"

康宇轩没有作声，但也没有反驳。

许诺此时正好看到本层有销售足浴盆的，灵机一动，对康宇轩说："这样吧，我觉得，你爸年纪大了，就给他买一个足浴盆吧，虽然价格不贵，但是有养生保健的功能，每晚泡泡脚，胜过吃补药呢！正好现在往冬天走，这个很合适。如果你每天能提醒你爸泡泡脚，甚至为他端上一盆洗脚水，我看比什么礼物都珍贵。"

康宇轩给了许诺一个十分灿烂的笑，握了握许诺的手："就听你的，好吧！"

康宇轩和许诺在商场的三楼挑了某品牌最贵的一款，因为商场正搞促销活动，折后不到两千元，还赠送了一大包与之相配的泡足药材。康宇轩提着偌大的纸箱包装着的足浴盆，笑着对许诺说："真是一份大——礼啊，要不干脆今天你提着去祝寿？"

许诺毫不犹豫地白了他一眼："神经病！"自顾转身，欲打道回府。

"要不要再逛一下？女人不是喜欢逛的，衣服啊，化妆品啊？"康宇轩问许诺。

许诺哪有心情逛，一味催促说："今天不逛了，走吧！"康宇轩也没再坚持。

地下车库，许诺先行上了车，康宇轩将纸箱放入尾箱。

"宇轩，你怎么也在这儿？"顺着声音，许诺又看到了张萌萌。

"萌萌，你也来逛商场？"

"伯父不是今天过生日吗？我来给他选生日礼物，宇轩，要不你陪我一起啊，男人的东西你比较在行。"张萌萌无比妩媚地说着，许诺在后视镜里看得一清二楚。

"你知道的，一逛商场我就头晕，我还有事先走了，晚上见。"康宇轩说完立马上了车，发动车子就跑。留下张萌萌呆呆地在站在原地。

"你同学挺漂亮啊！"许诺对着康宇轩没话找话说。

"还行吧。"康宇轩随意地说着。

"你们两家很熟吧！刚才听说晚上也要去你家吃饭的。"

"是的，她爸和我爸是很多年的朋友。两家一直私交不错，生意上来往挺多。对了，上次你见过的银行的周叔叔就是她舅舅。"

原来如此。许诺突然想到陈瑶说的他要订婚的事，随口说："有人传说你要在公司周年庆典上宣布订婚，是不是就是和她？"

"你说什么呢！"康宇轩突然脸色一变。前面是红灯，车也跟着停了下来。

"许诺，你不会是听到什么，所以才一直对我冷淡抗拒的吧！不否认双方的家长有这个意思，有次她爸还在开玩笑说，你们俩如果到了三十岁还是你没娶她没嫁的，就成一对算了。但这只是玩笑话。"

许诺看着康宇轩清澈的眼神，这一刻，她是愿意相信这个男人的。只是，只是，多年前，发到她邮箱的那张两人搂在一起的亲密照，还有订婚的消息又做如何解释呢？

可是，许诺现在还不想去问他，她有些怕揭开这个谜底。许诺的心头五味杂陈。

康宇轩将许诺送到家门口，许诺说："你爸过生日，早点回去吧！以后也尽量多陪长辈说说话。虽然说儿子是粗线条的，但父子终归是有话说的。"

康宇轩说："许诺，你终于又开始对我碎碎念了。"

"我有吗？"许诺一拍脑袋。

"有，这是可喜的进步。我今天很开心。许诺，我希望你记住一点，有什么就直截了当说出来，不要总是道听途说，你可以直接问我的，相互坦诚，好不好？"

许诺回想今天的历程，我变了吗？

79　家宴

晚上，康宅，康宇轩的父亲康建国，今年的生日没有在酒店高朋满座，只是在家招待了小姨子一家及张总一家。十来个人的宴会，就在自家的餐厅就餐。

当儿子康宇轩呈上礼物——一个足浴盆的时候，姨侄女陈晶晶捧腹大笑。其他人都报以微笑。相对于其他人贵重的礼物，康建国居然第一次感到心头流动的暖意。

这些年，在商场奋斗着，几年前儿子虽然听从了自己的意愿，成为了自己最得力的帮手，但从感情上总是有所隔膜，可能与他少年丧母，当年自己忙于工作疏忽了对他的关怀，以至于父子关系虽然表面上和谐，实际并不交心。

这些年康建国也试图改变这种状态，比如更多地在生活上给予他关怀，甚至还张罗着为他介绍女朋友。无奈，儿子在这方面好像根本不感兴趣，工作上非常卖力投入，但这些年从没看到他带女孩子出现在他面前。

虽然他曾多次暗示为好友张总的女儿张萌萌牵线，但也从没得到儿子的正面答复。倒是张萌萌，越来越像个准儿媳，不管是工作上还是生活上，似乎有意成为这个家庭的一员。

作为父亲，特别是和儿子关系有待进一步改善的父亲，他并不想用父亲的权威来干涉儿子的婚姻，但自己一天天老去，儿子成家立业也就成为了一个父亲的心病。

工作上，康建国并不担心儿子，因为这些年儿子的拼劲闯劲已经在公司上上下下树立了良好的形象，得到了股东们的肯定。作为父亲，同样地希望儿子生活幸福，作为一个普通的正在一天天老去的父亲，当然也希望过含饴弄孙的幸福日子。

借着今天这个机会，康建国看到了儿子的礼物，也触碰了心底最柔软的部分，那就是父爱。

"宇轩，你年纪也不小了，马上就三十岁了，去年你张叔叔还笑话你和萌萌，两个人都这么单着，又是同学，现在又在共同筹划一个项目，走得这么近，各自矜持吗？现在的年轻人，难不成还要我们这些老家伙来撮合啊！男人主动些好！"康建国柔声对康宇轩说。康宇轩只是微笑，康父高兴的是他并没有反驳。

桌子对面的张萌萌，脸上泛着红晕，娇笑道："康伯伯，您可得为我做主啊！"张父也在一边附和着："我看别老是拖拖拉拉了，我还想早点抱外孙子呢！我看，就在今年你们公司的周年庆典上公布这个消息，无论是在情感上或者公司方面，都是个好事。"

大家都笑成一团。康宇轩却说话了："不着急，哪能让萌萌随便拉个我这样的人嫁了呢！萌萌，我们一起加油，别让他们认为我们都是没人要的！"

"怎么叫随便呢，你很优秀，这些年我们都看得到的。"张母一脸诚意地对康宇轩说。

"你们啊，都别为他操心了，原来我还怕我哥某些取向有问题，对女人不感兴趣，结果今天误闯入他家，看到他将一个女人按倒在沙发上，上演着少儿不宜的一幕。"陈晶晶冷不丁冒出一句，让大伙的笑声戛然而止。

陈晶晶说话间便看到表哥脸色突变，以她和表哥最亲近的关系，她突然觉得失言了，话锋一转："哈哈，开个玩笑，大家还当真啊？"

陈母伸手在她头上敲了一下，"这么大人了，说话还这么没轻没重。"大家又恢复了原来的和谐交流。

只有张萌萌，表情凝重，若有所思。

80　偶遇康父

星期二上午，许诺接到通知去总公司开会。

许诺送完儿子从学校出来得挺早，结果遇上堵车，当车子停在总公司停车场时，已经离开会时间只有五分钟了。许诺一路狂奔，迟到终究是不好的。

进大厅，冲进电梯，十八楼停下冲出电梯，意外和人撞了一下，许诺顾不了这么多，一边说对不起一边照样向会议室走得飞快。"许诺！"许诺听出是康宇轩的声音，立马回复："开会，有事待会儿说。"终于赶在会议开始前找到了自己的位置，长呼一口气。

11点，许诺收到一条来自康宇轩的信息：散会后到我办公室，我有公事找你！

11点半，许诺走出会议室，既然人家说有公事找，不去不行啊！打听了一下康宇轩的办公室，许诺前往。

"请进！"许诺推门进入，偌大的办公室，看到他办公桌对面还坐着一位女孩子。康宇轩示意许诺先在沙发上坐着等一会儿。看情形，应该是谈业务。

许诺远远地打量了一下这个女孩子：长头发，做了大波浪，从坐着的形态，至少在168厘米以上，上身是一件低胸的雪纺。两人的谈话很快结束，女孩子起身告辞，最后说："请问康总是否能给我留张名片？"

"不用了，如果有消息，业务部的人会和你联系的。"

女孩子出去的时候，正好经过许诺坐的位置，香水味好浓，许诺对香水没什么研究，偶尔使用的也是很淡雅的，所以，这浓浓的味道一下子刺激了鼻黏膜，不禁打了个喷嚏。

女孩子出门后，许诺问："找我什么事？"

"没事就不可以找你吗？看到你来这边开会了，撞了人也不打招呼。"康宇轩从办公桌后站起来，往许诺坐的沙发这边走来。

"没事要我来做什么？还打扰了你和美女约会！"

"约什么会！朋友介绍过来的厂商代表。"

"还不错啊，身材长相一流，蛮养眼呢，穿着也很暴露，正合你意。"

"许八卦，你真酸，谈工作，你给我严肃点！"

"漂亮的女业务员签到订单的几率应该高些吧。"

"八婆，不过刚才这个厂家不是我钟意的，所以不行。好了，不说这个了，一起吃饭去？"

"好啊，既然康总有请，我今天可得好好想想去什么高档地方吃。"

"你慢慢想吧，一边下楼一边想可以吗？"康宇轩返回办公桌关电脑起身。

两人一起出门，站在电梯旁。电梯停住，门打开，里面站着一位年纪较长的男人，身材魁梧，面容虽然饱经风霜，但看上去还是显得精神矍铄。许诺觉得有些面熟，但又不记得在哪儿见过。

康宇轩示意许诺进电梯，然后叫了一声："爸！您下班了？"

"是啊，要不要一起吃饭？难得看到你也在。"许诺这下清楚了，原来是康宇轩的父亲，集团专刊上见过照片的。

"我有约了，这位许诺。许诺，这是我爸。"

"董事长好！"许诺有些紧张地问候了一声。康董事长微笑了一下，挺平易近人的，许诺想。只是，见得太突然了。

许诺按了电梯里的1，康宇轩说："我车在地下车库呢。"

许诺说："我的就停在一楼坪里了。"

"行，那就开你的车去，你的车留在这儿你明天上班又不方便了。"

许诺有些紧张，不再多言，康宇轩却没事人样地问她："想好了到哪儿吃没？"许诺脸有些发红，回了他一句："我还在想呢！"康董看着两人对话，没有作声，只是微笑着。

一起在一楼下了电梯，康董走向早在大门口候着他的专车，康宇轩替他爸去拉开了后座的车门，不知和他爸又说了句什么。

此时，远远地，许诺的心跳才有所减慢。

康宇轩接过许诺手上的车钥匙，当起了司机，上了车，许诺说："我今天受惊了，你得请我吃好吃的补偿一下我。"

"受什么惊？"康宇轩问。

"碰到你爸啊！"

"你怕什么？除非心里有鬼！"

"你才有鬼呢！"许诺没好气地说。车子开出不久，许诺看到一家大酒店，对康宇轩说："据说这个酒店的自助餐是本城最贵的，你请我吃吧！还有这里冰淇淋不错！"

"那就去啊！去吃冰淇淋！"许诺的一句玩笑话，结果他方向盘一转，立马就拐进了酒店的匝道。

两人在地下停车场停了车，到了自助餐的楼层。许诺有一次请客是来过这儿的，刚才其实也就是一时兴起，没想到某人方向盘转得这么快，方向盘握在别人手中就是没有更多的发言权。

餐厅里用餐的不少是外国人，当然，餐厅经理也是外国人。两人找位子坐定。康宇轩："走，选东西去啊，记住啊，别像个小猫样的，要不然，回不了本啊！"

"切，你什么时候也学会回本了？"

"和你学的！"

许诺想笑，对康宇轩说："你别跟着我，我们各挑各的。"许诺很不高兴地瞪了他一眼，他果然闪得快，飞快走到另一边去了。

许诺东挑西拣地弄了一盘放在桌上，又去弄了一些水果之类的。两人在桌前碰头，某男一个劲地摇头："生蚝之类的不弄一点吗？搞了半天你弄一盘蛋炒饭！"

"要你管啊，我是来吃冰淇淋的。"其实是许诺不喜欢吃海鲜。

许诺果然是去吃冰淇淋的，弄了三种口味的。两人不紧不慢地吃完，康宇轩结账后和许诺走出餐厅："今天你是亏了，吃得这么少，又尽拣便宜货！"许诺只好白了他一眼，这家伙时刻不忘记挖苦她。

81　好奇的表妹

星期天下午，许诺照例送儿子去上钢琴课。

儿子的钢琴课是一对一的小课，小的时候，许诺都是一直陪在旁边上的。甚至回家以后可以辅导儿子，因为当时还太小，接受能力有限。

记得最初学钢琴的时候是冬天，当时也没到艺术中心上课，只是在家附近的一个琴行，抱着试一试的态度，许诺没有给儿子买琴，每天从幼儿园接了孩子后还要到琴行去练一小时，拳不离手曲不离口嘛，这个无它，唯有勤练。一个月后，许诺咬咬牙，给儿子买了一台钢琴。原来只想买一个一万元以内的，但是来到琴行，销售人员在不同品牌的钢琴上随便弹奏几曲，钱还是认得货的，许诺硬是买一台两万多的。从此不用风里来雨里去的到外面练了。

渐渐地，儿子大些了，接受能力也好了，许诺就把他送到艺术中心请了专业的老师一对一地上课。许诺就不再陪在教室了，她希望儿子是独立的。

这次，许诺又是坐在教室外长廊的凳子上，带了一本莫言的小说《蛙》。

"Hi！"好听的声音在许诺面前响起，许诺只好抬起头。是康宇轩的表妹陈晶晶。

这个女孩子在对自己微笑，还十分友好。许诺其实十分尴尬，试图掩耳盗铃："也许那天在康宇轩家她并没有看清是我吧！上帝保佑但愿她是近视。"

陈晶晶继续说着："又碰到了，好有缘啊，我想请你到办公室喝杯咖啡！"喝咖啡？办公室？许诺想，到办公室也好，如果她不是近视，知道那天就是自己，也正好可以好好解释一下误会。同是女人，无冤无仇的，女人何必为难女人呢？

进到办公室，Miss Chen 将门关上，还真的就去给许诺泡咖啡，许诺有些忐忑，但也发现其实自己没有什么好怕的，所以，在心里不停叫自己镇定。

"不好意思，许小姐，我因为有一些好奇，去打听了一下你的情况，知道你姓许。"果然有备而来啊！许诺点了点头，却不知应该如何接她的话。

"诺姐，我就这样叫你吧。我首先要好好谢谢你，因为我哥说那天我在酒吧喝醉是你帮助了我。"

许诺说:"小事一桩,你不必放在心上。是人都会出手相助的,何况我们还算是认识的人。"许诺想原来是为了上次酒吧的事道谢,心里一下放松起来。

"还有一件事让我更好奇啊,虽然说起来有点不好意思,但我和我哥关系最亲,所以忍不住想问一下你,那天在我哥家,我可是吓蒙了。这些年,我第一次看到我哥对一个女人这样子。"

许诺想:完了,刚才还在想也许人家没看清,现在无处可逃了。"陈小姐,那天只是个误会,你别在意。"

"你不用解释,大家都是女人,我懂的。别不好意思。只是我更好奇的是,你是一个有孩子的妈妈,年纪也比我哥大,但我哥居然对你这么好,包括孩子,我觉得你们之间肯定有故事,并且还是挺特别的故事。毕竟你的身份稍有些特殊,在外人眼中,你们两人应该是不搭界的,是根本不可能的事啊。"

许诺面对陈晶晶投来的好奇但却十分友好的目光,一时无语。

82 小机灵鬼

许诺正思索如何回答较好,陈晶晶继续说话了:"等下我哥会来这里的,知道吗?他是这个艺术中心的股东之一。当年我从国外回来无所事事,就想让我爸投资这个艺术中心,但我爸对我没有信心,只是最初投资了一部分,我把我自己的私房钱投入后还是不够,幸好我哥很支持我,后继投入,并且从营销到管理,做了很多的幕后工作,经过这几年的努力,我们才有现在在本市四间分校的规模。我们每个月会碰一次头开经营管理例会,今天下午他会来。"

这倒是许诺没有想到的,康宇轩居然是这里的股东,这个人,从没说起过。看来,嘴也挺紧的,当然,更多一层意思是,人家为什么要告诉你?你又不是他的谁!

许诺只好微笑着对陈晶晶说:"我们没有什么特别的故事,你不要误会就是了。我孩子就要下课了,先去接孩子。"

然后起身告辞,陈晶晶在背后说:"诺姐,我喜欢你,感觉很温暖。"

许诺推门出来,正好碰上正欲进门的康宇轩。

"许诺,你怎么在这儿?"

"哦,我正在等多多下课,Miss Chen 说请我喝杯咖啡。"然后走了出来。门并没有关,许诺听到康宇轩劈头就质问 Miss Chen:"晶晶,你搞什么鬼,没有吓着人家吧!"

"哥,你什么意思?我为什么要吓别人啊,我请她喝杯咖啡,当面感谢一下人家不行？"接下来的话许诺因为越走越远就不再听到了。

只是没过多久，康宇轩就走了出来："许诺，晚上一起吃饭好吗？好久没看到多多了。"

许诺有些犹豫，正在想应该如何作答，儿子正好从教室跑出来，大叫一声："康叔叔，你来了？"

"是啊，多多！"康宇轩一把抱起多多打了个转，"今天上课怎么样？晚上我们一起吃饭，去吃大餐好吗？"

"好啊！"儿子叫得如此夸张，让许诺无言以对。

"先和妈妈回家，我迟点到家来接你们。"康宇轩对多多说，然后回过头对许诺说："我还有些事要处理，你带多多先回家，等会儿我来接你们！"然后径直走进了陈晶晶的办公室。

回家的路上，许诺想：这个康宇轩，为什么做决定从不问下我的意见就自己决定了。还不容拒绝的样子。

后座的多多突然对许诺说："妈妈，康叔叔为什么经常到艺术中心来找Miss Chen？"

许诺为儿子小小心灵的敏感而觉得好笑，只好对多多说："康叔叔是Miss Chen的表哥，也是工作伙伴，所以他们要经常在一起开会。"

"哦，原来这样子，我还以为他是Miss Chen的男朋友呢，太好了。"

"为什么不是Miss Chen的男朋友就太好了呢？"许诺问儿子。

"没什么，就是觉得康叔叔没有女朋友太好了啊！妈妈，你说是不是？"

许诺没有回答，也不好回答，只能瞪他一眼，这小家伙不再说话，小小的人儿，还玩起了深沉。

83　共进晚餐

下午五点半，康宇轩打许诺的电话，叫她带多多下楼一起去吃饭。多多兴奋得早就自己跑到门口去换鞋，还不断催促许诺："妈妈，快点，别让康叔叔等。"

许诺只好带着多多一起下楼。只是让许诺没想到的是，车子里还有陈晶晶。

"诺姐，不介意一起吃饭吧？是我缠着要来的。放心，我不会乱说的，我保密工作做得最好了。说不定啊，我哥还需要我的帮忙呢！"许诺只能微笑。车上，陈晶晶指点着康宇轩到一个她前段时间去过的饭店，说是特别好吃，康宇轩征询许诺的意见，许诺说："听晶晶的吧。"

四人进了饭店，远远就看到门口有一个老板娘模样的妇女在迎客，晶晶进门惊讶地问："咦，怎么？换老板娘了？原来好像不是这样子的啊！"

女人打趣地说："不是换老板娘了，而是换了老板。"逗得大家呵呵笑。

"希望口味没变啊！"

"放心，保证好吃，不好吃不要钱。"老板娘的笑脸还真是灿烂。

四人进了包厢，晶晶抢着拿起菜谱，飞快地和服务员点着菜。"我来过，就点了我认为好吃的，希望你们没意见啊！"

"知道你是吃货，相信你！"康宇轩回了她一句。

"多多，你想喝什么饮料？"陈晶晶问多多。

"我喝白开水，饮料喝了对身体不好！"

"这小家伙，怎么这么懂事！"许诺在一旁笑了笑。

"妈妈，我要上洗手间。"多多对许诺说。

许诺连忙起身，"走，妈妈带你去！"

许诺带多多走出包厢，这边的陈晶晶压低声音很神秘地对康宇轩说："哥，我怎么觉得多多和你小时候长得有点像，真的！"

"真的？我也曾怀疑过，但许诺说不是！日子也对不上。我们分开是在七月，我查过了，多多户口本上的出生日期是第二年的八月。"

"啊？你的意思是多年前你和她真的就什么什么过？"

"陈晶晶，不要太好奇！"

"天，这些年我还以为你在某方面有毛病呢！一般的富二代谁不是花天酒地的，你却除了工作还是工作。原来你早就和她那什么了。"

"那什么也正常好吧！别神经兮兮的。"

"真的觉得长得有点像，虽然我对你小时候的样子已经有些模糊了。她说不是你的就不是你的？现在科学这么发达，验下DNA不就知道了！"

"我想总有一天她会亲口告诉我的，我不想去验这个，这是对她的不尊重。你少管，别坏我事就行。"

"如果真不是你的，你会介意吗？"

"这个问题很重要吗？"

"哦，明白了！你……"陈晶晶的话还未讲完，许诺带着多多已进来，陈晶晶没有继续这个话题，而是对许诺说："诺姐，平时休息日你一般忙什么？"

许诺和陈晶晶东拉西扯地聊天，陈晶晶虽然从小娇生惯养，实则是很随和开朗的性格，两个女人从服装到化妆品还有韩剧，再到帅哥，聊得不行，旁边一大一小的两男人倒也没闲着，早早吃完，在手机上研究游戏。

84　清者自清

吃饭间，墙上的电视开始了今日财经节目，中间的业界访谈居然在播放康宇轩和张萌萌两人的专访，因为两家公司合作准备开发盛达商场广场项目。

多多兴奋地叫着："康叔叔，你上电视了。"

晶晶也在一旁说："哥，你上电视很帅啊，不过，本人更帅。"

康宇轩在一旁抬头看了一眼笑了笑，突然站起来说："我上洗手间。"

"哥，你不多看一下你上电视的光辉形象？"

"有什么好看的，大活人都在这儿！"然后走出了包厢。

许诺和陈晶晶看得挺仔细，听着他和张萌萌对盛达广场的介绍以及未来的发展规划，这将是南城的地标性建筑，一站式商业购物广场。许诺觉得电视上这两人挺相配的，男才女貌，张萌萌在电视上也很有大家风范，谈吐优雅、漂亮、干练。

节目结束的时候，主持人突然问了个问题："康总，外界有传言，说您和张小姐家是世交，近期两人会有好事将近，是不是真的呢？"

本来十分严肃的张萌萌突然温柔地笑起来，抢着回答说："你的消息可真够灵通的。"

主持人说："看来这传言不是空穴来风。"主持人又转向康宇轩："萌萌是最有娱乐精神的，如果你们是娱乐节目，尽可以相信传言，反正就是娱乐一下嘛，如果是财经节目的话，要讲事实，不能有假新闻。我们只是很好的合作伙伴，不要乱传绯闻。"

陈晶晶对许诺说："难怪他逃到外面去了，原来有重磅消息。"许诺一边看一边笑，康宇轩正好从外面进来，很严肃地瞪了她一眼："有这么好笑吗？"

陈晶晶在一旁对许诺说："诺姐，我可以做证，张萌萌暗恋我哥多年是事实。"

"陈晶晶，我说你到底是来吃饭的呢还是来挑事的？"康宇轩对陈晶晶变了脸。

"呵呵。诺姐你放心，这些年我哥但凡有需要女伴出席的时候，基本上都是我代劳，和张萌萌一点关系没有！不过，哥，张萌萌每年过生日送你的礼物，你怎么处理的？"

"陈晶晶，你有完没完啊！"康宇轩只差没在她头上敲一筷子了。

许诺看着康宇轩一副很委屈的样子，说了一句："清者自清，怕什么！"

"什么时候变得这么通情达理了？"康宇轩冲许诺笑了笑。

"晶晶，你不能乱讲话，有些人，冲动又武断你知道吗？我跳进黄河都洗不清的。"康宇轩继续指责着陈晶晶。

"要想得到我的帮助，先贿赂一下我？"陈晶晶呵呵一笑。

"贿赂？你不要因为感情问题三更半夜哭着闹着骚扰我就不错了，以后有什么事别打我电话，我忙着呢！"康宇轩没好气地对陈晶晶说。

"好了好了，我开玩笑的，诺姐，我向你保证，我哥真没绯闻。"

许诺看着他们两兄妹斗嘴，只想笑。

四人从饭店出来，康宇轩的电话响起："爸，什么事？"康宇轩接完电话，突然沉默了起来。

陈晶晶问："姨父找你有什么事吗？"

"没说什么，只是要我现在回家一趟。"

康宇轩先送许诺母子回家，下车的时候，陈晶晶还不忘记对许诺说："诺姐，有空一起逛街啊！"

85　虚惊一场

路上，陈晶晶对康宇轩说："哥，姨父叫你回家，不会是问你和诺姐的事吧？"

"为什么这么说？"

"因为昨天姨父打电话问我他生日当天我说的事是不是真的，还问我认不认识诺姐。"

"你怎么说的？"

"我照实说了啊，反正要面对的，我知道你是认真的。并且告诉了他诺姐就是你公司的同事啊！要不我和你一起回家？"

康宇轩和陈晶晶到达康宅的时候，康建国正在客厅等他。看到儿子和陈晶晶一起回来，康父示意他们坐下。

陈晶晶说："姨父，刚才和我哥一起去吃晚饭，听说他要回家，我也顺便来看望您。"

康建国没有说什么，直截了当地问康宇轩："宇轩，听说你最近和湘南厂一个叫许诺的女下属走得很近？"

"是的。"

"是不是就是上次我在电梯里碰到的那一位？"

"是的。"

"这些年，你一直没有找女朋友，我还挺为你担心的，为什么你会给我这样的惊喜呢？"

"有什么不好吗？"

"哪里好呢？从古至今，婚姻都讲究一个门当户对，我对这个许诺也做过调查了。普通家庭出身，这个我倒不在意。关键是年纪居然还比你大三岁，更令人不能接受的是还带着一个小孩子。你说你，从没结过婚的，居然到头来会中意一个这样的已婚妇女，是不是这些年你工作太忙，在这方面脑子出问题了？身边明明一个张萌萌，要家世有家世，要长相有长相，还一直在等着你，你就是不接受，你到底要怎样？"

"爸，我的事我不希望您过多干涉，并不是说不要您管，而是希望您尊重我的决定，我是成年人了，所有的决定都不是一时冲动。"

"看来你心意已定？"

"是的，只是现在人家还不一定接受我呢，所以我没有主动和您说，我希望得到肯定的答案后才告诉您。"

"糊涂，我决不同意！这样的婚事说出去是一个笑话，找一个带着孩子的女人，年纪还比你大，我的这张老脸都不知道搁哪儿，趁早结束掉。"

"爸，有些事，我现在还不好向您说，等过些时候我会给您一个交代，我都三十岁了，不是小孩子。"

"如果你再这样执意，我叫吴志刚将这个女人解聘。"

"爸，我希望您不要这样做，公私分明，因为我喜欢这个女人就去解聘一个称职的员工，这才是一个笑话。您解聘了她有什么意义？我会养不起一个女人吗？再说，她也是一个能够自食其力的人，要找个工作并不难。"

"这个女人到底哪里好，让你如此着迷？"

"我和她很合拍，在一起觉得很舒服，简单快乐，就是这样。"

"张萌萌不好吗？我看你和她实在很相配。"

"鞋合不合脚，只有穿的人才知道。您上次不是也见过许诺了吗？您又觉得她哪里不好呢？"

康建国一下子倒无语了："我就见过一眼，自然看不出好坏。"

"既然如此，就不要这么快否定，相处以后再说，好吧？"

"免了，相什么处，说了不行就是不行。我只有你一个儿子，我不期待你一定要找名门旺族，至少也找一个年轻一点的未婚女子。"

"其实八年前她就是我妻子。我们当年结了婚又离了！"

"什么？当年她就勾引你？你还和她结了婚，连我这个当父亲的都不知道，这个女人真可怕！"

康宇轩欲言又止，最后丢给康建国一句话："我心意已决，不会改变。如果您要是解聘她或者去为难她，我也不干了，希望您能理解。"

说完，离开了康宅，康建国气呼呼地坐在沙发上。

陈晶晶呆呆地坐在一旁，一直没说话，看到康宇轩出门，即刻站起来："姨父，我觉得这个许诺挺不错的，我坐我哥的车先走了，再见。"随即跑出来追康宇轩。

陈晶晶追着跑出来，康宇轩已经坐在了车里。

"哥，干吗和姨父吵起来？好好说啊！"

"好好说有用吗？刚才不是一口否定了！对了,今天这事别和许诺说起，本来她现在对我就是犹犹豫豫，要是知道我爸反对，像她那种傲气不求人的性格，是不可能低三下四来取悦别人的，我和她更加没戏了。"康宇轩神情凝重地对陈晶晶说。

"那你准备怎么办？姨父很中意张萌萌。"

"慢慢来吧，先得把许诺搞定啊，一边都没搞定，会有什么结果呢！张萌萌，我爸也就是看到这些年我和张萌萌来往得比较多，这倒不一定有多中意她。"

"会不会真的像刚才所说他去解聘诺姐？"

"可能性不大，就是吓吓我的。他不可能直接去办这件事，如果没有任何原因去解聘一个员工，别人也会质疑的。再说，我爸不糊涂，没必要为了我这还没影的事去搞这么大动作。

"晶晶，许诺的事你清楚就好了，暂时都不要告诉别人，包括你爸妈。"

"知道了，第一次看你为一个女人这么紧张，肯定不简单。"

康宇轩第二天就出差了，这次出差后每天晚上都会给许诺打来电话。

康宇轩说："许诺，太忙了，待在家里的时间都不多，你可不可以早点结束你的整理期？"

许诺深知他确实是个空中飞人，女人总是想得长远一些，到现在，双方的家长都不知道这个事情，而现在这个年纪，肯定希望有个好的结果，得不到家长祝福的婚姻岂能长久？此时的她，还根本不知道康宇轩和他父亲的那场对话。

康宇轩是不是根本就没有考虑过这些呢？只是许诺慢慢觉得，自己怎么有点像恋爱中的女人，开始患得患失了。

许诺的内心一步步向他靠近，她越来越愿意相信这个男人了。她希望这个男人也了解现在的她，爱，就是爱，不要掺杂别的因素。她现在是成熟了，褪去了当年的幼稚。

星期五许诺去接儿子回家，儿子站在校门口，低着头，无精打采的样子。

许诺牵起他的手，问："怎么了，这么没精神。"

儿子还是不肯抬头，许诺不免蹲下来，捧着儿子的脸问："怎么了？考试没考好？"这一抬头不要紧，才发现儿子的额头上一条长长的血痕。

许诺倒吸一口凉气，厉声质问："这是怎么回事？"

"我今天和王浩打架了。"

"为什么打架？"

"他取笑我没有爸爸，是野孩子。我叫他不要乱讲，他还是在全体同学面前大声叫着，我就打他了，后来他也打我，我们打成一团。老师来了才扯开的。"

"你同学受伤没？"

"鼻子流血了。我们都到了医务室,我这个不要紧,老师给我涂过药了,不痛了。"

许诺急了:"怎么能这样子,我得找你们老师去。"

"别,妈妈,老师已经处理过了。叫了双方的家长处理过了。"

"叫了双方的家长?我没来啊,我都不知道。"许诺纳闷儿了。

"我怕挨你骂,加上人家不是老说我没有爸爸吗?老师说要给家长打电话的时候,我打了康叔叔的电话。"

"他来学校了?"

"嗯!"儿子一边回答,一边用眼睛怯怯地盯着许诺的表情。

许诺心里那个气啊,立马掏出手机,给康宇轩打电话,儿子居然闪到一旁,用两手捂住了耳朵。电话接通,许诺大声质问:"康宇轩,你什么意思,去了学校这么大事都没告诉我。"相对于许诺的激动,对方似乎很平静:"我还在开会,晚点来找你,先带孩子回家吧!"

许诺挂了电话,看着用手捂耳朵的儿子,对他说:"你捂着耳朵做什么?"

"我知道你给康叔叔打电话肯定有狂风暴雨,所以捂上。"儿子怯怯地说。

"你明明知道这种结果为什么要给康叔叔打电话?"许诺批评儿子,这种事必须家长来处理的,他懂什么呢?

许诺回到家,一直都是气不顺。饭后又给儿子的小脸上涂了点金霉素眼膏,不能让它发炎,更不能给这漂亮的小脸蛋留下印痕啊!

儿子也许因为白天的事,做完作业后不像平时还要磨蹭着看看电视什么的,早早睡觉了。

许诺在灯下看着小脸上的一条痕迹,又是心痛,又是气愤。

十点,门铃响了,康宇轩来了。

"你怎么去学校了?去了还不和我说,事情怎么处理的?"许诺没等他坐下就开始了连珠炮似的发问。

"别急好吧,你就是性子急,女人,温柔点啊!我告诉你整个来龙去脉吧。"

"快中午的时候,多多打电话说和同学打架了,老师要求喊家长去,多多就说自己通知家长,他怕被你骂,再说打别人的原因就是因为一个孩子老说他是没爸爸的野孩子,所以他就打电话给我了。我当然明白他的意思的。

"我去了后,老师问你是许多爸爸?我没否认。对方的家长也来了,一开始调子很高,说你儿子把我儿子鼻子打出血了,我不要赔钱,要打回来。我问清楚了原因,在老师的调解下,最终对方的孩子向多多承认了错误,不该恶语伤人。多多也说不该先动手打人。因为对方受伤严重一些,我就说赔点医药费。不过,对方家长没要。说句良心话,那孩子也活该挨打,很没教养的样子,家长也差不多,仗着有点钱,说话不动听。"

"有你这样教育孩子的？好像打架还打对了一样！"

　　"是可忍孰不可忍，有些时候实在忍不住，让别人知道厉害也未尝不可。只是要掌握度，男子汉总不可能永远做个软柿子！"

　　"你，什么理论，教坏孩子。为什么出了这事都不跟我说？"

　　"多多说不要告诉你，怕挨骂。我看他可怜巴巴的样子，当时也就答应他了。后来，下午一直开会，忘记了，晚餐都是在会议室吃的。只是，你又怎么知道的？"

　　"脸上那么大一条印子，还瞒得住？"

　　"多多不是说他准备告诉你是自己摔的吗？这小家伙，自己当了叛徒，害我一起挨骂！我找他麻烦去，人呢？"康宇轩居然一副很委屈的样子。

　　"他早睡了。今天知道自己犯了错误，吃完饭，一声不响地做完作业，早早上床了。一张小脸搞成这样，千万别留下什么痕迹，本来是一张漂亮的脸蛋。"许诺有些担心地说。

　　"没事，小孩子皮肤愈合能力强，这就是小小的划痕，只是伤及表皮，很容易好的。我小时候也有过，你看，并没留下任何疤痕。"

　　"你的意思是你小时候也没少打架了？"

　　"那倒也不至于常打，偶尔也打过吧，呵呵！"康宇轩居然有些自豪地对着许诺笑。

　　"其实我今天去也没错，至少不会再有人取笑他了，今天从老师到同学都知道许多的爸爸来了！"

　　"对了，许诺，你说我是不是挺像个父亲的？反正今天老师一看到我就认定我是多多的爸爸。想想，一个这么大的孩子叫我爸爸，还是挺有压力的，我没显得有这么老吧许诺。"康宇轩居然在客厅里踱着步摸着自己的脸自言自语。

　　许诺没好气地白了他一眼："你是没这么老呢，是我老了！晚了，你也早点回去吧，真是怕了你们两个。你最好少接近孩子，你的教育方法有问题，别把孩子教坏了。"

　　"许诺，你错了，我的教育方法怎么就有问题呢？你不能老是教育孩子任何时候都一味地忍让。还有，孩子老是按照你们女人的思路教育是不行的。男人有男人的想法，我看，多多还就得多和我相处，才能长成一个真正的男子汉。"

　　康宇轩一屁股坐在沙发上，大有还要进一步理论的架式。许诺一把将他拉起来："走吧，晚了，你也累了一天了，早点回家休息吧！"

　　许诺将自恋的这个人推出了屋外。

　　第二天是星期六，下午，康宇轩给许诺打来电话："许诺，明天上午有个旅美钢琴家在大剧院进行钢琴讲座,你有兴趣带多多去听吗?"其实许诺平时很少去关心这些,本来儿子学钢琴也就没想过要成名成家,一直学着,只是鼓励他学习要持之以恒,所以什么音乐会、钢琴演奏会之类的从没有涉足过。一是票价贵,二是儿子还小,去了也听不太懂。所以当康宇轩打来电话的时候,许诺说:"我问一下多多有没兴趣。"

于是叫儿子:"康叔叔问你有没兴趣去听讲座。"儿子一把抢过许诺的电话:"我来和他说!康叔叔,什么讲座?你去吗?好啊,去吧!好好!拜拜。"

许诺看到儿子居然像大人一样和他交流着,根本就不让她说话,挂了电话,儿子说:"康叔叔说明天上午八点半来接我们,一起去听讲座。"

"多多,听音乐家的讲座,你觉得你听得懂吗?"许诺替他担心。

"没关系啊,听不懂我就问你啊!"许诺狂晕,心里想:我还是个门外汉呢!

星期天上午八点半康宇轩准时到许诺家楼下,车里还坐着陈晶晶。不过,她居然坐在后排,许诺上车的时候,晶晶说:"怕有人有意见,我把前排位子留给你了诺姐。"

晶晶告诉许诺:"这次旅美音乐家的讲座是艺术中心联合康盛旗下的一个楼盘一起邀请的。要不是我提醒我哥,他都不记得还有这事了。多多不是在学习钢琴吗?多开拓一些视野总是好的!晚上还有这个音乐家的独奏音乐会,到时候一起去。"许诺点头称好。

四人听完讲座出来,已是中午时分,于是又一起去吃了午餐,康宇轩说:"多多下午是不是要去艺术中心上课?"

多多说:"是的。"

"那吃完饭直接去艺术中心吧。"

来到艺术中心,还没到上课时间,四人一起到陈晶晶的办公室休息。多多看到陈晶晶办公室有台钢琴,突然对康宇轩说:"康叔叔,你会弹钢琴吗?"

"哈哈……"陈晶晶在一旁哈哈大笑,"哥,将你军了,你不接招吗?"康宇轩对多多说:"很久以前,我也弹的,不过,现在工作忙,弹得很少了。要不,我们一起弹弹?"

陈晶晶打开柜子,对多多说:"你现在学的应该是钢基1吧?"多多说是,陈晶晶递上一本钢基1,康宇轩说:"多多,你选个你拿手的。"

"《斗牛士之歌》和《保卫黄河》我都可以背。"

"啊,都可以背啊,行,让我先看看,我们就先来《斗牛士之歌》吧,然后一起《保卫黄河》,怎么样?"

"好!"

许诺看到康宇轩打开书,翻到了《斗牛士之歌》这一页,然后认真看了几分钟,"这两个曲子还是挺熟悉的,只是真的有很久没有弹过了。来吧,多多！"

  一大一小，两个男人，玩起了四手联弹，一个活泼灵动，一个阳光帅气，间或两人还相视互望一下，如同一道亮丽的风景，许诺的心底似乎有一只手，撩拨着那颗原本宁静的心，温暖、美好。一边的陈晶晶也看得陷入了沉思。

  一曲完了，陈晶晶鼓起了掌："哥，你是寂寞的时候也会练练手吧，我看你还不至于全丢了！"

  "晕，想当年咱也被逼着苦练了七八年的啊！挨的骂没比你少！"

  "康叔叔，原来你真会！我越来越崇拜你了。你英语比我们老师还好，钢琴也会，足球也会。"

  "哈哈，小家伙，还挺会拍马屁的！"康宇轩摸着多多的头哈哈大笑。

  上课时间到了，许诺带多多去上课，对康宇轩说："我去下面包屋，等会儿来接多多。"

  "好，我和晶晶聊点事。对了，你开我的车去。方便点！"说着就把钥匙递给了许诺。

  许诺接过钥匙，晶晶在一旁叫着："诺姐，我最喜欢吃你们面包屋的红豆面包和肉松面包了，记得给我带点来啊！"许诺呵呵笑着答知道了。许诺在背后听到康宇轩对陈晶晶说了一句："好吃鬼！"

  一路上，许诺一边开车，一边回想起刚才儿子和康宇轩四手联弹的情景，没有比这更令她动情的画面了。她觉得心口堵得慌，车上音乐电台正播放着汪峰的《当我想你的时候》，这首歌，许诺每每听到，总会有一些共鸣：

  生命就像是一场告别
  从起点到结束再见
  你拥有的渐渐是伤痕
  在回望来路的时候
  那天我们相遇在街上
  彼此寒暄并报以微笑
  我们相互拥抱挥手道别
  转过身后已泪流满面
  至少有十年我不曾流泪
  至少有十首歌给我安慰
  可现在我会莫名的心碎 流泪
  当我想你的时候

  是的，许诺在这一刻也莫名地流泪了。当我想你的时候，尽管你就在眼前，但我还是莫名地心碎、流泪。

分开这么多年，各自生活轨迹不同，请给我足够的时间了解你，你也充分了解我。如果我们还是两情相悦，不管前路怎样，我都将义无反顾地走向你，这是许诺在这个下午做出的重大决定。

面包屋里，徐朋正好也在。透过玻璃门远远就看到了下车的许诺。
"许诺，什么情况，你今天开的车可不一般啊！"
"就是你口中的VIP的。"
"什么情况？借给你来做大业务？"
"呵呵，不好意思，没有任何业务，我只是暂借使用。"
"那也要关系不一般人家才会借给你！"
"是啊，我准备潜了他！"
"许诺，你再说一遍！刚才这话出自你的口中？"
"是啊，有什么问题吗？"
"你准备潜他？原来经常和他一起来的漂亮女孩子是谁？"
"他表妹！"
"这些都被你搞清楚了，你说的真的假的？"
"是说真的啊，我说真的你又不信，那我以后不告诉你了！"
"等等，那陈佳和怎么办？"
"什么怎么办，我和他又没什么，只是好朋友，只有你硬是把我们绑一起！"
"屁，人家可不这么想，他绝对对你不是朋友这么简单。"
"我真的当他好朋友！"
"你是不是看到这个VIP年轻帅气又多金才决定的？"
"不是，和这些都没关系，陈佳和条件也不错啊，只是，他比陈佳和先到，你懂的！"
许诺突然觉得今天自己说话好open，"好了，不乱说了，最近面包屋生意怎样？徐老板！"
"许老板，你都潜到高富帅了，这点生意还惦记什么呢？"
"这可不行，这是我的事业，我关心得很，不论赚多赚少。"
"还不错了，一直很稳定。"
"对了，我得带点红豆面包和肉松面包，VIP的表妹喜欢吃！"
"哟，曲线救国？欲潜高富帅，先笼络他表妹？"
"不至于啊，来了就顺便给你做点业务嘛！"徐朋帮许诺装了一些面包，递给许诺，"就这点也叫业务？直接拿走，记得拉大业务来！"

许诺在面包屋多待了一会儿，知道多多今天有人管。回到艺术中心，果然看到多多已在陈晶晶的办公室里玩着。

四人早早去吃晚饭，因为饭后还要去听音乐会。只是，晚餐的时候，新加了一个人，一个高高瘦瘦的男生，陈晶晶介绍道："何俊林。"至于两人什么关系，只是说好朋友。许诺也不方便多问。

　　听完音乐会，已是晚上十一点，何俊林送晶晶回家，康宇轩自然就是送许诺回家了。多多一上车就睡着了，许诺八卦地问康宇轩："今天这男的是晶晶的男朋友吗？"

　　"还在考察阶段吧，我没你这么八卦，下次你自己问她！"

　　车到小区，康宇轩将多多抱起，直接送到家。

　　许诺念着："这小伙，今天是累了一天了，睡着了，可惜都没洗漱就直接睡了！"

　　"小孩子，明天早上再说，别把他弄醒了！"

　　从多多房间出来，康宇轩却赖着不想走。许诺说："很晚了，还不走吗？"

　　"许诺，我可不可以留下来？很晚了啊！"

　　"不行，你也还在考察阶段！"许诺断然拒绝。

　　"你什么意思，到底要考察到什么时候？人家那是才认识不久！"

　　"可我们也分开这么多年了。我只是想给彼此更多思考和适应的时间。过了这么多年，你了解现在的我吗？你确定今天这样子的我还是你需要的？我们不要因为某些生理问题而忽略心理问题。"

　　"女人真麻烦，算了，你不情我不愿的，有些事做着也没意思。我走了，我不会和你一样想这么复杂，我只想和你一起吃饭、睡觉、逗多多。"

　　康宇轩走了，许诺想起他最后说的一句话：吃饭睡觉逗多多。男人的想法就是如此简单，女人可不一样了，最好是在有情调的餐厅一起吃饭，在细雨中或者月光下一起漫步，在晨曦或者黄昏一起听晨钟暮鼓，诸如此类。天，男女差别也太大了。

　　现实果然不同于偶像剧，男人们没那么多爱爱爱，也不够浪漫，制造点浪漫会死啊。

　　星期二的下午四点多一点，康宇轩来到许诺的办公室："明天又要出差了，今天和你一起吃晚饭，一起去接多多？"

　　"康总，现在还早呢，你就想我早退？人事部刚才打电话给我，推荐了几个合适的人来面试财务助理，康总如果现在很闲，有没有意向和我一起面试？面试美女也是一种福利！"

　　康宇轩正准备说话，门已敲响，许诺说："请进！"进来的居然是一个男的，戴眼镜的男生。"您好，是人事部要我过来面试财务助理的。"

　　许诺叫他请坐，看了一下他的简历，"你好，你叫木杆？"

　　"不好意思，我的字可能没写清楚，让您误会了，我叫林干。"

85　虚惊一场

许诺望着这明显两个木字分得比较开的简历，想笑，还是拼命忍住了。林干，研究生毕业，有一年在银行工作的经验，许诺问他为什么要从银行出来，以及未来的职业规划。男生谈吐很好，业务上也很熟练。面试完毕，许诺要他回家等候消息。

男生刚出门，坐在一旁一直翻阅着资料的康宇轩哈哈大笑："木杆，许诺，你太有才了，不过，一大男人，这就是你给我的福利？"

许诺不禁也笑趴了："我可没想到他们推荐过来的是男的，你不知道在我们财务部，男人是珍稀动物吗？"

门又敲响，两人立马严肃起来。这次进来的可是一位女孩子了。紧接着来面试的，也是女孩子。许诺对她们都进行了比较详细的了解，最后都是说了句如果被录用，人事部会通知她们。

"福利还是有的吧！康总，要不要发表一下你的意见，刚才三位，你比较中意谁？"

"这样，我们按他们的出场顺序分为一二三，同时用手势表示，一号就一根手指，好吗？"康宇轩居然有这种心情，让许诺大跌眼镜。"行，一二三同时出好吧！"

一二三之后，许诺看到康宇轩和自己一样，都选择了一号。

"康总说说理由。"

"你先说你的理由。"

"我觉得这个男生业务不错，谈吐也不错，思维敏捷，很快就能独当一面。现在的财务部长年纪大了，很需要这样的接班人。"

"你说的没有错，我认同，更主要的是可以帮你分担一些应酬方面的事情，还有，我们公司也要长远考虑，储备人才。许总监怕不怕自己的位子也面临挑战？"

"哦，是啊，职位的更换很正常，有能人自然就能者上。"

"是的，职场上风云变化，岗位轮换很正常，某天你可能就会被别人换走，但有一个位子不会变：康宇轩太太的位子，因为这个由我决定。"

许诺狐疑地看着他，他说得很严肃，不像平时开玩笑，是出了什么问题吗？

"怎么突然说这个？怪怪的。"

"没什么，只是提醒你，工作要做，生活也重要。康宇轩太太的位子，虚位以待，下手要趁早。"

许诺这时觉得这家伙又是开玩笑了，"只怕要坐这个位子也不可能一帆风顺，要斗情敌、防小三，压力不小。"

"你不是遇强则强吗？所以，试试才知道啊！对你能力也是一种锻炼嘛。"

"去你的，走吧，下班了，接孩子去。"

公司每年一度的中层以上员工的例行体检。许诺每次觉得这个体检基本上就是走下形式，反正自己是没检出过什么毛病。

星期一一大早许诺没吃早餐就去了定点的市医院。已经不是第一次了，不过这次换了新的定点医院，流程上很熟悉，都是专门开设的体检专科还是用不着排长队的，最多就是排着公司的熟人，相互打着招呼。从抽血到照B超，一系列流程下来已是中午时分，因为配合检查不能吃东西，许诺已饿得前胸贴后背。最搞笑的是去拍胸片的时候，许诺是贴身穿一件线衫进去的，负责喊号的男医生助理（胸牌上写着实习医生）对许诺说："里面还穿了衣服没？"许诺一下没弄懂他的意思，你说没穿吧，还是穿了文胸的啊，说穿了吧，以前也没说不准穿啊，还是犹豫着说没穿，就被领到照片的机子前站定，并且咔嚓一声，就看到示意说可以了，许诺想，这话问的不是废话吗？还让她好一阵思量，以为现在照片改了规矩。

星期五的中午，许诺的手机响了一下，是短信提示音，许诺打开短信，是医院发来的体检消息，许诺知道每次都是先发个简讯，过几天单位办公室就会统一发放纸质的报告。

许诺没在意短信，正准备关上，突然看到最后一句："乳腺建议进一步彩超检查。"许诺吓坏了。许诺知道自己有乳腺增生，这一直都有的，每次好朋友来之前都会胀痛，但好朋友来了也就没事了。

原来也曾看过医生，中医说至少要每天一服中药吃一年，西医倒是说关系也不大，定期检查。许诺看到这条短信吓坏了，立马上百度查，百度上居然说的是有增生者得癌症的几率要大几倍。许诺的心一下子揪得很紧，莫非自己年纪轻轻就得了这个病？周围也有这样的例子，太吓人。一个同学的母亲原来就是得了这个病，结果切除了一边的乳房……想到这些，许诺趴在桌子上大哭起来。

许诺在病痛面前总是有点说风就是雨的。比如有一次手上关节处长了一个突起，并且引起手臂抬起有困难。许诺也是害怕得一晚没睡着，以为是大病来临，结果到医院医生只是轻描淡写地说是腱鞘炎，用力不当所造成的，吃点消炎药，涂了一点药膏就好了。

但这一次不同，许诺觉得一下子世界都有些黑暗了。有人敲门，许诺勉强应了一声："请进！"结果进来的是康宇轩，手上还提着公文包，应该是还没进办公室就先敲了许诺的门。进门就说："许诺，我有几个财务上的问题要问一下你。"

许诺抬起头，康宇轩看到的是一张眼睛红肿流着泪的脸。

"怎么了？"康宇轩问。

"我，我可能得大病了！"许诺举着手机说。

"怎么回事？"

许诺带着哭腔说了短信的内容。

"既然只是建议进一步检查，就去检查啊！"康宇轩严肃地说。

"不，我怕去，我怕不好的结果。"

康宇轩什么也不说，一把拖起许诺。

许诺跌跌撞撞地跟在后面："干吗？"

"去医院，现在！"

一路上，许诺坐在副驾驶座一言不发，内心翻江倒海，还这么年轻，如果真的得了病怎么办？孩子还这么小，还有年迈的父母……想到这些又忍不住默默流泪。

康宇轩也一路沉默着开车，伸出右手握住许诺的手说："别担心，现在不是还没有检查结果吗？即使有什么问题，现在医学发达，也不用太担心。"

"你知道什么啊，如果有问题，轻则是切除，重就是死亡。如果一个女人，切除了这个，多恐怖啊。还会有男人喜欢吗？"

"喜欢你的人是不会在乎这些的。"

"少来安慰我，我身边不是没出现过这种例子。男人，全都是虚伪的。"

到了医院，找到原来的医生，医生只是说因为公司统一安排的是黑白B超，有些地方建议用彩超再仔细检查一下。康宇轩立马为许诺挂号。B超的报告半小时后出来，许诺坐在医院的长廊上等待，全身发冷。

康宇轩走过来，坐在她旁边，用手臂环着她的肩，让她静静靠在他的怀里。

拿报告的窗口在叫许诺的名字，康宇轩快速冲过去领了报告，低头看着，许诺心脏狂跳。只有几十秒，许诺看到康宇轩的脸上露出了微笑。"走，把报告送到医生那儿看下。"康宇轩走过来牵着许诺的手。

医生向许诺说："是有增生，但不严重，可以吃些中成药，定期检查。"许诺长嘘一口气。

从医院出来，正好已是太阳下山的时候，一个红红的火球挂在天边。许诺觉得特别美，还吟起了诗：我喜欢将暮未暮的原野，就是这个时候吧，太美了。

"这女人就喜欢一惊一乍的。"康宇轩一边数落着，一边往前走，"一下午就陪你忙了，你请我吃个晚饭总可以吧！"

许诺频点头："这个可以有，走吧，咱们去吃个盒饭，我知道有个地方的盒饭特别好吃，老板是个美女，我们都叫她盒饭西施！不过，先陪我去接儿子吧！"

康宇轩只能摇头叹息："女人，是老虎，也是骗子。"

在去接孩子的路上，康宇轩握着许诺的手说："其实刚才我也很紧张。

感谢老天，幸好只是虚惊一场。"

许诺能够感觉到这个男人对自己的紧张，说什么似乎都是多余，静静地一直让他握着她的手。

接了多多，康宇轩就免不了讨好这个小家伙："多多，康叔叔请你吃饭，怎么样？"

"太好了！走吧！"

许诺看着这追追闹闹的两人，根本插不上话，只有跟着的份儿。

86 谁的孩子

周一临近中午，康宇轩打电话给许诺："许诺，中午一起吃饭，我来接你，带你去见个人。"

"见谁啊？"许诺很疑惑。

"见了你就知道了！"

十二点，许诺的电话准时响起，"我在楼下停车场等你。"康宇轩在电话里说。

许诺可是好奇得很，有谁会想见我呢？还这么神秘。

上了车，许诺的急性子又一览无遗："说啊，谁啊！"

"不说，见了就知道了！"

"我猜一下，男的女的，这总可以说吧！"

"女的。"

"年轻的还是年老的？"

"年轻的。"

"我知道了，你女朋友？"

"我女朋友为什么要见你？"

"我是你第一任啊，也许她想要我打个移交手续什么的！或者，你想重回我怀抱，要我帮你解决掉现任？"

"许八卦，你以为是办理财务人员交接手续，还打移交啊！"

"不行吗？最好是还开张支票给我，然后对我说，感谢你多年前的培养，才让我得到这么完美的男人，啊，我应该开价多少？"

"还是只知道钱，许财迷。我要是有女朋友带给你看，估计你会动刀子的，脾气这么坏的人。别乱猜了，等下就知道了。"

车子在一饭店前停下，许诺和康宇轩一起下车。康宇轩居然很自然地就牵住了许诺的手，一如从前。

"宇轩！"一声娇媚的女声，康宇轩回头，许诺顺着声音，看到了早几天在饭店门口遇到的张萌萌，同行的还有一个打扮得十分精致的女孩子，应该是一同而来的女伴。

"你们也来这儿吃饭吗？"康宇轩和她们打着招呼，许诺还是对着她礼貌地微笑。许诺想挣脱被康宇轩牵着的手，却没有成功。

"今天约了几个姐妹在这儿聚一下，你，也是来会朋友？"张萌萌虽然说话还是那么随意，许诺却感觉到了她的目光，盯着两人牵着的手，并且本来就有些苍白的脸变得更加惨白。

"是的，萌萌，我们还约了人，先走一步了。"

许诺觉得背后好像有一双眼睛死死地盯着自己。

许诺的心里真不是滋味，张萌萌，不是简单角色，还真不知前路，还要不要和她交锋啊！

两人进入一个包厢，包厢里坐着一位年轻漂亮的姑娘，康宇轩走进去的瞬间，这个姑娘立马站起来，微笑着对他说："宇轩哥，你来了！"

"圆圆，你看这是谁？"圆圆，许诺不断思索。"诺姐姐，你是诺姐姐。"圆圆快步走过来，一把拉住许诺的手。

啊，天，原来是福利院的圆圆，都长成大姑娘了。

许诺记得最后一次看到圆圆还是和康宇轩一起。没想到女大十八变，变成高挑漂亮的大姑娘了。只是圆圆的左手戴了个手套，许诺明白的，漂亮的姑娘，当年就是手疾，才被父母遗弃。

"都别站着，坐下慢慢说话吧。"康宇轩在一旁招呼着。

许诺的心里十分高兴，也特别想知道这些年圆圆是怎么过的。圆圆说一直是宇轩哥在帮助她，因为喜欢画画，后来考上了美术学院，学的是包装设计专业，才毕业不久，在康盛集团旗下的公司从事设计工作。

许诺不禁深深地看了康宇轩一眼，这个家伙做事倒还真是有始有终，至少圆圆已经成为了能够自食其力，对社会有用的人。

"小健呢，我记得他的。"许诺记得后来她再次回到省城还专门去过一次福利院，只是因为和别的合并，原来的福利院已经撤了。

"小健后来去了一家专门治疗自闭症的中心，病情有所好转，后来他的爷爷找到了他，带他去了外地老家后，就再也没有联系了。"圆圆告诉许诺。

许诺的眼前还是忘不了那个清秀小男孩的样子。

"诺姐姐，你和宇轩哥终于又见面了，多好啊！你知道吗？这些年在他面前不能提你的名字，一提就抓狂。"圆圆压低声音对许诺说。许诺只能苦笑。

两人一边吃饭，一边加着电话、QQ、微博，看得康宇轩在一旁摇头叹息，女人碰到一起，就是话多。

吃完饭，康宇轩说："走，送两位美女去上班。"

先送了圆圆回公司，车里只剩下两人，许诺深深地看了一眼康宇轩说："原来你不是真的冷血，今天看到圆圆的样子，好开心。"

"开心？不对我表示一下吗？"许诺顺手拿起车上一个剩有半瓶水的矿泉水瓶，在康宇轩的脑袋上轻轻地敲了一下，说："就是这样的表示了！"

"坏女人，谋杀亲夫。"

许诺一听，再次举起矿泉水瓶，重重地敲在他的腿上。"你干吗，乱打，别打错了地方，下半辈子不想过了？"

"流氓！"许诺只好对他无奈地说两个字。

"别老是叫我流氓，要不是下午我还赶着去开董事会，知道我有多想对你耍流氓吗？许诺，你给我记好了，这些年，你欠我的，我会要你加倍偿还的。"康宇轩狠狠地对许诺说。

"我欠你什么了？"许诺弱弱地问。

"你欠我的幸福！你懂的！"

许诺只听得脸发红。康宇轩的话，不禁让她回想起多年前的那个夏天。

那个夏天，是康宇轩和许诺最甜蜜的夏天。

他们虽然领了结婚证，但是许诺希望他慎重对待。领证之前，两人就约定了，这只是一个程序，并不代表什么，继续保持单纯的恋爱状态。康宇轩只是短暂的回国，两人年龄都不大，特别是康宇轩，还要坚持学业，根本就没有到负起责任的地步，因此，两人都克制着，他们像许多恋人一样，一起吃饭、逛街、看电影。许诺总是把握得很好，决不让他越雷池一步。康宇轩也明白许诺的意思，尊重她。

每每，情到浓时，许诺都会理智地提醒他刹车，出于对她的尊重，他并没有进一步强行实施。大多的时候，许诺看到他冲到卫生间，然后，满头是水地出来。

许诺看到他是极度难受的，虽然心里有某种歉疚，但还是不想动摇自己的原则。其实，另外还有一个因素，就是害怕。

转眼就是康宇轩快要出国的日子，恰逢一个周末，康宇轩约许诺去离省城不远的风景区玩漂流。

许诺自从上班以来，根本没有过长假，因此也没什么机会去游山玩水，眼看康宇轩就要出国了，正好也陪他去短途玩玩，周末两天正好时间上也够。

许诺和康宇轩两人在风景区爬山、漂流，简直玩疯了。

晚上，却回到了当地的市内。因为第二天还要赶回省城。

两人晚上特意到了该市有名的步行街逛逛，然后去小吃一条街宵夜。虽然一天下来非常累，但许诺的身心都是极为放松的。被康宇轩牵着手，小鸟依人般地走在陌生的街头，不用担心会遇上熟人，没有任何纷扰，许诺的心想飞。旁边的康宇轩似乎也特别兴奋，因为这是两人第一次的旅行。牵着她的手，走在路灯下，扭头看一眼眼角眉梢都是笑的许诺，间或忍不住在许诺的脸上轻轻亲一下。

在夜宵摊上，许诺点了好几样当地的特色小吃，许诺叽里呱啦地向康宇轩介绍这些小吃的特点，如此熟悉，只是因为原来宿舍有个同学就是当地人，四年的熏陶，让许诺基本上了如指掌。

康宇轩只是微笑着看着像小鸟一样的许诺，突然对许诺说："要不要来点酒助下兴？"

"好啊！"许诺想都没想就答应了。许诺觉得，酒，这种东西不可多，但有的时候助兴也不可少。

"老板，一瓶冰啤酒！"许诺对着摊位老板叫喊着，许诺知道这些东西都挺辣的，冰啤正好可以镇一下辣。

"就一瓶？"康宇轩抗议。

"就一瓶，我只喝一杯，其余的你解决。喝一点点酒晚上睡得更香。喝多了难受，不好！"

小吃好吃，但确实辛辣，许诺的一杯啤酒下去，根本没解决问题，于是又倒上一杯。

康宇轩比许诺更怕辣，不久就又上了一瓶。

许诺极少喝酒，原来在家逢年过节有时候也端一下酒杯，不过就是抿一抿意思一下，家里人是不允许她多喝的。

这两杯下去，加上辣椒的功力，许诺已是面红耳赤，而对面的男生也没比她好多少，直呼辣。两人对各自的狼狈相视一笑，结账回宾馆。

许诺躺在床上，洗完澡后的感觉就是极度疲倦，加上喝了一点酒，越发觉得困，眼皮直打架。她在昏昏沉沉中睡了过去。

第二天清晨，许诺醒得很早。发现自己赤裸着躺在康宇轩的怀里，而他，似乎醒得更早……

两人匆匆赶回省城，回程的路上，许诺沉默着，与其说沉默，不如说伤感。正是如胶似漆的时候，他却要去国外。虽然许诺一直是一个不善于表达情感的人，但内心世界，却是敏感而纤细的。

同样的，康宇轩也不像平时一样有说有笑，一路上，只是紧紧握住许诺的手，生怕她会跑了一般。康宇轩在许诺的耳边轻轻说着："许诺，不用担心，我很快就会回来的。"

星期一，许诺在办公室埋头工作，突然听到同事赵姐在唉声叹气。

"赵姐，怎么了？"许诺好奇地问她。

"还不是我弟弟的事，烦死了。"

"你弟弟不是在国外吗？"

"是啊，现在在闹离婚嘛，手续麻烦死了。当初我弟弟出国的时候，我弟媳妇硬是说要结了婚才准他走,害他晚出去一年,现在,还是闹个离婚收场。何必呢。话又说回来,我弟媳妇到了那边什么也做不了,生活又不习惯,两人的差距越来越大,出去了的人,在国外机会很多,国外环境又好,怎么会想回来呢?"

赵姐的一通话,说得许诺心里七上八下,她和康宇轩就是这样的情况啊,何况他现在才22岁,在很多人眼里,这都不应该是一个男孩子结婚的年龄,更重要的是他们的结婚真的像两人闹着玩,没有得到任何一方家长的认可。

许诺表面听得并不在意,心里却是巨浪翻腾,这个年纪,和他结了婚,是不是显得有些自私?在别人眼中,不管怎样,都应该算是她赖上了他。

晚上回到家,许诺对康宇轩说:"宇轩,我们,还是不能这么早结婚。"

"结都结了,还有什么早不早的?"他在玩着电脑,头也没抬。

"宇轩,你过来,我们好好谈谈。"她觉得他根本不成熟,怎么可以当人家老公呢?

"什么事?"

"明天,我们去把离婚手续办了,因为你后天就要出国了。"

"你疯了,我这次回来就是和你结婚的。"

"不,宇轩,如果你爱我,我也爱你,结不结婚,我们的感情都不会有影响。我想考验一下你,如果,我们在没有任何束缚的情况下,分隔天涯,我们日后还能够走在一起,那么,证明你对我是真爱。"

"许诺,你是不是有病啊?"

"我是认真的。我已经是你的人了,你不用担心我,我倒想看看你,是否真正的爱我。不受任何外界影响的爱,才是真爱。"许诺很坚持,她,一定要还他一个自由身,因为,她不想做一个自私的人。一纸婚书,是拴不住心的,如果爱,没有它,纵使千山万水,两颗心也可以在一起。如果不爱了,又何必留个后患,到时候徒增伤悲?

"看来你是真要考验我了?"康宇轩看到许诺很坚持。

"嗯,如果你明天不和我办了离婚手续,我再也不理你了。"许诺任性地对他说。

"好吧,既然你要这样,我同意。我不会辜负你,但是,如果有一天你要是辜负了我,别怪我不客气,我什么事都做得出来。"他坐在她的身边,搂着她,因为爱,他总是尊重她的决定,甚至没原则地宠溺。

"我才不会辜负你呢。我都是你的人了。"许诺靠在他怀里,她的心里,只有忐忑,她爱他,她不想他离开,更害怕没有未来。

第二天两人轻松地去办了离婚,理由很简单,因为两地分居。民政局的大姐不禁嘀咕了一句:"现在的年轻人,真是把婚姻当儿戏,这才结几天,又离了?"许诺瞬间脸红,康宇轩悄悄地拧了她一把,"诺神经,我也是疯了,陪你这样玩，不过，谁叫我爱你呢。我会让事实证明，我对你的爱，不需要任何理由。"

第二天，机场，和前一次不同，这一次，许诺哭得稀里哗啦。康宇轩搂着许诺，"要不我不走了！"许诺边哭边说："傻啊！好好学习，早点回来！"

康宇轩也是红着眼睛，给许诺擦眼泪，许诺边抽泣边问他："这个样子是不是很像弃妇啊！"康宇轩说："不是弃妇，是新妇。"许诺居然破涕为笑。

转身，依旧是泪流满面。许诺坐在机场回城的出租车上，脑海里尽是康宇轩的影子。爱情，是如此美好，又如此折磨人。

相爱的人，最希望的就是能相守，绽放一地情花，笼盖一片青瓦。共饮一杯清茶，同研一碗青砂，挽起一面轻纱，相看天边月牙。

只是许诺的爱情，却注定是远隔天涯的长相思，那些没有爱情的日子，原来才是最无忧无虑的。

一下午，许诺在办公室回忆当年的甜蜜，双颊绯红，无心工作。

而现在的康宇轩，已经一改前段时间的冷漠，仿佛又回到当年的润物无声。许诺有些恍惚，但内心的感觉，却满是温暖。

第二天早上许诺送完孩子上班，停车的时候发现车子左前轮明显瘪了下去，细细一看，轮胎上居然有一枚钉子。轮胎肯定被扎坏了漏慢气。中午下了班许诺就准备去修轮胎。

在停车场，正好遇上刚刚从车上下来的康宇轩。

"许诺，大中午的干吗去？"

"车子轮胎坏了，去补一下。"许诺老实回答。

康宇轩看了一下许诺的车子，"我陪你一起去。"许诺对车子方面的事还真不懂，她仅仅只懂得用钥匙拧开然后加油门踩刹车这些，仅此而已，连引擎盖都不曾打开过。

"吃饭了吗？"

"还没呢，早上吃得有点饱，现在没胃口，所以想先去修下车再吃。你呢？"

"我也没有！现在没事就想往这边跑。"

"这边事多吗？"

"这倒不是，吴总管得很好，我主要是来攻关的。"

"上了新项目吗？我好像没听说啊！"许诺有些疑惑。

"就是来攻你这个堡垒的啊！"许诺听得有些脸红。

公司附近就有一家修理店，许诺干脆站在一旁，让康宇轩和修理店的人去交涉，反正她什么也不懂。

许诺只看到前轮被拆下来,听到一阵啪啪的声音不久后,又装了上去。
康宇轩对许诺说:"上车,可以了。"许诺乖乖上车。
"我带你去一个挺有特色的地方吃饭吧!"
"远吗?"
"不太远,保证合你胃口。"
康宇轩带许诺去的是一家会所,虽然并不在闹市区,甚至可以说地点偏僻,但从外面停的不少车辆可以看出这里生意很好。
下了车,康宇轩走过来非常自然地就牵起了许诺的手。许诺就任他牵着,东张西望地环顾四周的景物。
康宇轩和许诺进了包厢,全部包办了点菜等流程。
两人吃罢饭,一起回公司。
康宇轩对许诺说:"今晚又要出差,原来总喜欢用满负荷的工作来麻痹自己,今天,突然觉得一点都不想离开这个城市。许诺,陪我一起去吧!"许诺觉得他说话的口气就像个孩子,有点撒娇的孩子。
"努力工作吧,你的成败影响着公司这么多人的饭碗。"
"我突然只想过老婆孩子热炕头的日子。"
"完了,康总,你没斗志了。"
"主要是你没给我动力。"
车子停在公司的前坪,许诺准备下车,康宇轩一把抓住许诺的手:"我需要点动力,快点,给我点动力。"
"要什么动力嘛!"
"来,亲一下!"
"你疯了,大庭广众之下。"许诺伸手想轻轻打他一下,他正好顺势将她扯了过去,飞快地就吻了下来,缠绵不舍,久久才放开。
许诺满脸绯红,要命的是,陈瑶正好将她的车停在旁边车位。下车的时候,目睹了精彩一幕。不过,机灵如陈瑶,飞快地锁车离开。
许诺知道陈瑶这里,肯定需要解释一番的,不过,她是最亲近的朋友,也应该告诉她了吧!

10月20号,许诺的生日,一大早,许诺的妈妈就打来电话,"诺,今天是你的生日,自己记得弄些好菜吃,因为要照顾外婆,我和你爸就不过来了,记得自己要照顾好自己。"许诺有些动容,每每这个时候,真的只有父母记得。自己的生日,实际上是母难日,这是许诺在做了母亲之后才懂得的,当年生儿子的时候的痛楚,至今难忘。
许诺刚挂了母亲的电话,手机又响起。许诺一看,是康宇轩。"生日快乐,许诺。"这些年了,原来他一直记得。

86 谁的孩子 163

"中午我走不开，晚上我来接你和多多一起吃饭。"

许诺只能回答："好！"

五点，康宇轩直接到了许诺办公室，一屁股坐下，不动了。许诺对他说："康总，现在还没到下班时间啊，你就开始早退串门了？"

"中午加班了，现在补休。走吧，接多多去。"

"还没下班呢！"

"行，我在这儿坐着等你。"

"你还是去楼下等吧，一起走不太好！"

"有什么不好的？"

"那什么什么门前是非多，你不懂？"

"我才懒得管，就是来终结你是非的。"许诺看着他无语，干脆早点收拾东西下班，免得到正点下班时间人多，碰到尴尬。

康宇轩居然带着许诺娘俩跑到了郊区，来到一个很有特色的饭店，这里环境优雅，并且他早有预定。

三个人，在包厢里坐定，服务员就开始上菜。顺便还要了一瓶红酒。许诺说开车不要喝酒，"就意思一下，我和多多要敬一下寿星嘛。"

"是的是的，我们要干杯。"多多在一旁也欢叫着。服务员将酒倒上，康宇轩对多多说："来，我们两位男人祝美女生日快乐！"

看着一大一小对自己幸福微笑的两个男人，许诺的心里，也是满满的喜悦。

"妈妈，我准备了生日礼物给你！"多多从书包里抱出一个卷着的纸筒。许诺立马接过，打开纸卷，原来是多多给许诺画的一幅画像，上面还写着几个字：我的漂亮妈妈！许诺激动得抱着儿子亲了一下。

"康叔叔，你有没有准备生日礼物？"多多反过头来问康宇轩。

"小家伙，真讨厌，本来不想这么早亮出来的，既然你都问了，我就拿出来吧！"康宇轩从包里掏出一个精致的盒子。

多多立马好奇了："什么礼物，康叔叔！"

"给你妈戴上你就知道了。"

原来是一条钻石项链，许诺本想推托，但某人根本没给她机会，直接就环在她脖子上戴上，对多多说："怎样，好看吗？"

"妈妈，好漂亮，闪闪发亮呢！"许诺只能坐着不动，微笑。

三人愉快地吃着饭，突然康宇轩说："许诺，你看多多这小子，居然和我一样葱姜蒜全都不吃挑出来了！"许诺一看，果然两人的碟子里都是这样。许诺笑了笑，小声说了句："遗传呗。"

康宇轩呆呆地看了许诺一眼，又看着多多，然后回过头来再次盯着许诺的眼睛："许诺，有些事情是不是应该告诉我了？"

许诺迎着他的目光，然后转头看了看儿子，对他说："先吃饭吧！"

康宇轩没再继续这个话题，只是和多多说起了笑话，两人玩起了他们最喜欢的脑筋急转弯的游戏，相互打击彼此。

回家路上，康宇轩说："多多，明天不上学，今天又去我那儿玩吧？"

"好啊！妈妈，好不好？"

许诺想反对，康宇轩说："有些人应该也有些事需要和我交代的，不要反对。"许诺只好沉默表示同意。

到康宇轩家后，许诺就忙着给孩子洗澡，康宇轩则一直在周边不停转悠着，然后还主动承担了陪他玩和睡觉的任务。

许诺坐在客厅里，今天是逃不掉了，有些事情，告诉他也好。当年的事情，也需要解开心结。

"许诺，"十点多一点，康宇轩从楼上下来，"多多睡觉了。"

康宇轩在许诺旁边坐下，"说吧，多多到底是谁的孩子？"

"当然是你的孩子。"

"许诺，你是个傻子吧，当年怀了我的孩子你还死活要离婚玩消失，别的女人找男人负责都来不及。"

许诺看着这个气得从沙发上站起来的男人，诸多往事涌上心头，一下子不知从何说起。

"你知道吗？当吴志刚推荐你的时候，我的内心狂跳不已，以为是同名同姓，所以立马要他将你的资料传给我，当我看到你的相片的时候，你知道我有多激动吗？我当时在国外出差，只想马上就回国来找你。但我又害怕，这么多年了，你恐怕早就和别人结婚生子了。后来得知你果然有了孩子。

"知道我有多气愤吗？我恨你，对你冷漠，心里却是像火烧一样。想知道你当年消失的缘由，也想知道这些年你怎样过的，而你总是一副冷眼旁观的样子，让我更加气愤。我也想好好地谈谈，心平气和地，但也搁不下面子，总认为你应该会主动告诉我实情。那天晚上，到你的房间，我是故意的你知道吗？我特意喝了一些酒，借机没有顾忌地硬闯一次。因为我一直不知道你的心里到底是怎么想的。那晚我确定，你的内心是不拒绝我的。"

许诺的眼眶一下子就红了。原来，那天是这么回事。

"你真想知道当年我为什么离开？难道你自己不清楚？"

"我清楚什么？"

"你还记得那个八年前的夏天吗？"许诺流着泪对康宇轩说。

"当然记得了。"

许诺的思绪被拉了回来，继续对康宇轩说："当年你出国后不久，有天有人给我的邮箱里发了一封信，信的内容就是你要和一个世交的富家女订婚了，还附带了一张你和一个女人亲密相拥的照片。说是双方家长很早前就有约定的。"

"什么，女人，谁？"

许诺本想告诉康宇轩是他和张萌萌的亲密合照，但突然觉得应该有所保留。明明知道现在他和张萌萌在工作上正有密切的合作，不能因为这个事情起风浪，就当是匿名算了。她怕以康宇轩的脾气，可能直接就找张萌萌麻烦去了。这么久的事，如同覆水难收，现已至此，再追究也改变不了什么。"我不认识的女人啊！"

康宇轩惊呆了："就因为这个你根本不问清楚就和我断绝往来了？"

许诺说："我也想问你的，可是那段时间你的电话根本打不通，我发了邮件你也没有回，我想你可能是因为觉得不好意思面对我，所以选择了逃避吧！加上我当时发现我居然怀孕了，非常害怕。当时我是恨极了你。我去过医院好几次，有一次看到一个打胎的女孩子因为大出血而死亡，我吓坏了。后来我决定把孩子生下来，仅仅是因为我想要这个孩子，于是我就删除了你的所有信息。因为我知道，远在国外的你，就要和别人订婚，是不可能接受这个孩子的。何况你还在上学，我们也离婚了，不管是法律上还是当时的处境上，你都不可能负这个责。

"当时已怀孕一个多月，我的反应很大，呕吐严重，不想被公司的同事发现我怀孕了，我就辞了职。一天，在街上遇到我的初中同学何忆，她的舅舅在南方开了个玩具厂，正好需要财务人员，于是我就和她一起去了东莞。"

康宇轩气得大叫起来："许诺，你总是喜欢自以为是。当年有段时间因为我爸到了国外，我陪他还有张萌萌的父亲一起去了欧洲考察，因为当时我和他在我学习专业上有一些分歧，他说我要是能一心陪着他把事情办完就不再管我的事。所以，那段时间我一天到晚陪着他，我的电脑坏了，我还特意借了我室友的笔记本发邮件告诉你我去了欧洲，有一段时间不方便联系。其间因为水土不服，肠胃出问题又住了一周的院。"

"可是在我这边，我根本不知道情况，只知道你要和别人订婚，又失去了联系。我没有办法，出国后分手的例子比比皆是，当年我执意离婚也是看到这样的例子太多，而想给你一个自由身，你当年还那么年轻，我爱你，但我不能成为你的负担。我别无选择。我想你是不想和我联系了，才故意玩失踪吧！于是一气之下，我就删除了你的所有联系方式，也把我的所有联系方式换了，去了南方。"

康宇轩一拳砸在桌子上："许诺，你这个傻子。"许诺此刻已什么都说不出来，唯一能做的就是——流泪。

"我原来也怀疑过多多是不是我的孩子，但多多的户口本上写的出生日期是八月，这可是我离开一年后的日期啊！这是怎么回事？"康宇轩质问许诺。

"因为别人都不知道我结过婚，还闪离了，孩子是在一家小诊所生的，当时没有出生证明，后来补上的，日期就错了几个月。想想这个也没什么大的影响，就没去改了。"

"没什么影响，可把我坑苦了，这些天我一直在疑惑中过日子。既然如此，我们遇到这么久了，你为什么不早告诉我孩子的事？居然，我的儿子，叫我康叔叔，许诺，你这个坏女人，只有你才想得出吧！"

"因为你对我很冷漠，再说你现在是各方面都很优秀的男人，我想你肯定也早就有了自己的生活。起初我还误会晶晶是你女朋友，后来又听说你要和别人订婚，我怕说出来只有两种结果，都是我不愿看到的。"

"两种什么结果？"

"一种是你有了自己的生活，根本不愿意承认这个孩子，这样，对孩子来说，是很大的伤害；另一种结果就是，你们有钱人，有可能会把孩子夺走。孩子是我的命，如果要我和孩子分开，我宁愿你永远不知道你还有个孩子。"

"我就说了你是个傻子，总是自以为是的傻子。"康宇轩一边骂着许诺，一边走过来，紧紧搂着许诺的肩，眼睛红红的，"傻瓜，我怎么会做让你伤心的事。"

87　小团圆

康宇轩搂着许诺，轻轻在她耳边说："都过去了，我知道这些年你一个人带着孩子肯定受了很多苦。当年我也过得不好。有段时间一直都是酗酒的，直到喝到胃出血。晶晶也在那边留学，发现了差点死掉的我，把我送到医院。再后来，我实在找不到你，但一直不死心，毕竟我们从来没有吵过架，怎么就会变成杳无音信呢？这是我一直想不通的。后来经过一段时间的休养，我想只有做一个有担当的男人才能真正有能力去保护所爱的人，所以，一直都是努力工作，不让自己有太多空余的时间想起过往。"

许诺清楚了这个男人当年其实并没有抛下自己，而当年自己的做法也有些过于偏激，这就是年轻鲁莽任性的代价吧。

"许诺，孩子教育得很好，谢谢你，受苦了。多多还叫我康叔叔吗？这可是我的儿子啊！"

"我想一下子改口对小孩子也不好，我们从长计议，是你的儿子跑不掉。得想个让他容易接受的方案。恐怕连你自己也无法接受突然有这么大的孩子吧！"

"不，我一直有疑惑，只是没弄明白。孩子的问题先不谈，谈谈我们的问题吧！"

"我们有什么问题吗？"

"我们就这样不冷不热地演下去？"康宇轩反问许诺。

许诺还一时接不上招，"那你说怎么办？"

"把该办的事办了呗！"康宇轩一把搂住许诺，"如果再玩消失，我会杀了你！"紧接着，康宇轩就吻了上来。

"别，孩子在呢！"

"他都睡着了。当然，为了安全起见，我们换个场所。"康宇轩一把将许诺拦腰抱起，走进了他宽大的卧室，居然还飞快地把门锁上了。许诺伏在他怀里，先是捶打他，最后无奈地环住他的脖子，以免掉下来。

康宇轩将许诺放到床上，根本不给她任何反抗的机会，直接就扑了上来，他的吻，霸道而缠绵。许诺不再犹豫，他需要她，她也是，他依然是她心里唯一的爱，她对他不再有疑惑，全身心地接纳他。她也不断地回应着他的索取。

"嗯！"许诺也已全身沸腾，今夜，只想与他爱的男人尽情地缠绵。她能够感觉到她在他的爱抚中某种渴求如潮水般袭来，她只想紧紧缠着他，一刻也不要分开。她不禁颤抖着轻呼："宇轩。"

"诺宝贝。"他再次吻住了她，她在他的身下，迷失，美好的迷失。初秋的夜晚，屋内，却是满室春色，如此美丽动情。她在他的引领下，一步步走向满目繁花的迷人境地直至感觉如同璀璨的烟火在夜空绚烂，直击她的灵魂。

她已经什么也不想了，以前也好，未来也好，今晚，这个对她一往情深的男人，也是她唯一的爱人，只属于她，这便足矣。

相信爱情，即使它给你带来悲哀也要相信爱情。

许诺想，在有生之日，做一个尊重内心真实的人，在有限的时空里，过无限广大的日子。她想信他，他值得她信任。

一晚深情，许诺在康宇轩的臂弯里幸福满足地睡去。

清晨，许诺醒来，看到康宇轩正精神爽朗地从浴室出来。"怎么起这么早？"

"早点起，今天还有大事要办。"

"什么大事？"

"搬家！"

"搬什么家？"

"帮你和多多搬家啊，从今天起，我们必须要一起生活，我再也不能忍受分开。"

"疯了，搬家，我才不住你这儿。"

"那就我搬到你那儿去，你看着办！"许诺彻底无语。

康宇轩抱起许诺，"来，帮你，我放好了洗澡水。"许诺双手环住他的脖子。

许诺洗漱完毕下楼，发现儿子正和康宇轩坐在沙发上，康宇轩很正经地和他谈话："多多，我有件很重要的事要告诉你。"

"什么事？"

"很多年以前，我犯了个错误，你妈妈有些生气，就不准我当你爸爸，故意要你叫我叔叔的，实际上我真的是你爸爸。"

许诺觉得这康宇轩也太急了，并且就这样和一个小孩子谈。多多正好看到许诺，问许诺："妈妈，是真的吗？"

许诺只好点点头。

"妈妈，你原谅他吧。"许诺点点头，多多也很严肃地对康宇轩说："康，不，我从没叫过爸爸，还不习惯，你不介意吧？"

"没关系宝贝，我只是要你知道我们是一家人，你不是没有爸爸的孩子。从今天起，我们仨要永远生活在一起。"康宇轩抱起儿子在客厅里打了个转。

许诺说："搬家的事还是以后再说吧，再说多多上学也不方便。"

"我可以请人接送多多的。请个人，你也轻松很多，孩子也可以放了学早点回来。这个我会安排的，你不用管。"

"名不正言不顺地住进来，我才不要，我又不是没地方住。"

"啊，我明白了，这样子，星期一我们就去把名正了，怎样？"

"你疯了，哪有你说的这么简单啊！恋爱是两个人的事，结婚可就复杂多了，难不成双方父母都不告诉？你别太急了好不？就像老房子着了火样的。"

"我就是老房子着了火，扑都扑不灭了。不过，上次草率，这次，我要慎重，我要给你难忘的婚礼。许诺，我们结婚吧，不，我们复婚吧！"

两人正抬着杠，钟点工刘嫂进来了，康宇轩说："刘嫂，我记得你说过你另外还做了一户人家的，你有没可能以后全职到我家来做？"

刘嫂笑着说："还真巧，我原来做的那户人家上周搬去外地了，我正在找呢，既然这样，我还巴不得就在一家做！"

"那好，就这样定了，等下我就到你们公司重新签合同。从今天开始，你就全职在我家做好吧！"

"好。"

康宇轩对许诺眨眨眼，"看到没，天时地利人和，什么事都顺利。"许诺对他很无语，只能微笑。

吃罢早饭，康宇轩对许诺说："我们去一下劳务公司，把刘嫂的事办妥吧，多多就留在家里，玩一玩，做做作业，请刘嫂帮着照顾一下。"

"没问题，你们去吧！"

在车上，许诺说："暂时还是不搬吧！"

"不行，今天一定得搬，必须在我随时可以看到的范围内，我才安心。"

"晕，我又不是一只鸟，飞不了。"

"那也不行，反正就是要在一起。"

两人一路抬着杠，很快就到劳务公司签订了新的用人合同。康宇轩说："走吧，如果你和多多有一些非要收拾的东西，就带到我这边去，如果没有，反正这边基本的也有，要不直接去买，懒得收拾，两边都方便。"

许诺说："还是暂时不要搬吧，一点心理准备都没有。"

"那怎么行，我可不想两头跑，住一起多好，家里保姆也请好了。"

"反正暂时不搬，让我先想想，好吧？小孩子突然改变环境也不好。"许诺温柔地劝说他，"再说，我就想让你跑跑，你以为追女生这么容易啊，我还没试过让一个男人追追呢！"

康宇轩说："原来你也这么俗气，好吧，那就追吧！不过，我真的很忙，所以这些年一直没追到过女孩子，你不要对我要求太高。"

当天下午康宇轩将许诺母子又送回许诺的家，只不过，此人跟在后面，提一个大包，对许诺说："你不搬我搬，我追过来了，在这儿据个点！"

许诺只好答应他下周就搬过去，许诺真不想让他两边跑，平时工作已够累了。

许诺终于被康宇轩强制着搬进了他的房子。其实也就是搬了一些自己和儿子常用的衣物，其他的都用不着，再说，许诺总想着偶尔应该也来这边住住的，毕竟，这是自己辛苦建造的窝。

星期六的晚上，儿子玩了一天，早早上床睡觉了。许诺窝在沙发上看电视，韩剧。康宇轩也凑了过来，在她旁边坐着，搂着她肩膀。

"女人就喜欢看这些吧！"

"是啊，帅哥、美女很养眼，服装也很时髦，还有，浪漫纯真的爱情。"

康宇轩一边听着许诺说个不停，一边也忍不住又对她上下其手："我们也演演！"此时他的电话响起，许诺听到对方在 K 歌，要他也过去，康宇轩看了许诺一眼，说："好，半小时后到。"

挂了电话，康宇轩对许诺说："我的几个哥们儿在酒吧 K 歌喝酒，叫我也过去，一起去玩玩？"

"我才不要去呢，酒吧我又不喜欢，再说多多都睡觉了。"

"没关系，不是有刘嫂在吗？我们去玩玩，很久没和他们聚了，关键是原来每次我都是被打击的对象，我这次要告诉他们，我不但有女人，连儿子都有了，看他们还怎么玩！"

许诺被他逗得"扑哧"笑。

"我去，不会影响你们吧！和他们又不熟，弄得你们也不开心。"

"去吧，这些玩得好的总要见的，一回生二回熟。"

许诺和刘嫂交代了一下，换了件适合酒吧的衣服，康宇轩在一旁说："这件是不是太露了点？"

"还好吧，你这么保守吗？我已经算很保守的了。"

"不是，我那帮哥们儿个个都是眼带绿光的。"

许诺只想笑，"放心吧，人家不一定和你口味一致，咱都老女人了。"

"别乱说好吧，你现在看上去顶多二十五，还是很有杀伤力的。"

"那等下我到酒吧独自坐坐，看有没有人来搭讪。"

"你敢！"康宇轩牵着许诺的手用力握了一下，疼得许诺叫了起来。

当康宇轩牵着许诺进入酒吧的某包厢时，本来在喝酒吵闹的几个人突然有几秒的安静。这让许诺有些许紧张，本来就有应酬综合征的，虽然是朋友，但对于陌生人，许诺第一感还是有些紧张的。

随即，有个男人打破寂静："今天太阳是从西边出来的吗？"

"不知道，今天是阴天，没太阳。"有人附和着。

"康少，今天什么情况？太不正常了！"

"你们这些人啊，原来一天到晚说我不正常，我今天和你们的配置一样出席，你们还是觉得我不正常，有没有天理啊！"许诺看到包厢里有三男三女，女孩子一个个化着挺浓的妆，但看上去底子都还不错，挺漂亮的。穿着性感，身材高挑。

"介绍一下，许诺，叫嫂子。"

"什么嫂子，我们觉得她是降魔高手。不是吗？康少。这些年，第一次看到有女人降住你。来，嫂子，我们敬你一杯。"

许诺只好端起杯，笑了笑："我不是降魔人，只是驱除了他心里的魔，让他正常了。"大家哈哈大笑，一饮而尽。接下来康宇轩介绍了他这几位朋友，都是高中同学。

回来的路上，许诺不禁问康宇轩："今天陪着他们的都是他们女朋友或者老婆吗？"

康宇轩沉默了一下，回了一句："有几个男人会带着女朋友或者老婆去K歌泡吧的？"

"啊？那你什么意思？那我又算什么？"

"傻，你没看到他们都说我不正常吗？"许诺直想笑，但还是拼命忍着了。

"那你原来是不是也和他们一样？"

"这个嘛，秘密！今天把我侍候好了，可以考虑告诉你，要不然，无可奉告！许诺，你知道如何让一个男人快乐吗？"

"没研究过。"

"我告诉你吧，很简单，喂饱他，和他睡觉，给他留一个安静的空间。"

"这么简单？不可能吧！"

"我的要求更低，只要前两项就可以了！"

许诺气得在他大腿上拧了一把，康宇轩疼得叫了一声，这一声绝对有夸张的成分，并且对许诺狠狠地念了一句："恶霸堂客。"

康宇轩星期天晚上又去北京出差了。晚上到了酒店，就迫不急待地给许诺打电话。

许诺也觉得心里空空的，两人就天气啊、路上的趣闻啊扯了半个小时，直到许诺的手机发烫并且响起了电量不足的警告才挂上。挂电话之前还故意说上一句："把房门锁好，不要随便开门，不要随便解裤腰带。老实点，早点睡觉！"

"许诺，你是不是后悔来之前没在我腰带上安把锁啊？"

"那倒不用，如果你想要打开，肯定会叫当地110的。"康宇轩在电话那头狂笑。

星期一上午，许诺的手机上有陌生来电，许诺接听，"你好，许小姐，我是张萌萌，我想和你见个面。"

许诺握电话的手有些微微颤抖，果然，前些天的预感是对的，这个张萌萌果然还是找上门来了。

许诺觉得该来的总会来，与其逃避，不如直接面对，新仇旧恨一起算吧。

中午，两人相见在约定的咖啡馆。张萌萌依然是冷冷的表情，只是，许诺也能感觉到她的一丝慌乱。

两人坐定，各自点了咖啡。张萌萌单刀直入："许小姐，听宇轩说你是他的女朋友，是真的吗？"

许诺迎着她的冷酷目光，点头承认。

"不可能吧，宇轩到你单位也才几个月的时间，据我调查，许小姐都已是三十出头，并且还带着一个孩子，魅力也未免太大了。我和宇轩认识十多年了，他不是一个会轻易对女人动情的人。你们之间，是不是达成了某种交易，故意来骗别人的？"

"你觉得我们之间会有什么交易呢？"

"自然是金钱了。据我了解，许小姐应该是无任何背景的，一个人带着个孩子，在经济上自然不宽裕，而宇轩呢，因为近来可能家里也催他结婚催得比较紧，这个人，有时候是不按常理出牌的。我怀疑他是为了逃避家人的逼婚才故意说你是她女朋友的。因为一般的女孩子也不会随便答应做人家女朋友，毕竟关系到声誉问题。"

"你的意思是像我这样的单亲母亲就不存在爱惜名誉是吗？"

"我可没这么说，是你自己说的。"

"张小姐，你这么关心宇轩的情况，我想请问一下你又和他是什么关系呢？"

"我们是十多年的同学，一起留学，现在又是工作伙伴。当年宇轩在国外生病胃出血的时候，我一直在旁边照顾，所以，他对我一直很好。我们两家是世交，家长们都希望我们尽早结婚。这些年，他的身边没别的女人，我和他走得最近。"

"原来也只不过是朋友，是否管得太宽了？你和康宇轩的事情，我想，他对你的表现才是最重要的，和我应该没有任何关系。"

"如果只是为了钱，我可以和你谈谈，你不要继续扮演他女朋友的角色。这让我很不自在，如果传出去，我会很没面子，在熟悉的人们眼里，我才是他最合适的结婚对象。"

"张小姐，你错了，我和康宇轩之间没有任何交易，如果你觉得有，你直接去问他，因为他才是你要找的人，和我谈没有任何意义。你知道当年他为什么胃出血吗？"

"酗酒。"

"为什么酗酒？"

"这个我倒不清楚，好像是因为和他父亲吵架。"

"不，你错了，他是为了一个女人，因为他爱的女人当年突然消失了。这也是这些年他为什么身边一直没有女人的原因。我想假如你是他所爱的人，这些年他不会无视你的存在而宁愿孤单。如果你认为我是和他有交易，那我也没必要背叛他来和你谈，因为，你给得起的价钱，我想他也给得起。另外给你一个忠告：感情，需要两情相悦，一个巴掌拍不响。对不起，我不能给你任何帮助。"

"你别得意，我不会让你们如愿的！"许诺看到对方本来就是惨白的脸变得更加白，甚至有些扭曲变形。

"爱一个人，是高贵的，也不容别人践踏，但是，不择手段地去爱，只会遭到唾弃。"许诺说完，心想这就叫快意恩仇吗？许诺觉得原来也不过如此。

那些不堪回首的过往，从此，不想再提。

许诺将咖啡一饮而尽，今天的咖啡只加了一点点糖，却感觉不那么苦。

许诺回到办公室刚坐定，陈瑶闪了进来。

"亲爱的，未必真的是近水楼台先得月？你和康总办公室最近，所以，以你单亲妈妈的逆袭，将我们的少女杀手搞定？那天我可看得真切，你别想否认，只是以我俩关系，我是死死将这个秘密摁在心里，一直在找机会想问个明白。"

许诺苦笑了一下，对陈瑶说："什么逆袭，最多就算个重修旧好。你不是一直问多多的爸爸是谁吗？他就是多多的爸爸！"

"什么？不是开玩笑吧？康总，我们帅气的康总，有个这么大的儿子，不是玩笑吧！"

"当然不是玩笑。我们十年前就认识。他比我小三岁，但当年就是相爱了，当年还玩过闪婚闪离的幼稚行为，就在那期间，我怀了他的孩子。当年因为一些人为的因素，造成了误会，我们这些年一直没有相见，直到他出现在我们单位。"

"难怪这些年你一直坚持独身的，当年和这样的人恋爱，一般的人又怎么入得了眼。许诺，我佩服你。这些年的坚持是值得的。不过，听说他要和别人订婚，有没有这种事？"

"没有，这些年他也一直是一个人，所以，前段时间我们消除了误会，觉得彼此还是最合适的。"

"太好了，许诺。"陈瑶有些激动地拥抱了一下许诺，"你终于守得云开见月明了。对了，是不是马上就要成为豪门少奶奶了？"

"没有呢，这些没有考虑，反正现在觉得这样也挺好。平和幸福最重要。"许诺老老实实回答。

"不行，许诺，你一定要把握机会，成功入驻豪门，对了，我女儿不是一直要许给你家多多的，呵呵，原来不知道这小家伙老爸是谁我都同意了，现在我更是一百个同意，许诺，不准折磨我们家娟娟啊！"

许诺听着陈瑶越来越没边的话笑得趴在办公桌上起不来。

电话响起，是陈佳和的。

这段时间，发生了太多的事，陈佳和的问候依然如常，只是许诺觉得，对他这样一个值得信任的朋友，也有必要和他说清楚这一切。许诺约陈佳和第二天中午一起吃饭，陈佳和欣然同意。

第二天两人相约在陈佳和的西餐厅。

许诺主动对陈佳和说："我的事你从没问起过，但我今天想告诉你，因为你是我最信任的朋友之一。"

陈佳和柔和地笑了笑："今天怎么突然想起讲这些？"

"因为前些天，你对我说过一些话，我不得不告诉你这些。虽然，我觉得我很幸运，能够得到你的欣赏，但感情的事，就是这么微妙，少一分就会少一世。"

许诺将自己与康宇轩的故事从头至尾地说了一遍，陈佳和平时温和的性格都不由得直呼太有意思了。

"许诺，我对你只有祝福，你这样的女子是应该得到幸福的。虽然这些年受了苦，但有这么好的结果，什么都值得！"

许诺有些感动："陈大哥，我一直当你是大哥的，我想我们依然是可以相互鼓励的朋友。我也祝你早日找到最合适的她。"

"精诚所至，金石为开，你们这样的例子在眼前，我想我的春天应该也会很快到来吧！"陈佳和依然是温文尔雅的笑。

休息日，康宇轩出差没回来，但因为许诺已在他的别墅里种了不少花花草草，因此许诺少不了要照看一下，重要的是，某人说星期六晚上会回。

上午许诺正在收拾屋子，虽然刘嫂也会做，但有些地方，许诺还是喜欢自己布置。门铃响起，许诺去开门，看到的是陈晶晶。

许诺有些讶异："晶晶，你怎么来了？"

"有人命令我过来的。说是因为要出差，怕你在家无聊，要我来约你逛街。"

许诺想笑，这个康宇轩，真是什么都管着。

"走吧，诺姐，我们逛街去，正好我也没伴。让多多和刘嫂在家就是。"

许诺想了想，也好，因为她发现康宇轩的衣柜里也有一些需要添置的东西。

许诺自从上次一起吃饭就觉得陈晶晶是特别好相处的女孩子，虽然表面上看是一个娇艳的千金小姐，实则心地善良，也很为别人着想，单纯没什么心机。一路上，两人就是聊常用的化妆品啊、喜欢的衣服风格啊，还有韩剧。

"诺姐，我觉得你很好相处，不像某些女人，冷艳高傲，好像谁都不如她一样。"许诺一听，脑海里就闪出张萌萌的影子，许诺想自己真是奇了怪了，在这个时候居然想到她。

"我哥的同学张萌萌，就是这样的女人。怪不得我哥对她不来电，呵呵，你别有意见啊！我哥和她真的没什么的，虽然她一直单恋着我哥。倒不知我姨父看中了她哪点，居然还力挺她和我哥在一起。"

陈晶晶一路说着，突然觉得失言了，吐了吐舌头，话锋一转："你知道当年我哥在美国胃出血的事不？天天喝酒，疯了样的。幸好有我在，当然这个事我没告诉我姨父。虽然当年他从不说原因，我想都想得到，不是因为感情才怪呢。当年，左手抱个酒瓶，右手抱一条老土的围巾，想起都搞笑。"

"围巾？"许诺重复问了一下。

"是啊，一条灰色的手工围巾，当宝贝一样抱着，睡觉都不松手。"许诺不觉想笑，"那是当年我送给他的。那时还是学生，他缠着要生日礼物，本来是当个玩笑送给他的，没想到他还真当回事，在那年冬天一直戴着呢！"

"我就说是谁有这么大本事把我哥这棵枯木搞定，原来，当年就是为了你。唉，枯木逢春，难怪对你小心翼翼。怕你生气啊，怕你寂寞啊，这老光棍恋爱起来果然很疯狂。"许诺听着陈晶晶稍有些夸张的语调只想笑。

晶晶带许诺来了国际名品商场。许诺原来较少来这儿，偶尔打折季会来淘一两件，总觉得这地方的衣服都太贵，不过，她看过了康宇轩的衣服，就到他喜欢的品牌给他买了几件衬衫和裤子。陈晶晶在一旁直摇头地说："怎么只想到男人啊，应该多为自己考虑。"

两人又到女装部，许诺正在试衣间的时候，听到自己手机响了，但听到陈晶晶接了电话："我不是你的许诺，我是陈晶晶，正陪着你家亲爱的试衣服呢。我这么卖力，是不是你也得有所表示？行，今天我的消费都算你名下。好，知道了，我会转告她。"

许诺走出试衣间，晶晶夸张地说："不错，这件不错。显得身材真好。刚才你电话响了，我看到显示的是我哥的号码就接了，他说晚上六点到。要你多买些喜欢的！"

许诺呵呵笑，幸福满满。又陪陈晶晶去买了化妆品，两人一起去西餐厅吃了午餐。陈晶晶说："下午干吗？要不要去看场电影或者做下美容？"

"不去了，你哥不是六点会回来吗？我等下去买一些他喜欢吃的菜，你要不要留下来一起吃晚餐？"

"真的吗？行啊，我听我哥说你菜做得不错，是不是就是这个原因俘虏了他？做菜容易吗？要不我也和你学学吧！"

"我又没什么套路的，都是按自己感觉来的，只是做出来也还可以入口，没他说的这么夸张。我觉得做饭菜最重要是用心，心情不好的时候做出来的食物自己都觉得难以下咽。"

五点，许诺对刘嫂说今天的晚餐由她来准备。当一切准备妥当，许诺听到了康宇轩回家的声音。

"晶晶，你怎么还在？"

"我怎么就不能在？累了一天，留下来吃个饭不行？"

"又没让你做什么事，有多累啊！"

康宇轩上楼换了衣服就直接进了厨房，许诺正在做红烧排骨，某人进来，从后面环住许诺的腰，还在脖子上亲了一下："要不要我帮忙？"许诺痒得不行，直叫："你别来骚扰就是帮大忙了。"

"我的天，真受不了你们两个。"厨房门口，陈晶晶不知什么时候出现了。

"受不了没人要你过来的，陈晶晶，一边待着等饭吃就行了。厨房重地，闲人勿入！"康宇轩甩头警告陈晶晶，晶晶直接撤离，许诺恼怒着捶他两下。

吃饭的时候，陈晶晶对许诺的手艺也赞不绝口，康宇轩说："晶晶，学着点，抓住男人的心，先抓住男人的胃。"

陈晶晶这次倒是很认真地说："对，说得没错，我是要学着点。"

晚上洗澡的时候，许诺想起白天陈晶晶说的话，联想到康宇轩那天关于职位轮换的话，感觉康宇轩的父亲肯定和康宇轩说了什么，只是，康宇轩不会告诉自己。许诺的心情有些沉重。女人嘛，一点点的线索，都不会放过，也会考虑很多。

许诺还没有真正享受春天的美好,不好的消息就迎面而来。

财务部经理告诉许诺,银行信贷科来了电话,原本说好的下一季贷款续贷的事情他们行里领导暂时没有批准。许诺觉得头皮发麻。现在正是公司资金紧张的时候,如果贷款不能继续,意味着公司的流动资金全部要用来还款,那生产经营大受影响。

许诺拨通了吴志刚的电话,吴志刚说会向康总汇报,这个原来是康总负责沟通的。

下午,办公室通知许诺召开紧急会议。许诺看到康宇轩也坐到了会议室。财务部长将银行发的通知说了一遍,许诺望了望康宇轩,发现他脸上没有任何表情,还真摸不透他心里在想什么。

许诺说明了不续贷的严重性,然后提了三点建议,一是再和银行的人联络,看是否是因为某些环节出问题,是否可以补救,另外抓紧时间和别的银行联系,东方不亮西方亮;二是加紧应收账款的催收,可以解决一部分资金问题;三是和供货商商量,看是否能给一个账期,缓解压力。只是和别的银行联系即便是能贷到,但放款的流程下来,也还是会有一个时差。

吴志刚听了许诺的分析,点头认可,以公司现在的实力,换家银行贷款,像现在这样单凭信用贷款可能不太顺利,但抵押贷款肯定没有问题,只是时间长短问题。吴志刚对康宇轩说:"康总,如果真的出现周转困难,要不我们向总公司拆借一下?"

"不用。"康宇轩回答得很干脆。"就按照许总监的思路,分头行动。还有不要拖欠供应商的钱,一定要按时结账,不得造成不良印象。另外,不到万不得已,不要向总公司伸手。"

许诺想只有她清楚他的想法。他不想让总公司的某些人,包括他的父亲看笑话。

会后,许诺特意单独到康宇轩办公室。

许诺敲门,听到"请进"。康宇轩正坐在办公桌前,看到许诺的到来,居然冲她笑了笑,许诺想:亏他还笑得出来。

许诺问:"这个贷款的事,消息这么突然,会不会有内幕?"

"许诺,不要乱想,公司经营过程中什么情况都可能发生,如果这点事就乱了阵脚,企业还有什么抗风险能力可言?"

听得许诺顿时脸红,但作为女人,她还是对康宇轩说:"我的第六感告诉我,也许和有些人和事有关,想告诉你一下。"

"人家信贷科的不是说暂时没批吗?也许,就是等着你去想办法呢!今天你提的方案都要着手进行。有备无患。"

88　贤内助

许诺回到办公室就开始联系在商业银行工作的同学，他们虽然不是国有银行，但在贷款机制上更为灵活。

许诺召开了财务和销售及采购的联合会议，每个财务人员配对片区销售经理，整理应收账款的回收工作，希望业务经理们尽量利用老关系，解释一下原因，早日收回款项。财务部和销售部的共同目标就是：收款，而采购部的目标是尽可能地得到供应商的账期，但不能造成拖欠的不良印象。

自公司被收购以来，在产能和效益上已产生了质的飞跃，员工的收入也是增长迅速，因此，在公司困难之时，员工们的士气很足，和公司共进退。

为了缓解公司的资金问题，公司各个部门都在积极应对。

许诺从财务报表上看到河南某公司有一笔较大的应收账款，而许诺了解到，自己正好有个同学就在这家公司工作。许诺决定和负责河南市场的王军一起去收款。许诺只能尽最大可能地解决目前的资金紧张。

康宇轩出差了，许诺把多多交代给了刘嫂，临行前，免不了对多多说："多多，爸爸妈妈都不在家，在家一定要听刘婶的话。"

多多说："妈妈，你为什么也要出差？"

"因为工作需要啊！"

其实原来也出过差收账，记得第一次出差收账是在四年前许诺才任财务部长的时候，当时厂里也是资金十分紧张，连工资都推迟发放了。好不容易广州市场的销售人员和当地批发商达成了回款协议：一手带增值税发票，一手还要带一张承兑汇票，说白了，这就是给人家单位的回扣，两样东西齐了人家才会付款。

许诺当时身揣四百万的增值税票，另外有三十万的汇票，前往广州收款。第一次办这种事，在火车上一晚上都没有睡着。

清晨到达广州后直奔对方单位，和销售人员黄林会合，直接陪对方的出纳到银行办理了汇票，当时站在出纳旁边，不停地在心里暗念：上帝保佑，千万别填错字啊！匆匆在天河广场吃了一碗面，然后立即又到机场赶当天下午的飞机回到省城，赶在银行下班前将这笔钱进账。当银行工作人员告诉许诺手续办完的时候，许诺差点虚脱。

这一次出差，和上次性质还是不同，虽然同是为了缓解资金紧张，但这次许诺却觉得多了一些私人的感情成分：只想能多出点力，不让公司业务受到影响，不要让康宇轩受到影响。他已经够忙的了，希望能为他多分担一些。

许诺没有和康宇轩说起自己也要出差的事，下午直接就和王军登上了北上的火车。

晚上，康宇轩打电话给许诺，问她在哪儿，许诺只好告诉他在出差的火车上，到河南郑州收欠账。康宇轩半天没作声，最后说："你注意安全，有事打电话。"

许诺两人风尘仆仆来到河南公司，也找到了大学同学何群英。同学正好是这家公司的财务负责人。许诺将公司现在面临的困难向同学说明来意，何同学面露难色："许诺，按理我们是同学，应该帮你一把的，只是我告诉你现在我们单位的实际情况。我们单位刚刚换了新的老总，对于前任留下来的事情正在做全面的清查，所以，不是单位没有钱，而是做完统一的清查才能付款。我这个财务负责人说了不算数，最终要我们老总点头才付得出来。"

"那你们的清查什么时候能结束呢？"

"那可难说了，清完一家付一家。其实我们单位和你们单位的往来很简单，账务也清晰，只是要按流程来，这样吧，既然你们的人都来了，我想办法要你和我们老总见一面，争取排到前面。"

许诺真是万分感激。何群英说："无论如何，到了我的地盘，当然是我要尽地主之谊。"许诺也不和她争，晚上吃饭前特意到当地的商场买了一大瓶Dior的香水连同从家乡带过去的特产一起送给何群英。王军在一旁说："诺姐你想得真周到！"

老同学相谈甚欢，谈起了各自的生活，最后何群英答应许诺，明天尽量帮她约到老总，要许诺在宾馆等她的电话。

第二天上午，许诺接到何群英的电话，通知许诺下午三点到公司和他们老总碰面。许诺有些紧张，能否要得到还真没底。

临去前许诺问王军现在公司的营销策略。王军说："自从被康盛收购后，公司的产品从包装到营销方面都有大的改观，下半年销售情况很旺，年底各个省的代理公司都将面临重新洗牌，因为公司的产品已从原来的需要走出去上门大力推销变成了代理商主动上门要货，只有一些有实力的大公司才有可能保留原来的代理资格。"

许诺说："这就是我们需要打的一张牌，我在前面引路，说财务上的事情，你负责和他们老总说业务上的事情，尽量说得合情合理，既给对方压力，也要给他们希望。"两人如此合计一番，前往对方单位。

下午三点，许诺终于见到了对方谢总，对方说很忙，因为何经理的关系，才抽出时间接待一下。至于付款问题，对清楚了账目肯定会付。许诺听了这话，还真是有些着急，付是付，没有期限，就是假的。

许诺说："谢总，我也能够理解贵公司现在的情况，不过，对账是您内部的事务，相对于我们单位和贵单位，往来很简单，账目一目了然，所以，希望您能够体谅一下我们单位的难处，尽快给我们付款，毕竟我们的货贵公司已完全销售完毕，根据合同，您早就应该付清了，我们单位领导说，收不到钱我们就不要回去了！还有就是您可以去了解一下，自从我们被康盛收购后，我们单位的产品现在都是畅销品种，您良好的信誉肯定会为今年年底我公司重新签订省级代理打下好的合作基础。我想您也希望来年有好的业绩。"

许诺说完后望了一下王军，王军立马会意，将公司年底新的营销政策向谢总做了一番讲解，并且将公司现有的主打产品及即将上市的新品也作了推广介绍。

谢总是做业务出身的，听完后，稍作了思索，对许诺说："我们今天下午就安排财务人员先把你们单位的账目对清楚，争取明天付款。"

许诺听得内心十分激动，离开的时候说了 N 个感谢。

从对方单位出来，王军说："诺姐，运气还算好，明天如果付了款我们就可以回去了。"

许诺说："是啊，还算顺利，不过，我们确实现在产品还不错，该强硬的时候还是要强硬。"

初冬的天空，太阳显得绵弱无力。许诺对王军说："今天还早，事也办完了，虽然还没有最终结果，但心情也还不错，既然到了郑州，黄河边上，自然要去看下黄河的，母亲河啊。我们去看看黄河吧，我还只从电视里见过黄河呢。"

王军说："好，虽然我到这儿也几次了，但每次一个人出差，都是来去匆匆，正好也没去过。"

两人买了一张地图，询问了本地人，想好了最佳路线，打了一辆车，穿街走巷，人文风俗，一一领略，最后来到花园口。

黄河的水果然很黄，站在河边，凛冽的北风吹着，感觉自己的腿上没穿裤子一般。河堤上没什么人，但有电瓶车来往，只是敞篷的车子，人坐在上面，风力很大，比站着还冷。许诺感叹着北方的冬天才是真正的冬天。

两人下了电瓶车，平时还挺喜欢用单反的许诺也没了好摄者的兴趣，当然，这次本来就是出差的，也没有带设备。实在受不了这如刀的寒风，只是在河边上用手机相互为对方拍了几张游过此地的纪念照，许诺还不忘记拍了几张比较苍凉萧瑟的河滩风光。

两人匆匆坐车回到市内，已是黄昏，因为吃不惯当地菜，于是就近找了一家小四川饭馆，终于吃热乎了，回酒店休息。

刚进房，许诺就接到康宇轩的电话，问她住在什么地方，许诺告诉了他，对方匆匆挂了电话。许诺觉得这人真奇怪，就问一下这个，别的又不说。

半小时后，许诺正准备给儿子打电话，房门被敲响，许诺问："谁？"

"许诺，是我。"是康宇轩的声音，许诺惊呆了，打开门，看到他穿着一袭风衣，玉树临风般站在房门口。

关上门，许诺问："你怎么来了？"

"我的事办完了，回去路上，突然想来见你。"

许诺正欲帮他脱下外套，突然又响起了敲门声。许诺问："谁啊？"

"诺姐，是我，充电器你用完了吗？我来拿一下。"原来是王军，许诺记得早上她借了他的充电器。

许诺立马对康宇轩说："快点，躲洗手间去，被王军看到不好。"

"晕，你有毛病啊，看到不就看到了，我又不是你地下情人。"

"不好啊，现在单位别人不知道我们的关系，别吓着人家。以后再说吧，现在你先避一下。"立马拉起康宇轩就往洗手间塞。康宇轩无奈地进去关上门。

许诺开了门，将充电器交与王军，王军问许诺："明天几点去对方单位？"

许诺说："七点半去楼下吃了早餐就去吧。早点去守着，人家也会重视点。讨债，死缠烂打不会错。"

王军走了，关上门，许诺说："你可以出来了。"康宇轩满脸不高兴地走了出来："许诺，你说你把我当什么？"

许诺呵呵笑。康宇轩搂着她，轻轻地在她脸上亲了一下。许诺帮他脱了外套，然后对着他说："我正准备给多多打电话呢，你就来了！"

"正好啊，一起打，看这小家伙在家干吗！"

许诺拨通了家里电话，正好是多多接的，"崽崽，你在做什么？"

"刚做完作业，看会儿电视。"

"晚饭吃得好吗？"

"挺好的，吃得很饱！"

"你在家要听话啊！你……"许诺话还没说完，电话就被康宇轩夺了过去。

"多多，看什么电视呢？我不在家，你有没有做坏事？不会又和同学打架吧！对了，我今天看到一个新的脑筋急转弯的题，你来猜猜……"

许诺在一旁听着他给儿子打电话，觉得这个人，还真没有做好当父亲的准备，总是喜欢和儿子闹着笑着，一点父亲的架子都没有。

康宇轩终于挂了电话，对许诺说："你怎么和儿子打电话也撒娇啊！"许诺听到他这一句真是狂晕，不过，她承认，每次在电话里听到儿子稚嫩的声音，她也免不了学着这种腔调。

"要你管啊，我想对他撒娇就撒娇。晚了，咱们锤子剪刀布，赢了的先去洗澡。"

康宇轩笑了："你先去吧，女士优先，不和你争。"

许诺转身进了浴室，想着康宇轩居然会赶到这里来，内心满是感动，苦和累，也随着这水流冲刷得无影无踪。

许诺从浴室出来，看到康宇轩居然已和衣躺在床上睡着了。室内台灯昏黄的光线下，康宇轩刚毅的脸有些疲倦，许诺想他也是太累了。要么就是到处跑，要么，在办公室也是数不清的文件报告等着他。

许诺将他的鞋子脱下，给他盖上被子，然后自己在另一张床上睡下，看着隔壁床上的康宇轩，一阵心痛。

许诺想，以前总是只看到有钱人用钱时的潇洒，羡慕嫉妒，甚至恨，又怎能体会，在你和家人团聚、在你享受着假期的时候，真正做企业的那些有钱人，奔波劳累，心力憔悴。其实，普通人，也有普通人的快乐，甚至，过得更安逸，幸福指数更高。

许诺的手机在七点准时将她叫醒，她发现隔壁床上已没人睡觉，浴室里有水流声。这家伙，起得挺早。康宇轩从浴室出来，看到许诺已醒来，"你怎么起这么早？"许诺问他。

"年纪大了睡不着啊！"康宇轩的回答逗得许诺呵呵笑。

"我等会儿就去对方单位，他们答应今天可以付款的。运气好，可以坐下午的车回家。你呢？"

"我今天就是来陪你的。对了，昨天怎么一下就睡着了。"

"诺姐，下去吃早餐吧！"王军在门外敲门叫着许诺，许诺立马安静，然后答道："好，你先去餐厅，我收拾一下马上就下来。"

"这小子叫什么名字？"康宇轩问许诺。

"王军，销售部的。"

"好，我记住他了。"

"怎么了，人家又没做错事。"

"他太多事了，烦死我了。"某人将脸扑在枕头上，还用拳头狠狠地砸了一下枕头。

许诺看着康宇轩一脸的不耐烦，哈哈大笑。许诺不理他立马起床洗漱，出门前不忘记在康宇轩的脸上亲了一下："乖乖等着我讨债回来，自己好好招呼自己。"

许诺和王军一大早就赶到对方公司。何群英对许诺说："你们运气好，老板昨天下午已签了字，上午我就会安排出纳到银行付款。"许诺一听，别提心里有多高兴了，不停说："谢谢老同学，待会儿拿到汇款单回单复印件我们就可以回家交差了。"同时还不忘记邀请何群英到湘南做客，"群英，毕竟这也是你读了四年大学的城市，有时间还是应该回去看一下，到时候，是我尽地主之谊啊！"

上午十点，许诺拿到了汇款单回单复印件，对着王军说："可以订今天下午的票回家了。"

王军说："诺姐，我已经到了这边，干脆再到河北的单位去走动一下，你直接回家吧！"许诺一听，也好，酒店里不是还留着一个在等着她的吗？于是两人就在酒店大堂道别。

回到酒店，康宇轩并不在房间，许诺打电话问他在哪儿，他说："大白天的，总不能一直在酒店等着你，我到街上转悠着。你的事办完了？"

"办完了，特别顺利，人家付款了。"

"那个多事的王军呢？"

"他说再去下河北市场，不和我一起走了。"

"是吗？太好了，我怕你又要把我藏起来呢。你在大堂等着我，我发现有个好吃的地方，现在就过来接你。"

许诺便在酒店大堂等康宇轩。

出了酒店的门，许诺突然拉着康宇轩往右一指，对康宇轩说："我们是不是去吃开封菜？"

"什么开封菜？"许诺指着不远处的肯德基的标志说："看，KFC，就是开、封、菜嘛。"逗得康宇轩呵呵笑。

康宇轩牵着许诺的手，两人在异乡的街头走着，虽然是冬天，只有着薄薄的阳光，许诺却觉得暖意融融。

路边正好有一个民间艺人在做雕刻，在精致的钥匙扣上刻字和爱心。许诺像个小女生一般，兴致勃勃地在摊子上选了两个一模一样的钥匙扣，要老者在上面刻上两人的名字，中间还刻上一颗爱心。

康宇轩立在一旁微笑着瞧着，许诺拿到刻好的钥匙扣，向康宇轩一伸手，对方倒是很配合地立马掏出了他的钥匙包，任许诺挂了上去。

许诺说："你居然没笑话我幼稚，好难得！"

"干吗要笑话你？这只不过是十年前我们就应该做的事，推迟了而已。"说得许诺鼻子发酸。狠狠地缩了几下。

两人继续前行，不久，康宇轩对许诺说："就是这家，胡辣汤生意好得不得了。"许诺看到招牌各方面都挺有底蕴的，应该是家老字号。

康宇轩要许诺坐着等，然后去排队买食物。不一会儿，就上了两碗胡辣汤，还有一些店里现做的点心。

许诺看着这一大碗黑乎乎的东西，不敢下口。康宇轩说："还不错了，冬天喝着挺好。我原来出差喝过这玩意儿。"然后用鼓励的眼神看着许诺。

许诺先是挑了里面的一个香菇试了一下，味道有点怪，但尚可接受，于是也学着旁边桌的当地人，喝了一大口。

"哇！"许诺立马吐了出来，并且跑到洗手间，感觉胃里有什么东西要翻出来。康宇轩紧张着跟来，然后递了一杯水给许诺，喝了一口水，许诺终于觉得舒服点了。

两人回到饭桌，坐定。

"许诺，你……"

"这个汤是羊肉做的,你不知道我不吃羊肉的吗？我最闻不得这个味了，加上昨天去看黄河，吹了风可能有点小感冒，刚才这一下吃下去真的受不了，简直翻江倒海。"

"对了，你是不吃羊肉的，我忘记这个汤底是羊肉熬的了。我们换个地方吃吧。"

"算了，桌上还有这么多小吃，我吃别的就行了。"

"还不是担心你啊！我已经要秘书订了下午五点的机票，等下我们拿了行李直接去机场。"

"啊，终于可以回家了，我每次一出来就想家。"许诺将两手握拳举起，欢呼了一下。

"我原来没这种感受，现在不同了，办完事就直想往家赶。"康宇轩也认同许诺的感受。

89　一波未平一波又起

上了飞机，许诺对康宇轩说："康总，你又违规购头等舱啊！"

"不是我订的，放心，我不会到许总监的公司报账。"

"可是我的怎么办？自己订的规矩自己坏吗？"

"你就找你老公报吧！"许诺很无语。

康宇轩搂着许诺："这次回家我得和我爸好好谈下我们的事，我们都不小了。"

"好，告诉你父亲，也找个时间去下我家吧，我父母为我的事可是操碎了心。"

"好，听你的。"许诺望着窗外的白云，靠在康宇轩的肩头，享受着云中漫步，心里满是幸福和喜悦，却也不无担忧。

公司因为上下齐心，通过应收账款的大力催收以及部分代理商的预付款，采购部也发挥了作用，和几大原料供应商达成了协议，对方同意多给公司一个月的账期。

使得公司账面资金充裕，基本能解决燃眉之急。

与此同时，银行方面也传来好消息，说是银行领导最终批准了续贷。通过这次事件，许诺觉得鸡蛋不能放在一个篮子里。还是要加强和别的银行的联系。因为公司有着良好的信誉以及旺盛的销售势头，商业银行也很有兴趣为之放贷。

吴志刚也觉得应该两条腿走路，所以，财务部着手开始增加一家合作银行的相关工作。

没过多久的星期一上午，公司召开紧急会议。原因是网上正疯传湘南公司的某种药品引起了患者的不适。并且越传越大。质量总监说我们自己已将同一批号的药品再次进行检测，没有任何问题，今天上午已将样品送权威部门检测。至于病患在网上传的问题，并没有看到真正的药品不良反应报告。

吴志刚说："第一，我们一定要尽快拿到权威部门的检测报告；第二，有可能是竞争对手的行为，所以，要联系上传事件的人，联系我们的律师，负责处理善后事宜；第三，想好应对措施，包括公司所有产品均要严格把好质量关。"

许诺觉得公司近来真是一波刚平一波又起，流年不利。好不容易被收购了，生产销售转旺了，但麻烦也是接踵而来。当然，原来公司其实也有过类似的事情，只是以许诺原来所处的位置，感觉没这么强烈而已。

经营一个企业，用徐朋个体老板的经验来说是条条蛇咬人，处处都有可能惹麻烦。

下午陈瑶拿着借支单来找许诺批字，许诺问做何用，"还不是业务招待用啊！"

陈瑶说："出了这种事，只能尽快请各路神仙摆平，消除影响。看到没，今天康盛股票跌了3%，原因就是因为网上到处传湘南的事故，而康盛是我们的母公司。"

许诺想湘南的事，肯定康宇轩会受影响，他是直接领导。现在康盛都受了影响，对于他肯定来自各方的压力都不小，他还不得脑袋大啊。

下班的时候许诺给康宇轩打电话："湘南的事情你知道了吗？"

"知道了。"声音平静，听不出任何异常。许诺也不知说什么好，沉默着。

"别着急，许诺，照常工作就行了！"

"那你今天回家吃晚饭吗？"许诺问他。

"不回家吃，有很多事要处理。"

"哦，那你还是要按时吃饭！"

"知道了。"

晚上多多在楼上写作业，许诺坐在客厅，总觉得公司这事不太简单。因为这种药品是公司的老牌品种，也是最畅销的，原来从没出过质量问题。

许诺检查完儿子的作业后，招呼儿子睡下，脑袋一片混乱。开着电视，坐在客厅，实则一点内容都看不进去。十二点了，康宇轩还没有回来。许诺知道自己是有点沉不住气的性格，心里很急，却又感觉自己帮不上一点忙。

十二点半，许诺听到外面车子的声音，连忙去开门。

"这么晚了怎么不睡觉呢？"康宇轩问许诺。

"睡不着，等你。"

"没有男人就睡不着了，这可怎么办？"康宇轩搂着许诺的肩膀进屋，还开着玩笑。

"你还笑得出啊!"

"怎么笑不出,有什么问题吗?"

"公司的事你不头大?"

"你要说这个事就头大,我天天会肿成猪头的。傻啊,光想有什么用?搞不好明天就解决了。早点睡觉,小脑袋少想点事。"许诺觉得这个人怎么三两句话就把她打发了。

星期三上午公司传来好消息,送检的产品完全没有问题,而从陈瑶处得知,公司报了警,通过网络查询,最终找到了谣言的散播者,就是本市的一无业人员。

此人只是因为有人给了他一笔钱要他在网上散播谣言。公司上下知道这个事情以后,非常气愤,只是因为双方的交易是通过QQ网上交易的,要查个水落石出并不容易。

公司发布了重要声明,将检测结果公布,并且将进一步追究相关人员的法律责任。

吴志刚召集中层以上员工开会,将事件做了通报,要大家一定要提高警惕,树大招风,公司业务好起来的同时,肯定会遭到同行竞争对手的觊觎,恶意攻击、设下陷阱都是有可能的。所以,大家都要有保密意识,不但要保密,而且要有防范意识,增强危机应对能力。公司以后从网络到文档,都要做一系列的升级处理。另外,以后出现类似情况,第一时间先上报相关负责人以及法律顾问,再做进一步处理。

许诺第一次亲身感受商场如战场这句话了。

星期三的下午,许诺接到吴志刚的电话,请许诺到他办公室去一趟。

进到吴志刚办公室,许诺发现吴志刚脸色凝重。

"许诺,坐。近来工作情况怎样?"

"快到年底了,财务部的事是最忙的,您知道的。"

"是啊,特别是今年自收购以来,各项业务都开展迅速,财务工作量肯定也加大了不少,加上前段时间也出了一些问题,加上有几名员工的异动,估计你也是忙得不可开交!"

"呵呵,有领导如此理解我们,我们再累也值得。"许诺笑着对吴志刚说。

"许诺,有个事情,想来想去我还是觉得应该先告诉你一声。"

"什么事?"

"事情是这样的,有人到总公司举报了你。"

"举报我?什么事?"

"我们厂的主打剂型颗粒和片剂,只生产了一款胶囊药品,你是知道的。"

"是啊,和举报我有关吗?"

"我们的这款胶囊产品因为在全国虽然不是独家,但也是仅有的几家批文之一,所以一直销量不错。而自从公司被收购以来,我们的胶囊药品所使用的辅料胶囊的采购就改成了本地的一家企业。这是我和康总去当地调查后所做的决定。你也清楚,本地采购后我们的胶囊成本上升了一倍多,但是这家本土企业生产的胶囊主要是用于出口的,其余部分供给我们厂,所以价格比较贵。"

"是的,当时我还提出来这个成本问题,后来我知道了原因,也听我一个朋友说起,浙江那边的产品虽然便宜,但是有问题,不查则已,一查准会出事。"

"现在就有人匿名举报你作为财务负责人,把关不严,成本控制不力,严重失职。"

许诺听了觉得简直有些可笑,在本土企业采购的原料,许诺都去核实过,价格相对于外地企业生产的同品质商品的供货价,还稍便宜了一些,怎么就叫成本控制不力、严重失职呢?

再说,采购哪个厂家的,这可不是一个财务人员能说了算的。当然,因为许诺听了朋友的介绍,支持单位使用价格高的这一款倒是真的。

"这个事情你也不用放在心上,我和康总都知道了这个事,康总要我不要告诉你,他会处理,但是我还是通知你一声,怕上头直接找你了解情况,免得你没有心理准备。采用本土企业的这款产品,是我和康总实地考察后决定的,和你没有任何关系,所以,你该做什么做什么,我们会和上面说明情况的。"

"这也是奇了怪了,怎么就想起要举报我呢?这又不是我能决定的。"

"举报人说引起产品成本上升,降低了单位的利润,损害了股东利益。看上去也合情合理,只是许诺,我想问一下,你近来有没有得罪什么人?"

"没有啊,我这段时间从没和谁发生过争吵!"许诺十分肯定,突然,脑海中闪过张萌萌的脸。

"许诺,不要放在心上,如果有人找你了解情况,你照实说明就是。"吴志刚对许诺说。许诺忐忑地走出吴志刚的办公室,许诺觉得这个事没这么简单,加上前段时间康宇轩在她办公室说的关于职位轮换的话,这些,是不是都在预示着有一场暴风雨在等待着自己呢?

好不容易挨到下班,因为康宇轩已安排司机每天接送孩子,多多再也不用在校门口等着许诺下班去接,可以下了课早早回家了。

许诺下了班是直接回家,下午和吴志刚的谈话,让许诺一下午脑袋都是乱的。窗外的天黑得很早,许诺准备关机走人。办公室的门被敲响,康宇轩推门进来。

"怎么了？无精打采的样子。"对面的男人笑意盈盈。

"明知故问！你为什么知道了还不告诉我？"

"其实根本和你无关，没必要告诉你啊。再说你是个为一点小事就睡不着觉的人，我不想被折磨。"康宇轩笑着说。

"我们今天到外面吃饭，我给刘嫂和多多打过电话了。吃完饭去看电影，我已订了票。"

"你说是不是有人故意针对我的？"许诺根本不理会他的提议。

"说了不要再想了，会解决的。别愁眉苦脸的，来，笑一个，你笑起来最好看了！"

许诺本想说说张萌萌的事，看到这个男人无所谓的表情，也不好再讲什么。

康宇轩为了便于看电影，建议就在影院附近的左右西餐厅吃饭。许诺对康宇轩说："这家餐厅就是那个老男人开的。"

"呵呵，那正好，点最贵的，吃完后跑单也没关系。老男人看上去还是挺像个好人的，不会把你怎么样。"许诺不禁拧了他一下。

在餐厅坐定，康宇轩对许诺说："许诺，你还记得你第一次请我在西餐厅吃饭吗？商务套餐！"

"呵呵，怎么？一直记着，吃得不爽？"

"超不爽，一个套餐，还要我快快吃完，不过当年我居然还吃得很开心，也真是奇了怪。"

"对了，问你个问题，作为一名高富帅，这些年，肯定也遇到不少女孩，为什么一直单着？"

"唉，说来惭愧，谁叫我不到十八岁就被你勾引，年纪轻轻就被你潜了，再找，容易吗？不是不找，就是一直没找到合适的。现在，你又出现了，我能怎么办？"康宇轩一边说，一边坏坏地望着许诺，许诺手中的叉子差点就飞出去了，要不是为了保持风度。

"明明当年是你强暴了我，趁着我喝了一点酒在一个月黑风高的晚上。"许诺压低声音对对面的人说着。

"别乱说，强暴是要负刑事责任的。女大男小，肯定是女的勾引男的。算了，为了不让我吃亏，咱们相互勾引的好吧。"

许诺真真是被他说得面红耳赤了。

"快点吃宝贝，电影要开始了。"

"催什么，当年某人不是讨厌催的吗？"

"行，不着急，别人醉翁之意不在酒，我不在于电影。"

"什么人啊！"许诺白了他一眼。

两人到达电影院，康宇轩去取了票，许诺照旧买了水和爆米花。进场时间还有十分钟，许诺去上洗手间，康宇轩则一手帮许诺提着包和水，另一只手捧着爆米花在电影院的大厅里看着海报。

许诺从洗手间出来，刚和康宇轩会合，听到有个男人在叫"康少"。康宇轩回头，看到的是上次球场上遇到的王一波，他的手上也挽着一个漂亮的女子。

"再牛的男人也逃不脱为女人提包的命运啊！"王一波一边和康宇轩开着玩笑，一边介绍了一下，"这位李蓉，这是我哥们儿康宇轩，就叫轩哥吧，旁边的美女是嫂子。"

李蓉笑得很灿烂，叫了一声："轩哥，嫂子！"叫得许诺还真不太适应，心里升起一种奇怪的感觉。

入场时间到了，因为选的不是同一部电影，相互打招呼后分开。康宇轩对许诺说："这家伙，又换人了。"许诺笑了笑，"刚才在餐厅不是才听了一首老歌，歌词挺适合他。风雨的街头，招牌能够挂多久，爱过的人，你能记得的有几个。换得快忘得更快！"

"许诺，当别人傻子啊，明明是：爱过的老歌，你能记得的有几首。"

"反正形容他差不多吧？"

"是差不多，换得有点快，我每次遇到他基本上记不起他上次带的谁。你以为他不累？时刻要提醒自己别喊错了。"

电影院，放的是文艺片，许诺偎依在康宇轩怀里，康宇轩握着她的手，看着银幕上的爱情故事，觉得自己的心里是如此踏实。电影里有浓情蜜意的镜头，康宇轩轻吻了一下许诺的脸颊，许诺突然恶作剧般故意搂着他的脖子狠狠地吻上了他的唇，并且还是法国式的。许诺感觉到他一下子呼吸重了起来，于是飞快地松开他，躲在他怀里无声地笑。

"小坏蛋！回家找你算账！"康宇轩在他耳边狠狠地说。

90　辞职

第二天中午，许诺在食堂吃过午餐，突然想起多多已经念了几次要吃馋嘴鸭。以前多多一直挺喜欢吃这个的，只是许诺认为这种鸭子毕竟是卤了一下的，没有新鲜的有营养，所以规定他一个月吃一次。现在自从搬到康宇轩的别墅，没有特殊情况，孩子都是请司机接送，所以，许诺也就不经过原来的店子，确实很久没让多多吃到了。

这家店比较有个性，每天限量供应，有时候到下班时间再去，卖完了，就不再供应。许诺都可以想象多多看到鸭子时两眼放光跳起来甚至对许诺说"谢谢妈妈"然后在她脸上亲一下的情景。

许诺怕下班后买不到，所以午餐后利用午休时间去购买。

中午的时候店里顾客不多,许诺买了一只鸭子,往停车场走。
"许诺!"
许诺回头,看到的是刘奇。
"刘奇,你怎么在这边?"
"这边有个工地,我过来现场看一下!吃饭了吗?"
"吃过了,你呢?"
"我也吃过了,就在工地上和大家一起吃的。"
刘奇微笑着望着许诺,许诺觉得有阵恍惚。冬天的中午,没有阳光,阴沉的天色,这是十年后两人的单独相见,十年的时光,早已隔断往日情怀,有的,只是老友相遇时的温情。
"忙吗?如果不忙,旁边正好是个咖啡厅,进去喝一杯,暖和一下?好久没见了,虽然前几次聚会见过了,也没好好说过话!"
许诺大方地说:"好!"
咖啡厅,临窗的位置,窗明几净,可以看到外面的人们行色匆匆、车来车往。许诺没有点咖啡,终归是吃不惯这苦苦的东西,点了一杯热奶茶。
"许诺,要不是上次遇到,我们有近十年没见了吧!"
"应该是!"
"我现在还记得当年你加入少先队的时候是我给你戴的红领巾。"
"我也记得,当年你在学校可瞩目了,学习好,又是学生干部!"
"当年其实我们班为你们低年级的同学戴红领巾,我数了一下,我和你正好隔了一个人,我立马和我的同学换的位子呢!"
"是吗?我以为恰好碰上的呢!"
"你小时候住我们家隔壁的时候叽叽喳喳的,后来上中学后就不怎么喜欢作声了!"
许诺轻轻地笑,是啊,当年就是因为心里有了小秘密,才变得沉默了。女孩子,青春期不就是这样的。
"你知道吗?我读大学的时候,我一回家,我妈就念叨着你如何如何好,要是有这样一个儿媳妇就好了!"刘奇很神秘地对着许诺说。
许诺笑了笑:"你怎么会喜欢我呢!你妈也就是随便一说的!"
"你还别说,其实她这么一说,我也觉得你其实挺好的。但我每次到你们学校去找你,你都磨蹭着半天不出来,见了面也不怎么说话,我约你好几次到我们学校玩,你也从来没来过,我想你肯定对我没这意思!我就当你是我的一个妹妹了。"
刘奇的话让许诺大跌眼镜,慌乱得猛喝手中的奶茶。
"正好我老婆,当时就是我的同学,主动向我表白,她在我面前,总是有说不完的话。我想,你在我面前总是少言寡语,应该是对我没兴趣的,如果有兴趣，也会像夏静一样有话讲。夏静毕业后一段时间没找到工作，又说没地方住，于是说要借住在我那儿，我们就在一起了。

"对了，还有一次我印象挺深，就是工作后你到我宿舍玩的那一次。我出来接你的时候，远远地都不敢相信是你呢！小时候一起长大，没觉得，那天的你，很漂亮，果然是女大十八变。"

刘奇的讲述，让许诺又回想了当年，那天，就是和康宇轩相识的日子，如果没有那天的伤痛，也就没有和康宇轩的交集，她的人生，将是怎样的一番景象呢？

"我觉得你们俩挺合适的，一个外向，一个内向，性格互补。"许诺有些走神，终于找到了合适的句子。

"是的，还算合拍。你也不错，看到你过得挺好。老公疼你，儿子听话，是幸福的小女人，真替你高兴！"

许诺微笑着，也只能微笑着，记得年少时最喜欢念的诗句是：郎骑竹马来，绕床弄青梅。同居长干里，两小无嫌猜。那时候的她总以为她和刘奇会有《长干行》这样的故事。

过往的便是尘埃，时光之间的彼岸已是回不去的曾经。许诺听着刘奇的话，相信人和人之间也许真的是缘分天注定。刘奇和夏静，他们是合拍的一对，而自己和康宇轩，虽然历经磨难，但是，康宇轩，终究是给了她女人所幻想的全部，她没有更多的要求。大家都是幸福的，这就是最好的结局。

"你经常回家吗？我也好久没看到过你父母了！"刘奇问许诺。

"回得也不多，父母身体还好。你爸妈呢？身体好吗？"

"我爸还好，我妈多年前一直有头痛的毛病，你知道的，所以不算太好。要他们到省城和我们一起过，他们又不愿意，说是喜欢老家，有一帮朋友。"

"是啊，老人家，离不开自己的窝的。所谓落叶归根，故土难离嘛。"

许诺看了一下表，自己下午还要上班，说了声："我下午还要上班，要走了！"于是起身准备离开。刘奇说："好，这段时间我经常去外地的工地，所以大家都没怎么聚了，忙过这一段，还是要多聚聚！"

"好的，你打我电话就是！"许诺轻松走出咖啡厅。这些年早已淡忘的事，又让她的心里荡漾了一下。即便是听到刘奇讲当年的情感，许诺内心也已很平静，没有懊恼，也没有懊悔，就像一幅未完成的画作，在今天，终于完成最后一笔般的如释重负。

青春短暂，年华似水，那曾经的心动，那曾经的青涩的怯怯的情感和那淡淡的忧伤早已隐去，只有祝福，彼此深深的祝福。

第二天，康建国的办公室。

张萌萌的父亲张文斌坐在康建国的办公室。

"老康，我听说宇轩现在居然和一个有小孩的女人走得近啊，这是怎么回事？听说年纪还大他一些。宇轩这些年没出过什么绯闻，一下子搞出这样的事还真叫人不能接受。"

"应该是谣言吧，宇轩在这方面一直很干净的。你们家萌萌最了解啊！"

"就是萌萌告诉我的，我不相信才来问你的，看你知不知情！"

"我还真不清楚，要是真有这事，我肯定不会放任他胡来的。"

"听说这女的还是湘南厂的财务负责人，这就更加令人怀疑，不会是因为钱的问题吧？现在的女人，要钱不要脸的。还有，听说总公司都收到了举报信，她作为财务负责人，玩忽职守，让公司成本倍增，严重影响了我们这些股东的利益。"

"老张，你放心，这件事我会叫人彻查的。不过，公是公，私是私，我们不能混为一谈。还是要讲证据，不能冤枉别人，毕竟这也牵涉到宇轩，这家伙的脾气你也知道，只能顺着来。"

"好，有你这句话我就放心了，我们家萌萌这几天在家吃不好睡不着，唉，年轻人的事，我们也搞不清。总不能捆绑啊，我们家孩子也许也太痴情了。"

"萌萌是个好孩子，假如他们两人真的成不了，也是我们家没福气。"康建国深深地叹了一口气。

张文斌神色凝重地走出了康建国的办公室，康建国立马打电话给康宇轩："宇轩，你到我办公室来一下。"

康宇轩坐在康父办公室的沙发上，康建国对他说："那个叫许诺的被举报了你知道吗？"

"知道！明显是故意针对她的。"

"说她作为财务负责人严重失职，成本控制不力。"

"全是扯淡，爸，你不清楚，一个公司进什么货财务人员只有监管职责，为什么不去告采购负责人呢？财务人员能做的就是在同类品种中评估价格是否合适。湘南厂的胶囊确实比原来采购的贵了一倍，但是是我和吴志刚一致要求更换的。"

"原来老厂的原料价格虽然便宜，但存在问题，很不正常。和我们外地一家制药公司的质量差很远。我们是在确保市场上原来存货全部召回的情况下再次生产的。药品是治病救人的，不是毒药，她作为财务负责人当时就对同类品种价格进行了调研，尽到了责任。"

"反正我觉得因为她的存在，出现了这样的风波，就是不正常的。还有刚才你张叔叔还来我这儿说了，萌萌现在情况很不好，这些年，一直对你很好，但你现在居然和那个叫许诺的搞在一起，听说还同居了吧，你到底有没有脑子啊!"

"爸,你一直知道我和张萌萌又没什么。我不喜欢她那种类型的。我要是喜欢早喜欢了,能拖这么多年?"康宇轩辩解着。

"张萌萌也好,别的女人也好,反正你先和这个叫许诺的女人断了,叫她离开公司。免得一天到晚搞出一些乱七八糟的事。"康建国说得很干脆。

"我支持她离开,因为我的关系,让她受了一些不必要的猜忌。我干脆让她主动离职好了,正好,一直没有假期,我也请求休息一段时间,我们新婚旅行度蜜月去。"

"乱弹琴,你就准备这样不告诉父母也不举行婚礼?"康建国一下子从椅子上站了起来。

"反正你不同意,我只好这样了。我是肯定要和她在一起的。"康宇轩说完后准备起身离开,想了想,又态度平和地对康建国说:"其实,自从她担任湘南厂的财务负责人以来,厂里各项流程及内部控制都走得非常流畅,无论是开源还是节流方面,都产生了效益。多的我也不想说,年底总公司按照制度要对他们进行审计,到时候会有人向你汇报的。"

下班时分,许诺接到康宇轩的电话:"许诺,我过来接你一起下班回家。"

"怎么表现这么好?"许诺打趣地问。虽然康宇轩对许诺很好,但是因为工作关系,不是出差就是加班,很少能正常回家吃晚饭的,这种接她下班的日子是屈指可数。许诺不是矫情的人,深知他的辛苦,从不要求也从没想过要他像办公室那些小姑娘的男朋友一样,天天在楼下候着,迎来送往的。

真正的爱情,美好的感觉藏在彼此的心里就好,而不需要做给别人看。

康宇轩打来电话,说车子已到单位,许诺下楼。正是下班的高峰期,许诺知道肯定有不少人看到她钻进了康宇轩的车子,总会知道的,她现在已坦然。

"今天怎么下班这么早?"许诺问。

"未必还有嫌老公下班早的女人?"康宇轩呵呵一笑。

"那倒不是,下班早,又这么殷勤接送,我受宠若惊!"许诺也笑了。

"既然受宠了,那晚上好好表现回馈我就可以了。"康宇轩坏坏地笑。

"流氓,一天到晚就不想正经事!"

两人逗着嘴回了家,多多早已被接回家,看到许诺手上提着的馋嘴鸭子,大叫:"亲爱的妈妈!"真是个小馋猫。刘嫂已做好饭菜,准备开饭,许诺到厨房将鸭子切好端上了桌。

饭后,许诺准备给多多洗澡,结果这小家伙说:"男人给男人洗,我不要妈妈给我洗。"

康宇轩愉快接受多多的提议,帮多多洗澡去了,许诺一下子回不过神来,这家伙,怎么一下子变了。不过是小屁孩,还讲究分男女起来了。

晚上给多多检查完作业后，许诺一边看着韩剧，一边随手拿起最新的财务人员继续教育的书浏览一下，看是否有些新的变化。

康宇轩走了过来："许诺，还学习呢？早点休息吧！"

"这个韩剧还有一集没看完呢！"

"算了，我给你演！"一边说一边关起了电视机。

第二天上午许诺就接到下午到总公司审计部门去一下的电话，说有一些情况需要了解，请到办公室去说明一下情况。

许诺想这应该还算是比较好的处理方式吧，如果审计部的人直接开往公司，肯定会引起公司一些不必要的猜测和动荡。

许诺去了吴志刚的办公室，说明了下午去总公司接受调查的事宜。吴志刚说："不要担心，这只是上头对一件事走的正常流程，身正不怕影子斜。"

许诺对吴志刚说："吴总，我觉得我可能不适合现在这个岗位，现在因为被人举报，我肯定要坚持到还我清白，水落石出，但这个事件过去后，我可能会辞职，我不想因为我，给公司带来一些不必要的麻烦。"

"辞职？为什么？这个事件很快就会过去，我也会给上面说明情况，你做得好好的，为什么要辞职？"

"吴总，您既是我的领导，也是我信任的师长，有件事我还是先告诉您。这件事明显是针对我，也许因我的私事而起。"

"私事？什么事呢？"

"吴总，我和康宇轩十年前就认识，原来是一对恋人，后来分散了，现在遇到后又走到了一起，还有，他就是我孩子的父亲。"

"啊？"许诺看到吴志刚吃惊不小，半天没回过神来。

"我们现在又在一起了，但是，阻力不小，一方面来自他的家庭，一方面，应该来自对宇轩和我有成见的人，也可以说是情敌吧。因为我平时也并没有得罪过别人，所以，我想，这件事绝对是因我而起，我不想公司和康宇轩受到影响，我的离开，对宇轩也好，对公司也好，这样，至少在工作上，不会再给他带来烦恼。"

"这个决定你和康总商量过了吗？"

"没有，但我想他能够理解的。我只是先和您说一下，让您有足够的时间物色合适的接替人。"

"这样吧许诺，反正我一时半会儿也找不到合适的接替人选，我知道这个情况了，你现在肯定还得坚守岗位，至于其他的，我能够帮得到的，我肯定会帮你一把。你刚才说他家里也不同意？康董事长按照我这几年和他的接触，并不是难相处的人啊！是不是有什么误会？"

"吴总，工作上的相处和家庭私下的接触应该还是不同的，我也能够理解他，毕竟作为长辈，他也有他的想法！谁家父母不是为孩子好呢？"

"不要太消极，许诺，感情的事本来就起起落落，特别是婚姻，不再是两个人的事，学会与人相处，重要的是两人心心相印，就会有好的结果。"吴志刚将许诺送出办公室，最后还不忘记补上一句："许诺，祝你幸福。"

许诺下午到了总公司审计部，审计部的人员并没有多说什么，只是要她说明了厂里购进的渠道及财务付款上的具体流程，并且听取了许诺当时对于更换供货商的原因及财务部做的调查。最后审计部的人员说："要走一个正常的流程，因为吴总已经上交了一份报告，只是核实一下相关内容。我们会将相关情况写一个详细的报告上报给相关领导。至于最后如何处理，要等相关领导讨论决定。"

许诺知道这都只是一种冠冕堂皇的说法，最终结果如何，不得而知。虽然自己算是躺着也中了枪，但不能就这样坐着等结果。

既然这件事是从成本价格方面举报，自己就要拿出相关证据，甚至，一箭双雕，既可以为自己洗清冤屈，说不定还是打击对手的证据。许诺想，这才是自己接下来要做的。

从审计部出来，居然碰到了张萌萌。

"许小姐，最近过得好吗？"此人主动和她打招呼，只是依旧面无表情，但从她的语调，可以看出她的一丝得意。

"挺好的，张小姐呢？应该比较忙吧！"

"还好！有些人，听说最近应该过得焦头烂额吧，这，只是一个小小的教训，碰不得的人，最好是不要碰，要不然，只怕还有更厉害的在后头等着呢！"

"是啊，碰不得的人最好不要碰，狗急了还会跳墙，老虎不发威，会被别人当病猫的。给别人挖坑的时候，要注意安全，一不小心，自己掉坑里了。"许诺说完，头也不回地走了。

许诺虽然很生气，但内心不得不佩服她的痴情，并且，还有将这份痴情毫无保留表达出来的勇气。

女人何苦为难女人。爱就爱了，不爱就散了，何必强行做一些伤人伤己的事呢？如果没有这些事，我会尊重你甚至是敬佩你的，许诺在心里暗想。

许诺打定主意，一定要想办法收集到相关证据，洗清自己只是一方面，更深层次的是：影响股东利益，相关负责人，即康宇轩，他的日子会好过吗？上次陈晶晶说漏了嘴，说明康父对自己和康宇轩的事肯定成见很深，这些因素，只会成为两人感情路上的绊脚石，一不小心，会摔个大跟头！虽然康宇轩是坚持的，但自己绝对不能让人家父子变得对立甚至仇恨。只有一家人在一起和睦幸福才有意义。

第二天中午许诺坐在办公室，想想这些天出现的种种问题，傻子都明白针对自己而来。平时素来与别人无冤无仇，这一系列的事情，肯定与张萌萌有关，只是，没有证据的事情，不能凭空而说。

害人之心不可有，防人之心不可无，张萌萌的事件充分说明了这句话是多么的经典。

许诺想和康宇轩说说自己心里的想法，又怕他说自己只是女人的第六感作祟，无中生有。许诺想与其坐以待毙，不如主动出击。

许诺记得张萌萌所在的公司叫高达实业。许诺查到高达旗下也有一家叫通达的制药厂，并且该厂是集团的主要利润来源。该厂生产的主要剂型为胶囊，其中一款正好与湘南厂是同一成分的竞争对手。

许诺想能够知道湘南厂采购的辅料更换了供货企业的人在公司大有人在，采购部，财务部，生产车间，还有一些中层以上员工都知道，要从这中间去找出是谁对外泄密好比大海捞针。而对方在举报信上说的是增加生产成本，明显可以看出，举报人是认可使用便宜的胶囊，如果真是张萌萌做的，说明她家的企业使用的绝对不是质量可靠的优质原料。许诺想，调查一下对方厂家的货源至关重要。

如果对方的货源来自问题厂家，这就是克敌制胜的重要证据。你可以告我成本增加，我更可以告你一个质量问题，吃不了兜着走。

可是，谁，谁可以帮到我？许诺在办公室打着转，自己平时宅，并没有过多的人脉，几个好朋友根本和医药界无关。不是信得过的朋友，也不可能去拜托这种事情。毕竟牵涉到几家公司的秘密。

康宇轩，他肯定有熟悉的人能打听到，许诺想。只是，怎么和他说呢？他会不会支持她呢？

晚上，康宇轩回家很晚，许诺一边给他准备洗澡的衣服，一边问他："你在通达制药厂有没有熟悉的人？"

"问这个干吗？"

"我想了解一些情况，但又没有熟悉的人。"

"其实你尽可能少想事，过两天事情就过去了。知道你想了解什么，过两天就会有人报给我！"

"真的？你怎么想到的？"

"这次事件摆明了针对你，进一步就是警告我。你和别人又没过节，我想，应该是因我引起的。许诺，我想问你，当年你收到的邮件，你还记得发信人的名字或者别的内容吗？其实我一直有些怀疑的，只是没有证据，也就装作什么也没发生。"

"你怀疑什么！"

"当年我借同学的电脑发邮件，知道你邮箱的只有我同学和张萌萌，因为当时走得急，我发邮件的时候她在我旁边。我同学是一名美国人，根本不会做这种事。"

"宇轩，有个事我一直没告诉你，就是看到你和张萌萌工作上有一些合作，怕会影响你。其实当年我收到的照片就是你和张萌萌搂在一起的照片。"

"怎么可能，我手都没有碰过她的。傻子，有一种技术叫 PS 你懂不？"

"我原来不懂，现在懂了。其实张萌萌家世很好，人也长得挺漂亮，对你一片痴心，你为什么就一直不动心呢？"许诺问康宇轩，这是发自内心的疑惑。

"人和人相处，感觉很重要，知道吗？我第一次和你相处，就觉得轻松愉快。并且又有话说。那时候，男女之间的事其实并不算太懂，情感却是最真挚。"

"你们是同学，就没有话说？"

"我们也是高三才同学的，在成为同学之前，偶尔也见过几次，因为父母聚会。但她从小就让人受不了，知道吗？高三的时候我就知道她对我有意思了。其实班上另外一个女孩子对我也挺好，这个女孩子家境不太好，父亲不在了，只有母亲和哥哥一起生活。她哥哥是家里的顶梁柱，正好在张萌萌父亲的单位上班，张萌萌知道这个女孩子也喜欢我以后，想办法把女孩子的哥哥开除了。这是毕业后我才知道的。这样的女孩子，也太狠了点。加上平时待人也很冷漠，虽然对我挺热情，但人活在这个世界上，又不只是两个人生活。我喜欢那种看上去就感觉很温暖的人。"

"那个喜欢你的女孩子呢？"

"你真八卦，一点点都不放过。高中毕业后就工作去了。平时在班上属于默默无闻型的，说她喜欢我也是王一波他们后来告诉我的。我自从在足球场和你相遇，就没关心过我们班女生的动向了！"

"切，才不信呢！你又不是对我一见钟情！"

"一见钟情谈不上，但当年就是每天没事就想往你们学校跑！"

"哄我吧？"许诺口里说着，心里却是美美的。内心却也有点为这个默默无闻的女孩子遗憾，当年的自己，不也是这种心态吗？爱一个人没有错，默默地爱一个人，值得尊重。

"张萌萌的心我是清楚的，但我们，是绝不可能成为一个世界的人。我原来和她的定位是君子之交，毕竟她是女孩子，应该照顾她的面子。这些年，我和她相处，倒也没有发现她对我做过什么过分的事，也许，我也确实没有令她嫉妒的事！只是我没想到多年前你的离开，是有这么大一个隐情。如果现在这些事也是她弄出来的，就算她是女孩子，我也不会太客气了。"

许诺想康宇轩其实心里早已有打算，她想她要做的，将会简单很多。

接下来的时间，许诺也没闲着，七拐八拐及通过网络和陈瑶，也获取了一些张萌萌的情况。张萌萌在她父亲创建的公司任行政总监，她父亲创建的公司叫高达实业，是以房地产起家的，名下还有一家通达制药厂和一家百货公司。近年来，高达房地产业务已逐渐萎缩，主要经营药厂，有几个拳头产品销售很好。百货公司业绩一般，因为旁边一家外资百货的入驻，对它冲击不小。

张父在康盛公司有股份，虽然不多，但也是董事之一，这可能和康父的私交有关，所以还在公司挂了一个闲职。

张萌萌是独生女，从海外留学回来后一直在家族企业中工作。近几年，她父亲正逐步将业务交给她来打理。

知己知彼，才能百战百胜。

两天后，康宇轩带回来一叠资料，许诺坐在灯下仔细看了起来。

在这堆资料里，许诺首先看到的就是通达的采购凭证复印件，药用胶囊的来源就是问题胶囊的供应地浙江某地，看来这通达的胶囊是绝对经不起检验的。

许诺再看到里面还有它的财务报表，应收账款金额很大，公司现金严重不足，许诺想这家公司如果真查出点问题，估计是不堪一击的。

"宇轩，他们厂用的就是问题胶囊呢，这玩意儿不查则已，如果一经曝光，估计就是灭顶之灾啊。"

"是啊，这是一些中小型药厂为了利益铤而走险的事。成本是低一些，可用的都是一些没有质量保证的明胶，有的甚至是工业明胶，只是现在国家对这一块的检测标准还没落实到位，但国家对食品药品监管在不断加强，在这一块肯定会严查的，只是时间问题。"

"我们选的这家公司，大部分产品用于出口，国外对这一块检测要求很严，所以，质量有保证。做企业，不能心存侥幸，特别是这些关系到人民健康的东西，要有社会责任感，不能利欲熏心。"

许诺觉得康宇轩说得很对，企业要想长远发展，质量是生命。

"总公司没人找你吧？"康宇轩问许诺。

许诺犹豫了一下，还是告诉了康宇轩："就是审计部的和我聊了一下。怎么了？"

"没什么，我随便一问，因为前天我爸找我谈了谈。"

"谈工作还是谈我们的事？"

"都有。"

"你爸不同意我们的事吧？"

"也没你说的这么严重。"

"你别和他争吧，我们的事，我要求不高，只要我们每天像现在这样过着，就满足了！"许诺坐在他旁边，柔声劝康宇轩。

"他可能有点小固执。但他即便现在不表态，也只是时间问题，他是讲道理的人，再说，谁没年轻过啊！"

"宇轩，我只是不希望你为难，也不想让你们父子关系弄僵，父母对孩子，永远都是付出的多。这是我做了母亲之后最深刻的体会。"

"乖，不要想太多，早点睡觉！对了，你安排一下时间，我们尽早到你家去啊！"康宇轩拍了拍许诺的脸，"床上等我！"

许诺本来还想和他说说她想完结这个事情之后辞职的事，看到他挺疲惫的样子，欲言又止。暂时就不要给他添烦恼了。

第二天上班时间，许诺根据康宇轩给的资料，去找了本厂一个老采购人员刘春生，许诺想作为一个老采购，他肯定知道一些这里面的情况。

刘春生告诉许诺："浙江某地虽然是胶囊供应商，但它的生产原料却大多来自河北，胶囊价格便宜，主要原因就是制造胶囊的原材料成本低，有钱能使鬼推磨，所以很多人铤而走险，毕竟现在也没有一个权威的检测标准，有些成分不经专门程序是检不出来的。特别是有些小工厂，使用不正规厂家生产的三无产品，有的生产使用的根本不是食用明胶，而直接采用工业明胶。我曾到过一些小明胶生产厂家，那叫一个恶心啊！价格虽然便宜，但质量太差。"

万事要找源头，许诺听过刘春生的描述后，心里很激动，她也是一个好奇之人，但也是一个认真的人，财务人员嘛，有时候报表左右两边一分钱不等，可能要花大半天的时间去找原因，这不是锱铢必较的认真，而是一种职业素养。

同样的，通过刘春生的了解，许诺居然好奇到是不是可以去看看这样的明胶到底是如何生产出来的？如果掌握一手资料，这样才更有说服力，也是对别人沉重一击的有利武器。

许诺心里有这种想法之后，却也只能想着，因为她知道，如果她讲出来，康宇轩肯定会骂她疯了，犯不着如此大动干戈，他会处理，如此云云。

但许诺是一个很有主见的人，这个想法在心里萌芽，就想实现。如何实现，倒是让她很为难了。许诺在心里开始秘密谋划这个自己都觉得有些刺激的事。

91　深入调查

这几天许诺一直看电视的新闻频道，看到很多记者暗访，比如黑心棉、问题米粉的报道。假扮生意人，和别人谈进货，悄悄将过程录下来，许诺想，自己也可以到河北去，实地看一下，如果真像刘春生告诉自己的那样，就是一个重要的证据，让上级无话可说，康宇轩的决定也就因祸得福。

其实许诺内心没想过要玩这么大，也就是去看一看，只是电视里这种新闻报道看多了，觉得神秘，其实，到了当地，随便转一下，不就清楚了吗？

这一家一家的厂子，又不可能像个工棚可以随便遮起来，肯定会醒目的。

两天后康宇轩出差去了香港，许诺觉得这是一次很好的机会，正逢星期四，许诺想星期四晚上出发，星期五在单位请一天假就够了，加上星期六、星期天，无论结果如何，星期天铁定回来。

星期四一大早许诺特别交代刘嫂自己要出差的事后，没有要司机送多多上学而是自己送他，一路叮嘱多多，自己要出差几天，要多多在家听话。

上午在网上订了一张北上的火车票，中午回家稍作整理，背上一个简单旅行包，黄昏的时候登上了北上的列车。

许诺进入车厢，找到自己的位置，是一个下铺，挺好，许诺最不喜欢火车上爬上铺了，原来读书的时候，也一直坚持住下铺的，这不知算不算恐高。

许诺将行李放好，火车开始启动，对面下铺的人也到了，一个女孩，戴着帽子，许诺觉得有些面熟，不禁多看了一眼，哦，记起来了，在地震灾区同一个帐篷睡了一晚的记者蒋卫。女孩也盯着她望着，两人同时笑了起来，双方都认出来了，"真巧！"相互打了个招呼。

"你出差吗？去哪儿？"许诺问蒋卫。

"对，去河北×市！你呢？"

"我也是，真巧，不会我们又可以住一起吧？"

"呵呵，也有可能啊，我反正还没有订住宿的地方。"

"我也没有呢！"许诺有些兴奋，居然有了一个伴。

"你也出差吗？记得你好像是财务人员，收账啊？"

"不是，这次是一点私事。对了，你是记者，说不定可以给我一点意见！"

"什么事？"蒋卫问。

"我想去了解一下当地一种生产原料的事情，听说生产很不规范，有质量问题，但这种材料却被很多药厂所采用。"

"真的吗？"蒋卫到底是记者，反应非常敏锐，"不过，这个和你私人有什么关系？"

"我们单位因为换掉原来低成本的原料而采用高成本的优质原料，被别人举报，说我这个财务负责人成本控制不力。"

"因为这个你就想洗清自己，一个人来调查这事？"

"我个人原因有，但还有更深层次的东西我不太方便说，总之，我就想弄个明白。"

"我是做情感类节目的记者，可能不太能帮得上你的忙，但我有个学长也会到这边来出差，我才和他联系过的，他是新闻记者，说不定能够帮到你！"

"不用不用，我没想过找记者帮忙的，我只是想咨询一下这方面的事情，我自己随便弄点资料回去就可以了！"许诺连忙辩解。

"反正和他联系上没有错啊，你可以问他一些办法，他们有经验的，还有，说不定，他们，狗鼻子一样的，对你这件事还挺有兴趣呢！"

许诺不再多言，兴许，也不是一件坏事呢！

此时电话响起，康宇轩，这次和上次出差不同，上次可以理直气壮，这次，许诺接通电话的时候有些忐忑。

"许诺，在干吗呢？"

许诺知道瞒他是瞒不住的，于是告诉他："去河北出差呢！"

"出差？怎么没听你说起啊！"

"临时决定的！"

"和谁一起？"

"我一个人！"

"怎么有一个人的事？你们财务部还有单独出差的事？"

"有的，一点小事，对了，你在香港，给我带点东西啊！"

"带什么？"

许诺实在不想引起康宇轩的怀疑，只好说点别的岔开话题，她平时从没和他说过出差要带什么东西。

许诺脑袋飞速地转："你给我带个包吧！大牌的！"

"省城名品店不多的是？"

"香港便宜些啊，傻！"

"晕，还算计这个，好吧！你注意安全！"

"知道了，你也早点休息！夜生活不要太丰富！"许诺装得很严肃地和他说。

"有你这么八卦地管着，能丰富到哪儿去呢？"康宇轩呵呵地在电话那头笑着。

蒋卫在对面看着手机，等许诺将电话打完，冲许诺一笑："这次，总是男朋友了吧！"

许诺呵呵笑。两人又东拉西扯地聊着天，直到车厢里熄灯。

许诺洗漱之后躺在下铺上，却一点睡意也没有。蒋卫却是早早睡着了。许诺听着火车撞击铁轨的声音，想着这段时间发生的事，心烦意乱。

数绵羊，没效果，脑子里却全是康宇轩的影子。许诺感慨，这些年，他居然一直忘不了她，就如同他是她心里永远的痛一样。

尽管两人以后的生活，不可能风平浪静，即算他的家里同意了婚事，即算张萌萌不再搅局，和他一起的生活，恐怕注定是充满着变数的。尽管康宇轩一直以来希望她不要太在意，但许诺不是过糊涂日子的人，为了他，无论什么样的风雨，许诺想，都要和他一起面对。

上铺的男人鼾声很大，让许诺越发睡不着。上面的人翻了一个身后，突然听到上面传来"嗞嗞"的声音。

"什么声音？未必是定时炸弹？"许诺啊许诺，你可别吓自己，但这个声音确实一直在响，在这有些寂静的空间里显得尤其突出。

许诺有些害怕，在听了两分钟后，决定叫醒蒋卫。

"蒋卫，你听，什么声音！"许诺摇了摇蒋卫，蒋卫迷茫中醒来，听到这个怪怪的声音也立马坐了起来。

蒋卫下床，站起来摇许诺上铺的男人，"唉……你醒来一下！"

男人从睡梦中吓醒，看到铺下两个女人站着。

"怎么回事？"

"你听你床上包里传出什么声音？不会是什么定时炸弹吧！"许诺问他。

男人也听到了声音，立马打开包，掏出一个电动剃须刀，冲两位女士不好意思地笑了笑："不小心把剃须刀的开关打开了！"

两个女人松了一口气，刚才可还真是受了惊吓，幸好是虚惊一场。

第二天上午两人下了火车，相约住在一起，于是就在蒋卫要办事的地点附近找了一间宾馆。

放下行李，蒋卫打电话给她的学长，两人约定晚上见面。蒋卫说："做这种事，可能免不了乔装打扮，我看你就和我的学长两人扮老板和秘书就是，不过，我学长没有老板气质，你来扮女老板，我学长做你的男秘吧。这样，我今天白天先去办我的事，你去街上溜达一下，尽量想办法整一套像女老板的行头，最好是文化不高暴发户那种形象。"

许诺觉得蒋卫说得有理，这样装扮一下，目标也小点，也不容易让对方起疑心。

许诺在街上转着，买了一顶假发，卷卷的短波浪，带在头上一下子乡土气息扑面而来。

又置办了一件比较显成熟的外套，自己的外衣太过休闲和头发不配，还弄了一支颜色很艳的口红。

下午，许诺在街头到处转着，虽然刘春生已告诉了她大的地名，但具体位置还是需要再详细问一下。许诺终于从一个的士司机口中得知明胶的主要生产地。

晚上，蒋卫回来宾馆，她的学长宋明也来了。宋明，某大电视台的，比蒋卫高一届，大学学长，却长着一张娃娃脸，难怪蒋卫说他没有老板气质。这次来当地采访的，听到蒋卫说起许诺提供的情况，很是感兴趣。

三人一起吃了晚饭，宋明对许诺说："这个情况如果属实，肯定是比较震撼的，这个需要非常详细的资料。"

许诺说："我没想过要上电视什么的，我只想弄一点一手资料，给我们单位的领导一个交代。"

宋明说："这是你的想法，我们作为新闻人，有更多的社会责任感。这样吧，做这种事我还是有些经验的，我们几个分一下工。刚才蒋卫也说了乔装的问题，你就装老板，我是你提包的，我们三个人租一台车一起去，蒋卫留在车里，时刻准备接应。"

"接应？为什么？显得好紧张一样！"

"当然需要接应了，我们又不知去了后会有什么情况，对方如果警惕性高，又不讲王法，也说不定有什么危险的啊，所以，要有一台车随时接应，才跑得快啊！"

晚上，回到宾馆，许诺想主动和康宇轩打个电话，报个平安。

电话接通，康宇轩问她："办事顺利吗？"

许诺心想还没去办呢，但还是对他说："挺顺利的，你呢？"

"我这边也很顺利。"

"你什么时候回去呢？今天周五了。"

"星期天上午吧，你呢？"

"应该是星期天晚上到！"

"哦，那到时候我去接你！"

"你给多多打电话了吗？我今天晚饭前给他打了一个电话，他说你今天还没打电话给他的！"

"刚才打过了，这小家伙，说是今天又把一个女生逗哭了。"

"哦？他没和我讲呢，你说，这种特质是遗传吧！"

"未必你有这种基因？我可没有！"康宇轩在那头笑着说，许诺真是觉得他可气，明明就是一招蜂引蝶的坏子，还极力否认。

挂了电话，蒋卫说："你们两人的感觉有意思，像恋人，又像兄妹吧，反正就是有一种说不出的温情！"许诺撇了一下嘴，暗想，什么兄妹啊，明明就是姐弟，还是不要讲了，这做情感节目的记者搞不好就有狗崽队精神。

于是许诺也和她闲聊："你呢，男朋友做什么的？"

"分了，上个月才分的。"

"怎么了，你挺好的啊，什么男人这么没眼光啊！"

"上个月从外地出差回来，晚上，想给他一个意外惊喜，结果他给了我一个巨大的惊悚：怀里正搂着一个女人睡在我们俩的床上。"蒋卫有些悻悻地说。

许诺能够理解她的这种愤怒，虽然自己没有经历过，但原来误会康宇轩的时候，也会整晚心痛。

两人将明天的行程再理一遍后，终于睡下。

第二天早上，三人吃过早餐之后，到街上租了一辆的士。许诺和宋明稍做了打扮，许诺将手中的包交给宋明提着的时候，蒋卫在一旁笑着说："挺像那么回事！女老板的男秘书！"宋明也举了举衣袖，看来他的专用武器也是早就配备好了。

的士司机一听他们报出地名，就说："你们是去做生意的？"

"是啊，你很了解这个地方吗？"

"有人搭我的车去过，唉，这个地方，我才不想去，现在冬天还好点，一到夏天，周围几公里全是臭气熏天，真受不了。幸好远天远地的。"

"我们想包你的车，来去方便些，并且今天我们铁定回来，怎么样？"

"没问题。"的哥一口答应。

来到村口，远远可以看到厂房了，许诺和宋明下了车，蒋卫留在车里，远远地跟在他们身后。

闻着难受的臭气，许诺和宋明靠近厂房，一条大黄狗蹿了出来，吓得许诺直往宋明身后躲。

一个五十岁左右的男人出来了，对着大黄狗吼了一声，大黄狗闪到了一边。

许诺笑意盈盈地迎了上去，"请问这里有明胶供应吗？"

"你哪儿的？"

"我是湘南×市的，听朋友介绍，想做点这方面的生意！"许诺觉得自己并不紧张，居然还编得挺像。

"要多少？"

"这个就要看价格和货色了，如果这两方面都合适，我可是需要大量长期供货的，我已经和好几家公司挂好了钩。原来在我们当地进的货，价格太高了，这些年没赚到钱，有朋友指了条路，所以来看看。"

"你到我们这儿进货，保证你成倍地赚钱。"男人放松了警惕，加上是个女老板，就让她和宋明往厂内走，"宋，我们进去和老板谈谈！"许诺还故意装腔作势地对宋明来了一句。

进得院内，里面的场景差点让许诺晕倒。乱七八糟的东西放在一个大池子里，有皮子，甚至有皮鞋和皮带，还有一些讲不出用途的边角余料。

这个男人说："屋里坐。"

许诺跟着这个男人进屋，对宋明说："我和老板谈谈生意，你在外面候着！"其实许诺的意思就是要宋明有机会将一些场面拍下来。

许诺进得屋里，男人还泡上了一杯茶，许诺哪里敢喝，但还是礼貌地接过。

"老板，我呢，也是打听了价格才过来的，所以，真心和你谈下价。"

"既然你打听过了，自然知道行情啊！"

许诺根据原来厂里进的胶囊的价格，推算过明胶的大致价格，于是故意说了个很低的数。

"那不可能，我们这儿还算质量好的，就是差的这个价现在也不行了。"老板一口否定。

"那您说什么价？"许诺反问他。

老板说："最低一万七，我们卖到浙江 X 厂做胶囊的都卖到一万八了。我这品质算不错的。"许诺怕再谈下去会露馅，见好就收，宋明在这段时间里应该也办了点事吧！

"你这个质量经得起检验吗？"许诺问。

"验什么验，现在国家的检测程序根本验不出什么问题。"

"那和我在朋友处了解的价格还是有一点差距，要不我再到别的厂转转。"许诺说完起身，大声叫着："宋，我们再到别的地方转转！"

"你要多少？"老板不甘心，再次追问许诺，许诺说："我每个月要求挺大的，这样吧，我等下再过来，货比三家嘛！"

宋明立马迎了上来，两人快步走出院子。

出了厂门，许诺觉得心跳得厉害，本来只是走着的两人，慢慢就变成小跑，向远处蒋卫坐的车跑过去。

上得车，许诺对司机说："走，可以返回了！"

司机开动了车子，许诺向后望，发现那个老板再次跑到门口张望着，不会是看出什么了吧。"加速，加速。"许诺催促着。

一直跑出好几公里，确认后面没有任何问题，许诺才放下一颗心。

"宋明，你有什么收获？"

"我到厂房转了一下，正好到处都没有人，我就到处拍了一下。你呢？"

"我和老板对话的时候，我把手机的录音功能打开了，把谈话过程录了下来。"

宋明对许诺说："这个地方我可能还会再来，但不是和你了。"

"我也不想更多，今天我录的音加上你拍的景象，足以说服我们单位领导了！"

三人回到市内，许诺将宋明录的影像拷了一份，许诺的录音也给宋明备份。因为宋明和蒋卫都还有工作要处理，许诺和他们告别，打心眼里感激这两个人的帮助，许诺特别对蒋卫说："回去后联系，我要好好地谢谢你！"

蒋卫说："难得的缘分，谢就不用了，说不定，因为你的事，能让我学长弄一条大线索呢！"

"呵呵，这个我就不懂了，我下午去订票，尽早回家去了！"

许诺只买到了慢车票，上车的时间也不好，凌晨，但归家心切，不管什么票，只要能快回家，她都能接受。

早早地，她就到了火车站候着，打了个电话给康宇轩："我到火车站了，凌晨的车，明天晚上八点到。"

"好，你照顾好自己，我明天上午回去，晚上去接你！"康宇轩说。

许诺心情特别好，嘴上一痛快，把不住关，兴奋地对康宇轩说："我今天去办了件挺有意义的事！"

"什么事？"

"我去了解了问题明胶的产地！有收获！拍了些资料。"

"许诺，你说的出差就是去弄这个？"

"是的。"

"你疯了，我还诧异你怎么一个人出差去河北，因为在外地，我也没多问吴志刚。"

"没事了，我弄了一些重要资料，绝对可以洗清我的冤屈，对你也有好处！"

"谁要你去的！疯子！"电话啪地挂掉了。

许诺没想到他居然生气挂了电话，自己实在也没做错事啊！

晚八点，火车准时到站，许诺走出车站，远远就看到康宇轩站在出站口，只是，脸色很不好看。许诺想："完了，真的生气了，平时根本不是这种表情，不过，他居然还是来接她了，应该程度还好！"

康宇轩一声不响接过许诺的旅行包，一路无语，放好行李后开车，还是不作声。许诺第一次看到他这么严肃。

"你今天什么时候回来的？"许诺没话找话。

"今天上午！"不再多言。

"怎么了，好像不高兴的样子，有什么事吗？"

"没什么！"

"肯定有什么，你告诉我啊，这样子，我觉得好难受！"

"哦，我的心事不告诉你你就觉得难受了，你的事不告诉我，你想想我又是什么心情呢？"

许诺知道他肯定是为自己自作主张到河北的事。

"我又没什么秘密，这次的事，我会慢慢告诉你的！"

"我不想听，以后我的事你也少管！"他不耐烦地回了许诺。

一路无言。

回家，多多扑上来："妈妈，你回来了！"许诺抱着儿子狠狠地亲了一下。

刘嫂问许诺吃过晚饭没，许诺说在车上吃过了，不用再麻烦。

康宇轩去了书房，许诺陪儿子做完作业、睡觉以后，发现康宇轩还是在书房，看来这次是真生气了。许诺有些不知所措，七想八想，终于找到一个和他说话的理由："宇轩，我不是要你帮我买包吗？你买了吗？"

"在衣帽间，自己去看！"还是冷冷的，一边在电脑上写着什么。

许诺只好退了出来，来到衣帽间，发现上面摆着三个大袋子。许诺一一查看，居然买了三个。不同品牌的最新款，标价让她倒吸一口气。自己当天随口说的一个要求，他还真当回事。

"宇轩，我只是要你买一个的，你买三个做什么？又不是便宜货。"

"你不是说我傻吗？香港便宜些，我聪明了一把，买一个可以节省不少，三个节省得更多啊！"

许诺说："我真是服了你。"但某人还是冷冷的。

怎么办，怎么办，我就不信你能一直摆这张苦瓜脸？不是说夫妻之间，床头吵架床尾和吗？这一招不知是否有用，虽然没吵架，许诺知道，冷战比明着吵更厉害。看来某人这次是真生气了！

没办法，放低姿态吧，谁叫你做事欠考虑，这种事也不与他商量就决定呢！大男人的尊严肯定受到了威胁。

许诺洗了澡，换上一件颇为暴露的丝质睡裙，这其实还是上次和康宇轩演恩爱三口之家的时候他为她准备的，只是这次，许诺的睡裙里可是真空上阵，豁出去了。如果这招还不行，许诺会石化，平生第一次牺牲色相啊！

许诺再一次进到书房，对康宇轩说："晚了，休息吧！"

"你先睡吧，我还有点事！"康宇轩在电脑前没有抬头。

"早点休息吧！"许诺走过去，一下坐在了他的腿上，还用手环住了他的脖子，撒起了娇。

"我做正事呢，不要吵。"许诺看到康宇轩急急用鼠标点了文档上的保存键。

"谁叫你老是不睡觉啊！早点休息吧！"许诺一边说一边故意在他身上扭动了几下。康宇轩惊呼："小坏蛋，都学会勾引人了！"然后一把抱起许诺，朝卧室走去……

"说，还搞不搞先斩后奏这种事？"

"不了，我知道错了！"

"还擅自做主吗？"

"不做了。"

康宇轩搂着许诺，轻吻她的脸颊，"许诺，你现在是有男人的，希望你记住这件事，有什么事我会给你顶着的。我知道你的心思，但是，你鲁莽行事，是很危险的，如果你出什么事，我能安心吗？我怎么办？以后无论什么事，不要有顾虑，坦诚和我说，一起商量，好不好？"

"好，以后有事我都和你商量！"许诺环着他的腰，这些年以来，也许单独考虑事情惯了，现在已是两个人，是要学会坦诚和商量，爱情，不就是理解和体贴的别名吗？日子从指缝间悄悄地流逝，细数着和他走过的每一个足迹，虽然聚少离多，但心里溢出的却是满满的、暖暖的幸福。

第二天上班，许诺就到吴志刚的办公室，将自己这次北方之行弄到的资料拷贝给了吴志刚。

吴志刚收到这个资料，看过之后，对许诺说："原来你上周五请一天假就是去忙这个了？许诺，你胆子真大，你也太拼了！我就知道我一直没有看错人。这个资料我会转交上去的，别的不要再多想了，认真工作就是！辞职的事我也不想再听到。"

许诺笑了笑："辞职的事您还是考虑一下，反正公司也需要储备人才，还有就是，如果某天我突然不想上班了，你可是会来个措手不及啊！"

"那我不着急，我找康总麻烦去。所以，你还是老实上班吧，除非上头告诉我你不上了！"

许诺看到吴志刚态度如此变化，哭笑不得。

晚餐后，康宇轩对许诺说："家里保险柜的钥匙我给你了吗？"

许诺摇了摇头，康宇轩立马上楼，递给她一片钥匙："管家婆，我的全部家当都交给你管了啊！密码就是你生日。"

许诺笑了："你都有些啥家当啊，这么神秘！"

"也没什么，女人不是就喜欢管着这些，才觉得稳妥吗？这是兄弟们告诉我的经典名言。"

许诺想笑，也不知他什么时候和那些兄弟又讨论了这些。

许诺对康宇轩说："你说我不在湘南上班了，换个地方上班，好吗？"

"你又出什么幺蛾子？"康宇轩一脸严肃地望着许诺。

"你不是说我们要坦诚嘛，我只是有个想法想和你商量一下，看你，这种态度，我还敢和你说吗？"

"哦，对不起，我是被你吓怕了，总是整出些莫名其妙的事情！"

"我只是觉得因为我和你的关系，最好是不在一家公司，这样你我都好，也少一些闲言闲语！"

"你怕谁说啊，现在不是工作得好好的，你不在湘南你想做什么呢？"

"我可以做的可多了，比如，我可以去卖面包啊，还有，我有个同学开了个会计师事务所，我可以和他合伙啊，或者随便找个单位做做财务啊！你觉得呢？"

"我只有两个意见，要么，你就回家待着，相夫教子，要么你就在湘南继续工作，别东奔西跑的了，比如你去和别人合伙开什么会计师事务所，一是要揽业务，压力大；二是这个工作做起来也是没日没夜的，本来我就忙，你说我还指望见得到你吗？还有多多，你还管不管？"

许诺一下无语，康宇轩继续说："现在在湘南，你一切都熟悉，做起来得心应手，也能发挥你的能力，何必一天到晚捣鼓些莫名其妙的念头？没有人为难你的，放心！"

许诺的辞职就如此弱弱地收了场，许诺想，吴志刚早上对自己的无赖态度是不是就是因为和康宇轩交流过了，所以形成的统一战线？

这些男人们，原来也有女人般的小心眼！

第二天晚上，康宇轩还没有回来，许诺等多多睡觉以后，觉得无所事事，突然很好奇康宇轩交给自己的保险柜里到底有些啥东西，虽然说好奇害死猫，就是耗子也要瞧上一瞧。许诺，八卦到底。

打开保险柜，许诺就笑了，第一眼看到的就是第一层摆放着的多年前许诺制造的那条围巾。许诺想康宇轩给她保险柜钥匙的目的就是要她看围巾的吧，这个家伙。

第二层，放着的是一些证件，有几本房产证，还有股票证、银行卡什么的。第三层放着几件首饰及一些钥匙。

许诺想，股票证、银行卡反正都没有什么内容可以看，首饰呢，看上去有些年月了，根据包装基本上可以断定，是他母亲留下来的东西。唯一可以有内容看的就是房产证了，许诺随手抽出一本房产证，上面的地址让她不得不瞪大了眼睛，居然是毕业的时候康宇轩租给她用的那套，产权证上明明写的是康宇轩。

许诺想当年他搞那么复杂，又是亲戚啊，又是房租每月打卡上，这个骗子。许诺拿出这本证，静等他回来。

不久康宇轩回来了，看到桌上的房产证，对许诺说："你今天清理了我的百宝箱是吧！"

许诺举起房产证，对康宇轩大声质问："我当年住的房子原来是你的？你为什么骗我说是亲戚的？"

康宇轩笑了："就为这事啊，好像还挺不高兴的样子。当年我要是说是我的你肯定会觉得有负担不会接受我的好意。那是我十八岁生日我父亲送给我的生日礼物。"

许诺一阵眩晕，"原来你骗我，一直都骗我！"

"善意的谎言，别介意。"康宇轩轻描淡写地说着，许诺内心却十分复杂。

"要不要再去看看我们的房子？"康宇轩提议，"就当晚上出去兜风啊！"

许诺觉得这件事来得有些突然，但也找不出反对的理由，有句话叫"近乡情更怯"，看到多年前自己的居住地，许诺居然有些紧张。

当许诺跟随康宇轩打开八年前的家，房屋里的一切一如当初，甚至包括当年自己没有带走的衣服都还挂在柜子里，只是，房子很干净，并不是没人住的样子。

"房子很干净啊！一直有人打扫吗？"

"是的，自我从国外回来，这里一直请人定期打扫的。"

"怎么没有想起租出去啊，就这么空着？"

"租得了多少钱？偶尔失意的时候，我都会到这里来打个转的。"

许诺有些心悸，飞快地从房子里走了出来。如花美眷，似水流年，回不到过去，却难忘记当初。许诺紧紧握着康宇轩的手，久久不能言语。

第二天中午，许诺回了一次自己的房子，许诺打开那个一直跟随她东搬西搬的宝盒，找出当年的存折。这是许诺一直留着的，偶尔，会打开看看，其实只是看存折上那个正楷的名字。这个名字就是她永远的痛。

出于好奇，许诺拿着这本存折，去看一下当年存的钱是否还在。许诺记得当年康宇轩告诉她存折密码就是她的生日，经济紧张的时候里面的钱可以取出来应急，自己曾问过如果用了不还怎么办，康宇轩说是不会找她麻烦的。

现在清楚房子就是康宇轩的，这些年房子一直空着，许诺想这家伙，保不定存折里的钱也从来没动过。

银行的工作人员刷了存折，输入密码后，只听到机器在不停地打印，打完一本，工作人员说，还没完，要换存折，许诺想当年也就住了两年，存了二十多笔，没多少钱，按理没这么多未打印的啊。当许诺看到所有详单，惊呆了。在许诺搬离之后，每月照样有钱存进去，头两年是每月五千元，后来有几年是每月一万元，最近三年是每月两万元。最后一笔钱存入日期是两人相逢的那一个月，这本存折上的余额居然有一百多万，从来没有取款记录。

许诺打电话给康宇轩，问他在哪儿，他说在总公司办公室，许诺一路狂奔到他办公室。

当许诺将存折放到他面前，问这是怎么回事时，康宇轩说："原来你保留着存折啊，我还以为你早扔了！"

"什么意思？为什么认定我早扔了？"

康宇轩很平静地告诉许诺："我曾经告诉过你，存折的密码就是你的生日，我怕你经济上有困难，如果你真的有急用，至少存折上有钱可以应急。你一直没动过上面的钱，我以为你早把它扔了。"

"那你这些年一直往上面存钱干吗？"

"你还记得当年我承诺你的事吗？如果我发达了，赞助你过闲云野鹤的生活。我想我们吵架都不曾吵过，但你却莫名其妙地消失了，我想你肯定是遇到了什么难事。我不想你因为经济上的问题而去受苦或者委身于某个男人。至少，用我的钱，你应该不会有什么负担。

"所以当年你消失了，我还是希望能信守承诺，希望能帮助到你，即便我们不能在一起。工作之前，会省一些零用钱存上，我工作了，会存入部分工资。可是你从没有动过这上面的钱，我差点绝望。后来这已经变成了我的一种习惯，你用也罢，不用也罢，一直这么存着，直到再次遇到你。"

许诺知道，他不是一个善于表达感情的男人，这些年，他从未像有些男人一样，把"爱你"这样的字眼挂在嘴边，甚至都不曾正式用语言承诺过什么，他只是用他的方式来证明他的坚持和爱。

一切的委屈，一切的苦难，在这个男人平静的诉说中都化为乌有。

许诺听不下去了，走过去，一把抱住康宇轩，伏在他的肩头痛哭，边哭边拍打他肩膀："傻子，你这个傻子。"

"别哭了许诺，感谢老天，在你还没有被别的男人抢走的时候，我们又遇到了，高兴还来不及呢！"康宇轩眼睛发红，许诺泪流满面。

时光，已记不清那些斑驳的光影，静静地流淌，只为这温暖的爱。

纷飞的流年里，这份守候，这份执着一直在为某个人而开启着，认定了，便会义无反顾地坚持到最后，庆幸的是，对方，也有着心心相印的坚持。

92　再起波澜

星期五上午，徐朋打来电话，邀许诺去福利院送面包。许诺想了想，正好星期六没有什么安排，于是答应了。

星期六一大早，许诺早早起床，康宇轩问："大冷天的，起这么早做什么？"

"和徐朋约好了去福利院。她说去送面包。我也很久没去过了，正好去一下！"

"是吗？正好我今天也没有别的安排，要不一起去？"

"那当然好了！"

当许诺带着儿子和康宇轩出现在徐朋面前时，徐朋的嘴张成了O形。

徐朋将许诺拉到一边："你，上次居然还说什么要潜VIP，你这家伙估计多年前就将他潜了。旁边整个一翻版。"许诺呵呵笑。只是徐朋立马变严肃，"许诺，因为福利院刘院长说孩子们需要换一批课桌，我为了拉赞助，叫上了陈佳和，你不会有问题吧？"

许诺想起康宇轩每次称他为"老男人"，虽然两人之间并没有什么，但愿他们男人不会尴尬。

许诺说："没事啊，他们见过的！"

"啊？见过？"

"是的，很早以前就见过了，他们会怎么样我才懒得管，他们都是成年人。"

果然，当陈佳和赶过来看到许诺一家三口时，康宇轩立马主动上前和他打招呼："陈总，你也去吗？"

"是啊，徐朋说要拉赞助，我正好今天有空，陪她们去一次，看来，你也是被拉的赞助啊！"

"我，只是来作个陪的，没听说赞助的事。"

"许诺就是对你好些，她们拉赞助就找我，三陪的事就归你！"陈佳和打趣地笑着。

一行人开了三辆车，经过两小时车程到达了福利院。徐朋和许诺给孩子们送上学习用品及面包，多多则和孩子们在一起玩开了。

陈佳和和康宇轩两人则在福利院转了一圈后，两人同时到了院外的池塘边聊着什么，似乎还很投机。

徐朋和刘院长交流着，问了孩子们的近况，听说因为不少爱心妈妈的发动，福利院每周都会有志愿者或者爱心人士来看望，这是可喜的形势。徐朋说："刘院长，你不是说需要一批课桌吗？我今天带了老板来了，您就将要求直接和他们说，让他们赞助就是了！"

刘院长说："真是太谢谢你们了。"

此时康宇轩和陈佳和正好一起走了过来，陈佳和说："刚才我们在外面讨论了一下，福利院现在主要是课桌少了，原有的也太陈旧，甚至经常弄破孩子们的手，所以，徐朋说了，要我赞助课桌，我没有问题，刘院长你将数量和要求告诉我就是，尽快落实送过来。不过，刚才康总也谈了他的想法。"

许诺在想，康宇轩会和他聊什么想法呢？

"刘院长，我觉得孩子现在条件还是比较艰苦，我刚才看了一下，楼上有几个地方其实可以改造一下，让孩子们能够更好地学习和玩乐，我建议在二楼开设两个专用教室：一是阅读室，二是音乐教室，加上现有的娱乐设施，这样文化娱乐生活都比较丰富，孩子们的童年更多姿多彩。这两个教室的改造就由我负责赞助吧，下周我会请人来具体设计一下的。"

许诺想，这家伙想法还真多。

徐朋在一旁喜上眉梢，这次拉赞助可拉得非常到位啊！

回去的路上，许诺好奇地问："你和陈佳和在池塘边聊得挺开心的，都说些什么？"

"没什么啊，就是问了些个人情况啊，他原来不是老师吗？挺好的一个人，他还说起了他的小时候，另外就是对中国现行福利院的现状的一些讨论。"

许诺觉得男人就是男人，果然与女人不同！

星期一晚餐后，康宇轩正在听着多多说起学校的趣事，电话响起，许诺只听得他在电话里说："盛达广场拆迁的事不是早就和拆迁户们签了合同并且预付款都打了吗？怎么会又出这样的事？不行，必须得尽快解决，拆迁这一块是由我们康盛负责的，如果不能在既定的时间内完成拆迁工作，就会影响工期，高达那边也会要我们索赔的。明天上午九点，相关负责人开会，先把具体情况了解一下。"

接完电话，康宇轩表情凝重。

许诺问："是盛达广场的项目出了问题吗？"

"拆迁遇到了点麻烦。原来和所有拆迁户说好了这个月底一律搬走，但现在有几户提出因为没有找到合适的地方不搬了。"

"不是签了合同了吗？按合同办事啊！"

"理论上是这样，你也知道，因为拆迁出问题的多了去了，还是想和平解决，真弄出些过激的行为影响不好。"

"人家不是也不说不搬，不就是说没找好地方，帮他们找个地方不就得了！"许诺按逻辑思维顺口一说。

"你想得太简单了，拆迁款都已付了一半，并且价格也挺高的，什么样的地方他们找不到？这肯定是故意找碴。"

晚上康宇轩一直在书房，许诺送茶上去，看到他在查看一些文件，也打了几个电话。许诺觉得这个事可能影响挺大，因为他不是一个容易情绪化的人。

盛达广场是康盛和高达两家一起合作的，康盛这边出了问题，高达当然就有话可说了，但是康盛影响工期，整个项目的工期也会受影响，应该不是张萌萌那边弄出的事情吧，这可是一损俱损的事，除非，她疯了。

康宇轩在浴室洗澡，许诺去书房拿茶杯的时候看到桌面上正好有康盛和高达两家公司合作的协议复印件，许诺好奇地瞄了一眼，除了一些正常的双方权利义务外，许诺看到有一条是：因一方原因影响工期，按100万一天赔偿另一方，超过7天的，另一方有权更换合作伙伴或者引进新的合作伙伴。许诺看到这一条，吓了一跳，这才是康宇轩表情凝重的原因吧！

康宇轩从浴室出来，许诺说："我刚才不小心看到了康盛和高达的合作协议，如果我们这方影响工期要高额赔偿还有可能被取消合作吧！"

"是的。"

"所以你才情绪低落。"

"我不完全是因为这个。合同是对双方的约定，我们可能违约，对方也有可能，所以，谁换掉谁还不一定。我现在就是在考虑出了这个问题，到底是个人行为还是对方公司的意思。如果我们反击，对方的日子肯定也不好过，毕竟和我爸是多年好友。不说了，大晚上的，我们不谈工作，只谈风月，好不好许诺？"

"亏你还有心情风月。"

"风月无边，我随时都有心情！"

第二天，许诺下午去了趟税务局，回来的路上，正好经过盛达广场项目所在地。出于好奇，许诺停了车，想下去看看。

广场整体都被蓝色的围挡挡住，只是在南边有一处还有房子没拆的地方没有挡住。许诺走过去，看到坪里有四个人在打着麻将。

许诺走过去，东瞧西瞧的，发现大部分住户早已搬离，根据房子外挂着空调机的数量，也就五户的样子没有搬。

"你在这儿干吗呢？"打麻将的一个男人对着许诺叫着。

许诺没想到会碰到人，本来只是随便转转的，既然别人问，只好找了个理由："哦，我想在这附近看看有没有房子出租。"

"不用在这儿看了，这儿马上就要拆迁了。到别处吧！"一个男人不耐烦地对着许诺说。

"哦，这样啊，我知道了。"许诺正欲离开，却听到打麻将的其中一个男人自言自语了一句："居然还有人到这儿来看房子，脑子有问题。我们四个要不是因为有人出大价钱要我们在这儿坚守十天，我们也早走了。"

"十天，五万，到哪儿赚这个钱？也就是天天在这儿打打麻将。"

"哈哈，没错。"四个人同时放声大笑。

原来是有人出钱要他们在这儿坚持的。许诺想这个事情果然有问题，比较复杂，和康宇轩想的一样。

许诺回到车上，立马给康宇轩打了电话："宇轩，我刚才路过盛达广场项目部，听到在这儿坚持不搬的人说是有人出钱要他们守在这儿十天，五万元一家。"

"知道了。你怎么去那儿？工地上挺乱的，快点离开。"

"我就是随便瞧一下，现在已走开了。"

这晚康宇轩很晚才回来，许诺虽然躺在床上却并没有睡着，看到他轻手轻脚的样子，"你在练凌波微步吗？"许诺对他说。

"原来你没睡着啊！我还怕影响到你呢！"男人一脸轻松。

"盛达广场的事打听到一些情况了吗？"

"能用钱处理的问题就不叫问题。这不过是几个法律意识淡薄的人。先和他们说道理吧，他们如期搬走是有奖励的，逾期搬走也有处罚，这样随便一算，比五万元要多多了。再说，别人能用钱让他们留下，同样，我们也可以出点钱就清楚了是谁要他们这样做的。倒是清楚了原因后，接下来的事比较棘手。"

"为什么？"

"商场上，没有永远的朋友，虽然我爸和张萌萌父亲是老朋友了，但现在这个情况，再合作，对方需要拿出诚意了。至少，先把负责人换了吧，不想和他们这样玩了。"

"负责人不是张萌萌吗？"

"这个人有点拎不清了，前段时间特别和她谈过了，还是这样意气用事。我得找她爸谈一下。如果这是她个人行为，换人就算了，如果是他们高达真的有二心，那我爸的面子也算不得数了。我想我爸也会支持的，只是，他不方便出面。"

年底，公司每年都会有新年年会，今年是被收购的第一年，业绩也有很大提升，全厂从上到下员工士气大增，所以，今年的新年晚会自然比往年要办得更加热闹，用吴志刚的话说："我们要工作娱乐两不误，还要争取请到总公司领导来参加。"

接到这一重大任务的就是陈瑶，这几天可是想坏了脑袋，如何推陈出新，有创意又气氛，既让员工集体参与，又要让领导看着满意。

陈瑶上午在许诺办公室哭江郎才尽，下午，财务部的小谢就到了许诺办公室："诺姐，今年公司新年晚会弄了个部门之间PK的节目，知道我们的PK对象是谁吗？"

"谁？"

"销售部。"

"为什么是他们？"

"因为财务部是一群娘子军啊，仅有两片绿叶，而销售部则是狼群，只有两朵花，明显狼多肉少。所以，让我们PK，有特色。"

"那你们想好什么节目没？年轻人，多出点力。"

"诺姐，别搞得你有多老一样，你也和我们差不多，关键是，销售部的放出了狠话，他们头儿要和我们头儿单挑，问我们头儿敢不敢接招。"许诺想了想，销售总监黄黎明，是被康盛收购时康宇轩带过来的人，长得一表人才，做销售很厉害的，估计没几把刷子也吃不开，不过，此人在单位的时候也很少，平时接触并不是太多。许诺心里没底，但箭已在弦，不得不发。

"怕什么，挑就挑，他什么来头？"

"听说歌唱得不错，另外，还有武器！"

"什么武器？"

"就是会乐器啊，准备露一小手。"

"他什么武器？"

"萨克斯。"

"萨克斯？我只会吹口琴！"许诺大笑。

"真的假的，老大！"小谢表情一下发光。

"假的，那是哄我儿子小时候睡觉用的！"

小谢眼中的光芒瞬间消失："完了，诺姐，你最多就只能和他拼歌了。"

"那不一定，我还有个杀手锏！"

"什么？"

"年轻时节咱也玩吉他的，吉他弹唱怎么样？"

"太棒的，亲爱的，你真是长我们的脸。行，就这么定了，我和销售部的叫板去了！"

小谢一阵风跑了，许诺站在窗前，坐不住了，这玩意儿有段时间没玩了，还不知什么状况呢！

最近一次玩是在看到儿子弹一支叫《很久以前》的曲子，觉得挺好听的，一时兴起，和儿子一起伴了一下。

既然话已放出去了，没办法了，练啊！

许诺第二天早早吃了午饭，跑到自己原来的房子里，从书房的柜顶上取下已经有些灰尘的吉他，打开盒子，严格地说是一把老吉他。抹干净后调试了六根弦，试了一下，还有点感觉。

许诺将吉他盒子抹干净，决定把吉他带到单位，中午或者下班后练习，不是还要和财务部的各位同仁们配合的吗？看来，弹什么唱什么也需要和他们商定的。

果然，小谢就来告诉许诺，最后节目负责人商定，由部门负责人一起男女声对唱，两个部门的员工则在后面伴舞，为了配合新年气氛，他们选了一首《你是我心内的一首歌》，轻松愉快，又适合集体伴舞。中间穿插许诺吉他弹唱，间奏加上黄黎明的萨克斯，做成一个音乐小品的形式。许诺大叫："这么复杂，你们晕不晕啊，我只是随口说的！"

"诺姐，我们集体舞你就不用管了，我们会负责排好，你只管把你的部分练好就是。本周五中午和他们部门的一起合排。我们这个节目也拿得出手，本次活动有评比，拿一等奖，奖金丰厚。"许诺当然知道有奖金，陈瑶才把奖励方案放在案头，等着批字领钱呢！

许诺中午立马就在网上下歌，无他，练啊！很久不弹吉他了，手按上去不久就觉得生痛，时间紧，没办法，只得关上门发狠练了。

周五的中午，许诺率娘子军和黄黎明的群狼团在公司大厅会合的时候，两人不禁哈哈大笑："我们都是有武器的人！"排了几遍，两个部门的人自我感觉都还不错，许诺看着这群青年男女欢快的舞蹈，心里一直念着：年轻，真好。其实，我也没有老，只是心境，成熟些吧！

许诺最头痛的就是她们为她准备的服装，那叫一个装嫩卖萌啊，当许诺试穿了一下以后，她们异口同声说好，更要命的是，居然还说缺了点什么，最后还给自己配上了一个蝴蝶结发箍，许诺弱弱地问："需要这样吗？我都多少岁了你们知道吗？"

"我们只知道你也要配合我们的服装，还有这支曲子的风格，头儿，你这个样子足以秒杀少男！"

许诺连声说："我要罢演，我要罢演！"

"你要是罢演了，我们不能保证这个月的财务报表按时出来啊！"这些人，还玩起了威胁！

算了，也就是大家在一起自娱自乐，豁出去了！因为许诺还看到行政部有一个男生倾情演出，男扮女装了，排练的时候在胸部放了两个小气球，表演的时候一不小心气球从领口跑出来了，逗得大家哈哈笑，有的建议他换包子，有的建议他直接去弄一件加厚海绵的Bra。自己的这点萌装，还不至于笑场到那个程度。

晚上，当康宇轩握着许诺的手，许诺不禁"哎呦"一声，康宇轩发现许诺左手指上的伤痕，问："这是怎么回事？"

许诺突然想不告诉他，只是说："不小心擦的！"

"这么大的人了，怎么小孩子一样，不会保护自己。"许诺偷偷地笑，才不想告诉他是因为弹吉他弹的，免得招来取笑。

转眼快到康宇轩的生日，许诺想起和康宇轩一起过的他的十八岁生日，眼睛都有些发潮。单纯、阳光的男生，接过她编织的围巾的样子还在她脑海闪过。这也是这些年以来，他和她仅有的一起度过的生日。不，严格意义上来说，也没有在一起过生日，只是仅送过一次生日礼物而已。

生日前一天，许诺还真没想好给他送什么生日礼物，原来对一个什么也不缺的人，送礼物是如此的费神。许诺想，也许，像某个电影里的情节，把自己打包送给他算了，又不是小女生了，还玩这些天真浪漫的啊！不说被他笑死，自己心里这一关都过不去。

康宇轩出差了，只是说了明天上午会回。他没有提生日的事，许诺也装作不记得，她想给他一个惊喜。

许诺记得蒋卫说的，本来的惊喜变成惊悚的事，自己还是需要好好策划一番。

许诺去名品商场给他选了一条羊绒围巾，没办法，这些年，从没做过手工了，再说，以现在康宇轩的情况，那种虽然情意无价的东西也已不适合他戴出去了。

许诺去他单位附近的五星级酒店开了一间房，订了晚餐，然后到花店预约了快递服务，还特别写了一张小纸条："等你。十八点一起晚餐！"为了保持神秘，特意采用了艺术字体。

弄完这一切，已是下午时分，她给康宇轩打了个电话："在哪儿呢？"

"办公室，有一些事要处理。"

"一起晚餐吗？"

"好！"回答得也简短，看来是挺忙。许诺确定他在办公室以后，立马要花店将她预订的花和卡片以及房卡送过去。然后，许诺难得早退一次，早早离开办公室，拎着她准备的礼物，去了酒店，然后，关闭了手机。

躺在酒店松软的床上，许诺暗自发笑，想象等会儿康宇轩来到酒店该是什么样的表情，想着都是件挺刺激的事！

许诺想着想着，精神进入放松状态，加上中午奔波忙碌没有休息，居然很快就睡着了。

等许诺睁开眼睛，发现室内已是漆黑一片，外面早已华灯初上。许诺打开手机，看了一下时间，已是 18 点 15 分。该死的康宇轩，居然没来。

许诺打电话给康宇轩，立马有人接听："许诺，你在哪儿？"

"我在……"许诺突然觉得不好意思说，对方语气很急促："你急死我了，打电话，手机居然关机了，不在单位，也不在家，你到底在哪儿？"

"我在哪儿你不知道吗？我不是叫快递送东西给你了？你居然爽约！"

"什么？下午那玩意儿是你送的？早被我扔垃圾筒了！"

"什么？"许诺差点要哭了，好不容易浪漫一把，他居然扔垃圾桶了。

"我以为谁恶作剧或者下个什么套，生怕被你看到你又要找我麻烦，我接到就扔垃圾桶了，你怎么想起这么一出啊！"

"康宇轩，你不解风情！"许诺在电话里懊恼地说。

"好了，晶晶他们在饭店订了餐，我一直在找你，我们还是先过去吧，我来接你。"

许诺觉得平生没这么失败过。当她上了康宇轩的车，还是气鼓鼓的表情。

"平时看你挺贤良淑德的，怎么会弄这种风情万种的事啊，我真没想到，我还就怕收到这玩意儿被你看到我解释不清，立马扔垃圾桶了。"康宇轩一副很委屈的表情。许诺的浪漫创意就此告终。"我还以为你忘记了我今天过生日呢！"某男比她更委屈的样子。

许诺想想自己可能也欠考虑周全，看到某人因为怕误会扔掉房卡，不禁在一旁暗自发笑。许诺将围巾缠在康宇轩脖子上，"怎么会忘记你生日啊，还不是想给你一个惊喜。害我白开了一间房。五星级酒店的套房，还有订餐，挺贵的。"

"浪费什么，吃完饭，我们去浪漫一把，好好利用利用，好吗宝贝？"

许诺听着他的话，真想一头撞上去。

两人来到餐厅，陈晶晶和他的男朋友何俊林以及多多早已在饭店等候。多多说是 Miss Chen 去接的他。

陈晶晶不高兴地说："多多，你不能再叫我 Miss Chen 了，你必须叫我姑姑！"

"妈妈，是吗？"

许诺笑了："对，要有礼貌，就这么叫！"

"哥，我爸妈在外地旅行还没回，但我打电话给姨父了，告诉他我们在这儿用餐，他有重要朋友要陪，说是晚点尽量过来。"陈晶晶对康宇轩说。

许诺一听这话，紧张了，望向康宇轩，结果此人根本不重视这个问题，只是"哦"了一声，然后说："他是说有重要客户。"

许诺在心里暗求，千万不要来啊，遇上了我可不知如何是好！不会当场拂袖而去？或者，直接让她走人？因为许诺从陈晶晶那儿感觉，自己绝对不是受欢迎的人。

　　罢了，兵来将挡，水来土掩，终归是要面对的，别自乱阵脚。

　　五人愉快地用餐，陈晶晶和男朋友何俊林的感情应该是更进了一步，席间，何俊林对晶晶是呵护备至。康宇轩问了一下何俊林最近的工作情况，许诺从谈话中得知何俊林是做进出口贸易的。

　　多多最先吃完，然后对许诺说："妈妈，我看到这个餐厅外面有好多鱼缸，里面养了很多鱼，我想去看看！"

　　许诺说："好，我陪你去！"

　　陈晶晶接过话说："诺姐，你还没吃完呢，我吃完了，我带多多去！"

　　许诺正要起身，康宇轩一把拉住她："让晶晶陪他去吧，她需要提前熟悉业务！"说得大家呵呵笑，陈晶晶带着多多到餐厅大厅看鱼去了。

　　"晶晶！"陈晶晶听到有人叫她。她正带着多多在水族箱边一一指点着里面的鱼的名字。

　　"姨父，您来了，我们的包厢叫水云间，我带您一起过去？"

　　"好。"康建国看着陈晶晶手上牵着的多多，问陈晶晶："这个小朋友是？"

　　"这……"陈晶晶一下子有些犹豫，不知是说好还是不说好，不过，她向来性格直爽，还是直截了当地说："就是许诺和我哥的孩子啊，您孙子！"

　　"乱讲！"康建国立马表情严肃，但他仔细端详了一下多多，不再说话。他沉默了一下，"他们都在里面？"

　　"是的，我们先吃完了，出来玩玩！"

　　"算了，我今天就不进去了！"康建国说完话，头也不回地走了，陈晶晶呆呆地站在大厅，不知自己这件事是否办砸了，康宇轩会不会责骂自己，晕，干脆不告诉他们姨父来过，这是她最后作出的决定。

　　新年晚会的前一天，公司进行彩排，许诺打电话告诉康宇轩不回家吃晚饭。康宇轩问什么事，许诺说："晚会节目彩排。"

　　"你也有节目吗？"

　　"有啊，当然有，康总明天记得赏光。"

　　"放心，要不要带鲜花什么的？"

　　"那太招摇了，带掌声吧！"

　　许诺晚上回家，康宇轩问："你什么节目？没听你说起，挺神秘啊！"

　　"早早说出来就没意思了啊！"康宇轩笑了笑："看你能的！"

"宇轩,你觉得我歌声好听吗?"

"你那什么的时候叫声更好听!我最喜欢!"

许诺一把拎住他的一边耳朵,大叫:"我看你还流氓吗?没一点正形,我是问你正经的。"

新年的晚会 28 日在公司租的大剧院举行,许诺部门的节目排在第二个,因此,一开始就要在后台候场,做上场准备。

许诺在后台早早换上了演出服,这个完全是少女风的服装,虽然在此之前许诺就已试过,也决定豁出去了,但这次来真的,面对下面如此多的观众,许诺还是感觉压力倍增。

许诺对小谢说:"老黄瓜涂绿漆,都是你们做的好事!"

小谢说:"你本来就显得年轻,现在这一打扮,真的挺好的。特别这个粉红蝴蝶结,经典!"背着吉他,加上这身装扮,许诺偷照了一下镜子,晕,自己都有点认不出自己了。

同在一边准备候场的黄黎明今天也是打扮得活力十足,当两大 PK 队长站在一起的时候,娘子军和群狼们居然起哄:"好配!"简直是一派胡言。

黄黎明还在后台做了短暂的激情动员:"同志们,虽然咱们今天是两队一起 PK,但实际上是合作,这是我们整场晚会人数最多的集体节目,获奖概率高,所以,大家打起精神,勇夺第一!男女搭配,干活不累,兄弟姐妹们,尽管舞起来!"

大幕拉开,音乐声响起,华丽的男女集体舞蹈,然后音乐骤停,许诺和黄黎明走到他们中间,开始了他们的表演。许诺其实很紧张,毕竟台下观众很多,并且,不是听说总公司领导也会来吗?

许诺唱完自己的部分偷偷扫视了台下,第一排正中间,康宇轩和他的父亲都坐在那儿,许诺甚至一度看到康宇轩用手蒙住了脸,但根据肩膀一耸一耸的可以看出,他绝对是在笑,只是努力忍着不让别人看到。也看到康父侧头和他在交谈着什么。管不了那么多了,许诺不能分心,必须把这个节目好好地表演完毕。途中,看到康宇轩将头扭到后排好一阵,不知做什么。

节目结束,许诺部门的这个节目居然获得了一等奖,因为这是一个完全没有请外援的节目。颁奖嘉宾就是康宇轩,许诺看到他一路忍着笑,有这么好笑吗?忍得多难受啊!

领奖之后,小谢在后台大声宣布:"明天中午财务部和销售部一起午餐联谊。"大家笑成一团。

演出结束,许诺电话响起:"许诺,一起回家,在停车场等你。"

许诺上得康宇轩的车子,某人还在笑。"怎么了?我表现还可以吧!"

"太会扮嫩了,都跟小姑娘一样。不过,没想到你还有这个特长!"

"你没想到的多着呢，慢慢发现吧！"许诺又不谦虚了。

"你们节目表演的时候，今天坐我后排一女的，不断说着许诺和黄黎明好配啊！我实在受不了，转头狠狠地瞪了她一会儿，她再也没说了。"许诺想，原来他转头就为这个事啊！

"怎么可能啊，黄黎明好像年纪比我还小点！"突然，她听到康宇轩故意咳嗽的声音，哦，老天，忘记这个家伙也……许诺只好吐了吐舌头。

"今天你爸怎么也来了？"

"吴志刚邀请了他啊，我从总公司出门的时候，他主动打电话，说今天有空和我一起来的。"

"对了，没说我什么难听的吧！"

"没有啊，还特意指着你说这个小女孩好像就是那个叫许诺的吧？我说您眼力真好！装嫩成这样都被您认出来了。"

"切。"许诺对着康宇轩打了一拳。

"对了，他还说，看不出还挺多才多艺的。我就说那是，我挑的自然不会错！"

许诺听着他一个人自言自语，莫名的心情不错。原来，人都是喜欢听奉承话的！

晚会第二天，许诺接到上级审计部门的电话，请她再一次去总公司。

许诺想这些天也没有任何动向，吴志刚都没有和自己再谈起这方面的工作，应该不是什么坏结果。纵使是最坏的结果，许诺也能接受，因为，她的内心早就想过了。

上次出差拍到的资料许诺也给了一份给康宇轩，他收到后没有作声，是否背后做了什么，许诺不清楚，他只是对许诺说："这件事就算结束了！你不要再多想。"

许诺到了总公司审计部，情况很简单，就是告之许诺，之前的举报通过公司的全面调查了解，认为这是无任何事实依据的，并且表扬湘南在这件事上选择正确。另外就是通知许诺，马上一年就要结束，新年第一季度将对下属公司进行例行的审计工作，要许诺准备一些资料。最后希望这件事许诺不要背思想包袱，是非曲直，公司一定是公正的！

许诺轻松走出办公室，既然来了总公司，不知康宇轩在忙什么？许诺计上心来，也来一个突然袭击：查岗。想到这个，暗自偷笑，往他的办公室而去。

康宇轩办公室外，许诺意外遇见了张萌萌从他办公室出来，只是脸色极其难看。

许诺想冲她微笑一下，但她没有给她这个机会，一脸冷漠匆匆而去。

许诺敲门进入，康宇轩惊讶她的突然到访。"康总，吓一跳吧，和张萌萌约会正好被我抓个正着！"许诺故意语调上扬。

"约什么会啊，谈工作。对了，顺便还和她说了一下他们厂生产原料的问题，希望她引起重视。"

"她会不会听？"

"不清楚，她硬是不听我也没办法，别人的末日，就是我们的节日，我能拒绝吗？"康宇轩呵呵一笑，许诺觉得男人在商场果然和女人不一样。

"对了，你今天怎么过来了？"

"就是总公司通报上次我被举报的结论啊！"

"哦，看你表情如此轻松，应该结果令你满意！"

"本来就不关我的事，害我历经磨难，还被某人骂，我容易吗？再满意也只那么满意！"许诺心里还是有些愤愤不平。

"既然来了，一起吃饭？"说完，康宇轩拿起桌上电话，拨通后说："和曾旭说一声，今天的午餐我就不参加了！"

"干吗，晚上回家一起吃不就好了，中午定好了的干吗推了人家？"

"中午的可去可不去啊，晚上倒是我没法回家陪你吃。"

"其实我多么希望你每天也能正常上下班。知道吗？现在最吃香的是经济适用男！"

"经济适用男？什么标准？"

"身高172—190cm 、体重65—85kg 、发型普通、性格温和、不吸烟、少喝酒、不爱泡吧、本科以上学历、月薪在3000—10000元之间、会煮饭、有耐心、有孝心、有爱心、有上进心、举止斯文、不说脏话、谦虚、谨慎、稳重、大方、对待爱情忠诚不二、有担当。"

"天，你居然可以背得这个标准，看来是多么中意经济适用男啊！"

"是啊，这是我原来相亲的标准，不过还挺不好找的！"

"许诺，你仔细对照一下，我除了月薪高点，其他都在你的标准之内啊！这个又没规定是否正常上下班！"

许诺仔细一想，也没错啊！

"行吧，经济适用男先生，我们一起吃中饭去！"

"有没有什么经济适用女什么的？"

"有啊！"

"什么样的？"

"就是我这样的呗！"许诺对他妩媚一笑。"许诺，你的媚眼和白眼区别不大，请谨慎使用！"

这个大煞风景的家伙。

93　见家长

新年前的最后一个工作日，上午十点，许诺的手机响起，陌生来电。

许诺接起，"请问是许诺小姐吗？我是总公司康董事长的秘书，董事长请您下午三点到他办公室。"

许诺一听，头立马变大。上次康宇轩在飞机上说要和他父亲谈谈，后来他老是出差，许诺也一天到晚忙得很，忘记问他是否真说过什么了。

许诺想打个电话问一下在外地的康宇轩，拿起电话，又放下了，许诺想了想，还是先不问他吧，见了再说，还不知对方用意，免得他担心。

下午三点，许诺准时到了总公司，并且问到了董事长办公室。秘书见到她就迎了上来："是许诺小姐吧，董事长在办公室等你。"

许诺还是挺紧张的。如果没有和康宇轩这层关系，许诺也会有些许紧张，见公司领导嘛。加上这层关系，什么叫丑媳妇总要见公婆，就是这种心理吧！何况许诺明知自己并不被别人看好。

许诺在一声"请进"之后推门而入。宽大的办公室，典雅庄重。上次已见过康宇轩的父亲，康建国从老板椅上站了起来，对许诺说："请坐。"

同时，康建国也坐到了许诺对面的沙发上。

"许小姐现在在湘南药厂任财务总监？"他直接发问。

许诺说："是的。"

秘书敲门进来，送上了一杯茶。

"宇轩前几天和我说要结婚，只是说了你工作的单位，别的不愿意多说。儿女大了，自然当谈婚论嫁，希望你能理解一个父亲的心情。虽然说我支持恋爱自由，但作为父亲，肯定希望能够多了解一些情况，年轻人毕竟考虑事情不一定周全。"

许诺点头称"是"。

"宇轩和我说了以后，不妨对你直说，我还是去了解了你的一些情况的，有些事情，我有一些疑虑。

"许小姐今年多大？"

"三十三。"

"听说许小姐还有一个孩子。"

"是的，快八岁了。"

"你觉得你和宇轩在一起能幸福吗？"

"我们现在觉得很幸福。"

"你和宇轩什么时候认识的？"康建国问许诺。

"我们认识在十多年前，他高三的时候！"

"哦。"康建国听许诺一说，陷入沉思。

"他出国以后,我们恋爱了,后来由于误会分开了八年,收购湘南厂的时候才又遇到!"许诺想有些事,不妨直截了当地说了,是骡子是马,直接亮出来要好得多。

"既然你们认识这么久了,那孩子……"

"孩子就是宇轩的,只是,当年生下小孩子的时候并没有告诉他。"

"许小姐当年可真勇敢,一个人抚养孩子,是不是早就想到有这一天?"康建国直直地望着许诺,脸上,再也没有微笑。

"不好意思,我没您想的那么聪明,考虑得这么长远。当年也只是赌一时之气。"

"是不是因为有了孩子就觉得稳操胜券?"康建国继续说着,"你就不怕我会反对这门婚事?"

"我从没这样想过,我们只尊重彼此内心的真实。这种事情,父母怎么可能拗得过孩子?其实,您作为父亲,对儿子的关切我理解,当年我的父母对于我的决定,又何尝不是痛苦生气的?只不过,最终把这种恼火化成了对孩子的爱,深爱。"

"你没想过,如果我反对,你们俩在工作上都有可能发生变化?"

"这个我不担心,这些年我自己带着孩子也过得挺好,我是一名注册会计师,又有多年工作经验,离开湘南,我同样可以自食其力,而宇轩也不是只会吃闲饭的窝囊废,我相信我们走到哪儿都有饭吃,我们也没有过奢华生活的习惯,所以,工作变动不会影响什么,有影响也只是暂时的。"

"你比宇轩还大三岁,女人容颜易老,你就不怕某天因为女大男小而婚姻遭变故?"

"我从没觉得他比我小,生活中基本上都是他让着我。我们已经分开八年,人生最黄金的时间里没有在一起,我只会珍惜过好当下实实在在的每一天。如果某天因为这个分开了,我也无怨无悔。现实生活中即便是女比男小十几二十岁的,要变故的依然会变故。其实我听晶晶说,宇轩的妈妈去世这么多年了,您也一直没有再找,一方面可能是照顾宇轩的情绪,更重要的是您和他母亲生前感情特别好,所以才不再找的。"

康建国意外地望了许诺一眼,没有立即接话,深思了一会儿说:"看来你是很坚决地要和他在一起了?"

"是的。这些年,我和他都过得并不好,我们为此付出了八年的时光。除非某一天他说厌倦我了,我会离开,否则,我一定会坚定地和他站在一起,不论任何情况。现在我一定要珍惜我们一家三口的幸福生活,当然,我更希望得到您的认同,我们一家人幸福地生活在一起,您愿意尝试吗?"

许诺想这番话说出去,可能会引起对方的怒火吧,未料到的是,康建国居然对她微笑着:"我知道我儿子为什么被你降住了。别的话我也不说了,明天是假期,你们幸福的一家三口就回家吃晚饭吧,不是要我尝试相处一下吗?明天先处处看?"

许诺一下子蒙了,"这……今天到这儿来我都还没告诉他呢。"

"那是你的事了,我可管不着!"康建国讲完回到了他的老板椅上,"还有工作上的事,吴志刚找我谈过了,你还是安安心心工作吧。"

许诺怔了一下,只得应了一声:"好,我先走了,董事长,再见!"

下午五点,许诺接到康宇轩的电话:"许诺,我出差回来了!"

"好,我知道了,你先回家休息,我下了班就回来。"

"许诺,我都离开两天了,你一点没想我吗?我回来了语气这么平淡。"

"晕,上班时间呢,你想要怎样?"

"如果你说好,我立马回家等你,我想我会疯掉的。"

"我要是这样说我才是疯了。"

"许诺,诺宝贝……傻啊,不清楚我的意思吗?"

"知道了,回家老实待着,做好饭等我回家吃!"许诺只想笑,挂了电话。

许诺下班后回家,康宇轩站在门口开门,多多在一旁大叫着:"老爸!妈妈回来了,开饭吧。"

许诺对多多说:"爸爸就爸爸,叫什么老爸!"

"妈妈,这个叫法现在很流行。"

"随便他吧,没叫我老康算客气了是吧!"康宇轩在一旁真是个好好先生。

"看来我们家是慈父严母啊!"许诺笑称。

"分工不同而已,别太计较!"康大好人又是呵呵一笑。

刘嫂已经做好了饭。

饭后,多多去楼上房间写作业练钢琴了,许诺对康宇轩说:"今天你爸找我了。"

"找你了?没说难听的吧?"

"你找你爸谈过了?"

"也没多谈,简单说了一些情况,你别和他计较,多给他一点时间,年纪大的人脑子转弯慢一点!"

"他说要我们三个人明天一起回家吃晚饭!"

"真的吗?我上次和他谈完不太愉快,我没告诉他多多是我孩子,你告诉他了?"

"说了啊,我以为你早告诉了。"

"因为上次和他谈不太愉快,我怕告诉他,他不能接受你,但来抢孩子,那你不恨死我了啊!所以我想先让他接受你再告诉他。"

93 见家长

"多多那里你和他说一下，他第一次见你爸，你和他说说爷爷的事，让他也有个思想准备！别吓着孩子了。"

"好，我知道了，待会儿我就去说。"

许诺从浴室出来，康宇轩正好进卧室，"我和多多谈了一会儿，没问题了，多多也睡觉了。"

"好，别吓着孩子就行。不知你爸明天什么态度，可别吓着孩子，让他心里留阴影。"

"别把我爸说得老虎似的，其实他挺好相处的。"

新年第一天下午，三人一起回到康家大宅。康建国在见到多多怯怯地叫着爷爷的一瞬间，脸上笑成了一朵花。一把将孩子抱起来："这个小家伙，和你爸小时候长得一个样！"

"爷爷，我听爸爸说你年轻的时候当过兵，有英雄事迹！"

"是吗？哈哈！"许诺在一旁听着，也不知康宇轩和多多说了什么，多多什么时候成了个小马屁精啊，逗得康建国如此高兴。

"许诺，让他们爷孙俩玩去，我们到处转下。"康宇轩对许诺说。

"好好好，我和多多玩玩，你们忙你们的去。"康建国对许诺说。

许诺随着康宇轩在他家楼上楼下转了一圈，也参观了康宇轩在家的房间。

"这么大的房子，平时就你爸一个人住着？"

"还有照顾生活起居的陈阿姨两口子，在我们家挺多年了，是我妈老家的远房亲戚。"

许诺真心觉得原来有钱人也不一定过得幸福。许诺对康宇轩说："要不我去厨房帮下忙吧！"

"好，一起去。"

"不好吧，让你爸看到你一大男人进厨房。"

"这有什么！我爸年轻时候也会做饭的！只是后来根本没时间做了。"

许诺进到厨房帮忙，很快饭菜上桌，康建国领着多多过来："来，今天正好是新年第一天，咱们一家子好好吃顿饭！好久没这么热闹过了！"

许诺听得都有些心酸。

多多举起饮料，对着康建国说："爷爷，新年快乐！"

康建国笑成了一朵花："新年快乐，大家一起快乐！"

"宇轩，今天既然回来了，你们的事呢，尽快找个时间，约一下许诺的父母，我和许诺的父母见个面，早点把结婚的事定下来。"

"爸，我还没见过许诺的父母呢！"康宇轩老实地回答。

"你们这些年轻人啊！"康父无奈地摇头。

饭后，康宇轩对康建国说："爸，我想和你谈谈关于和高达合作的事！"

"我听说项目出了点小插曲？"

"都已经解决了，对方纯粹想利用拆迁户让我们这边工程延期，一方面可以获得赔偿，更重要的是，我怀疑他们现在手上资金不足，想再拉人进来，虽然不是说空手套白狼，想玩别人的资金是肯定的，这样合作，太不靠谱了！"

"张总和我是多年的老朋友，原来在我最困难的时候，他借过一笔钱给我，所以，这些年我一直心存感激，滴水之恩，当涌泉相报，包括我们公司的股份也是我当年极力要求他入的，这些年，他应该是获利不少。"

"就是因为您原来一直说这些，我才想和您说一下，要不早就和他们翻脸了。这个项目本来完全可以和别的更有实力的公司合作，您也是照顾老朋友，当然，他们在业界还算有点名气，但现在他们公司已大不如前了！"

"这样吧，过两天我和老张谈一次，如果他们资金方面确实有困难，不妨明说，不要在下面做小动作，要不，我们只能以大局为重，这么大的项目，不可能当儿戏！"

"好，我这边完全掌握了他们所作所为的证据，那就等您的消息再决定吧！另外，我也有备选的合作单位，也和我们原来有过合作，很有实力，合作也愉快！"

"好，你考虑周全很好。"康建国对儿子的表现很是满意。

许诺陪着多多在一旁的沙发上看书，听到了全部，看来，一场风暴，在所难免。

回去的路上，康宇轩对许诺说："许诺，我现在最害怕的就是见你父母。"

"为什么？"

"怕挨打呢，也没有经过他们同意就把你那什么了，从来没有管过你们，这些年让你吃苦了。"

"那就穿件盔甲去吧，总是要面对的。我父母心地善良，如果你够诚意，也许会放你一马。"

"许诺，你还开我玩笑啊，我是说真的，我当然是最有诚意了，你得帮我说说好话。"

晚上，许诺给母亲打电话，告诉母亲明天准备回家一趟。母亲在电话里说："好！怎么不今天回来啊，还可以睡一晚的，明天回了又要去，挺赶的。"

许诺说："没关系，只是有个事我想先和您说一下。"

"什么事？"

"多多的爸爸回来了。"

"啊？这么多年了，你们居然又碰到了？这种人没良心的，不用理他。他现在应该早结婚生子了吧！"

"没有，还是一个人。妈，当年我有段时间联系不上他，是因为他去了别的国家，当年我也是过于冲动，就主动和他断了联系，所以，这些年，他无法联系上我。"

"你的意思是他现在还是想和你在一起？"

"是的。"

"许诺，这你可得慎重，你当年的事，我们问你你也不想说，所以，我们只是知道你这些年过得很辛苦，现在人家说要和你在一起，你可得弄清楚了，不会有别的原因吧？会不会是骗子，又来欺骗你？钱你倒是没有，是不是别人是为了要孩子来的？等孩子弄到手了，人又消失了。"

"妈，不会是这样的，我心里有数。"

"既然你这么说，我们做大人的也没什么好说的，只是，你爸可能不会轻易放过他。"

"那你和爸先透个信，做做思想工作，别明天别人来了，真打起来啊！"

"那倒不会，你爸是文明人，知识分子，说点不动听的是肯定会的。你也知道，你爸一直把你当宝贝，从小到大对你都没动过一指头，你这些年受的苦他肯定要说的。"

许诺的眼睛湿润了，这些年，如果不是父母帮自己把孩子拉扯大，许诺不敢想象。记得当时生下孩子不久回到家的时候，许诺整天看到孩子就想哭，莫名其妙地想哭，总是想这么小的孩子怎么带得大。后来许诺看了一些书了解到这其实是轻度抑郁症，幸好有母亲，甚至还有外婆，每天除了喂奶，孩子都不要许诺抱，总说要好好养着，不能累，连洗脸的毛巾都是母亲替许诺拧好，说是生产后不能用力。

母亲每天逗着小孩子，对许诺说："小孩子长得很快的，风一吹就长大了。"渐渐地，许诺觉得养孩子原来也挺轻松，抑郁症状全部消失。这一点，许诺一直特别感激母亲。为了不让邻里说闲话，父母一直说多多的父亲在国外，因为工作不能回来。

在最无助的人生路上，父母给予的无私帮助和依靠，在最寂寞的情感路上，让许诺感受到无比的温馨和安慰，如寒冷冬夜的温暖外套，温暖贴心。许诺想到这些不禁有些失神，有雾迷蒙双眼。

康宇轩看到许诺打完电话，坐在沙发上发呆，走过来搂着许诺："怎么了？"

"刚才和我妈打了电话，突然想起多多小时候的事，有些伤感。"

"我知道，当年你一定吃了很多苦，以后再也不会这样了。明天去你家，我会请求原谅的。"

"也不全是你的问题，当年，我也许太过倔强和冲动了。"

"对了，许诺，明天去你家要准备些礼物吧！我听说女婿上门是有套路的。"

"没关系，我父母都不是计较的人，你随便弄点水果什么的，不空着手就行了。"

"呵呵，我猜你也不清楚，我打电话给我那几个兄弟，他们不是有结过婚的吗？有经验。"许诺看到康宇轩拿着电话上了楼，挺认真的人，父母应该不会为难他。

不久康宇轩下楼，一脸愁容，许诺问："怎么了？"

"问了两个，这些家伙都不厚道，对我说给张卡就行了，太俗了。本来我就怕挨打，还这样，显得更没诚意。"

许诺想笑，他居然会这么紧张这件事，"我看到你车里烟酒茶什么都有，随便拎一样就行了，表示一下意思。来日方长，要孝敬不在于这一次，对吧，以后相处久了，你也就知道如何投其所好了。"

"好，听老婆的。"

"切，谁是你老婆。"

"儿子都这么大了你还想不承认？未必还想装未婚小姑娘到外面骗人？"

第二天一大早，三人早早出门。车行一路，许诺的心里是忐忑的。冬日暖阳透过车玻璃，让窗外萧瑟的风景也显得多了些活力。

多多坐在后座，开始很兴奋，叽叽喳喳地问这问那，没多久，就睡觉了，许诺将备好的小薄被给他盖上。康宇轩一边开车，一边握了一下许诺的手，"还真的有点紧张呢！"

"有没有准备盔甲，或者跌打油什么的，到时候可能用得着啊！"许诺取笑着他。

"许诺，有点良心好不，不能见死不救的，记得要给我说好话，知道吗？"

"知道了，别这么担心好吗？"

"签大单、上电视都没这么紧张过！"康宇轩笑着说。

"你别这么紧张，我父母都是通情达理的人，你看到我就应该想象得到我父母啊，你看我是如此敦厚善良。对了，我给你讲讲我父母年轻时的恋爱故事啊，也许你听了以后不会这么紧张，就像你对我说的，谁没年轻过啊！"

"好，听听你父母的爱情故事。"

"话说当年，开朗漂亮的人民教师，我妈，放学后随校长到学生家里家访，正好路过我爸家。校长和我爷爷是亲戚，于是对我妈说顺便到我亲戚家坐一下。这一坐，正好逢上了正在家休假的我爸。我爸当年在当地是名人，名牌大学毕业，分到了大城市的大厂里做工程师。

"但就是这一相逢，电光石火般喜欢上了我妈，从此就不断给我妈写信。其实当年我妈另外还有一个追求者，是一个当地的军官，听说长得风流倜傥，不过，是外地人，终究是要回外地去的，我妈是家里的独生女，为了要照顾父母，坚决不同意去外地，就是："父母在，不远游"这种孝心，特别孝顺。所以，这段感情无疾而终。而我爸的强烈追求，诚心实意，终于打动了我妈，同意了。

"可我爷爷奶奶不同意了，好不容易到了大城市的儿子，怎么又返回来找一个小县城的女子呢！你知道吧，当年我爸一个人提着一个旅行包就和我妈结婚了。直至我出生，两人带着孩子一起回我爷爷奶奶家，我奶奶还是有意见，我爷爷说：老太婆，生米都煮成熟饭了，不要再多说了。别看我爷爷奶奶当时不同意，后来一直说三个媳妇里，就数我妈最好！

"在我六岁的时候，我爸放弃了大城市的工作，回到了小县城，一名高级工程师，从一家集体工厂做起，三年后，这家厂就成为县城最红火的企业，这时，政府就把他调到一家国企当负责人。那些年，勤劳肯干，厂里面一直红红火火，但他一直两袖清风，直至退休。所以，上上下下没有一个人说他坏话的。

"知道吗？一般的人退休都是人走茶凉，他倒不同，退了休，原来的一些下属都自主创业开了厂，争着来请他当顾问，每年过年的时候，拜年的好多，我妈说，我爸这叫晚来俏！

"他这个人话语不多，不抽烟不喝酒，闲时爱好就是看书、下棋、练书法。不是说父爱如山吗？我觉得我爸就是这样子的，虽然平时和你没有太多交流，但每次和我说话之前都是先微笑，让我感觉既严肃，又温暖。"

"你父母的故事还挺感人的！"

"你说算不算一见钟情？"

"应该算吧，那个年代。"

"那说说你父母的故事吧，我也想知道，只听晶晶说起，你父母也是感情很好的！"

"我父母应该算是媒妁之言。当年我爸军校毕业，回来探亲的时候，我奶奶就经人介绍，让我妈和我爸见了面。我妈当时是市歌舞团的演员，长得特别漂亮，我爸爸一见面就喜欢上了。后来我妈跟我爸随了军，再后来我爸退伍后下海经商，我妈就没有再工作，一直在家相夫教子。当年我爸对我妈很好，每去一个地方出差回来，必定要带礼物什么的。我爸当年很少在家，一天到晚在外面。我初三那年，我妈得了重病，为了不影响我爸的生意，起初并没有告诉我爸，直到快不行了，我爸才知道，这也是我爸一直内疚的地方。"

许诺听了一阵唏嘘，上一辈的爱情，虽然不像现在的年轻人，轰轰烈烈，但，却是情深意长，让人感动。

真爱无敌，爱情里要是掺杂了和它本身无关的算计，那就不是真的爱情。而真正的爱情，细微处，见真情，令人感动。

"你爸一天到晚不在家，也是你当年跑我们学校来吃饭的原因吧！"

"是啊，你还别说，其实高三的时候也有几个同学家里条件不错，父母也不怎么管，一天到晚不读书只玩乐了，放学后也经常叫我一起去玩。我自从和你相处，觉得你的调调挺有意思的，我想要是和他们一样玩乐，你肯定不会理我了！"

"哦，幸好遇上我，挽救了一大好青年啊！"许诺幽幽地说。

"对了，你爸这么多年一直没再找过对象？"

"我印象中是没有！怎么了？又开始八卦了？"

"不太可能吧，你妈走的时候，你爸算起来也正当壮年，再说生意上又风生水起，就没碰到过合适的或者说仰慕他的？"

"我还真没看到过什么！不过……"康宇轩陷入了深思。

"不过什么？"

"我突然觉得公司办公室主任汪主任对我爸可能有点意思！"

"真的假的？我只见过一次，就是一个长得白白净净，显得很婉约、有古典气质的样子？"

"是啊，我偶尔到我爸办公室，总是感觉到她的气场有点不同。她在公司十多年了，也没升什么职，现在还是办公室主任，任劳任怨的，很多事总是替我爸着想，处理得妥妥当当！"

"啊！重大线索，你说你爸知道吗？"

"我怎么知道他知不知道，反正也没出什么情况啊！许八卦，感觉你有事可做了吧！"

"不是呢，我是觉得你爸年纪大了，其实如果有一个和他情投意合的人照顾他，未尝不是一件好事。老年人，晚年生活愉快，身体都好些。"

"我爸要是对某个女人有意思，自己不知道处理啊！还要你操心？"

"你错了，你以为他们这种年纪的人像你一样，喜欢谁直接扑上去就行了吗？他们想的可多了。比如家庭啊，孩子们是否在意？比如财产啊！是否不是喜欢人而是看中的是钱呢？复杂得很呢！"

"果然是许八卦，想得真多。我反正在这一方面没特长，你看，估计我就是遗传了我爸，不会表达感情！你们女人，考虑得周全些，你去操心吧，我反正配合你就是了。"

两人一路交谈，车子进入县城，城边就是一条河，许诺说："小时候我和刘奇他们就在这儿捉小鱼什么的。"

"没在这儿光屁股洗过澡吧？"康宇轩取笑着，许诺只好又是拳头侍候他。

父母早已在家里候着，还有外婆。一家人从晚上听说第二天要带康宇轩回来就已睡不着觉，因为，想到这些年许诺一个人受的苦，就无法平静。

母亲到底是老师，尽管有满腹问题，还是先对到来的女婿以礼相待。

父亲从来就不是多言的人，简单打过招呼之后，就在一边不再言语，听母亲问着康宇轩的一些情况。

"小康，看上去还很年轻呢，多大了？"

"不小了，快三十了。"

"比我们许诺还小三岁啊！"母亲有些大跌眼镜。

"这又没关系。"外婆在一旁接着话，"女大三还抱金砖呢！"

许诺在一旁只想笑，八十多的外婆，居然这么开明。

"你家父母知道了你们俩的事吗？"

"去过我家了，我母亲很早就过世了，只有父亲，他想尽快约您两老见面，早点把我们的事定下来。"康宇轩说得毕恭毕敬。

"你现在从事什么工作？"

"和许诺在同一单位上班，从事管理方面的工作。"

"哦，那应该还算稳定。"

"小伙子长得真俊，和我们家小诺很配。"外婆在一旁自顾自地说着。

"老许，是你家来客人了吗？"许诺听出是邻居赵阿姨的声音。

许诺连忙迎了出去："赵阿姨好，进来喝杯茶！"

赵阿姨笑呵呵地进来，看到康宇轩，连声说："来客人了？"

"不是什么客人，许诺的那位，多多爸爸。"许诺妈妈连忙回答。

"哦，回来了？一直没怎么见过，啊，小伙子不错，真精神。外面停的车是你们开回来的吧？"

"是的。"许诺答。

"一些小年轻站在旁边拍照呢！我也不懂，只听他们说是个好车，要靠在上面拍张照。所以进来问下是不是你们的，还是去照看一下，别弄坏了。"

"没关系，弄不坏！"康宇轩在一旁回答着，许诺想，这家伙也有老实的时候啊！

饭后，康宇轩和许爸爸在客厅喝着茶，许诺想父亲肯定有话要和他说的，她则和母亲到房间里。

"诺，我可没想到你找的居然还是比你小的，从言谈举止看，从小家教不错，挺有礼貌的。"母亲对许诺说。许诺笑了笑："是啊，心眼也不坏。当年也不能全怪他，我过于任性也要负一些责任。"

"他经济情况怎样？现在你也年纪不小了。"

"说起来，他应该还算有钱人吧！"

"太有钱也不好，差距大的婚姻也不稳定。"母亲又担心起来。

"也不是太有钱，反正能养家。"

"那就好，唉，别的我也不想多说，他毕竟是孩子的父亲，还有什么比一家三口生活在一起更好的呢？好好相处，你有时候脾气不好，也要注意点，

232　我只在乎你

两口子相互理解和包容才过得幸福。"

"知道了，妈。"

许诺走出房间的时候，看到康宇轩居然在和父亲下象棋，看来此人攻关是有一套的。

许诺在一旁看完他们下完一局，许诺说："我带你到我家乡的街上转转？"

多多在房间睡着午觉，许诺带康宇轩去了她小时候爬树的地方，读小学的时候，和高年级决斗的地方，读中学时偷水果吃的地方。一边介绍，一边回忆，脸上始终挂着幸福的微笑。

"许诺，我发现你的童年比我有意思多了！"康宇轩将许诺搂在怀里。

许诺呵呵笑："是啊，我也觉得我的童年挺幸福的。"

少年明媚的忧伤，一如满地曾经的繁花，花落而有痕，难忘似水流年。

94　康父病重

转眼到了寒假，往年的假期多多都是要到外婆家过的。

这次多多问许诺："妈妈，今年寒假我还去外婆家吗？"

"你想去吗？"许诺反过来问多多。

"我当然想去了，我还有一帮小伙伴呢！在这儿又没什么小朋友陪我玩。"多多回了许诺。

"今年情况有点不同，你还是问一下你爸爸的意见。"许诺回答多多，实则许诺也有自己的想法。马上就要过年了，许诺想过年前还是回康宅过，一家人在一起热闹一些，特别是康宇轩的父亲，平时就一个人在家，虽然工作很忙，但近年来因为身体原因，基本上不出差，重要工作都已转移给了儿子和信任的属下。

等过完年，反正要回娘家拜年的，再送多多过去小住一阵。平时多多还可以到陈晶晶的艺术中心和小朋友玩玩，陈晶晶不是早就承诺假期可以带多多玩的。

许诺说："多多，放了假要不然你去陪陪爷爷？他平时一个人在家也挺不好玩的，你去要他讲打仗的故事给你听？"

多多听了，也挺感兴趣的。

晚上，许诺将自己的想法告诉康宇轩，康宇轩听了一口赞成。

"我发现女人处理家庭问题就是有天赋。"康宇轩表扬许诺。

"什么有天赋，应该说女孩子天生就懂得处理感情一些，要不怎么会说女儿是父母的小棉袄呢？贴心！"许诺白了他一眼。

"许诺，我们只有一个儿子，你说我们是不是也应该备一件棉袄？"康宇轩走过来环住许诺，坏坏地笑。

"我才不要，你知道生孩子有多痛吗？在医学疼痛指数上，产痛仅次于烧伤灼痛，排在第二位。"许诺啪的一下打开他的手，"要是要你们男人来生就好了！"

"放心，如果再生，我来帮忙。对了，不是有什么无痛分娩吗？上次我一兄弟老婆生孩子就是怕痛，采用的是剖腹产。"

"还是顺产好，对孩子好，剖腹产会在肚子上留一条疤痕，挺难看的！"许诺居然还有精神和他普及生产常识，而某人的手早就偷偷抚上了她平坦的小腹，"许诺，你的身材可是一点都看不出生过孩子，凹凸有致，皮肤又特别光滑，太美了，我总是受不了诱惑！"

"流……"许诺话音未落，某人就一吻封唇。

星期五上午，许诺给康建国打了个电话："董事长，多多放寒假了，您想要他去陪陪您吗？"

"当然好了，已经放了吗？我明天派司机来接他？"

"不用接，明天我们一起过来吃晚饭，直接送他过来就是！"

"那好，我正好想他了！还有，许诺，董事长这个叫法听起来怪怪的。"

许诺打电话告诉康宇轩："刚才给你爸打了个电话，告诉他我们明天回去吃晚饭，他对我叫他董事长有意见。"

"当然有意见了，我叫什么你就得叫什么！"这就是男人的思维，许诺想了良久，觉得这个弯还真得慢慢转，慢慢习惯。

第二天晚餐的时候，康建国再次问起两人结婚的事，许诺说："马上就要过年了，公司的事多，我们俩都挺忙的，我想等过年的时候，正月初，趁假期再约我父母一起过来和您一起见个面吧！"

康建国说："也好！年底了确实忙！"

"结婚后你们准备住哪儿？"康建国问许诺。许诺一下怔住了，这个问题还没和康宇轩讨论过的，她只好眼睛求救般望着康宇轩，可此人就那么含笑着看着她。

许诺只好说："我听宇轩的，宇轩你说呢？"康建国立马接过话："什么听他的，他肯定听你的！"

"哦，老天，这可真是承蒙看得起啊！"许诺在心里暗自思量。"如果您不觉得我们在家太吵的话，我们当然愿意一家子住在一起啊，彼此有个照应。"

康建国开心地笑了："其实我也不做要求，你们小夫妻也许有自己的想法，想住哪儿就住哪儿吧！常回来看看。还有多多，你们尽管安心工作，我会把他带好的。我年纪大了，早就想退了，以后宇轩的担子会更重，你要多理解他支持他。"

许诺点头称是。

回家的路上,许诺问康宇轩:"你爸问结婚后住哪儿的时候你怎么不说话?"

"我不好回答。我明知我爸肯定希望大家住一起,可这些年我也很少在家住,加上据我了解,没有几个媳妇愿意和公婆住一起的,我还是想让你自主选择。"

"真是狡猾,把皮球踢给我!其实我觉得住一起也挺好的。要不这样,平时我们住这边,节假日就铁定住回去,这样,双方都考虑到了,你觉得怎样?"

"我听你的啊,我爸都说了我听你的,我自然遵照执行!"许诺对这种无赖只能是狠狠地在他腿上一拧了之。

快要过年了,公司举行了年终聚餐,餐后许诺和康宇轩一起坐车回家。半路上,康宇轩接到一个电话,接完后,立马调转车头,神情严肃。

"怎么了?"许诺问。

"我爸住院了。"

"严重吗?"

"陈叔没说得太清,先去医院才知道。"

两人匆匆赶到医院。

司机陈叔在,简单介绍了情况。这两天康董一直觉得有些头晕,他自己以为是小感冒,还吃了些感冒药,直到今天走路都差点摔倒,才想起到医院检查,一检查,发现是脑溢血,必须住院治疗。

两人立即到医生处了解情况,医生说:"患者本来就有三高,加上前两天应该是喝了一点酒,精神激动了,脑部血管就有轻微出血,这两天又没有引起重视,自然出血增多,幸好送到医院及时,没有很大的问题,要不然,引起昏迷都可能,现在这种情况不用手术,采取保守治疗即可,根据情况,卧床两到四周吧,一定不要坐起来,只能躺着。"

两人听了医生的介绍,提着的心稍微放下,来到病房。

康建国已经睡着了。两人坐在病床前,沉默不语,许诺对康宇轩说:"我们还是每天都住家里吧!老人家还是要人照应的。"康宇轩握了握许诺的手,表示认同。

康宇轩对陈叔说:"陈叔,你回去休息吧,今晚我守在这里。"陈叔说:"还是我守着吧,你们明天都还要上班!"

"没关系,我是他儿子,理应我来照顾的。麻烦你将许诺送回去!"

"我刚才还订了一个护理人员的!"陈叔说。

"今晚我来,等他情况好一点,白天请护理的照顾吧!"康宇轩说完,拍了拍许诺的肩膀:"你和陈叔早点回去,还要照顾多多呢!"

94 康父病重

许诺点头称好:"明天我送饭来!"

许诺和陈叔一同出了病房,还不忘记到医生办公室去问一下病人的饮食注意事项。

许诺回到家,想想康宇轩今天心情肯定极差,虽然说他和他父亲不是特别融洽的那种,但血浓于水,他肯定会为自己平日的疏忽而自责。

第二天,许诺起得很早,早早起来熬粥,许诺从网上查到这种病人的饮食必须低盐低脂肪,多吃水果蔬菜,还有保持一些蛋白质的摄入。许诺做了瘦肉粥,出锅的时候加入青菜叶,想想康宇轩一晚没睡,肯定也吃不下别的,所以,特意多做了一些,让他也就吃这个粥吧!

当许诺走进病房时,康建国已经醒来,康宇轩一晚没睡,但精神还不错。因为医生要求康建国不得起床,尽管他意识清醒,也只能躺着,于是,康宇轩负责给他喂粥。康建国虽然病了,似乎心情很好,吃着粥,表扬许诺手艺好:"这个粥味道真不错。"康宇轩在一边听着夸奖呵呵傻笑。

康建国说:"你们都上班去吧,我没什么问题,要不是医生不准我起来,我都可以出院了。对了宇轩,就要放假了,我还有份文件签了没发的,你到我办公室抽屉拿了后交给汪主任,她会处理的。"

汪主任?在别人听来非常随意的事,许诺却上了心,上次不是才和康宇轩讨论过这个汪主任的?

陈叔和护工都到了病房,康建国说:"要过年了,不要告诉更多的人我生病的事,就说我休息两天。有些事情宇轩你就处理了!"

许诺和康宇轩走出医院,许诺问康宇轩:"你要不要回家睡一下?"

"不用,昨晚打完吊瓶后我还是眯了一会儿,等会儿中午再休息一下就好了,要放假了,事多。"

"对了,你爸不是要你找汪主任处理事务的?"

"是啊,现在就去。"

"我上次只是远远见过一次,我可不可以顺便和你去见一下?我好好奇的。"

"我说你八卦你还不承认,这都什么时候了,居然还有这种心情!"

许诺朝康宇轩吐了吐舌头,坐在车上和他一起去总公司。

来到总公司,许诺终于清楚地近距离看清了汪主任,皮肤白皙,虽然眼角有了不少鱼尾纹但还是难掩年轻时候的美丽。

汪主任很诧异康宇轩拿来文件,"董事长昨天没来公司,今天也不来吗?"

"是的,所以由我来处理。"

康宇轩将文件快速看了一遍后交给了汪主任,汪主任冲一旁的许诺也笑了笑,温婉动人。"董事长生病了,为了减小公司影响,也不影响到他的病情,请汪主任不要再多告诉别人。"

"啊？生病了？"许诺在她说话的一瞬间发现她眼睛有些发红。

"是的，住院了。汪主任，如果您有什么事要找董事长可以打我的手机，因为宇轩工作忙，不一定有时间转达这些。我现在将我的号码打到您手机上！"

"好的，许诺！"许诺听到汪主任叫她名字，觉得有些奇怪，她仿佛早已认识她一般，可在公司知道她和康宇轩关系的是少之又少，一个陈瑶，一个是吴志刚，都和她不太搭界啊！

两人走出办公室，康宇轩在许诺的头上敲了一下："真是个小滑头。"

"什么意思？这样说我！"

"故意留汪主任的电话，你以为我看不出来？"

"都让你看出来了就不算滑头啊！我的目的不是留汪主任的电话，是要汪主任留我的电话，做个小试验，康总有兴趣和我一起静观事态结果吗？"

"没有，你就慢慢享受你的小小情感测试吧。"

"好，我去单位了，我打车去就是，你不要管我了，中午记得休息一下啊，脸色不太好。"

"知道了，你小心点。"

透过走廊的玻璃窗，许诺看到外面天空飘起了雪花，"宇轩，看，下雪了！漫天飞舞，好漂亮！"

"是啊，下雪了，你路上注意安全。这么冷的天怎么围巾都没戴？"康宇轩问许诺。

"今天早上出门匆忙，忘记了！没事的，今天还不算太冷，雪花落地都化了！"

康宇轩将自己脖子上的围巾解下来围在了许诺的脖子上。

很快就要放长假了，财务部的工作异常紧张。该付的，该收的，都必须有个了结，特别是员工的工资及年终奖，都必须全部到位。

许诺坐在办公室，不停地审核着各项收支，一上午连厕所都忘记上了。临到中午时分，许诺打了个电话给陈叔，问康建国的情况。陈叔说："挺好的，等会儿家里会送饭来，你不用操心。"

许诺刚刚挂上办公室电话，手机响起，显示的是"汪主任"，许诺无声地笑起来。

"许诺你好，我是汪主任。"

"汪主任好，您有什么事吗？"

"董事长不是住院了吗？虽然他不希望告诉更多的人，我还是想去看望一下他，你方便告诉我他住院的地址吗？"

"没问题，您记一下，"附一院"八楼三病室32床，是个单间。"

"好的，我知道了，谢谢你许诺！"

"不客气！"挂了电话，许诺兴奋得一下子从椅子上站起来，果然，我的第六感没有错。许诺在心里狂喜，仿佛中了什么奖一般。

许诺想给康宇轩打个电话，告诉他自己的试验结果，但想了一下还是忍住了，打什么呢？又不是邀功请赏的事，再说他昨天一晚没睡，上午肯定工作也忙，哪会有心情听这些芝麻绿豆的事？弄不好还是热脸贴上个冷屁股，许诺才不要呢！

原来，有些小小的喜悦无人分享的时候，也会有小小的失落。

康宇轩父亲的生病，也让许诺想到了自己的父母，自己父母幸好平时身体还不错，加上老两口相互照应，还算是不太让许诺操心，加上还有一个年迈的外婆，要想他们到自己身边不太可能。

树欲静而风不止，子欲养而亲不待。许诺想父母一天天在变老，真的需要人在身边照顾，他们不需要你的钱，有人嘘寒问暖就是最大的满足吧。许诺深深体会到了看一眼赚一眼的深刻意义。

想到这，许诺有一种自责，尽管现在大多数人都是这样过的，但是，许诺多么希望自己能成为那一小部分人，能够和父母一起，让他们幸福快乐地颐养天年。

康宇轩父亲的重病给她敲响了警钟，就算是叱咤风云的康董事长，也是说病倒就病倒了，幸好还不至于落个半身不遂之类的，但医生也说了，以后的生活更要注意，万一再复发，问题可能严重得多。

这些，都是许诺要考虑的，原来，家庭主妇真的是有一种心境上的大不同，一家老小，全都要照顾到，而不再是单纯的青年男女爱与不爱的生活。

下午五点，康宇轩给许诺打电话："我来接你，一起去医院。"

一路上，许诺对康宇轩说："今天汪主任打我电话了！"

"这很正常啊！可能有工作要请示。"

"是啊，很正常，不打才不正常呢！"许诺自己在嘴里念念有词，"对了，多多还在说要去看看爷爷呢！"

"还是等我爸再好一点吧，老人家，一看到孙子，又不记得自己的病了，对恢复不利！"

康宇轩说。

"我也是这样觉得的，我说过两天再带他去。宇轩，我们干脆搬到你爸那儿住算了吧！反正房子也很大，这老人家，一不小心就容易出问题。"

"好，听你的，干脆搬过去过年，好吗？反正也没什么要搬的，就搬点衣服什么的就行了。钢琴都不用搬，我当年弹过的还在呢！"

"你爸这次病重是喝了酒吧！"

"我觉得可能和张叔叔有关系，我今天看的一份文件，就是和他有关的。"

"什么文件？"

"高达公司关于盛达广场项目的报告。"

"有什么问题吗？"

"当然写了很多问题，目的就是想再拉一家他们的关联企业进来分蛋糕。"

"你爸就为这个急的？"

"不是急的，应该说是气的。听说早两天和张叔叔碰面了。可能觉得张叔叔有些不近人情啊！"

"那就挺麻烦了！"

"算了，这个先不讲了，反正要过年了，工地也停了工，过完年会做一个了断的。"康宇轩握了握许诺的手。

不知什么时候，天空中又飘起了雪花，密密的如蝴蝶般扑在前面的挡风玻璃上，只是一下子就化了。

95　一起过年

两人来到医院，康建国精神很好，没有睡着，甚至和陈叔在闲聊着，看到许诺和康宇轩两人，责备起来："你们上班挺忙的，就不要来了，宇轩昨晚还没睡的，今天早点回家休息，我没什么问题了，除医生不准我起床，我感觉一切如常了！"

"爸，您可不能大意，听医生的没错。晚上还是我来陪您吧！"

"不行，你工作太累，吃不消，护理人员挺好的，现在你陈叔送饭来了，我特意要护理人员先去吃饭了。"康建国心情很好。

"许诺，叫宇轩回去。过两天真正放假了再要他来陪我。你也不要送什么吃的，家里阿姨都做好了，你放假了再做吧！唉，今年过年只怕要在医院过了！"康建国感叹着。

在康建国的一再坚持下，许诺和康宇轩回了家。

转眼到了除夕，康建国还真是不能出院，虽然精神各方面都不错，但遵医嘱，还是得静卧。

放假了，许诺早早起来，想想这大过年的，虽然康建国在医院，但家里还是得有过年的气氛。这些年许诺没有单独在城里过过年，总是回娘家过年的。突然成为了一家之主妇，还真有些不知所措。幸好陈阿姨和陈叔因为康董生病，两口子都没有回老家，但许诺清楚，作为女主人，还是有很多要准备的。

母亲打来电话，告诉她一些该准备的及一些民风民俗，原来主妇也并不好当。康宇轩则在一旁说："我们尽量简单些，不在乎那些形式什么的，别把自己累坏了。"

吃了早饭，许诺说："我们上街去逛逛吧，也准备一些年夜饭的东西。到时候送到医院和你爸一起吃团圆饭。"

节日的街头，并不像平时那样喧嚣，相反的，这个城市仿佛在一夜之间变成了一座半空的城池。春节是中国人最注重的节日，过年回家，除非实在走不开，谁不是紧赶紧地回去呢？外来者绝大多数都回家了，留在城里过年的人，除了缩在家打打麻将，也就是出来逛街了。陈晶晶一家也回她爸的老家过年了，因此，今年的年夜饭，实际就只有一家人。

三人去了超市，多多欢叫着要坐在购物推车里，要康宇轩推着走。许诺只得再推一辆车，她不停地在货架上选着过年物资，两个男人则在一边笑笑闹闹，好不开心。

"许诺！"循着叫声，许诺看到了正推着一辆购物车的蒋卫。

"蒋卫，呵呵，又碰到了，今天除夕，春节愉快啊！"

"春节愉快。"

"上次分别之后，一直挺忙的，都没时间聚一下，要不今天中午一起吃饭？"许诺热情地说。

"不了，我陪我妈一起来采购的。待会儿还要回家紧张准备呢！今年我叔叔一家和爷爷奶奶都到我们家过年，所以，好多事要做的，我妈又不喜欢在外订年夜饭，所以，够呛，只不过，一大家子聚一起也不容易，吃不是最重要的，就是图个热闹。"

"是啊，主要是团聚。"许诺遗憾着说，"那就下次再约吧！"

"许诺，这一大一小都是你们家的？"

"是啊，宇轩，过来一下，打个招呼，这个就是我上次去河北遇到的记者蒋卫，多多，叫蒋阿姨！"

康宇轩在一旁微笑着打招呼。

"许诺，好幸福啊，两大帅哥陪着你购物。"

许诺呵呵笑。

"许诺，上次的事，我学长一直在跟呢，也许过了年不久，就会报道！"

"真的吗？我以为他们也就是拍一拍就完事呢！"

"没有，听说做为一个重头戏在弄着，只是现在还不方便透露。"

"也好，报道一下，让那些昧良心的无处可逃！少让老百姓受害。"许诺听到这个消息挺解恨的。

两人别过，许诺对康宇轩说："你刚才听到蒋卫说的没，如果是真的，医药行业的大地震啊！"

"是啊，所以，短时间内还可能出现信任危机。我们要严把质量关，不光是胶囊，任何一个品种，任何一个环节都不能出问题。"

许诺回家后就和陈阿姨一起准备年夜饭。康宇轩和多多也忍不住到厨房来帮忙，许诺知道，康宇轩是突然放假，真心想真正放松一下，大过年的，轻松愉快是多么令人高兴的事。

黄昏时候，许诺和康宇轩带着多多，还有陈阿姨一起去医院，和在医院的康建国、陈叔会合。

病房里的年夜饭，康建国虽然不能起床，但谈吐精神却好得很，已不像一个病人。一家子欢乐地吃着年夜饭，看着电视。

许诺突然看到病床边有一个特别大的保温桶，是许诺从没见过的。许诺不免问了一句："这个桶子是陈叔你送来的吗？"

"不是，今天汪主任来看董事长，顺便送来的。"

"哦，汪主任也在城里过年啊！"

"她就一个人，大过年的也没地方去。"康建国对许诺说，许诺从康建国的脸上，却看出比较复杂的表情。

饭后，多多还特别表演了节目：唱了两首歌，还表演了一个他自创的脱口秀，笑得大家忍不住捧腹。

"你们一家三口早点回去吧，有陈叔陪我就行了。"

"爸，大过年的，还是我来陪您！"

"宇轩，你回去吧，你爸现在晚上没什么要做的，除了上厕所的问题，我在这儿陪着基本上也是睡觉。你们年轻人，大过年的，去娱乐娱乐吧！"陈叔对康宇轩说。

康建国也十分赞成老陈的说法："就让陈叔在这儿吧，我们老人家还可以唠唠嗑。"

三人带着陈阿姨一起回家。

晚上，春节文艺晚会开始没多久，多多就喊着要睡觉了。

许诺让多多睡觉以后，开始了她的新年祝福的发送，其实从下午开始就不断有人发送短信过来，只是许诺一直忙，当时就打定主意晚上专门弄一个时段来准备这个事情。康宇轩倒还没有许诺忙，许诺问："你不需要对朋友们新年祝福吗？"

"一般的曾旭会看着办，特别的我明天发，大家都在这个时段发，会堵塞！"

许诺朝他白了一眼，懒人，总是有理由。

"你那个助理曾旭显得很冷血的样子，酷酷的。"

"还好吧，人家好歹也做了三年律师，对了，他是说段子的高手，冷冷地说出来，却让人捧腹。"

"没想到他还有这特长。"许诺自言自语了一句。

农历的新年钟声敲响，城市的夜空变成了一片五彩的花海，各色焰火竞相在夜空绽放，还有不绝于耳的鞭炮声。

"这是我们在一起过的第一个年！"许诺对康宇轩说。

"是啊，以后都会在一起过的。"康宇轩搂着许诺。

"知道吗？当你和多多在一起弹琴的时候，我特别感动，甚至有些心痛。虽然当时并没有告诉你多多就是你的孩子，我当时只有一种想法，你未娶我未嫁的，我一定要和你在一起，不管谁来阻挠！"

"傻瓜，要不是你总是一意孤行，我们早就在一起了！"康宇轩在许诺的头上轻轻地亲吻了一下。

两人站在窗前，看城市夜空明明灭灭的烟火，天空中偶尔飘起的小雪，许诺想到两句诗：白雪却嫌春色晚，故穿庭树作飞花。

室内，温暖如春，许诺静静靠在康宇轩的怀里，内心是满满的幸福。

初一崽，初二郎，许诺和康宇轩大年初二回了趟许诺的老家，因为康建国住院，许诺的父母本想来看望一下，考虑到亲家相见，第一次会面就在病房里，还是不太好，所以，许诺要父母过段时间再去。

许诺和康宇轩下午返回省城，多多坚决要求留在外婆家玩一段时间，许诺只好遂了他的愿。

进城的时候，已是黄昏，冬天，天黑得比较早。十字路口，红灯，一位母亲牵着一个小男孩过马路，突然，她右手提的袋子掉了，苹果散落一地，母子二人十分慌乱，在红灯下捡苹果。许诺看到信号灯上显示48秒，立马打开车门，上去帮母子二人捡苹果，三人捡完，信号灯还有5秒，母亲连声说着谢谢，许诺立刻上车。

"许诺，你反应可真快！"

"帮一下，要不然红灯过了，他们多危险啊，车来车往的。知道吗，有一年，我带着多多去看病，出来没多久，突然下起了雨，当时路上没地方避雨又叫不到车，我急得都想哭了。有位女士开车路过，停了车，叫我们上车，将我们两母子送到可以避雨的地方，萍水相逢，却愿意出手相助，这些年一直记着这件事呢！"

康宇轩什么话也没说，只是伸出右手紧握着许诺的手。

假期似乎过得飞快，也就是在睡了几个痛快的懒觉、走亲访友，还有家和医院之间奔波之中很快过去。

假期一过，面临上班，何况许诺和康宇轩都必须比别人先上班处理事务，许诺呢，主要是单位的中层领导都要求提早一天开个会，而康宇轩则更忙，早几天就开始了一些约会啊、喝茶啊，反正许诺不跟去也就懒得问他，因为他必定会回家吃晚饭的。大过年的，许诺只想对他说多歇两天，但说了估计也是白说，还不如不说。

可喜的是，康建国可以出院回家休养了。

新年上班第一天，十点以前基本上就是同事之间在办公室串门，拜年，彼此给予新年的祝福。

吴志刚这个假期归来显得很精神，面貌一新，许诺不禁取笑了他一句："吴总，容光焕发啊！"

"防冷涂的蜡，哈哈。"吴志刚笑逐颜开。

"是不是有什么喜事？"

"哪有你幸福，我就是这些天睡足了！"

十点后，终于可以在办公室坐下来了，许诺觉得自己也得了假期综合征，因为坐下之后，打开电脑，居然有些不知所措，仿佛业务都生疏了。

陈瑶进来，许诺立马笑了："亲爱的，这段时间我们相聚得少了，也没好好聊聊天，今天中午我们一起去老地方吃饭吧！"

陈瑶笑了笑："好啊，我来也正有此意。"

96 求婚

天天相见的夫妻俩，激情退去，神秘退去，还能笃定一起前行靠什么呢？许诺想起自己原来读过一个故事：

柏拉图问老师苏格拉底：什么是婚姻？苏格拉底叫他到树林走一次，不许回头，然后，在途中取一棵最好用的树木，而且只可以取一次。柏拉图于是照着老师的话去做。半天之后，他拖了一棵不算最好也不算太差的树回来。苏格拉底问："这就是最好的树材吗？" 柏拉图回答：因为只可以取一棵，好不容易看见一棵看似不错的，又发现时间、体力已经快不够用了，而且害怕空手而归，因此也不管是不是最好的，就拿回来了。苏格拉底说：这就是婚姻。

执子之手，与子偕老，这是对婚姻的最高理想。许诺甚至想起康宇轩和她说的关于男人的快乐：喂饱他，和他睡觉，给予安静的空间，仔细想来，其实就是最通俗易懂的婚姻感悟。

晚上康宇轩回得比较晚，一脸的疲惫。

许诺给他准备睡衣，看着他神情不似平日轻松，不禁问了一句："有什么烦心事吗？"

"没什么，只是开了一天的会，脑袋都有些胀痛了。"

"上班第一天就弄这么紧张啊？"

"是啊，要布置很多的工作，还有盛达广场的事。"

"盛达广场？怎么了，张萌萌又搞出什么花招了吗？"

"这次我看不是张萌萌这么简单了。"

"怎讲？"

"张萌萌还有一个表哥，叫杨志洪，是高达的主要负责人之一。这次高达提出要将工程转包给他们的一个合作伙伴。这个公司虽然注册资本不少、各项资质齐全，实际上是个皮包公司，接到工程，绝对又是层层转包，根本就没有任何保障了，并且转包多了，资金层层盘剥，真正用到项目工程上的成本就少得可怜了，哪里还有什么质量可言？还可能出现很多财务纠纷。"

"既然如此，当然就不能同意他们的方案啊！"

"但今天的会议上做了一个初步表决，还是有人同意他们的方案，看来他们私底下进行了活动。"

"会不会他们票数还高于反对票数？"

"那倒不会，毕竟我们这边才是主投资方，但他们这样唱反调，就让整个项目不和谐了，往后要讨论的事还有很多，理念不一致，又怎么能够齐心协力呢？"

"他们只想短期内赚点钱走人，而我们的目的是长远的，真真切切经营好这个项目，谋求长期发展。"

"那这事挺烦的，又不是玩过家家，可能不容易统一吧！"

"是啊，正在搜集相关证据，该出手时就出手，换掉它！"康宇轩说得极为干脆。

"你要是换掉他们，他们会有意见吧，会不会闹出较大的纠纷？"

"有可能对簿公堂，所以现阶段搜集相关违约证据很重要，还有就是有些股东的工作要做通。"

"哦，这些事我也不太明白，帮不上你！"

"傻，你每天开开心心过日子就行了，乱七八糟的事少想。对了。这个事暂时不要告诉我爸，他现在正在恢复期，不能受刺激。"

"知道了，我一般只和他聊一下如何养生保健，保持健康！"许诺回了他一句，"累了吧，要不我去给你放洗澡水，泡个澡？"

"呵呵，有没有美人共浴？"

"讨厌，不是挺累的吗？还老没正经。"

"逗你笑就不累了。"

"对了，我今天八卦地问了一下汪主任的情况！"

"哦？怎么问的？"

"今天在厨房不是发现上次汪主任送食物来的桶子还在吗？我就对你爸说了一句要还回去，顺便说了句汪主任多大了？气质挺好的！结果你爸就接了我的话啊！"

244 我只在乎你

"怎么说？"

"他说汪主任五十岁了，在公司十多年了。年轻时和一个工程师结了婚，宫外孕，失去了生育能力，结果就离了婚，这些年一直一个人，也是个受了不少苦的女子。"

"我爸说的？"

"是啊，挺了解她的情况的。"

"在他身旁十多年，了解这些也正常。"

"下次我就要问一下为什么汪主任这么多年还在原地，没有任何升迁，按理，她应该有很多机会的。"

"果然是许八卦，我发现你每天都会有些新鲜想法，有的甚至稀奇古怪的。"

"懒得理你，给你放洗澡水去了，你准备洗澡！"

康宇轩洗完澡一边用浴巾擦身子，一边对许诺说："许诺，过几天就是情人节了，我们过一个有意义的情人节好吗？"

"怎么叫有意义的情人节？"

"我们结婚去，怎么样？以后结婚纪念日也容易记。"

"这就是你的求婚吗？卧室里的求婚。"

"我早就想说了，只是现在又刚好想到了，你看，多有气氛。"

"这叫有气氛？"许诺苦笑，"别人求婚不是都要特别浪漫，鲜花啊、下跪啊、戒指啊，戒指哪怕是用草编一个也好，这些你一样都没有，看来真是以为我嫁不出去了！"

"你真俗，先等着，我变个戏法出来！"康宇轩不理会许诺的念叨，穿着浴袍，走出卧室，许诺靠在床上，看他到底要变个什么戏法出来。

"闭上眼睛。"康宇轩进来命令许诺，许诺乖乖闭上眼睛，感觉她的手被他握起，然后有指环套上了她的无名指。

原来这家伙真的准备了戒指，许诺睁开眼睛，一颗偌大的钻戒稳稳地套在她的手上。

"宇轩，你不觉得这颗钻石配我的手指显得大了点吗？"

"我觉得正好，在这皮肤底色衬托下，钻石闪闪发亮，你还别说，要是过于白皙的手戴上，钻石就没这么亮！"许诺知道，多年前他就取笑过的，如今他如愿以偿了。

"不过怎么尺寸刚刚好？"

"那当然了，趁你睡着的时候我偷偷量了的！"

许诺傻傻地笑。

"怎样，情人节我们结婚登记去？"

"还能怎样？年纪一大把了，又拖儿带女的，没有退路，只能去啊！"

许诺一副极不情愿的表情。

"早知你这么恨嫁，我这戒指还省了呢！花了大价钱。"康宇轩又开始对许诺进行嘲笑了。

"我叫你省……"许诺的拳头毫不犹豫地落在了他的肩膀上。

第二天一上班，陈瑶就闪进了许诺的办公室，"许诺，你们俩的事怎么样了？你是入住了豪宅，结婚没有？不结婚没保障的，女人还是要学会为自己着想！"

"准备情人节去登记。"

"不错，祝贺你啊！"

"我可一点准备都没有。"

"不用准备什么，准备好你的幸福心情就好。许诺，我好羡慕你，虽然原来过得很艰辛，但却有着与众不同的爱情故事，现在是一个幸福的小女人。"

"羡慕啥啊，就像你说的，今天不知道明天，谁知以后什么样子呢？"

"人在河边走，难免湿鞋，看紧点吧，良心话！"陈瑶幽幽地说。

幸福，什么是幸福？幸福，不就是平淡的相守、相视时的会心微笑、还有柴米油盐的平凡生活吗？

康宇轩不是一个浪漫的人，但一想到他，她会觉得很踏实。

许诺想，红颜易老，真正的美丽，不是青春的容颜，而是绽放的心灵，有些事，管，有用吗？纯粹靠自觉吧！不是还有物极必反的说法？一种责任，约束的是男女双方，两人只有心灵的契合，相互包容和理解，才能一直走下去吧。

97　遭遇车祸

工作一周后的星期天，许诺和康宇轩一起回娘家将多多接回省城，多多也要上学了。两人顺便说起了准备下周去登记的事，母亲说："是该把这事办了，我看你们次序全颠倒了，事已至此，我虽然观念古板，也只能随便你们了！"

许诺望着康宇轩瞪了瞪眼，康宇轩也不作声，只是老实地在一旁听着，带着微笑。"现在年轻人脾气都挺大，两个人一定要学会相互忍让相互体谅。"母亲给两人上了一堂婚前教育课，临走时，许诺说："等春暖花开的时候，接爸妈和外婆一起到省城小住。"

外婆说："是办结婚酒吧？是办结婚酒我就去，要不我不去！"

"您不去我也要绑着您去！"许诺对外婆撒娇，外婆爱怜地拍了拍她的屁股。

吃晚饭的时候，康宇轩也将要去登记的事情告诉了康建国，康建国十分高兴:"好,这是大事。本来约定要和亲家先见过面的,我这一病,都耽搁了。至于婚礼怎么弄,就一定要好好合计一下了。"

"爸,我们还没想这么多呢,先合法了再说!"

"你小子……"康建国也只能一笑了之。

2月14号,星期二,许诺和康宇轩一起去民政局登记。当康宇轩从包里掏出几包糖给工作人员时,许诺在一旁笑了,这家伙,他怎么想起要准备的?

两人各执一本红本本出来,许诺问康宇轩:"你怎么想起要带糖的?"

"开玩笑,做这种事我可是做足了功课的,把它作为一项重点工作来完成,第一调查研究,第二不耻下问,自然就懂套路啊!要是稍有差池,今天就办不成了。"

许诺想:这个人,说他不浪漫吧,细微处还挺有心,心里虽然想着甜蜜蜜,嘴上却说:"今天要是没办成,我们可以选六一儿童节再来办!"

"许诺,你童心未泯也不必要萌到这种地步吧,好了,放心了,今天顺利得很。从今天开始,你就是合法的康宇轩的太太了。"

"小康同志,老婆一般都要掌握财政大权的,你是否要上交?"

"不是早交了吗?什么卡都交给你放在保险柜里了。"

"那些就是?我都没注意看,我想想也就是几张卡,又没密码,和一张废纸没什么不同。"

"你也太大方了,我全部身家就当废纸,密码就是你生日,现在知道是不是晚了点?转移财产都没来得及。哈哈!"

许诺只能狠狠地给他一白眼。

康建国还在休养阶段,偶尔也会去一下公司,但都不会太久,陈叔就会把他送回来。康宇轩成了大忙人,不出差的时候,许诺只能在床上碰到他,出差的时候,则只有电话联络。

这天下班后,许诺回家,进家门,却听到张萌萌的父亲在大声对康建国说着:"康宇轩这个家伙做得也太过分了,这明摆着就是要把我一脚踢开,老康,你可得主持公道。我还真没想到他是这样的人,亏我萌萌还一直喜欢他!"

因为看到许诺进门,许诺本想打个招呼的,但张父一脸怒容,也不和许诺打招呼,直接离去。

许诺看到康建国在沙发上沉思。

"爸,怎么回事?"许诺不免多问一句。

"刚才你也看到了,宇轩这家伙在盛达广场项目的协调会上,直接要高达坐冷板凳,他啊,恐怕是操之过急了点。"

97 遭遇车祸　　247

"可能对方一直在下面做小动作，我原来听他说起。"

"张总现在和原来不同了，加上他侄子的管理，公司变化较大。等宇轩回来我问清情况再说。他今天又不回来吃晚饭？"

"是的，他说有个招投标项目今晚一定要完成标书，他得盯着点。"

"他是忙。许诺，你没有意见吧，老公一天到晚见不到人！"

"没有，他忙说明公司业务好嘛！"

"其实啊，要是为了穿衣吃饭，我们家，不说两辈子，就是三辈子也吃不完，但是企业做到现在这个程度，就不光是我们家的穿衣吃饭了，而是一种社会责任了。你要多多理解啊！我年轻的时候就是不落家了，现在想想，也留有遗憾。现在信息时代，各方面比原来更迅捷方便，我会和宇轩说，尽量多陪陪家人，工作重要，生活也同样重要。"

康建国的一席话令许诺动容。其实，叱咤风云的人，所追求的不过也是平静祥和的日子。

许诺本想再问一下康建国这些年，怎么没想过再找一个伴的，转而觉得现在问起可能太唐突，于是起身去厨房帮忙。

厨房陈阿姨炖了汤，许诺突然想晚饭后给康宇轩送汤去。也不知是不是受欢迎的人。

晚饭后许诺安排多多做作业，并要他听爷爷的话，出门去给康宇轩送汤。康建国看到许诺给康宇轩送汤满脸笑意，连声说："好好好。"

许诺驾车前往，半路上看到前方一辆红色跑车，在她前面靠边停车，因为许诺和此车相距太近，小心超越时，侧头看到驾驶此车的居然是张萌萌，车上下来一个高大稍有点胖的男子，男子下车后飞快地在路边拦了一辆的士。

许诺到地下车库停了车，上了电梯，一楼上来一男子，许诺认出就是刚从张萌萌车上下来的男子，男了按了16楼的键。

许诺在20楼下电梯，敲响康宇轩的办公室门，在听到一声"请进"之后，许诺推门而入。办公室里，康宇轩正和助理曾旭在聊天。

"你怎么来了，许诺？"康宇轩有些诧异地问。

"你不是加班吗？给你送点汤来补一补。"

康宇轩听了许诺的回话居然呵呵一笑。曾旭立马站了起来："康总我先出去了！"

"要不要一起喝点汤？我带得挺多的！"许诺招呼冷面曾旭。

"不用了，我还有事。"曾旭居然难得地对许诺微笑了一下，出门并关上了办公室的门。

"表现这么好，居然还送汤来！"康宇轩将许诺的肩搂了搂。

"是啊，为了让老公赚更多的钱，当然得照顾好他的身体啊，革命的本钱嘛！"许诺边说边盛着汤。

"原来动机不纯啊，我以为只是因为太想我呢！"

许诺呵呵笑："对了，刚才在路上看到张萌萌的车了。"

"哦？这么巧？"

"是啊，我看到有个男的从她车上下来，并且这个男的可能是你们单位的，刚才和我一起坐电梯，在16楼下的。"

"16楼？什么样的男的？"

"高高的，有点小胖。"

康宇轩飞速放下手中的汤碗，拨通了电话："曾旭，参与这次投标方案的有几人？知道标的呢？你立刻到我办公室。"

不久曾旭敲门而入："康总，怎么回事？"

"刚才许诺看到招标中心的蒋立伟从张萌萌的车上下来，这太不正常了，他正好是标书制作参与人，高达也是这次的投标公司之一。"

"明白了。到现在为止，我们最终的数字还没定稿，蒋立伟负责的是其中一块，但也不排除他有可能了解别的人负责的部分，因为平时大家最终是会有交流的。"

"这样子，现在把每人负责的模块单独进行，并且告诫大家不得相互打听，还有，最终的标的，由你来汇总，只能你我两人知道。"

"好的，我现在就去通知。"

曾旭出去了，康宇轩坐在沙发上沉思着。

"未必张萌萌还玩起了无间道或者潜伏？"许诺问。

"这可说不清，谁都想得到的蛋糕，自然就会不择手段。"

"那现在怎么办？估计是透底了。"

"好在还有时间修改，我还是清楚张萌萌的性格的，她肯定会在我们的基础上下调标的，估计不会超过2%，太低对她自己不利，下调太少，和我们太接近容易引起别人怀疑。"

"那我们就只能再次下调报价了？这样损失不小吧，标的多大？"

"只是一点损失总比得不到强。我还有另一套方案，比现在的更优化，就是为了防止出现这种情况的。这个只会在曾旭汇总以后进行修改，会将原来的方案中某些部分作修改，标的会低一些，但实际上我们采用优化方案，损失并不会有表现数字看起来这么大！"

许诺有些害怕，真的像打仗一般，这些事，她从来不曾知道原来一个个数字后面，还有这么多复杂的故事。

"许诺，早点回家吧，我估计要很晚了。我叫司机送你回去！"

"不用了，我自己开车来的，自己开车回去就是了！"

"听话，大晚上的，要是白天倒没什么，晚上还是叫张师傅送一下，他看到我加班，也一直没走，让他送送你，活动一下，估计他待在办公室也无所事事。"说完,他打了个电话:"张师傅,麻烦你到我办公室来一下,送许诺回去!"

"好,我回去了,汤还可以再喝点,保温桶里还有。"

"知道了。"康宇轩走过来在许诺的额头上轻轻地亲了一下。

许诺坐在回去的车上心潮起伏。她知道今天看到的一幕,不过是他工作中小小的一部分。看来,如何做好贤内助,还真是任重道远。

所谓商道即人道,小胜在智,大胜在德,许诺还真的觉得自己要好好品一品这些句子的内涵了。不知康宇轩有怎样的感悟。

星期五,许诺开车上班,康宇轩因为上次投标,今天上午是开标的日子,他早早从家里出发了。

车上了立交桥,桥上的车子较多,上班时段,这里一直车比较多的。许诺直行,但感觉右侧的一辆小轿车一直在往她这边靠拢,许诺心里有些慌乱,为了避免撞上,许诺条件反射般只能将方向盘向左打,结果悲剧发生,只听见"咔嚓咔嚓"的声音,一辆大货车在许诺的左边,将许诺的车从左后门一直挤到前门,然后就是反光镜被挂掉的声音……许诺吓得在车里大叫,完了。

许诺将车停住,旁边的大货车也停住了,外面是呼呼的车来车往,许诺吓呆了,坐在座位上不知所措。

怎么办?许诺是头一次遇上这种情况。打电话给康宇轩?不行,今天他有重要事情,分不开身。对了,打给陈瑶。

陈瑶听到许诺的电话,第一句就是:"人没事吧?"

"人没事,就是车子现在和货车扭一起了。"

"那就打保险公司电话。"

因为许诺一直没下车,大货车上有人下来,一个男人在右车窗敲了敲。

许诺将车玻璃摇下来,男人说:"你报保险了吗?"

"你撞了我,你不报吗?"

"谁说我撞了你?明明是你的责任,你越线行驶!"

许诺也懒得和他争,看看后面因为两人的车撞在一起,已引起了交通拥堵。

保险公司还没来,却有骑着摩托车的警察来了。

"怎么着?还准备摆在这儿摆看啊?报保险了吗?拍照了吗?还不动就一起拖交警队去慢慢处理。"

许诺这才从车右边下得车来,看清楚了,与之相撞的是一辆水泥搅拌车,巨大的车身,挺吓人。许诺遵照警察的指示拍了照,警察对搅拌车司机说:"移一边去处理。"

司机上了车,许诺再一次听到"咔嚓"之声,两车终于分开。

车子摆到了匝道,货车司机下车,对许诺说:"是你的全责,我也不要你赔，我一个小时800元，赶着去工地，我的车不要你赔，你自己负责自己。"

"还真牛，一个小时800元。"许诺在心里暗骂。但自己对这个事故没底，只好对他说："保险公司来了再说吧！你说我全责我就是全责？大不了到交警队去判。"

"行行行，等你保险公司来！"

不久保险公司来了，许诺将照片给定损员看了，定损员说怎么引起的？许诺将当时情况对定损员说了一下，定损员说："傻，你在直行，右边的车靠过来，就是他的全责，你这样一避让，架在了左边线上，你全责了。"

"没经验嘛。"许诺老实地说，其实，当时根本不存在有没经验的问题，当时第一反应就是要避让。

货车司机还显得很大度地说："我的车就不要你赔了，先走了。"

许诺仔细看了一下他的车，除了一道小得很难发现的细纹，它根本没有任何损坏，真是鸡蛋碰石头，有苦还没处说。

许诺开着已半边开花的车随保险公司的业务员去定点定损点定损，途经一立交桥，许诺慢慢拐弯，旁边站着几个男人，直接对许诺的车指指点点，甚至有一个大声对着许诺说："慢点开，搞成这样了还敢上路！"许诺狂晕，这种情况又不能掩面而逃。

定了损，旁边就是一修理厂，业务员说："你也可以就在这家修或者另外找地方，因为你没有买4S店的险，所以理赔只能按普通的，到4S店修的话可能要自己贴钱，在这儿修就完全不用自己出钱。"

许诺根本不想考虑钱的事，而是想就地解决，一是不好意思开个半边坏了的东西上路，二是自己惊魂未定，已不适合驾驶，刚才一路开过来，感觉手有些抖，脚发软。

办完手续，已是快十一点，许诺正准备和修理厂的人商量一下具体修理方案，康宇轩打来电话："许诺，在哪儿呢？打办公室电话没人。"

"在外面，一大早出车祸了，还没到办公室呢！"

"车祸？人没事吧？"对方一下子紧张起来。

"人没事，就是车子刮坏了半边。"

"人没事就好，现在在哪儿？"

"在修理厂。"

"那我来接你，你告诉我具体位置。你等着。"

许诺只好告诉他位置，完了不忘记问他一句："你今天投标结果怎样？"

"当然是好消息了！"

听着他说是好消息，许诺沮丧的心情一下子好起来。想想刚才的场景都有一些后怕，简直有些泰山压顶的架势，当时第一感觉就是，恐怖！

康宇轩很快就赶到，见面就拉着许诺上下查看一番，发现果然没有损伤，才去看了一下许诺的车,只摇头,连声说:"幸好人没事!"

修理店的老板玩笑着对康宇轩说:"老板,自己开这么好的车,给老婆换个经得撞一点的。"

康宇轩笑了,对许诺说:"看来真的要换一台了,要不以后在你的车周围包上海绵?"

许诺不高兴了:"我才不要换呢,知道今天是什么车撞了我吗?你就是给我换个坦克估计也会受伤。"

"什么车撞的?"康宇轩问。

"水泥搅拌车,就是工地上用的那种大家伙。人家调子高得很,每小时800元,没时间和我耗。"许诺又将当时的情形告诉了康宇轩,还将手机上的照片给他看,以此证明,这个家伙是如此庞大。

康宇轩听了许诺的讲述又看过照片后,神情凝重,只是对许诺说:"把这照片发我邮箱一下。"

许诺问:"为什么?"

"没什么,就是想查下是哪家公司说话这么牛啊!"

许诺坐在车里,终于平静了些许。

98　如狼似虎

因为许诺的车子进了修理厂,许诺上班,康宇轩理所当然地成了司机。

"许诺,要不你换台新车,这个修好了照样还给公司就是。"

"不用啊,我喜欢康总当司机。是不是某些人不情不愿的,才当第一天,就开始动员我赶快买车。"

"我当然不拒绝给许总监当司机了,拍拍马屁还来不及。只是,你没看到修理厂的老板怎么笑话我的?"

"人家就是一玩笑,你别当真,真换上好车,我所有心情都会变,代步的工具而已,我的要求不高,只要防日晒雨淋,钥匙一拧,能上路行驶就OK。"

"看来我这老婆还是好养。"

"那也不一定,某些方面可能比别的女人苛刻。"

"那倒是早就看出来了,温柔的时候像小猫,生气的时候是老虎。"

"怎么?有意见?"

"我能有什么意见?我逆来顺受。"康宇轩一副小媳妇儿模样逗得许诺哈哈大笑。

临下车,许诺对康宇轩说:"为了感谢司机先生,我主动献上 goodbye kiss。"说完主动飞快地在康宇轩右脸颊亲了一下。

"受宠若惊，我明天还送。不会是个司机就有这待遇吧？"

"当然不是，要长得帅的才行。"许诺呵呵笑着下车，正好在门口遇到陈瑶，陈瑶也和许诺打趣："许诺，上班规格蛮高啊，老板亲自当司机了。"

"当司机的时候就不是老板了，呵呵。"

下午，同学阿梅给许诺在 QQ 上发来一条消息：你还记得高小英吗？我有她消息了！

许诺当然记得高小英了，同寝室的室友，当年，一个喜欢在白玉兰花瓣上写诗的女孩子。许诺记得第一年刚入大学就和她同一寝室，某天的黄昏，她手摘一朵花送给许诺："我今天在校园的角落里居然发现了它。送给你。"

许诺接过花："很漂亮啊，是什么花？"

"它叫含笑，是一种芳香花木，香幽若兰，临风莞尔。它的花语是：矜持、含蓄、高洁，是我最喜欢的。我们家属院子里就有，我没想到在学校也看到了。"

许诺听完她的介绍，也喜欢上了这种小小的花，当然，对高小英的深刻印象也是从这天开始的。

当年的高小英很爱好文学，是一个颇有才情的女孩子，许诺最记得在这个城市玉兰花开的季节，校园里的白玉兰竞相开放，而高小英总会收集到花瓣，在花瓣上写上诗，然后做书签。

这样的书签许诺也得到过不少，现在还记得其中一句诗是：你看我时很远，你看云时很近。许诺当时看到她写上这样的句子，朦胧着，却也不曾深究她。

大学她一直就是这样诗意、丁香般地过了四年，没有和哪个男生恋爱，但总是诗情画意，这和略有一点粗线条的许诺倒也有几分相像，因为都是没有恋爱的人，自然就有时间常在一起处。

高小英的家就是本市的，和别的本市的同学不同，别的同学一到周末就把一周的脏衣服打包，然后高叫着"回家吃好吃的了"回家去，周一又会大包小包吃的穿的带过来。而高小英总是和外地的同学一样，吃饭睡觉洗衣服，平平常常，偶尔周末还不回去。听说家里有一个酗酒的父亲，母亲则只喜欢她的弟弟，所以，大多的时候，她是沉默的，写一些文字，她的倾诉全在于笔端纸上。

毕业后听说她找工作也不是太顺，后来进了一家百货公司，但不久之后就听说得了病，再后来，大家就和她失去了联系。

许诺还记得早两年她和同事去云南旅游，导游指着一株树说："这个叫含笑。"当时许诺在一瞬间脑子里晃过的全是高小英的样子，莫名的深刻。

阿梅说星期六上午约了同室的宋点一起去，当年同学留在省城的并不太多，和许诺偶尔有联系的也就这几个人了。

星期六上午，许诺因为约了阿梅早早出门，康宇轩难得可以在家休息，许诺到处找车钥匙，最后才想起车子没有修好在修理店，康宇轩笑许诺是许健忘，许诺只好征用了他的车，很体贴地告诉他，人就不征用了，在家好好休息，带儿子。

许诺和阿梅早到了，在咖啡馆等宋点，她要先将孩子送婆婆家。

阿梅家里条件不错，后来进了一家国企，国企改制后成了上市公司，她现在也是中层管理人员，老公经商，生意挺顺，所以她现在各方面都挺不错，唯一的苦恼就是减肥。

许诺笑话她："你看你，做饭带孩子和家务请了两个人，你学学我，自己带着孩子又做家务，体重十年如一日地保持着。你还得到健身房受苦，又要节食、吃减肥药，何苦呢？"阿梅呵呵笑，伸出指甲上绣了十朵花的双手："你觉得这种艺术品好意思随便做家务糟蹋吗？"

许诺只能说："那你就继续艺术吧，其实，肥胖也是一种艺术，你瞧外国油画里的女主角，哪个不是丰腴得很？别减了！"

"问题是我们家那口子从没受过这种文化的熏陶，我还是得减。"

宋点到后，三人聊起了高小英的事，宋点说："我前段时间到融城百货的时候，正好碰到高小英的妈妈，她退休后继续在百货公司当理货员。因为原来也到过她家，和她妈妈还算熟。我就问了一下她的情况，听说很不好，待会儿大家要有心理准备，听说残疾了。"

"什么？残疾了？不可能吧，原来也是漂漂亮亮的女孩子。"

"是的，她妈妈说的。毕业后她到一家公司上班。好像是爱上了一个男孩子吧，男的有女朋友的，自然不可能和她有什么，她性格内向，又一直暗恋，久而久之，就得了青春期忧郁症。到医院治疗后好些了，回到家，一次和她爸不知什么原因吵了起来，她直接就从家里二楼跳了下去，摔伤了腿，由于家里条件一般，没有及时做彻底治疗，瘸了。"

许诺听得心里一阵发冷。三人起身，准备出发。阿梅说："我今天没开车，老公送我来的，许诺你呢？"

"我开了，坐我的。"

当许诺在停车场按动遥控，阿梅就大叫起来："许诺，你抢银行了？"

"抢什么银行？"

"你看你，我记得你公司给你配的不是这样的。"

"老公的。"

上了车，阿梅继续八卦："你这些年我一直疑惑你神神秘秘的，没看到过你老公，却养着孩子，是不是当了别人小三？但据我看，你又死活做不出当小三的事！"

"正儿八经的老公好吧，谁小三啊，不信照片为证。"许诺掏出手机，递给阿梅，许诺偶尔喜欢拍点照片，比如在康宇轩不注意的时候，比如在他和儿子玩乐的时候。甚至偶尔也玩玩自拍，只是从不晒出去，只是留在手机里没事的时候偷着乐一下。

"还真是有老公，而且还帅得一塌糊涂，许诺你为什么命这么好？"阿梅看着照片大叫，"我羡慕嫉妒恨。"

宋点在后座笑了："阿梅，哪有硬把人家原配当小三的。"

"我们等下去看小英总不能空手去吧！"许诺问。

"这样，等会儿在她家附近买点水果，另外再放点钱吧，她现在挺困难的。"

"这样好，只是她原来是自尊心很强的人，我们还是要注意方式，要不要给她，交给她妈吧！"

"她妈偏心，不会将钱给她弟弟吧？"

"这样啊，那我们见机行事。"三个女人你一言我一语的。

来到高小英家，筒子楼，应该是原来老国企分的宿舍，非常老旧。高小英的母亲来开的门，看到同学到来，叫着："小英，你同学来看你了。"

从里间，一拐一拐地走出一个大婶模样的人，这就是当年窈窕淑女的高小英？许诺震撼了。那张有些浮肿的脸上，许诺还是找到了熟悉的五官，只是，眼前的这个人身材肥胖，两条腿的下肢居然不是并拢的，而是有一条向外扩张着，所以走路才一拐一拐的。

许诺想哭。当年的美貌少女，变成了如今这般模样，原来也自嘲自己叫大婶，看到高小英，许诺真的只想哭。

高小英的谈吐并没阿梅先前介绍的一般不正常，她思维挺正常的，这个屋子里最醒目的就是一台电脑，高小英说她打字挺快，平时喜欢上上网。

"你怎么变这么胖了？"许诺直截了当地问。

"虚胖呢，吃多了药之后的后遗症。"高小英答着。

"看到你们真好，好高兴啊！"

"我们也很高兴。"三个在车里叽叽喳喳的女人，这个时候没一个人说话流畅的。

许诺看到桌上有一本《红楼梦研究》，问高小英："这是你平时看的？"

"是啊，我现在闲时没事做，参加自学考试，汉语言文学专业，我一直喜欢这个专业，原来学财务真是报错了。"许诺汗颜。

三人和高小英又聊了许久，渐渐地，许诺还是发现她的思维偶尔会出现异样。三人出门时对高小英说："你现在有了我们的QQ和电话，没事多联系，有事我们能帮忙的决不会推托。"

然后叫上高小英的妈妈："阿姨，您出来一下，我们有事想和您聊聊。"

四人来到楼下，阿梅将三人在车上就已准备好的信封交给高小英的妈妈，

"阿姨，小英的情况我们才知道，一下子也不知如何表达，这一点心意请您收下，为她买点吃的或者书吧！"

高妈妈推托了几下后收下，一脸无奈："小英的病时好时坏，前段时间硬是说给她做心理辅导的医生喜欢她。"

"您照顾她多费心了，我们会联合一下同学，看有什么帮得上的没，保持联系。"

三人上了车，一阵沉默。许诺先开口："高小英当年为什么要跳那一下？忧郁就忧郁，至少也还落个健全人，当年一水灵灵姑娘，现在变成这样，太可惜了。"

"也许正是因为忧郁才跳的，家人有责任，听说是和她爸吵架的。"阿梅说。

"你们说要是给她找个男朋友是不是病就好了？也有人好好照顾了。"

"你想得倒是很好，谁会爱上她现在这个样子？虽然原来满腹才情，现在的男人都现实了，你还真以为会出现一个情感活雷锋？"宋点回了许诺一句。

"要不就给她找个工作，这样有寄托，也能养活自己。"许诺说。

"找过呢，原来在街道做打字员，这个倒是腿部也不影响工作，但她还是思维上有点问题，没做多久人家就把她退了。"宋点说。

"我看还是同学们发动一下，看能不能将她这精神方面的问题解决，她的腿部问题是已经没法治了。"阿梅说。

许诺情绪低落地回到家，康宇轩看到她无精打采地回来："怎么了，见了老同学，这个样子回来了？"

许诺将高小英的事情向康宇轩说了一遍，康宇轩说："性格决定命运，我觉得这句话还是有一定道理的。许诺，你觉得是不是这样？"

许诺仔细一想，也没错，如果当年的高小英阳光一点、开朗一点，也许就不会忧郁、也不会残疾，当然就不会落到今天的田地。

"是啊，性格决定命运，我一定不要让我的儿子忧郁，要让他阳光开朗积极向上！"

"晕，你儿子还忧郁，我看整个就一放飞的小鸟，你今天上午不在家，他简直在家闹翻了天！"

"你在家都不管的吗？"

"他又没做坏事，闹一闹也没关系啊，管什么！"

"他人呢？"

"现在陪我爸到书房玩去了。"

"康宇轩，你为什么总是要我做恶人呢？未必我在儿子面前得个温柔慈祥的母亲形象就不可以？"

"你反正形象已毁,做人要有一贯性,你就保持吧。"

许诺不得不向康宇轩动起了拳头,多多正好下楼,"妈妈,你和我们班女生一样暴力。"

"你说什么?"

"我们班女生啊,现在女生都好暴力的,动不动就骂人打人!"多多在一旁一本正经地说着。

"世风日下。"康宇轩对许诺笑着说了一句。许诺突然意识到自己是不是表率做得不够好,以后在孩子面前更加要注意了,父母是孩子最好的老师嘛,言传身教很重要。

晚餐的时候,康建国说:"我身体恢复得不错,准备下周开始上班了。"

"爸,你可还是要当心,这个病不能激动,也不能再喝酒了。这酒,您戒得了吗?"

"为了身体健康,自然要下狠心。"

"我会叫你旁边的人都监督你。"康宇轩说。

"这倒好,老了老了吃喝上没一点自由了!"康建国笑着,无奈地说。

"宇轩,我觉得你也要注意,年轻的时候就要多加注意,才能保持健康,对了,还有锻炼,我看到小区里早上和晚上都有跑步的,要不你也跑跑?"许诺对康宇轩说。

"好啊,一起?"

许诺想哭,一个好的建议,居然自己被拉下水,许诺最讨厌的就是跑步,当年800米考试就是有男生在旁边助跑,最后基本上是扯着别人袖子才跑完勉强合格的。现在想起来都丢人。

晚餐后,康宇轩拉许诺出门,"走,我们先到小区考察一下跑步的路线?"许诺一万个不愿意跑,也不能拒绝提议,只好出来。

虽然还只是早春,已是"吹面不寒杨柳风"。康宇轩牵着许诺的手,闲闲地走在小区里,温暖惬意。

"宇轩,我最讨厌跑步了,你跑吧,我每天用散步来追你!"

"亏你想得出!不过你说的锻炼是没有错的,要不我们去会所打球?"

"打羽毛球吧,我比较擅长一点!你不要告诉我你不会!"

"你放一百二十个心,你别被打趴下哭脸就行!"

深夜,许诺依然在整理着衣柜,康宇轩走过来说:"田螺姑娘,还不睡觉吗?"

"等会儿就睡,刚才和你去散步费了很多时间,没来得及整理衣服!"

"早点休息,明天整理,衣服也不会跑掉。"他在一旁笑着说。

99　冷战

　　星期二，阿梅说有两个外地同学来了省城，大家一起吃个饭。许诺欣然前往，于是早早打电话给康宇轩："我今天有同学聚会，不回家吃晚饭！"
　　"巧了，我也有同学聚会，也不回家吃晚餐！"康宇轩对许诺说，"你们在哪儿聚？"
　　"还没定好，因为有一个同学还没到，阿梅负责，我只管去吃饭！"
　　"行，你注意安全，早点回家！"
　　"你也是，康总。"
　　"知道了，管家婆。"
　　许诺的同学聚会定在了东湖楼，主要方便两个外地同学，他们订的酒店就在那附近。
　　两位男同学，赵志勇和胡军，一个原来是班上的开心果，一个，平时则少言寡语，如今他们同在一个系统，这次一同来省城参加同系统的培训会。
　　席间，赵志勇还是没改原来话多的习惯，先是对阿梅、许诺和宋点三位女同学如何如何保持漂亮大赞一番，然后就开始了他的大学生活的精彩回忆，其中包括在男生寝室用热得快煮火锅的故事，让许诺等人捧腹，而胡军，原来在学校不太作声的，这些年也变了不少，现在从事办公室主任的工作，一天到晚就是陪客户，所以也活跃了不少。
　　大家谈了各自的近况，甚至说起了高小英的情况，赵志勇对胡军说："胡军，当年你好像还暗恋过高小英的，你要是当年说出来，也许人家的人生就不会这样了，现在这个样子，你是有责任的。"
　　胡军呵呵笑，许诺问："真的假的？"
　　"没有呢，只是当年她喜欢写诗写点文章什么的，我在这方面也有点小爱好，所以，对她稍微关注些。我们都是内向型的，不合适。"
　　许诺也陪大家喝了一小杯红酒，席间，去上了一趟卫生间。
　　路上正好有一个服务员向旁边包厢上菜，许诺听到一句："康少你别躲，干了这杯。"
　　许诺突然觉得有条件反射般，是不是康宇轩也在这儿？于是放慢脚步，偷偷往里瞄了一下，果然是他。
　　"康少，今天无论如何要陪兄弟们去KTV玩一玩，听说那儿有不少养眼的美女。"
　　"听说康少是个怕老婆的主，怎么敢去？"另一个男人的声音。
　　"谁说怕老婆？别乱讲！"康宇轩的声音。
　　"那好，我们吃完后赶赴第二战场。"
　　服务员出来，带上了门。许诺听得刚才一席话，内心突然非常不舒服。

KTV 里绝对是有很多漂亮小姐陪唱歌的。

难不成他真的和这帮人一起去？以前是不是也经常去？行，以前去就去，我不管了，可是现在你不都结婚了还去？也许只是随便答应的，并不一定会去，许诺有些忐忑。

许诺上了一趟洗手间回来，脸色明显不对了，阿梅问："许诺，你怎么了？"

"没事，可能刚才陪你们喝酒喝急了，我本来就不会喝的。"

"许诺同学精神可嘉，陪同学喝酒这么卖力。"赵志勇笑话着。

"待会儿女同学们可有空？要不赏个脸我们一起去 K 歌？"天，怎么也是 K 歌？

"KTV？"许诺脱口而出。

许诺说要回家带孩子，不能再参加活动，另外两位女同学也建议下次再聚，于是，大家在饭店分别。

许诺回家，陈阿姨说董事长也没回来，所以只有她和多多一起吃晚饭。多多在楼上练钢琴，许诺拿了一本书在旁边陪着，却一页也看不进去。

他，去 KTV 了吗？许诺的脑子里乱七八糟的想法全来了。

十点，他还没有回来，十一点，康建国回来了，他还没有回来，他肯定和他们一起去了。十二点，他回来了。

许诺很生气，虽然没有睡觉，但根本不理他。看到他并没有怎么喝酒的样子，但就是心里硌硬。

许诺干脆不理他直接上床睡觉，他问："我的睡衣呢？"

"自己找！"许诺回了一句，朝一边睡下，不再吭声。

不久，康宇轩洗完澡上床，伸出手想搂许诺的肩膀，许诺背对着他冷冷地说："晚了，睡觉吧！"

"你怎么了，今天有点不对。是不是见什么同学见成这样子了？不是有句话说同学聚会，拆散一对是一对！"

"神经病，睡觉吧！"

康宇轩没再言语，熄了灯。许诺其实久久都无法入睡，甚至想到他晚上美人在怀的情景，不禁伤心地流下了眼泪，只是，旁边的男人，早已睡着了。

第二天许诺醒得很早，早早起床，本来现在都是司机老陈送多多的，许诺起得早，准备早早送多多上学，顺便再上班。

当康宇轩从楼上下来，看到许诺带着多多已准备出门了。他疑惑地注视许诺的脸，许诺将头扭开，躲避他的眼神，匆匆出了门。

这天许诺下午早早就打电话给陈阿姨，说有事不回家吃晚饭也不能接孩子。

下了班，许诺回到了自己原来的房子，已经好久不住了，房子里早已布满灰尘。

许诺心情很坏，开始对房子进行打扫，想让劳动冲淡一些烦恼。一边打扫，一边想事，原谅他？可是心里就是生生的别扭啊！

许诺明知两人现在的生活来之不易，可这并不是忍让的理由吧。别的都可以忍，可这个就是不能忍，许诺一边抹地一边抹泪。

许诺将整个房间都做了一番清洁，又是窗明几净，才觉得肚子有点饿了。柜子里还有一桶泡面，烧了点水，吃了泡面，想想，还是回去吧，儿子还在家呢。

许诺到家，康宇轩还没有回来，许诺将儿子安置好后，自己也洗了澡，早早睡觉。

兴许是累了，居然很快就入睡了。

康宇轩什么时候回来的，许诺不知道，反正第二天醒来床上已经没人了，但根据睡衣脱在床头的样子，昨晚他肯定是回来睡觉了的呢，只是，早上很早就走了，平时上班他没这么早的！

无精打采地过了一天，康宇轩一个电话也没有，许诺自然也不会打给他。晚上，没有回来吃饭，许诺又不好意思问康建国和陈阿姨，怕他们看出他们在闹别扭。深夜，他依然没有回，许诺在浑浑噩噩中睡了过去，第二天早上醒来，她可以确定，他一晚上根本没回。

许诺有些心慌，早上去给多多准备校服，多多对许诺说："老爸说这次出差给我带好玩的礼物！"

"出差？"

"是啊，他不是昨天出差的吗？他在电话里答应我的，绝不会骗我。"

原来出差了，许诺的心才稍许放下。一晚上没回，也没个电话，足以让许诺惊慌的。

康宇轩出差了，原来出差，每晚必定会打上一个长长的电话，偶尔也会传个短信，许诺白天无数次拿起手机，无任何他的信息，偶尔有个信息，也只不过是问要不要发票或者楼盘广告之类的垃圾信息。

看来，康宇轩也生气了。他还生气了？许诺心里更来气。到底是谁做违反原则的事啊！

周五晚上，晚饭后许诺在卧室看书，《你若安好，便是晴天》，买了挺久了，一直没读完。她听到多多在楼下大叫一声"老爸"，许诺想，康宇轩回来了。接着就听到康宇轩陪多多上楼，并且听到多多说着："这个玩具可真厉害！"

看来是陪儿子玩去了。

许诺也懒得出去，装作不知道他回来了。

康宇轩进得卧室，许诺望了他一眼，没吭声，他也望了她一眼，沉默了一下，终于开口："许诺，到底怎么回事，这个态度？"

"没什么态度啊。"

"我还不知道你吗，出差前就冷冷的，现在我出差回来了，还是这个样子。"

　　"你出差和我讲了吗？我又不知道！"

　　"你不知道你不会打电话问吗？这些天你一个电话都没打给我！"

　　"你也没打给我啊！"许诺反驳。

　　"许诺，以前你从不主动打电话给我，我可以理解，你女孩子矜持，需要男人主动些，现在你是我老婆了，老公没音讯了难道不应该问一问吗？"

　　"你不同样没有音讯，并且还莺歌燕舞的。难不成还是我错了？"

　　"你真是无理取闹，我都有些怀疑你是不是真的在乎我！我都有些怀疑我当年的坚持是否正确。"康宇轩提高了声音。

　　许诺听到这一句，心里发紧，原来，他真的是动摇了，说了男人都是会变的，果然，变得还挺快。

　　许诺不再言语，康宇轩进浴室去洗澡，许诺觉得胸闷气短，套上外衣，提着挎包和陈阿姨打了个招呼就出了门。

　　夜晚一个人开车在街道上，才发现不知去哪里。想找个朋友出来聊聊，大晚上的，还是不打搅的好，能聊的，也不过就是陈瑶和徐朋，各人有各人的生活，她们各自家中小孩都不大，需要人照看。一个人去酒吧买醉的事许诺做不出来，上次陈晶晶就是个例子，如果真出点什么事，康宇轩会杀了她吧，自己也不能原谅自己的。

　　女人和男人生气了，不外乎两种结果，一是回娘家，二是shopping。许诺的娘家离得远，不可能回去，再说即便是就在同城，依许诺的性格，也不可能晚上跑回去，别吓着父母了。那开解自己的办法自然就只有去购物了。

　　许诺将车拐进了五一路的购物商场。

　　只是让许诺自己都没想到的是，居然莫名其妙就去了男装部，真是搞笑，都吵架了，干吗为他买东西啊。许诺恨恨地去化妆品柜台，女人，要善待自己，这张脸不能掉以轻心。

　　阿梅就曾和她说过，她那张脸所耗已超过了一辆宝马。她随便算了一下，进口化妆品，一年下来，瓶瓶罐罐近十万，在美容院打了VIP卡，一年下来，也要好几万，再加上偶尔打个针什么的，所以，近几年的支出至少一辆宝马320，并且还用得无影无踪。

　　许诺笑话她，这果然是一张用金子堆出来的脸。

　　许诺从不上美容院，自从过了28岁以后，使用的化妆品也比较讲究了，只是，平时不化浓妆，只注意基础的护理，所以，她的支出告诉阿梅，让阿梅羡慕不已，恨恨地对许诺说："问题是你没花什么钱，这张脸皮肤还挺好的。"

　　"其实你可能就是美容院去多了，皮肤损坏了。"许诺也不懂，只有胡乱找理由，未必还对人家说："我是天生丽质。"

许诺在化妆品柜台买了洁面膏和爽肤水，这两种都快用完了，在付款的时候，在收银台前居然碰到了汪主任。

"汪主任，您也逛商场？"

"是啊，买点护肤品，快用完了，感觉今晚天气不错，就出来逛逛，我就住这附近的。"

"难怪！我是路过，也是想起有需要添补的。对了汪主任，您上次送食物的保温桶还在家里呢，有空我带给您。"许诺说。

"没什么大不了的，一个小桶子，别麻烦了。"

"汪主任，忙吗？我反正今天挺闲的，要不就到旁边的咖啡馆喝一杯？"许诺提议，因为咖啡馆正好就在化妆品区的旁边。

汪主任略作考虑，"好，我反正也没什么事！"

两人在咖啡馆坐定，端上了各自的咖啡。

"汪主任，听说这些年您一直一个人？"

"是啊！"

"怎么没想起找个伴？"

"年轻时节也找过，遇到各方面都合适的，但人家想要有自己的孩子，我不能再生育，所以就放弃了。慢慢地，年纪大了，对婚姻越来越没信心了，所以，就一个人过着。"

许诺能够理解她的这种心理，原来自己这些年何尝不是一一体会过？

"您在康盛挺久了，一直在这个位子，没想过动一动？"

"我清楚自己的能力，就觉得能把办公室这一块的工作做好，这些年做下来，也得心应手了。董事长原来给过我升迁的机会，到下面一家公司任副总，但我觉得还是适合现在这个岗位，就没有动。"

许诺看到她提到董事长，不免顺着说了句："董事长其实这些年也一直是一个人。"

"是啊，董事长是个值得敬佩的人。有担当，人也正直，对太太一往情深！"

"这就是他一直一个人的原因？我和宇轩结婚不久，倒还不太了解这方面的情况。"

"应该是吧，还有一个原因可能是儿子大了，怕儿子反对。家大业大的，谁愿意没事把家庭弄复杂呢？"

"宇轩不反对呢，他觉得他爸现在年纪大了，要是真有情投意合的人选，他不反对。汪主任，您也知道，儿女再孝顺，总比不上老两口相互照应来得体贴。"

汪主任的眼圈微红了一下，看来也是很感性的人。

一杯咖啡喝完，汪主任对许诺说："晚了，早点回去吧，你还有一段路，我倒是就住附近。"许诺也站起来，心里却在暗自叫苦："我回什么去啊，我就是离家出走的。"

告别汪主任，许诺坐在车上沉思，还是想打个电话给陈瑶，摸透了挎包也没找到电话，对了，在家里充电呢。

这下还真的是无处诉衷肠了。得了，还是去自己的房子里吧，早几天才打扫干净的，正好今晚去睡一觉。

许诺将车直接开到了原来的小区，我许诺又回来了，春风还是昨日的春风，只是，今天的我，是属于离家出走投奔旧巢，而不算回家。

许诺进了家门，突然有一种陌生感了。关上门，心情跌至谷底。今天康宇轩的话也太伤人了。居然说当年的坚持是否正确，明摆了是有了别的想法。一直忍着没哭的许诺，终于在这个寂静的空间放声大哭起来。

100 小屁孩

哭累了，许诺蜷在沙发上迷迷糊糊睡着了。

迷蒙中，响起了敲门声，许诺以为自己在做梦，最后确信是自家的门在响。大晚上的，许诺一下子紧张起来。

许诺怯怯地问："谁？"

"我！"许诺听出来是康宇轩的声音，打开了门。

康宇轩进来，许诺不禁伏在他胸前带着哭腔捶打他："原来是你，吓死我了！"

康宇轩搂着她："怎么回事？许诺，你到底怎么回事，一直和我闹。我洗完澡出来就没看到你影子了。"

"楼上楼下找你也没看到，打电话，手机在家里响。我都不知道应该到哪里找你，大晚上的！我想来想去你能待的就这里，刚才在楼下看见这里果然亮了灯。"

"我闹，还不都是你惹的。"

"我怎么惹你了？"

"你还记得我同学聚会那天吗？"

"记得啊，我们都有同学会啊！"

"那天我们吃饭也在东湖楼，我上洗手间的时候，正好路过了你们包厢，听到你们同学在说你怕老婆，你反对了，还有，你们晚上去了 KTV。"

"就因为我说了不怕老婆？"

"不是，男人在外面肯定不能说怕老婆的。我生气是因为你和他们一起去那种有陪唱的 KTV。"

"我没去啊！"

"你还撒谎,他们说要去你根本没反对,那天晚上你十二点才回的,要是没去,会回得这么晚吗?"

"天地良心,我真没去。不信你问晶晶,她男朋友约了一个老板想要我和他们喝茶聊天,我正愁没理由脱身,正好接到晶晶电话。"

"才不信,你可是当场答应人家去的。"

"傻啊,场面上的话。总不能当众唱反调,会弄得没一点气氛,大家都不开心,真正去与否就可以私下找理由了,这样不会影响大家情绪。不信你问晶晶,看我那晚是不是和他们在一起。"康宇轩掏出手机准备拨打。

"谁要你打电话啊,"许诺一把夺下,"这事还去问人家,丢人!"

"你也知道丢人啊,只会和我闹。"

"那你今天说话也挺伤我的,说什么都怀疑当初的坚持。"许诺还是不依不饶。

"你天天和我冷战,我消失这几天你一个电话都没有,我不伤心啊,老公死活都不管,我一时的气话。"

"你一晚没回来,我吓坏了,结果多多早上告诉我你出差了,我才放了心,但你平时出差都会和我打电话的,这次你一个电话都没有,我自然也生气,不打给你。"

"就知道生气!知道吗?我这几天过得很不好。我以为你多少也会来关心我在哪儿。"康宇轩敲了敲许诺的头。

"你以为我就过得好啊,我以为你真生气不理我了!"许诺又想哭了。

"这下不生气了吧,还离家出走,以后有事说事,不准出家门。"康宇轩狠狠地搂住许诺,"走吧,回家了。"

这次许诺紧紧牵着康宇轩的手下楼,"各开各的车回家?"许诺弱弱地问。

"坐我的车,明天再来这边取。"许诺只能乖乖听话。

回去的路上,听着音乐,康宇轩说:"许诺,你也是通情达理的人,为什么你每次和我闹就像个小屁孩?不知道的还以为我找了个小老婆。"

"你的意思是对我意见很大?"

"没有,就是觉得家里要哄两个小孩。"

"讨厌。你说要是那天晶晶没有打你电话,你会和他们一起去吗?"许诺继续发问。

"你还有完没完?"康宇轩斜了她一眼。

"我很好奇。"许诺扯着他的衣袖摇着,半撒娇半当真。

康宇轩看了许诺一眼,表情神秘:"看我心情了,如果老婆对我好,我自然是不去的,如果天天对我冷漠,去一下也无妨啊!"

"你敢,我打断你的腿!"

"你看,果然暴力,连多多都这么说你。"

许诺无言以对。其实许诺这几天也想明白了，以康宇轩现在的位置来说，从不去这种场合不可能，人在江湖，身不由己，尽管这是她生生地讨厌和心痛的。她能理解他，也信任他，相信他会有他的底线，但是，一个女人，总不可能大方到"没事，你去吧，好好玩"。

表明立场，至少让男人即使去了某种场合，也会有所顾忌。偶尔种种，那就睁一只眼闭一只眼吧。

星期六，少有的春光明媚的天气，许诺对康宇轩说："今天我们去公园玩吧，叫爸一起，还有陈叔陈阿姨，集体大春游。"

"好啊！"

在许诺的动员下，大家收拾了一些吃的喝的用的，上午十点出发去公园，多多叫着要坐爷爷的车，许诺就只和康宇轩一台车了，"多多这家伙聪明，你看，不当电灯泡，直接到我爸车上去了。"康宇轩和许诺开着玩笑。

许诺白了他一眼："哪有说自己儿子是灯泡的！真是不像个父亲。"

大家在草地上铺开了一张毯子，摆上食品，康宇轩和多多去草地上玩去了，陈叔两口子去上洗手间了，许诺和康建国坐在草地上晒太阳，康建国看着儿子和孙子在草地上欢跑也忍不住呵呵笑。

"爸，问您个问题。"许诺突然开口。

"什么问题？"

"有些八卦的问题，您别在意啊！"许诺吐了吐舌头。

"说来听听，有多八卦？"康建国依然保持微笑。

"您这些年一直一个人，就没想找个伴？"

康建国沉思了一下："年轻的时候忙，当时连儿子都没时间管，根本没时间来考虑这些，再说你老公的脾气你应该清楚，要是给他找个后妈，他肯定不会有好脸色，何必搞得家庭不宁呢。"

"其实他不反对你有一个情投意合的老伴呢，年纪大了，可以相互照顾，也可以过得比较充实。"

"哦？他叫你来问的？"

"没有，这只是我喜欢多管闲事，随便问起的。对了，昨天我碰到汪主任，我们聊了一会儿天，她对您可是非常敬重又很有好感的呢！"

"你这孩子，果然喜欢管闲事！不过，我觉得我还是挺高兴宇轩和你结婚的。你们小两口恩爱，我终于可以经常和儿子一起晚餐，和孙子一起玩乐，我已经很满足了。汪主任，我们既是上下级，这么多年，也算一个朋友吧，当时我将宇轩和你的事和她讲了，她就是劝我一定不要乱阻止破坏。"

许诺想难怪第一次见面，她就叫出了她的名字许诺，原来，还有这些故事。许诺觉得，有些事，她应该好好策划一下。

多多玩累了，吵着要吃冰淇淋，许诺和康宇轩只好带着他往公园的服务点去买冰淇淋。许诺埋怨他："又不是夏天，为什么一定要吃？"

"刚才玩得好热，去吃一个嘛，我刚才看到有个小朋友也在吃！"

"真是个馋猫。"许诺拍了拍他的屁股，多多呵呵笑。

"康总！"有人远远和康宇轩打招呼。

"王总好。"

"呵呵，你也带孩子来公园玩啊！"

"呵呵，一样，今天天气好嘛。"

许诺看到这个叫康总的男人，也是一家三口，许诺感觉男子有些面熟，再仔细一看，原来是自己以前给做过兼职的一家建筑公司的老板王岳峰，只是现在他的样子比当年足足胖了一圈。

王岳峰也是看了许诺好一会儿："许诺，你是许诺吧？"

"是的，王总，很久不见了。"

"哦，你们认识？"

"当年我小公司的时候，就是请许诺做我们单位兼职会计的。真没想到世界如此小，许诺是你太太，看来咱们的合作是有渊源的。"王岳峰很是兴奋。

"是吗？合作愉快，今天不谈工作，各自带家属玩乐，呵呵，下周再碰头！"康宇轩和王岳峰就此别过。

"许诺，你和这个王岳峰认识？"

"是啊，六七年前给他公司做兼职会计。他的表哥和我是同学，是他表哥介绍我给他们公司做财务的，说是我这个人不错，稳重靠得住，我做了不到两年，后来他公司发展很迅速，兼职会计不能满足需求，他曾问我是否愿到他们公司做专职的，我考虑了一下还是留在了湘南，没有去，就辞了这份工作。"

"哦，你原来做兼职啊！"

"是啊，财务人员做兼职很正常啊，我最多的时候做了四个公司的。但我都是要求我只负责账务处理，不负责跑税务局，要不，会影响我的正常工作。"

"傻子，做四个兼职，我的钱不知道用！"

"没想起过任何人会无缘无故给我帮助，一切靠自己呗，当时恨你还来不及，怎么清楚你会兑现你的承诺？"

"多多，一定要对你妈妈好，你妈为了你可吃了不少苦，听到没？"康宇轩突然对多多说。多多懂事地说："知道了！"

"你和这个王岳峰有合作？"许诺问康宇轩。

"是的，我们最新的中标项目会和他们公司合作，据我了解，他公司口碑还不错。"

266 我只在乎你

"噢，他公司现在什么情况我不了解，但当年我在他们单位做了近两年的兼职，觉得他人挺不错的，挺实诚的一个人。对了，当年他就问起我老公做什么的，因为他知道我有孩子嘛，我说是在国外工作。你记着这一点，也许以后的合作中难免谈到当年的事。"

"知道了！你胆子挺大，没老公的时候到处骗人说老公在国外。"

"没办法啊，总比不清不白强一些。现在和高达什么情况了？原来好像闹得很不愉快的。"

"他们的提议被否决，所以，只能按我们的方案进行，这个方案已在会上通过表决。如果他们想继续这个项目，那就只能按照表决的方案进行。现在他们也只能如此照办了，要不，就只能出局，什么也捞不到！"

"张萌萌没有对你进行报复什么的？"

"这个……"康宇轩沉默了一下，"没有。"

"今天我八卦地问了你爸为什么不找个伴呢！"

"哦？你果然够八卦，他怎么说？"

"当年忙，加上怕你受影响，所以没作考虑。"

"不过，要是当初他真找，我可能真的会和他闹翻的。年少时很多事不太懂，任何一个女人也不可能替代我母亲的位置，当年我可能也会像班上几个父母离婚的同学一样，成为叛逆少年。"

"现在呢？"

"现在人成熟了，男女之间的爱情、夫妻之间的相处之道我也稍有了一些经验，我觉得，如果真的是两情相悦、对方也没什么不良动机，他找个伴也未尝不是一件好事。"

"呵呵，你果然成熟了。"

"还不成熟，都要熟烂了！"

星期一的下午，许诺正忙着审批各项费用。财务部的小谢扭捏着敲门进来，平时风风火火的性格，怎么一下子这样了呢？

"你还好吧？有事吗？"许诺疑惑着问她。

"诺姐，有个事想和你商量一下。"小谢一边说一边递给许诺一张纸，上面第一行最醒目的四个字：辞职报告。

"怎么回事？在这儿做了好几年了，做得好好的。"

"诺姐，我准备辞职去结婚。"

"结婚？你不是上个月还在哭着喊着要别人给你介绍男朋友吗？"

"是啊，但我上周不是休年假吗？去了丽江，在那儿遇到一个男人，我们都觉得很合适，准备闪婚了。"

许诺望着她半天说不出话。

"才一周？就结婚？你确定？这个男人可靠吗？"

"确定，我们觉得各方面都很相配，你也知道，我都快28岁了，天天和父母哥哥嫂子住一起，每天下了班还得回家做一家人的饭，我觉得这日子过够了，我想嫁了，就过二人世界。"

"就算是结婚，和辞职有什么关系？结婚有婚假的啊！"

"他不是我们这儿的人，嫁鸡随鸡，我决定到他工作的城市去。"

"小谢，闪婚，这样匆匆作决定，工作也辞了，到陌生的城市发展，举目无亲，有了委屈，倾诉的人都没有。要不要慎重考虑一下？"许诺发现自己有点老大妈的语重心长。

"考虑过了，正好不想待在这个城市了，真的，我的家庭我真是呆腻了。"小谢说得很坚决。

许诺知道再多说也无用："那你什么时候离开？"

"公司的规矩我懂，要提前一个月申请，人事部也会招人来接我的职位，要么一个月，如果提早有人来接手，我就做到有人来接手吧，放心，诺姐，工作上的事我一定交接得清清楚楚的。"

许诺只能祝福她，婚礼的时候一定要通知自己。

小谢关上门出去了，许诺挺震撼。闪婚，老天，真是跟不上形势了。在许诺的理解中，怎么可能这么短的时间内就可以了解另外一个人？性格、家庭、喜好等等。当年自己玩的可不算是闪婚，因为她和康宇轩有几年的感情基础，但他们是闪离，一个暑假，结了还离了，当年的两人，真的挺搞笑，现在想来，五味杂陈。不过，他的爱，始终如一，和他走到一起，这是她这一辈子从不后悔的决定。

许诺打了个电话给陈瑶："陈瑶，麻烦管人事的给我们财务部招一个成本会计。"

"成本会计？小谢不就是吗？做得挺好的啊！"

"闪婚，要辞职了。"

电话那头半天没声音，许诺挂了电话，不久，陈瑶就推门而入，她，原来也不是一般的八卦，估计就是来听故事的。

许诺将小谢的事告诉陈瑶，陈瑶也是感叹如今的年轻人，果然是潇洒。

晚餐的时候，正好康宇轩也在家吃，许诺将同事闪婚的事和他说了，他呵呵笑，许诺说："要是你遇到个女的，一周就闪婚，你会吗？"

"我可做不出来，我思想传统。"康宇轩冲着许诺眨着眼睛，都什么时候，居然想放电。

康建国在一旁说话了："许诺，什么时候接你父母来这边，我们见个面！还有，你们准备什么时候举行婚礼？原来我不同意，你们执意在一起，现在我举双手赞成，你们倒不急了？"

"爸，你什么时候批我长假？我哪有时间恩爱啊结婚啊！"康宇轩在抗议。

"我准备下周休息日接我父母过来，您有时间吗？"

"这是大事，没时间也要挤时间出来。"康建国说，"至于长假的事，我没办法批，你自己想办法，你的工作我管不了。"

"婚礼，我不懂这些，没经验。"许诺老实回答。

"你有经验才怪，你不用担心，有专门的婚庆公司的。"康宇轩在一旁笑话许诺。

"我觉得我们不要举行什么婚礼，直接来个旅行结婚就是。"许诺说。

"那怎么行？我们家很久没有热闹过了，再说这样，对你父母也不好交代，以为我们康家看轻这个儿媳妇呢！"康建国一脸严肃地说。

许诺想：这都是做给别人看的吧，我自己心里有数不就行了，只是现在也不方便反驳，到时候再说吧，反正根本还没提到议事日程上来。

101 我的女王

婚礼对于每个女人来说，也许从小就会幻想，穿上白色的婚纱，被一个英俊的王子把自己带走。许诺参加过一些同事的婚礼，热闹，基本上算是中西合璧。先是婚纱，宴会上会再换上婀娜的旗袍，就像表演一整套仪式。只是，这个仪式，所有的亲朋欢聚一堂，不也正是对一对新人的爱情见证和祝福吗？尽管累，尽管也不符合朴素节约原则，但人生，不就这么一次吗？谁想留点遗憾呢？

许诺在没有成为未婚妈妈前也做过许多关于结婚的梦，最早的时候，她甚至梦到她的王子是开着车来接她的，那时候她还小，车子还是很奢侈的事物，后来，时代变化日新月异，车子已成为日常消费，许诺做的梦就是到国外，最美的地方去完成她的婚礼，教堂、古堡、花海，都在她的梦里。但自从成了未婚妈妈，她就不曾再多想自己会有如何特别的婚礼了。带个孩子，要找个合适的，难，找到合适的，也许人家也年纪大了，二婚了，估计也就是一个简单的仪式应付一下。

许诺静下心来，觉得婚礼还是简单的好，最亲的家人或者朋友简单地一起吃个饭，然后去旅行，想到这，许诺希望自己的想法得到康宇轩的支持，当然还有父母的支持。父母向来不是奢侈虚荣的人，许诺相信这个工作应该比较容易做。

不过目前许诺倒觉得有件事一定要康宇轩配合自己，那就是婚纱照。许诺想复杂的仪式可以省略，但婚纱照还是有必要好好去照一下的，瞬间的永恒，老了也可以再次看看彼此年轻时俊美的容颜和年轻时幸福温馨的定格。

睡觉前，许诺将自己的想法告诉了康宇轩，康宇轩一口答应："听你的。我明天打电话给晶晶，要晶晶陪你，她是时尚达人，听说有个同学就是专门搞婚纱设计的。"

第二天下午，晶晶果然打来电话："诺姐，我等下过来，咱们一起去订婚纱。我哥会晚点过去。"

许诺想康宇轩的行动还真够快的。

当陈晶晶将许诺带到某婚纱机构的门面，许诺说："听说这里是全城最贵的，没必要到这里吧！"

"诺姐，你还怕我哥付不起钱吗？别的不要管，只管要漂亮，一生的重要时刻。这里是高档婚纱定制和摄影及婚庆一条龙服务的。当然，就像你说的，不是一般消费，但重要的是服务品质，你就放心的全交给他们吧。"

许诺想这和自己的想法又大相径庭了，原来自己只想到某个摄影机构，拍拍照，特别是拍拍外景的。现在正值春天，外景可以是樱花，甚至是油菜花，都很漂亮。

许诺和陈晶晶听取了服务人员的介绍，当许诺打开一本本精美的图册，再去看橱窗里一件件如艺术品般漂亮的婚纱设计，没有哪个女人不为之动心。

康宇轩不久之后也来了，他整个就当一好好先生，对许诺说："你负责，我只负责作陪。"

服务人员将大致的流程说了一遍，许诺也说出了不想做很大婚礼的意见，服务人员说："根据您的意见，我们会有一个详细的方案供您参考，今天您和先生要做的就是选定好礼服。因为根据您的需求，要进行定制，需要一段时间。"

三人从婚纱店出来，许诺说了句："太复杂了，还没开始怎么就感觉累啊！"

"就是累也被幸福的喜悦所代替。"陈晶晶说着，"看到你做这些，我都想结婚了！"

"那就结啊，对了，你和何俊林发展得怎么样了？"

"还算平稳吧！他还想事业上有所突破再结婚。"陈晶晶说。

"晶晶，我觉得这个何俊林还算靠谱，你别一天到晚给他压力，结婚这种事，想结就结，结婚和事业又不冲突。你们现在的条件又不缺少什么！两个人感情稳定的话，结了婚，能够更好地发展事业。"许诺劝陈晶晶。

"可人家作为男人又没求婚，总不能我去求啊！"晶晶恼火地说。

"哈哈，原来是这样，这小子。我找他谈谈。"康宇轩在一旁笑着接过了陈晶晶的话。

第二天是三八国际妇女节，单位给女同胞们放假半天。许诺和陈瑶计划两人逛一下午，然后找个安静的地方吃饭，好好地犒劳一下自己。

临出门前，许诺给康宇轩发了一个短消息：小康，今天是国际妇女节，你没有任何表示吗？

很快有回信：不是放了半天假吗？

许诺回了个忧郁的表情。

对方没再有任何回复，啊，果然是不解风情的主啊！

许诺和陈瑶逛了一下午，女人就是冲动的，两人乱七八糟买了一大堆后，正商量着到什么地方晚餐。

许诺的手机收到短信，康宇轩发来的：许八卦，三八节快乐，今天一起在外面吃晚餐。

许诺回了一条：我约了陈瑶，你约得太迟了，我不能做重色轻友的事！

对方再回一条：那就一起，友和色都不得罪。

许诺对陈瑶说：小康同志说请我们俩一起晚餐。

陈瑶直摇头：放过我许诺，我才不要做电灯泡，我不会说你重色轻友的，最多说你好色轻友，哈哈。

恰好这时，陈瑶的手机也响起："你今天不开会了？好，那你来王府井接我！"

陈瑶接完电话，对许诺说了句："老公！"

"哈哈，原来都是重色轻友的。"

"既然如此，咱们就在附近喝杯咖啡，等男人们来接吧，今天我们过节，我们最大。"许诺回复了康宇轩，告之在王府井等他。

张胜利很快就过来将陈瑶接走，康宇轩影子都没有一个。

六点，他终于打了许诺的电话，说到了地下停车场。

"和家里说了吗，不回家吃晚饭？"许诺上车问康宇轩。

"说了，还说了不回家睡觉！"康宇轩答。

"怎么回事？"许诺疑惑地回答。

"某个女人已主动向我要求过几次要开房了，我今天遂了她的心愿。"

"谁说要开房了？"许诺想到自己确实说了两次了，一次是以为得病了，一次是他过生日，想想这两次都有些脸红，没想到今天还是被他取笑，所以，死不承认。

康宇轩将车子直接开到了某五星级大酒店，来到前台，报了预订的房号，取了房卡直接进电梯。

"怎么回事？还没吃饭就进房？"许诺问。

"是啊，有些事比吃饭更重要啊！"康宇轩答。

许诺气得翻白眼，又不知这家伙葫芦里卖的什么药，肯定还有什么没说。

许诺左顾右盼，也没发现什么异样，康宇轩说："你怎么显得有些紧张？"

"是啊,我好紧张,第一次嘛,怕碰到熟人,以为我到这儿和一个男人偷情!"

"哈,那你是有点说不清了,我老实告诉你,这个房间不是以我的名义订的。"

许诺顿时石化。这家伙到底说真的假的?

进得房间,许诺没发现有任何异常,于是放松,踢掉鞋子,一下子扑倒在床上,"啊,今天下午逛街可真是累死我了。"

"许诺,你上床也太急了点吧!快点准备,吃晚餐。"康宇轩在打了一个电话之后不久,果然就有侍者送上了晚餐。

"节日快乐,许八卦,在你专属的节日里,今天我把我自己送给你做礼物,任你使唤!"

"任我使唤,你确定?"

"当然!"

许诺一听来劲了,立马爬起来:"吃饭,吃饱了才有劲折腾,我今天要做女王。"

两人各怀心事地吃着饭,一个是诡异的笑,挖空心思想如何折磨;一个是不知待会儿命运如何的苦着脸。

吃完饭,许诺第一句话就是:走,我们到山上看星星去!

"你说什么?到山上看星星?"

"是啊,麓山啊,晚上好多人去的,车子还可以开上去。"

"我们别折腾了,做点室内运动算了?"康宇轩说。

"不行,我们从没一起去看过,去浪漫一次?我是女王,你得听我的。"

"行吧,女王陛下!"

当两人来到麓山脚下,广场上有一个眼镜男生在黄昏里弹着电吉他唱歌,他前面的盒子里放着三三两两的零钱,旁边还有一副架子鼓,估计同伴暂时离开了。许诺向康宇轩使了个眼色,不过就是想给他一点小挑衅,没想到此人居然大方上前在架子鼓前坐定,配合着眼镜男生唱的《海阔天空》,还打得有模有样。

许诺忍着笑在盒子里投入了十元,返回后,看到有观众开始陆续向盒子里投币,看来,这个带头作用起得不错。

一曲完了,眼镜男深深鞠躬,康宇轩立马站起来闪很远。

许诺追上他:"你跑什么?"

"打得有点差,怕挨打啊!"

"挺好的,真的,你自己不觉得吗?"

"不觉得,手生了,这个男生唱得还不错。"

许诺哈哈笑:"关键是有不少人投钱,真的,康总,我觉得你失业了还可以找这样的职业，也能赚到钱。"

"我失业了才不怕，有老婆养，人家可以兼职做多份工作。"

"你这个吃软饭的。"许诺给了他一拳。

两人终于站到了麓山顶上，才发现，星星已不见了，乌云来了。

春天的夜晚，山顶上人挺多的，许诺不禁深呼吸，"你看，站在高处看城市的夜景，多么美丽！"

"美丽，就是折腾得挺远！"

"至少老了我们可以回忆，曾一起看过星星啊！只是某人可能人品问题，连星星都躲起来了。"

"许诺，发现你还真有点小坏，挺会折磨人。"

"好不容易才逮到的机会，我会放过吗？小康，君子一言，什么马都难追，你必须得说到做到，今天十二点以前，任我使唤！不着急，待会儿回去你再给我做个全身按摩就可以放过你了！"

两人回到酒店，已是十一点，许诺其实也已经有些累了，于是对康宇轩说："我先去洗个澡，待会儿你再帮我做过全身按摩就可以了，到十二点还有一个小时，就到十二点吧，今天就算过完了。"

等许诺洗了澡出来，发现某人冲着她神秘一笑。

"笑什么？"

"没什么。"

"来，按摩！"

"不行，我也得先洗澡！"

"行，快点去。"

许诺看了一下表，十一点半了。这家伙未必是想拖延时间？

果然，直到十一点五十五分，他才从浴室出来："我的女王，按摩开始了，我将全身心地投入，请配合。"

他根本就是一顿乱按，还故意对许诺挠痒痒，许诺实在受不了。

"说，还折磨吗，女王！"他狠狠地问她。

"不折磨了！我也不要你按摩了。"她痒得不行了。

康宇轩终于停止破坏性的骚扰，吻住了正求饶的许诺……

102 我爱你

"宇轩，我爱你！"他的热情让她的这五个字脱口而出。许诺是一个怯于直接表达爱意的人，从未向他说过爱，只是在此刻，这三个字是如此强烈地脱口而出。

"我也是，宝贝！"他似乎觉得是一种意外惊喜。

第二天两人从酒店出来，康宇轩送许诺去上班。上车时许诺看到后座上有几个空的矿泉水瓶，许诺拉开后门准备将瓶子扔到垃圾桶。

"别扔，我留着有用的。"康宇轩对许诺说。

"这空塑料瓶留着有什么用？"

"我给曾旭留的。"

"曾旭？他要这个有什么用？"

"曾旭的父母去世得早，是爷爷将他拉扯大的。现在曾旭在省城买了房子，就把爷爷接过来住，但他爷爷近八十岁的人了，就是闲不住，白天没事就到街上去捡这些，曾旭不准他去捡，于是发动大家，只要有的就留着，他每天下班就丢一袋放在家门口，他爷爷第二天早上可以捡到这些，老人家就安心了，不用到大街上去捡，免得曾旭担心。"

"曾旭不是你助理吗？薪水应该不少吧，还养不起他爷爷？"

"他薪水不低，但他爷爷习惯了，闲不住，总觉得不能让曾旭养着，希望能多帮衬他一些。"

"可怜天下父母心。"

"现在和曾旭熟悉的人都会帮他留着这些，丢在办公室，让他每天可以拎点东西回去放家门口！"康宇轩说。

许诺突然觉得可以理解曾旭的酷了，也许并不是刻意装的，只是生活经历让他习惯这种表情吧。

"曾旭有女朋友吗？"

"怎么？准备拉郎配吗？这家伙有没有我还真不清楚。我没你这么八卦。"

"不是，随便问一下，我想他要找的人肯定首先得理解他的这种家庭背景。"

许诺陷入沉思，这种与生俱来的血脉相连，不以贫富贵贱而改变，这就是亲情。亲情无价，是一种伟大的力量，趋使人们努力向上、向前。

第二天下午，许诺的手机响起，许诺看了一下号码，显示是圆圆。电话接通，"诺姐姐，你可要帮我！"圆圆在电话里是急促的哭腔。

"怎么了圆圆，有事慢慢说。"

"诺姐姐，我男朋友遇到事被公安局带走了。"

"男朋友？"

"嗯，我前段时间不是告诉你找了一个男朋友吗，结果昨晚他被公安局的抓走了。"

"你现在在哪儿？"

"我在××派出所。昨晚他被带走，我以为只是去问下话，结果今天还没出来。我不好意思麻烦宇轩哥，只好打电话给你。"

"圆圆,你别急,我想一下,等下打给你。"

许诺挂了电话,脑子一团糟,想来想去,还是得找康宇轩。

许诺打通康宇轩的电话,从他说话比较简洁低声可以听出在开会,于是她尽量讲简单点:"圆圆的男朋友被警察带走了,有没办法帮忙?"

"我知道了,我通知曾旭找你,他会想办法。我正开会。"

不一会儿,曾旭打来电话,许诺将圆圆的电话告诉曾旭,要他干脆直接问她情况。不久,曾旭打来电话,要许诺和他一起去下派出所。

许诺和曾旭一起去派出所,在路上,曾旭说:"事情可能不太好办。刚才了解了一下情况,告的是诈骗,因为是昨晚发生的事,今天上午就已经将情况在公安局内部网上上报了,肯定会被拘留。"

"这个圆圆,昨晚又不打电话。那怎么办?"许诺担心地问。

"要想取保候审也不容易,大陆的制度不像香港,真正能取保候审的少之又少。其实也不是什么大案子,完全是可以双方私下解决的,也不知怎么弄到这一步。现在能做的就是要公安机关尽快侦查完毕报检察院,检察院早日向法院提起公诉,早日开庭,因为金额不大,退钱,取得对方谅解后,判个缓刑,尽量减少在里面待的日子吧。"

"啊?意思是还是要关一段时间?"

"是的。"

"等下见到圆圆你尽量讲轻松点吧,圆圆本来就是苦孩子,福利院长大的。也不知怎么会找这么个男朋友。"

"这个事我还没了解全部,也不一定此人就一定不是好人,好人也有因为不懂法中招的时候。"

"那也是。不好意思,这个事可能要麻烦你了,因为是私事,宇轩可能也不想告诉单位的法务。"

"我明白,放心吧,我会尽力的。"

两人来到派出所,许诺看到圆圆眼睛红肿地坐在大门口。

曾旭讲的没有错,果不其然,圆圆的男朋友,一个叫贺大年的男子,被拘留,送往看守所。

圆圆说是通过同事认识这个贺大年的,成为男女朋友也不过三个月,这个贺大年是做电脑生意的,这次估计就是因为和别人有生意纠纷,好像是收了钱一直没给货,被别人给告了。原来听两人在电话里就吵过,但没想到对方真的报了警,两万多元的案子。

曾旭将案情大致分析了一下,具体的还要等看到案卷才能得知,要圆圆不要急。事已至此,只能努力不走冤枉路,尽量做到缓刑。

圆圆问曾旭:"我可以去看他吗?"

"不行,在现阶段是不能会见亲友的。过两天我倒是可以去看他,因为我是律师。"

圆圆的眼泪又来了。

许诺只能安慰她，小女孩子，怎么见过这等风浪，估计早就吓坏了。许诺坚持将她送到她的宿舍，并且告诫她有什么事一定要第一时间通知自己或者康宇轩，也可以向曾旭咨询相关问题，千万别一个人乱来。

103　毒胶囊事件爆发

星期六是原定好的双方家长见面的日子。许诺的父母谢绝了上门去接的好意，两个人坐公共汽车来。康宇轩和许诺到长途车站去接。外婆年纪大了，最终没有来，在电话里对许诺说："你结婚我就来。"固执的老人，认定只有婚礼才是真正的结婚。

在长途车站接到父母的时候，康宇轩居然很顺利地叫着爸爸和妈妈，许诺都惊讶于他的自然，许诺想，他都有多少年没有叫过妈妈了啊。许诺也深知，自己的母亲，本来就是心地善良之人，自从知道他少年丧母，甚至打电话就不忘记告诫许诺要多给予他温暖，相信母亲一定会把他当儿子般看待的。

父母都是朴实的性格，所以许诺建议双方的会面在家中进行也许更为随意，双方家长都表示认同，于是，康宇轩将许诺父母接到了康家老宅。

双方家长终于见了面，许诺发现，母亲的脸色却由车上的幸福微笑变成了表情凝重，倒是父亲和康父还挺聊得来，他们有共同的爱好，象棋和写字。说是原来在部队最常做的两件事。

餐桌上，双方的父母都说着自己孩子的缺点，对方孩子的优点，简直成了评价会。比如许诺的父亲说许诺从小在家娇惯了，脾气直、躁，而康建国则说："许诺不错，很懂事，也能干，心地善良。"然后说自己的孩子"脾气倔"，许诺母亲就说他懂事，有教养。

听得小两口在一旁大眼瞪小眼，相视而笑。幸好多多早就到楼上玩去了，要不，还真不好意思面对孩子。

康父提到婚礼的事情，母亲说，老家有个挺会算日子的人，回去查下，定日子，但其他具体流程，因为隔得远，加上现在年轻人想法又多，就让他们自己决定。

康建国也很赞同这个意见："亲家母，那就麻烦你给他们去选一个日子。"

饭后许诺挽留父母住下，要是觉得住在这不方便，可以住到康宇轩原来住的房子里。许诺也想和父母多说说话，于是带着父母到康宇轩房子去参观。

母亲在参观完以后，特意将许诺拉到一边："许诺，我看出来了，他们家不是普通人家，这才是我最担心的。"

"为什么担心啊？"

"婚姻不总是讲究门当户对吗？我们家也就是一个普通家庭，你也一直是这样简简单单生活的人，突然到这种家庭，一是怕你不适应，二呢，有钱人家，现在社会风气是什么样子你心里清楚，你又是一个眼里容不得沙子的人，我真的很担心你们以后的生活。"

"不用担心，妈，你不觉得他们家家庭环境实际很简单，康宇轩也没有纨绔子弟的作风吗？"

"那倒是的，这也是我最看重的一点，男人，有好的品性最难能可贵，所以许诺，你的脾气要改，结婚了就要有结婚的样子，多一些宽容吧，别动不动就发小姐脾气。"

父母担心外婆一个人在家，只是请邻居赵阿姨照应着，出门久了不放心，当天一定要赶着回去。康宇轩这次一定要陈叔送他们回家。许诺给父母和外婆准备了一点礼物，但许诺看到康宇轩又往车上搬了好几箱的东西，许诺问是什么，康宇轩说他爸要他搬的，他也没打开看。

康宇轩揽着许诺的腰说："我们的事就得你操心一下了！女人一闲着，不是最喜欢胡思乱想的？正好找点事充实一下。"

这一刻，许诺觉得，自己真的就是个主妇了，原来主妇也是有压力的：满满的幸福、小小的烦恼、莫名的惆怅，这是她最真切的感受。

四月的一天晚上，许诺像往常一样打开电视机，CCTV，报道了毒胶囊事件，许诺对着正在楼上陪儿子玩的康宇轩大叫："宇轩，快来看，胶囊出事了，上中央台曝光了。"

河北的一些企业，用生石灰处理皮革废料，熬制成工业明胶，卖给绍兴一些企业制成药用胶囊，最终流入药品企业，进入患者腹中。由于皮革在工业加工时，要使用含铬的鞣制剂，因此这样制成的胶囊，往往重金属铬超标。以前因为国家没有将铬的检测纳入必检范围。

第一批被曝光的企业居然有一家是天天在电视里面打广告的著名厂家，许诺听得心里咯噔一下，张萌萌的通达制药凶多吉少，被曝光和查处估计只是时间的问题。

康宇轩神色凝重地看完整个报道，"我知道迟早要出事的。这相当于医药界的地震。"许诺看到康宇轩立即给曾旭打了电话，通知明天早上相关人员召开紧急会议。

"我们厂的胶囊肯定是没有问题，通达厂的不是全从浙江那边进的吗？应该会出问题吧！"许诺问康宇轩。

康宇轩说："这是肯定的，政府主管部门肯定会全力出动，因为这关系到人民健康问题，肯定有一批企业要受重创，而规范经营的企业就会受益。这是我们的机会。只是，这样的事情被报道，最初肯定会出现信任危机，胶囊在一段时间内可能会成为滞销产品，因为大家都不敢吃了，怕出问题，我们可能还要调整一下生产线。"

许诺听着康宇轩的话,觉得这场风暴有可能关系到有些企业的生死存亡。女人,总是小心眼吧,只会想到张萌萌,其实这段时间张萌萌和自己并没有交集,她似乎已淡出了她的视线,成为一个可有可无的人。许诺想,能够如此让自己安心的,是因为康宇轩给了自己足够的信心。在许诺看来,张萌萌也许知道康宇轩结婚了,所以,也就放手了,重新去追求自己的幸福去了吧?

接下来,不光是胶囊,酸奶等只要涉及明胶的行业,都有不小的冲击,网上流行着一只皮鞋的命运这样的讽刺性看图说文,形象生动。

药品生产和经营企业,则刮起了一股召回风。许诺知道,质管部的人,好几个已经几天没回家了。每天都会接收到上头新的文件,每天都有最新中奖的企业列入黑名单,这天,通达制药终于榜上有名了。

按理,许诺应该躲在一旁暗自庆幸,通达终于有了这一天,去年还被人因这事暗算,差点被总公司误会,但事实是,许诺一点也笑不出来,甚至还有些担心。

104 三块板子的距离

没过几天,通达药厂的胶囊全部为问题胶囊,必须全部召回销毁,企业限期整改,消息已在网上公布。

同时,湘南厂也接到食品药品监督管理局的通知,以后所有厂家生产的胶囊出厂必须附检验报告。

就在这天,许诺从报纸上看到因为胶囊事件,通达制药已陷入一片混乱。湘南公司因为胶囊检测全部合格,成为此次事件的受益者,销售更上一层楼。正如康宇轩所说"别人的末日,我们的节日"。

周一的例会上,吴志刚总结了近一个月以来全厂的情况及竞争对手的情况,特别是对通达制药的情况做了通报:它们的产品全部召回销毁,并且要追究主要负责人的责任。现在,对方全厂已全面停止生产,恢复生产有待时日。

因为这场风波,湘南的胶囊销售也有所下降,主要是公众引起恐慌,对胶囊失去信心。但是因为湘南厂是老品牌,有固定的客户群体,加上质量上没有任何问题,所以,影响并不大,甚至在消费者心中公司品牌信任度进一步提升,使得其他品种的销售方面,业绩非常好。

吴志刚的心情很好,鼓舞大家的同时,也要大家提高警惕,质量是企业的生命。

许诺觉得这件事终于有了一个了结,过年的时候蒋卫说学长一直在跟踪报道原来是真的,并且掀起如此大的风波。

通达制药厂全面停产,许诺觉得有些可惜,当时假如他们能及时调整,也不至于全部是问题商品。许诺看着网上的相关报道,估计通达厂近两年内是难以翻身的。

许诺的情绪有些低落,虽然通达的好坏与她没什么关系,但总觉得这样的一个企业落到如此境地有些可惜,可也只能在心里想想而已,毕竟,有不少百姓为此付出了代价。究竟对人体有多大危害,虽然没有一个定性的标准,但终究是祸害。

这天,圆圆打来电话,问许诺是否有空陪她去看守所,贺大年通过监狱管理人员打来电话,需要给他送点衣服和饭钱,天气渐渐变暖了,是需要送换洗衣服了。虽然并不能见面,但送衣服和钱是要去的,圆圆说自己一个人去有些害怕。

其实许诺和曾旭一起已经找报案的当事人赔偿了两万多元的款子,并且得到了对方的谅解书,只是许诺要曾旭不要告诉圆圆,怕她心里有负担。

曾旭也已去过看守所一次,将贺大年犯案的事了解得比较清楚了。只是依照法律程序,案子还没上报到检察院。

许诺打了曾旭的电话,问他是否有时间一起去,曾旭很爽快地答应了,毕竟只有他,有资格进去和贺大年会面,问问他在里面的近况,这是圆圆最想知道的。

一路上,曾旭告诉许诺,贺大年之所以被别人告诈骗,确实是有恶意不作为的行为,对方曾找他协商,多次未果,才将他告了的,而且贺大年在朋友间的口碑并不太好,自私,经常换女朋友,但口才不错。

许诺对曾旭说:"不管怎么样,这些你暂时不要对圆圆说,先帮助贺大年早日从里面出来,他犯的也不是什么罪大恶极的事,又是一个外地人,本地并没有至亲,可能当圆圆是最亲的人了。"

至于他们俩以后的事,许诺想等这人出来以后两人自己决定,只是她要好好和圆圆谈谈,感情的事还是要慎重,何况圆圆本来也是苦孩子出身,她有责任来给她作出一些参考意见。

曾旭很理解许诺的想法,和许诺接了圆圆一同前往看守所,一路不再多言。

许诺陪圆圆一起去给贺大年存生活费、送衣服。那场面,挺壮观。

一个房子里挤满了给局子里送钱送物的亲人。一边是做衣服登记,一边是存钱登记,印象最深的是一个人居然给六个人打钱,别人问为什么你要送这么多?他说:打群架,抓了一串。

曾旭则到里面去和贺大年见面了。

许诺曾听曾旭说起过,如果生活费多一些,嫌疑人在里面的日子会过得好些。许诺原来一直以为进到局子里是白吃白喝,原来,这看守所吃饭是要自己掏钱,里面并不管饭。因此,存钱的时候,圆圆说:"反正不久就要开庭,存五百吧！"许诺干脆掏出一千元："我听曾旭说，钱多一点比较好，多存点吧！"

圆圆死活不肯要许诺的钱，许诺说："圆圆，现在不是讲客气的时候，宇轩是太忙，没时间来管这些，我有责任管好你的事，要不然，他那儿我也交不了差。"

圆圆满脸是泪。

两人从窗口出来，曾旭还没出来，于是坐在看守所的花坛边闲聊起来。

"圆圆，你了解贺大年这个人吗？"

"我们认识半年了，真正交往三个月吧，他对我挺好的，从来没有一个男人这样关心过我。但有时候感觉他做生意方面总是喜欢弄些歪门邪道，我也不太懂，他总认为这是他聪明。"

"做生意的人贵在诚信，他现在只是开个小店，就出这种事，我觉得思想上有问题。虽然事已至此，我们会尽量帮他解决，希望这个事件对他本人是个教训，以后一定要踏踏实实做生意。"

"嗯，我也是这样觉得的，虽然我不懂做生意，但我最佩服宇轩哥，我要他向宇轩哥学习。"

"你爱他吗，圆圆？"许诺直视着圆圆。

圆圆回避了许诺的眼神，低下头，半天才说话："其实我也不知是不是爱，从小到大，我就是一个缺爱的孩子。幸好有你和宇轩哥的帮助和鼓励，我才有今天。我是个有残疾的人，当有一个男生突然对我表示好感的时候，我就觉得……"

"你是不是因为心里自卑，觉得有一个男生喜欢就应该答应人家和他好？"

圆圆沉默了。

"圆圆，感情的事不是这样的。你的手是有一点小缺陷，但并不太影响你的生活，你不能因为这个就降低标准随便找一个人。他可以不帅，也可以没有钱，但一定要是一个善良、有责任感的人。感情的事，不能随意的。真正喜欢你的人，会忽略你的这个，看到你的温柔、美丽、善良，你并不比别人差，你年纪还小，多的是选择的机会。

"我今天说这些，并不是要你放弃贺大年，我只是想告诉你幸福靠自己把握，但要多多了解对方，找一个不骗你、不伤害你的人。"

许诺记得多年前曾读过的一段话：我回过头去看自己成长的道路，一天一天地观望，我站在路边上，双手插在风衣的兜里看到无数的人群从我身边面无表情地走过，偶尔有人停下来对我微笑，灿若桃花。我知道这些停留下来的人终究会成为我生命中的温暖，看到他们，我会想起不离不弃。

这个贺大年，应该就像圆圆生命中出现的少有的对她微笑的人，于是，她就对他不离不弃，而忘记了解他的本质。

圆圆的眼泪又出来了，许诺觉得也许今天这席话有点重了，不再言语。

这时，曾旭也出来了。

曾旭掏出手机，打开，对圆圆说："你看看，刚才我拍的照片。"

圆圆接过手机，看了一下照片，又哭了起来。许诺也顺手接过手机，手机里的男人一脸的络腮胡，根本看不出真面目。圆圆边哭边说："他原来从不留胡子的，这个样子，好可怜啊！"

曾旭难得地笑了笑："听说这段时间他在做灯泡还是什么，因为在里面文化算高的，还当了一个小官。"

许诺不再言语，有些事，还真的不是她能想象到的。要不是亲眼所见所听，还真以为电影里全是编的。

晚上回家，康宇轩居然正常回家吃晚饭，饭后一起喝茶，许诺将圆圆的事情和他说了，"你做得对。不管怎样，帮这个叫贺大年的事情了结，至于他们俩的事，他们自己处理，但是要提醒圆圆，你们女人好说话一些，圆圆单纯，别被骗了。"

"是啊，圆圆是很单纯的女孩子，虽然手有一点残疾，但并不影响日常生活，人也漂亮，苦大的孩子，很能干，又能吃苦，要是有个男生真正看到她的好，找她真的挺幸福的。"许诺不禁感慨，"现在要找个好男人真不容易了！"

"你也发现不容易吧！你幸好当年下手早啊，搞不好也被坏男人骗了。"康宇轩对着许诺打趣地说。

"还说，我当年就是被坏男人骗了，当起了未婚妈妈，过着暗无天日的日子。"许诺毫不客气地向他进行攻击。

"错，本是一个好男人，只是当年有些事情没有处理好，结果好心办了个坏事！幸好，阴差阳错，弄出一个儿子，结婚的时候可以来帮你托婚纱！"康宇轩边说边笑，许诺可笑不出来，顺手将一只抱枕无情地砸向他。

"对了康大坏蛋，今天婚纱店打电话给我问我们什么时候有时间去试，还有定什么时间拍照！"

"我都听你的，老婆大人。"

"少来了，康总，我需要和你预约时间，免得到时候我一个人拍个人专辑。"

"要不就本周日吧，天大的事都没有你我的事大，怎样？"

"好，我明天回复他们！"

星期天就是试礼服、拍照的日子。

当许诺穿上婚纱化好妆，端详镜中的自己，都觉得有点不敢认了。平时的许诺，是不可能化这么浓的妆，再加上因为头发太短，化妆师又在她头上加了假发，变成了盘起的长发，只看到镜中的女人，端庄而不失明艳，婚纱正好将她玲珑的身段衬得越发婀娜。

化妆师亲切地拉着许诺转了一圈："美极了，迷死外面的那个帅哥！"

当许诺走出化妆间，看到康宇轩正在外面厅里翻着杂志，根本没有抬头注意她，许诺只好走过去拉他衣袖，想听听此人的看法，此人扫了她一眼立马站起来赶紧避开她的拉扯，还对她说了句："对不起，你认错人了！"

"你怎么了，闪什么？"许诺问。

"啊？许诺，是你啊！"这个闪到一边的男人居然如梦初醒，拉着她仔细端详，"我以为别人拉错了人，来来来，让我仔细瞧瞧。"

许诺看到他的表情只想笑。

"嗯，不错，漂亮得我都不敢认了！幸好我今天也穿得如此隆重，要不然，根本没法和你相配啊！"康宇轩又开始滑头了。

室内部分的拍摄，许诺也看过不少别人的影集，总觉得容易拍得呆板做作。

许诺一直自认为自己还算是有点镜头感的人，但被摄影师调动得感觉十分僵硬，旁边的康宇轩也是如临大敌，两人的状态弄得摄影师哭笑不得。

许诺说："别太讲究太多，就让我们自然地摆几个，你抢几个镜头吧！"

刚刚拍两张，摄影师就叫了："不行，先生太高了，美女要垫一块板子。"

于是，许诺脚下垫了一块板子，才拍一张，摄影师又来加了一块，再拍两张，摄影师又来加了一块。

"有完没完啊！到底要垫多少？你们就不知道把板子做厚点吗？"许诺有些恼火，康宇轩在旁边对着她打了个"三"的手势，还笑着眨了眨眼，许诺知道，这家伙又有话说了。

果然，换场景的空歇，他对许诺说："许诺，你知道你和我的差距了吧，三块板子。"

"嘚瑟什么，摄影师说的是先生太高了，没有说我矮。"

"哈哈，三块板子！"此人得意地在一旁笑着，许诺彻底无语，谁叫你真的是脚下垫了三块板子呢？还好，没有踩一凳子，要不，更好笑吧！

一场秀下来，两人累得想趴下，才拍完室内，室外自然是要改天再完成的，许诺对康宇轩说："原来这么累！"

"结婚是人生大事，这点累算什么？累也是幸福的！"

室外照可得选天气了，听说照片出来都得一个月的时间，慢慢地等吧。

有人说婚姻是爱情的坟墓，而爱情是什么呢？爱情是欢愉时没心没肺的大笑，是分离时撕心裂肺的痛哭，有没有人在坟墓里笑着哭？许诺想到这句话，不免望了旁边的男人一眼，陪着笑，陪着哭，配合着，体贴着，还要怎样？

年少时，总是以为惊天动地的爱情才是爱情，才令人心动，其实大多数人的，不过都是平淡无奇。

总是以为爱情可以克服一切，谁知道它有时毫无力量。爱情并不是填满人生的遗憾，而是有可能制造更多的遗憾。不要幻想换一个人，就会天天天蓝，而最好的方法就是：天不蓝的时候，我们为它刷上美丽的颜色。

回去的路上，在等红灯的时候，许诺突然看到远远走动的一个熟悉的身影，张萌萌。平时都是昂首挺胸的，这次看到却很落寞和无精打采。许诺有些为她担心，她与她的关系，也就是能远远看着，不能做出更多。

许诺看了看旁边的康宇轩，正视前方，肯定不可能看到她，许诺欲言又止。

冰心说：爱在左，同情在右，走在生命的两旁，随时撒种，随时开花，将这一径长途，点缀得香花弥漫，使穿枝拂叶的行人，踏着荆棘，不觉得痛苦，有泪可落，却不是悲凉。心软如许诺，此刻就是左右为难吧！

许诺知道张萌萌是要强的女子，多么希望她也能找到她的爱情，工作上，也少一些阴暗，多一些阳光，做一个快乐的女子。时间应该会慢慢沉淀，有些人也会在心底慢慢模糊，学会放手，自己的幸福需要自己的成全。

"宇轩，通达制药现在情况怎样了？"许诺还是想问问情况。

"情况很不好！主要负责人是张萌萌的表哥，现在正在接受调查，张萌萌接替了管理工作，她爸爸也因为这个事气病了。对了，就在附近的附属医院住院，我们一起去看一下！"

许诺能够理解刚才为什么看到张萌萌了，应该就是来医院看父亲的。

"宇轩，你去看吧，我就不上病房了，感觉我不会受欢迎，别让病人更加不开心。"许诺思考了一会儿对康宇轩说。

康宇轩望了她一眼，握了握她的手："也好，医院味道不好，你就别上去了。乖乖待在车里，不要有什么乱七八糟的想法，这些都和你无关，听话！"

105　醋坛子

许诺待在车子里等康宇轩，多多给她打来电话："妈妈，明天要交手工作业，家里的彩色卡纸不够了。"

"知道了，妈妈等下就给你带回来。还有什么想吃的没？我一起给你买。"

"可以奖励吃一个老坛酸菜的方便面吗？"多多怯怯地提出要求。

"不可以！"许诺口里严肃地说着这三个字，心里却有些好笑。这小家伙，总是对这款方便面情有独钟，平时不准吃方便面，没营养，他就把这种东西当成奖励，希望偶尔能吃一下，更可笑的是，每次逛超市，超市里总有这个牌子的促销员在煮方便面请顾客试吃，一到这个时候，多多就会跑在最前面，钻进人群，很快从里面端一小碗出来，吃得特别开心。有时候甚至会去吃第二碗。

许诺望着他那比过节还开心的表情，哭笑不得。许诺想："孩子，你可知道当年妈妈做学生的时候方便面曾吃得想呕，现在提起方便面就没有胃口。"

时代不同，日子不同，孩子的幸福感也不同。

许诺想小的时候，最快乐的莫过于和小伙伴们玩乐，甚至经常叫上三五个人，每个人负责一部分工作：偷偷地从家里拿锅、油盐、菜什么的，一起到郊外或者小山上去搞所谓的野炊，弄得一团乌烟瘴气，吃的东西也往往是半生不熟，但大伙就是开心。

记得当年有一次李晓珊煮了一锅汤，在准备出锅盛碗里的时候，草丛里跳出一只蚂蚱，并且一跳就跳进了这锅汤里，大伙手忙脚乱地去捞，结果蚂蚱没有捞到，把这锅汤打翻了，李晓珊委屈得哭了起来。

后来有家长知道了这群孩子喜欢去搞野炊，也是睁一只眼闭一只眼，任之折腾。只是家长们怕出事，就会选一个人做代表，远远地看着他们，但并不过来打扰，现在的孩子根本享受不了这样的童趣。

许诺在小区住了三四年，隔壁人家姓什么都不知道，最多就是在门口遇上实在没办法的情况下彼此微笑一下，要不是小区有陈瑶，许诺在此住了三四年根本不认识一个人，更别谈多多可以找到更多的小伙伴了。现在的孩子是真正的寂寞。难怪只有电游、电视还有电脑伴随着他们成长，于是，小小年纪，大部分的人都成了小近视。

丰富的物质生活，却没有真正快乐的童年。

有位作家说：没有亲近过泥土的孩子，没有真正的童年。所以，一放假，许诺喜欢将多多放到母亲那，虽然县城的孩子现在也和别的城市的孩子过得差不多，但感觉还是要质朴一些，人与人之间的民风还是要亲切些。

想到这些，许诺有一种深深的惆怅。

不久，康宇轩从医院出来，"张叔叔情况不太好，高血压中风了。现在生活都不能自理。"

"那他们家的重担不全都落在了张萌萌身上？"

"是啊，现在她家里可真是屋漏偏逢连夜雨！"康宇轩也叹了口气。

"如果有什么能帮得上的就尽量帮一把吧！"许诺发自内心地对康宇轩说。

康宇轩望着她，欲言又止。

"回家吧，多多还等着我回家陪他玩呢！"康宇轩说。

"对了，这个小家伙刚才还打电话要我给他买做手工的彩色卡纸，我们先去一下文具店。"于是两人一起前往文具店。

晚餐时间，康建国问起康宇轩张萌萌父亲的情况，听说生活不能自理，沉默良久，"过两天我也要去看望一下老朋友。唉，人到老年，身体最重要！"

晚上，康宇轩接到曾旭打来的电话，圆圆男朋友贺大年的案子终于到了检察院，很快就会向法院提起公诉。

星期一的晚上，康宇轩较晚才回，并且浑身酒气，看来在外面喝酒了。许诺一边为他准备洗澡水，一边问他："怎么喝酒了？你平时很少喝酒的。"

"和朋友聚了一下，对了，贺大年的案子不是过两天开庭吗？到时候你和曾旭一起过去，记得带几万元过去，要在开庭前交罚金，我明天出差，你和曾旭负责处理。"

"罚金？什么罚金？"

"贺大年的案子的罚金啊，应该会罚三万元吧，你记得带钱去。"

"不是都退赔了为什么还要罚款？"

"诈骗罪，罚金是少不了的，不管你有没退赔。退赔只是量刑考虑的因素之一。你别多问了，反正曾旭会带你过去，他要上法庭做个辩护，所以你负责交钱吧。"

许诺全身发冷，一个小小的案子，钱也退了，人也关了这么久，最终还要被罚款，然后最后最好的结果是缓刑，虽然不用坐牢，但还是有很多自由的限制。值吗？这是法律意识淡薄的下场吧！希望贺大年吸取教训。

开庭当天，曾旭来接许诺，许诺到银行取了钱，和曾旭一起到了法院，路上曾旭说该做的事都已经做了。

"人是当场释放吗？"

"还有相关手续要办，今天会当场宣判，最迟是明天早上去看守所接人。"

两人到达法院，圆圆也就到了，看到许诺又去交了罚款，圆圆也是一脸疑惑，许诺只好说："这是法律规定的，看不懂回家上网查查。"

因为上一个案子还没结束，许诺和曾旭、圆圆一起在法庭外等待。旁边一个头发花白的老太坐在一旁，唉声叹气。

"您也是来开庭的？"许诺忍不住问了一声。旁边一个三十多岁的女子接了话："是啊，我弟弟。在公交车上偷了个钱包。"

"哦。"许诺不好再问，到这里来的人，没事谁来？又不是什么好地方。肯定是因为至亲或者友人犯事才来的。

终于轮到开庭了，这是许诺第一次坐在法庭里，近距离看审判的过程。当贺大年被带上来，圆圆已忍不住哭起来，许诺紧握着她的手，"别哭，人都已看到了，马上就要出来了，镇静，曾旭会处理好的。"

整个审判过程只用很短的时间，最后曾旭做了辩护，因为曾旭已告诉许诺结果，许诺根本没法静下心来听他说了些什么，她只是觉得法律这东西，挺值得人深思和学习的。法网无情，法不容情。

法官当场宣判了结果：有期徒刑两年，缓期两年执行，并处罚金两万五千元。宣判后贺大年还是被法警带走，并没有出现当场释放的画面。

曾旭说法官今天还有别的事,所以,明早去看守所接人。

圆圆一路对许诺和曾旭说着谢谢,曾旭说:"你明天带一身新衣服去接他吧!"

因为第二天上午公司有非常重要的会议,许诺走不开。许诺只好请曾旭帮忙:"曾旭,明天上午可能还是要麻烦你陪圆圆去接下人,这段时间辛苦你了,都没好好说谢谢的。圆圆,贺大年出来,你们俩好好谢谢曾旭,人家跑上跑下的,付出了很多。"

有些私下里的事情,许诺不想说太多,让圆圆有负担,她知道应该由她另外来感谢曾旭的。毕竟是私交,人家跑上跑下的,连个律师代理费都不肯收,只是康宇轩说了他来处理。

上午公司的重要会议是高管会议,主要是上半年度的工作总结部署会,眼看半年就快过去,公司在这半年,与去年同期比,业绩自然有质的飞跃,但也出现了一些问题,另外,吴志刚还提到了通达制药的问题,虽然现在是在停产阶段,但因为该厂还是有几个独家批文的产品,有企业想到收购或者入股,重整企业。湘南其实也可以考虑一下,但需要一些重要的调查资料,需要大家分头汇报相关材料供领导参考。

许诺一想到如果收购通达,本来没有交集的两个人——她和张萌萌,恐怕又会有诸多的遇见。女人嘛,在大事面前,居然先想到的是个人恩怨。许诺在心里痛骂自己:看来真不是做大事的人,太感性。

康宇轩出差了,许诺还是想和他打个电话,问一下今天吴志刚提到的事。

"小康,出差还顺利吗?"

"还好啊,今天晚上到家。怎么了,大白天主动和我打电话,还这么甜美的声音,心情很好?"

"心情一般,不好不坏,关心你一下不行?难做人啊,打电话关心一下吧,觉得我可能图谋不轨,不打电话吧,又说我冷落你,到底要怎样?"

"什么怎样,我还不知道你啊,说话如此温柔婉转,肯定有事,说重点吧!"

"嗯……"许诺故意清了一下嗓子,一下子变得很严肃,"康总,现在我很严肃地和你谈谈工作上的问题。"

"工作上的问题,什么问题?"

"今天吴总在会上说,我们公司也有意向收购或者入股通达制药?"

"需要先评估,还没有到具体谈的阶段。"

"要是谈成了,这不变成了要和张萌萌共事了?"

"哦,你就为这个和我打电话的?"

"这个理由还不够吗?"

"共不共事还不是你说了算?"

"此话怎讲？"

"假如真的收购了，你愿意和她共事就继续工作呗，不愿意就回家相夫教子啊，这不是你说了算吗？"

"康宇轩，我不是这个意思！"

"你不是这个意思是什么意思？"

"我的意思是，你不是要经常面对她了？"

"哈哈，原来是个醋坛子！"

"讨厌，人家说正经的，你笑什么！"

"好，说正经的，人家知道我拖儿带女的，又家有恶妻，早就没想法了，我没你想的这么有市场。不和你扯了，我约了人谈事，晚上回家，做点好吃的啊，醋坛子，要不就做糖醋排骨吧！拜拜。"

对方飞快收线，许诺想骂都没法进行。

晚餐，康宇轩吃到了许诺做的糖醋排骨，边吃边笑，许诺装作没看见。多多在一旁说着："妈妈，我觉得你做的酸辣排骨更好吃呢！这个我不太喜欢吃！"

"明天做你喜欢吃的，今天做的是你爸喜欢吃的，你看他一天到晚为了赚钱养家很辛苦的，所以，今天他刚出差回来，我们尊重他的口味，吃糖醋的！"

"多多，我也喜欢吃酸辣排骨，这个其实是你妈妈喜欢的口味，Lady first，我们男人要尊重她，让着她，把她的喜好放在第一位。"康宇轩一边笑一边对着多多说。

倒是康建国，看着他们三个人说说笑笑，很是温暖，也在一旁呵呵笑着。

许诺等多多睡下后，回到卧室，听到浴室有水声，应该是康宇轩在里面洗澡。许诺打开手机，看到徐朋的微博上转发了一条恋爱心理学：让爱情稳固的十个好习惯：1. 鼓励和赞美最重要；2. 无伤大雅的癖好可以无视；3. 亲密不应该流于形式；4. 每天至少联系一次；5. 大胆追求激情……

正看到第五点，康宇轩从浴室出来，"许诺，早点洗澡休息啊！"

躺在床上，许诺却有些失眠，自己最担心的事情，在他眼里却是小事一桩，根本不值一提，这就是男人和女人的区别吧，同样的事件，各自抓的重点并不相同。他和张萌萌之间的事情，许诺是十分信任他的，就如同他对她的坚定信任一样。只是，为什么一提到和她相关的，总觉得有硌硬？是缘于多年前的骗局，还是前段时间的报复？说不清。

许诺没有睡着，而睡着了的康宇轩居然说了梦话，在梦中焦急地喊着"许诺，许诺"。

许诺从来没有听到过他说梦话，这次也有点吓着了，于是将他推醒："宇轩，怎么了？你做什么梦了？"

康宇轩醒来，看到许诺正坐在床上看着他，他也欠身坐起，抱着许诺亲了一下，"刚才做梦了，梦到我们到一片森林里，你突然消失不见了，我急着到处找你呢！"

"我不是好好的在这里吗？"许诺笑了。

"许诺，以后外出要注意安全。"康宇轩说。

"你怎么了，大半夜突然讲这样的话。"许诺很疑惑。

"没什么，就是想告诉你，因为你经常马大哈嘛，我刚才做梦，你突然消失了，我急得要命！"

两人依偎着睡下，许诺心里虽然有疑惑，只是过于疲惫，也慢慢地睡着了。

106　请原谅

第二天，圆圆打来电话，说是贺大年一定要请许诺和曾旭吃饭，许诺说："你们请一下曾旭就可以了，我就不去了。"

"诺姐，你一定要来，我真的很感谢你，对了，宇轩哥在吗？其实我也想请他一起的，就是怕他没空，不敢给他打电话。"

许诺真的不想去，考虑到这次去，可以近距离接触这个叫贺大年的，对他多一些了解，对圆圆也有帮助，最后还是答应了，至于康宇轩，许诺对圆圆说："我会问一下他，如果有空我会叫上他的，不过你别期望过高。"

中午的时候，许诺打电话给康宇轩："小康，今晚有约会吗？"

"怎么了，你想约我？"

"是啊，不知能否排上队？"

"你来约，其他人都得闪开！"

"呵呵，真会说话，我发现你骗女孩子有一套啊！"

"还不都是你培养得好！"

许诺真真是无言以对，本来想杠杠他，却总是被他打败。

"是这样的，圆圆的男朋友想请我们和曾旭吃晚饭，怕你忙，不敢和你打电话！我帮她问问。"

"原来是这样子，等会儿，我看一下。"

"有时间就尽量去吧，帮圆圆也把把关啊，看着长大的女孩子，不是一直希望她好的吗？"

"行，那就去吧，我来接你一起？"

"呵呵，那我就等你来。"

"傻笑什么！"

"每次听到你说来接我我就觉得很开心，不知为什么！"

"哦？这个意思就是提醒我要多多献殷勤啊！"

288　我只在乎你

"真是心有灵犀。那就这么说定了，我等你。"

许诺放下电话，能感觉到脸有些发红。不知为什么，和他说话总是这样调侃着，许诺也曾试图改变，像电影或者电视里的一些贤惠女人一样温柔体贴地和他说话，可一开口就改了风向。即便有时候她终于很正式地和他说话，可只要他拽拽的眼神一扫过来，嘴角坏坏地笑，她立马就忍不住又和他杠上了。什么叫欢喜冤家，就是他们俩这样子？许诺不得而知，只是每每和他打完电话，总觉得有种小小的兴奋和满足。

下班后许诺依然在办公室等他，打电话回家，正好是多多接的。"多多，爸爸妈妈今天不回家吃晚饭，你和爷爷说一声。"

"你们去哪儿？"

"一个阿姨请吃饭，我们要去一下，我们会早早回来的，你吃完饭做作业，妈妈回家检查！"

"好，我今天单元测验得了满分！"

"不错，我儿子最棒了！"许诺在电话里亲了儿子一下收线。康宇轩的电话正好打来："我到了，下来吧！"

许诺上了车，对康宇轩说："我没告诉圆圆你会去呢！"

"哦？你怕我去了功高盖主？"

"不是，她不是怕你没空不敢打电话吗？就给她个意外惊喜吧，小女生不是就喜欢惊喜什么的！"

"就你名堂多。"

"曾旭说在外面办事，他直接过去。"

"是，我要他出去办事了。"

"其实曾旭是个不错的男生。"许诺自言自语。

当两人来到圆圆短信告诉的酒店包厢，圆圆和贺大年早已经在里面候着了。看到许诺和康宇轩到来，两人立马站起来相迎，这一次，许诺终于看到了贺大年的本来面目，没有胡子的他，长得倒也还一表人才。

贺大年不停地说着感谢的话，圆圆则在一边打曾旭的电话，挂了电话不久，曾旭就到了，于是开始上菜。

席间，贺大年给康宇轩和曾旭敬酒："宇轩哥，圆圆是这么叫你的，我也随她这么叫。这次真是感谢你，小弟真是不知如何表达感激之情！"

"不是什么大事，重要的是以后自己做生意要注意，诚信经营，本分一些，邪门歪道也许短期内能赚到钱，但不是长久之计。"

许诺在一旁看着贺大年说话，总觉得他有一股说不出的江湖气。

席间，贺大年不停催促圆圆给康宇轩敬酒，圆圆说："宇轩哥胃不好，不能喝太多的。"

"是的，宇轩平时真不怎么喝酒的，你的心意我们知道了就好。"

虽然许诺已在一旁解释了，但贺大年还是给了圆圆脸色，觉得她不够殷勤。

"宇轩哥，听说你生意做得挺大的，不知是否有什么商机给我，让我也沾点光？"贺大年在套着近乎，还推了圆圆一下，但圆圆并没有接他的话。

康宇轩笑了笑，贺大年接着说："那我改天到你办公室拜访？"

"好！"康宇轩不再多言。

圆圆向在一旁话不多的曾旭表达感谢。"曾旭确实辛苦了，为了你的事。"许诺也在一旁为曾旭代言，这个在法庭上滔滔不绝的人，在生活中，却是非常的沉默寡言。

康宇轩端起一杯酒对曾旭说："来，兄弟，辛苦了。"两人一饮而尽，许诺想，私下里，他们应该感情不错，都是不太会表达感情的人，表面冷漠，内心火热。

回家的路上，许诺问康宇轩："宇轩，你觉得贺大年这个人怎么样？"

"没有深交，自然不好评判，初步印象是不太实诚。"

"我也是这样觉得的，真的有些为圆圆担心。"

"感情的事，说不清，也许在外人眼中不相配的人，两人过得很幸福。就像你和我，没有人能了解我有多在乎你。"

康宇轩突然说出的这句话，让许诺的心里仿佛被电击了一般。前面正好是红灯，许诺轻轻地靠在他肩上："你无意中的一句话，让我感动得泪奔，就算下一秒我就不在了，也值了。"

"傻子，如果真被感动，就应该陪我多活些日子，直到变成老头老太老乌龟。"

"讨厌，你难得说出这么有情调的话，又一下子被你破坏了。"

第二天许诺因为直接去银行谈业务，出门较晚，听到陈阿姨在说："董事长今天早上的药忘记带了。"

"给我吧，我正好去银行，顺路，我送到爸办公室。"

许诺来到公司康建国办公室，他并不在，意外地在走廊遇到汪主任，"汪主任，我爸不在办公室？"

"董事长在会议室呢！"

许诺灵机一动，对汪主任说："我爸早上出来忘记带药了，麻烦汪主任转交给他，要他按时吃药，上面有说明书，我还约了银行的人见面，就不等他了。"

汪主任接过药，很愉快地答应了许诺的请求。

许诺出来的时候，想偷笑，当日徐朋为了自己和陈佳和擦出点火花，可谓是费尽了心思创造条件，今天的自己，何尝不是为了别人的幸福，为他人做起了嫁衣裳。女人，天生就八卦。

下午，许诺正在吴志刚办公室一起讨论关于进一步控制成本的方案，学校打来电话："请问是许多的妈妈吗？我是张老师。"

"是的，张老师，请问什么事？"

"多多下楼的时候不小心摔了，受了点伤，虽然在校医那处理了一下，但还是希望家长带到医院看一下。"

许诺一听，立马和吴志刚请了假，心急火燎往学校赶。

当许诺赶到学校，看到多多正可怜巴巴地坐在老师办公室里，嘴巴嘟嘟的，肿着，像个小猪嘴巴。许诺一阵心痛。

老师说："多多下楼的时候走急了，摔了一下，自己的牙齿正好咬到下嘴唇的内部，出了一些血，现在血是止住了，但还是要到医院进一步处理！"

许诺带着多多就往附近的中心医院赶。路上，康宇轩打来电话："许诺，听吴总说多多在学校摔伤了？"

"是的，嘴巴肿好高！"

"你们现在在哪儿？"

"我准备带他去中心医院再治疗一下。"

"知道了，我现在就往那边去。"

许诺到达医院刚挂了号，康宇轩就赶到了。看到多多的小嘴巴，呵呵地笑："多多，没事为什么要咬自己？"

多多想笑又笑不出来的样子特别滑稽。

"多多，还痛吗？"康宇轩问多多。

"还有点，但不厉害了！"多多含糊着回答。

三人来到口腔科，多多躺到手术椅上，医生检查了一下，对许诺说："下唇破了，要缝三针，还要打一支破伤风。"

许诺听到要缝针，双腿莫名发软。

康宇轩对许诺说："你去交费吧，我来陪着多多。"

医生问："要不要打麻药？"

"还是不打吧，多多，男子汉，勇敢点，这里离脑袋近，最好不打麻药，要不容易变傻。"多多听康宇轩这么一说，立马说："我不要变傻！"

医生在为多多缝针，多多强忍着没有哭，康宇轩的手紧紧握着多多的手。许诺看不下去，双脚发软，在旁边拿了一张凳子坐下，别过脸去，但又忍不住扭过来看。

医生开了些药，又说了注意事项，康宇轩摸了摸多多的头："爸爸还得回公司开会，你和妈妈回家，今天就当一只不说话的沉默小猪，我回来的时候给你带个好玩的，奖励你今天的勇敢表现。"

多多果然不说话，只是点头，许诺看着他的样子又心痛又好笑。

许诺带多多回家，陈阿姨都看得吓了一跳。听到许诺说明情况，陈阿姨

106 请原谅 291

说:"这个学校应该要负责吧!"

"算了,学校孩子这么多,自己不注意磕着绊着也正常,这个还不算严重,只是多多,你自己真的要小心,要不然,小心某天你这漂亮的小脸蛋也摔开花。"

多多连连点着头。

晚上下班回来的康建国看到多多的样子,也是心痛不已。可怜的多多,晚餐就只能喝粥,也不能说话,这下真的成了沉默的小猪猪了。

康宇轩晚上回家的时候,果真给多多带了一个小玩具,多多早已忘掉伤痛,一个人去自己房间玩玩具去了。

睡觉的时候,康宇轩对许诺说:"张萌萌出车祸了!"

"什么?"许诺吓一跳,"严重吗?"

"应该还算好吧,曾旭告诉我的。今天黄昏的时候,油门当刹车踩了,车子撞上了一堵墙,好像腿部骨折了。"

"哦,那还算好。你会去医院探望一下吧?"

"明天没空,后天,星期六,一起去?"

"我不要去,人家肯定不喜欢看到我,你一个人去就好!"

"一起去啊,顺便我们一起到外面吃饭。大不了你不进去就是了,一起出去。"

许诺只好答应。

虽然在心里无数次恨过张萌萌,但真正听到她出车祸,还是觉得为她怜惜。明月装饰了你的窗子,你装饰了别人的梦。人和人之间就是这么微妙,因果循环。

星期六上午,许诺和康宇轩一起去医院。

许诺坐在病房外的长椅上等康宇轩,不久,康宇轩从病房出来,对许诺说:"张萌萌说要和你见面。"

"和我见面?为什么?你告诉了她我也来了吗?"

"不是,她说一猜就知道你和我是一起来的。这个也没必要骗她。"

许诺心情复杂,"去吧,她可能有话和你说!"康宇轩握了握许诺的手说。

许诺心情忐忑地敲门进入病房。

张萌萌靠在病床上,脸色比往日更加苍白,一只脚上打着石膏。

"张小姐,好些了吗?"

"嗯,好多了,不怎么痛了。"张萌萌少有的朝许诺微笑了一下,"请坐,是我让宇轩转告的,我想和你见一见。"

"见我?张小姐有什么事吗?"

"许诺,我想你应该是恨我的。"张萌萌直直地望着许诺。

许诺迎着她的目光,即刻转开,沉默着。

"多年前，发到你邮箱的照片是我PS的，估计你早就清楚了。只是我原来没有弄清楚，当年宇轩念念不忘、生怕失去联络的邮箱拥有者就是你。"

"是的，当年，你的邮件确实让我们造成误会硬生生地分离了。"

"你知道吗？这些年，我是怎么过的？相信你也读过这样的句子吧：世界上最远的距离，是爱到痴迷，却不能说我爱你。而我很喜欢宇轩，你是知道的，但我再怎么样努力，总是徒劳。就像鱼和飞鸟，一个在天上，一个在水里。这些年，我一直在他身旁，但他总是对我如同普通朋友，刻意保持距离，在我面前总是彬彬有礼，从不随意。

"我真的好恨你，凭什么？论长相、论家世、论学历，我都不比你差，凭什么他就对你那么深情，上次在路上，他那么随意地让你递给他小吃，我简直恨透了，他从没和我这么随意过。"

许诺看着她有些涨得通红的脸，琢磨着她到底要和自己说什么。

"上次公司的事你被调查，其实也是我做的，我只是想看到你出丑的样子，可是，偏偏你什么也没发生，宇轩也一直护着你。"

许诺早就猜想这个事是她干的，今天终于得到答案。

"还有上次你出车祸，也是我指使的，但是我没有要伤害你的人，只是想制造点小纠纷，让正在投标的宇轩无法集中精力，可是，当时你却根本没打电话告诉他。后来，他调查到了，找了我，要把我告上法庭，是我写了承诺，他才放过我的。我想他肯定没有告诉你。你不知道吧，有段时间，你每次出门，其实都有人跟着你，是他请人暗中保护你。"

张萌萌的诉说，让许诺大吃一惊，原来上次的车祸并不是偶然事件，而康宇轩什么也没告诉自己。许诺想起那天晚上他突然对她说的注意安全的话，应该和这件事有关的。

"许诺，我们通达公司现在命悬一线，也有几家单位在接洽想收购，但我更愿被宇轩收购，我今天什么都告诉你，是想得到你的原谅，让宇轩收购我们，成为大股东，这也是我爸辛苦打下来的基业，我不想在我手上变没了。根据我对宇轩的了解，他肯定会听取你的意见的，希望你能够原谅我以前的所作所为，让这件事更加顺利进行。"

"张小姐，你错了，工作上的事我真的从不过问的。是否收购，我想公司有团队进行考核和评估，不可能是个人行为的，和我就更加没有关系了。"

"我知道的，但是我太了解宇轩了，他绝对会考虑你的因素的。"

"张小姐，别想太多，先好好养伤吧，我想，宇轩会有他的决定的。"

"你不肯原谅我吗？"

"不存在原不原谅的问题，有些事情过去了就让它过去吧，我是衷心希望张小姐早日康复，并且找到合适的对象。其实，每一个女人，都会有一个适合的男人在等着她，只是，你的人，现在可能还在来和你相遇的路上。"

"其实，你知道吗？我一边恨你，我又很佩服你的，许诺。"张萌萌说着她的心里话，"你其实是一个爱得十分坚定的人，和宇轩一样，所以，你们才是同路人，这些天，我也彻底醒悟了。就像你说的，爱情，一个巴掌拍不响。还有，其实你早已知道我的所作所为，却并没有报复我，我觉得你是个善良的人，值得我尊重。"

许诺真没想到，一直高傲冷漠的张萌萌会对自己说出这样的一席话。

走出病房，走廊那头，康宇轩正静静地站在那儿朝她微笑。初夏的阳光洒在他的肩膀上，镀上了一层金色的光晕。

107　神秘礼物

许诺走近康宇轩，他伸出手牵着许诺的手。

"张萌萌找你有什么事？"康宇轩微笑着问许诺。

"道歉，为以前的事道歉。这可是我真没想到的。她是那么高傲的人！"

"人总是会变的嘛，也许，受了你的影响，或者被你感化！"

"哈，我哪有这么伟大。"

"是啊，你虽然说不上伟大，但确实不是一个多事的人，并且，没有坏心眼，善良、正直，做到这些就已不容易啊！"康宇轩的手捏了捏许诺的手。

"对了，她说我上次车祸的事也是她叫人弄的，只是想吓吓我。你明明知道了，怎么没和我说？"

"怕你心里有阴影，活得不自在，不开心。一点小事就失眠的人，遇到这种事，恐怕会无限放大，还要不要活啊！再说她也承诺不会再来惹你，所以就没和你说了，不想让你多心。"

"宇轩，你不会还有什么事瞒着我吧！总是让我后知后觉！"

"还会有什么事？难不成你怕某天某个女人带个孩子来对你说：这是康宇轩的！放心，这种事永远不会发生！"

"我不是这个意思！"

"好了，不说这个了，既然连张萌萌都向你道歉了，应该高兴才是，我们去吃好吃的？"

"不，我想要你陪我逛街！"

"好，逛街。"

"张萌萌还说到了关于收购他们通达制药的事，你怎么想的？"

"正在进行评估，他们已派人过来说了他们的想法。你怎么看？"

"生意上的事我可不懂！"

"财务负责人应该发表意见！"

"财务人员只在杀价的时候发表意见！"

"你以为菜市场买小菜,还杀价。不过,你说的也没错,价格问题是重点!"

"真正在菜市场买小菜我可从来不杀价,他们挺不容易的。知道吗?在我原来住的小区菜市场,有一个卖菜的大姐,视力特别不好,每次我在她的摊位上买菜,她都需要把眼睛贴在电子秤或者天平上,可每次不管我买多少菜,她都会给我送几棵葱,我觉得特别窝心!"许诺眼睛有些潮湿地说。

"劳动人民善良、纯朴。"

"所以,菜市场我从不杀价,但商场上,这么大的生意,自然要杀个片甲不留!"许诺一边说还一边比画了个动作,引得康宇轩哈哈笑。

"看来,这个价,还是要你来杀了?有没有兴趣杀下价来直接去管着?"

"老大,饶了我吧,另请高明吧,我只想现在这样安稳着过日子。我还得相夫教子,不想做女强人,冷落了老公,搞不好哪天和别人跑了。"

"和你开玩笑的,真要你去,吴志刚第一个会跳起来反对!他可不想你去。"康宇轩对许诺笑了笑,"你过得开心最重要,做你想做的事就好了。"

"是啊,我现在就很开心,有稳定的工作,偶尔上面包屋转转,每天陪着可爱的儿子、爱我的老公,还有父母的爱护、有贴心的朋友,真的感觉特别充实。"

"就知道你不是个要求多的人。"康宇轩在许诺的头上揉了揉,"看来你对收购通达也不反对?"

"我为什么要反对?你们有专业团体评估,和我不搭界。"

"不是醋坛子吗?"

"谁啊,你才是呢,我可不喜欢吃酸的,怀多多的时候我都是喜欢吃辣的。"许诺强词夺理,康宇轩撇了撇嘴,嘴角是坏坏的笑,许诺再一次被电到。

两人一起去生活超市,买菜,也买一些日用品。当许诺将一包卫生巾放入购物车的时候,旁边的某男将头扭到一边。

"小康,说说当年买这个的心得。"许诺心血来潮,好奇心爆棚。

"许八卦,你真讨厌。"

"我真的想知道当年你是什么样的心情!"

"真想知道?心情复杂着呢!"

"怎么个复杂法?"

"去的路上挺兴奋,买的时候迷茫,胡乱选上几包,收银员看我的眼神特别,我只能视而不见,装酷。从超市出来后觉得有成就感,因为我也是为女孩子买过那什么的男人了。见到你的时候要装镇定,不想让你觉得不好意思有负担。"

"当年这么复杂?"

"是啊,知道了吧,以后对我好点!"

"我一直对你好！"

"那倒是！"

"对了，婚纱影楼约了我们下周六拍外景，你可要记得！因为他们基地的玫瑰花和薰衣草都开了，正适合拍摄，都是我喜欢的，呵呵。"

"傻笑，不会又带上三块板子吧。"某男笑弯了腰，一想起三块板子他就想笑。

"别做梦了，外景不可能要板子的，这次我一定要摄影师给我拍几张比你还高的照片。"

"是吗？看来我要接受报复了！好怕呀！"

"等着瞧，有你好看的！"许诺还没报仇却已心花怒放。

星期六是许诺和康宇轩拍摄婚纱照外景的日子。拍摄基地的玫瑰园里，各色玫瑰竞相开放，浓郁的香气令人心旷神怡。相对于开得浓烈的玫瑰，许诺更喜欢园子另一隅优雅开着的薰衣草。

这种花蓝中带紫，介乎蓝色与紫色之间的微妙颜色，花香淡到了极处，又刻在心底。不张扬，却静静的令人喜欢，等待爱情，这是薰衣草的花语，许诺最喜欢的感觉。

许诺一直喜欢这种花，甚至幻想某天，就到普罗旺斯，不为别的，只在那满山遍野的花海中徜徉。

薰衣草的故事很多，最简单的一个是：相传很久以前，天使与一个名叫薰衣的凡间女子相恋。为她流下了第一滴眼泪，翅膀为她而脱落。虽然天使每天都要忍着剧痛，但他们依然很快乐。可快乐很短暂，天使被抓回了天国，删除了那段他与薰衣快乐的时光，被贬下凡间前他又流下一滴泪，泪化作一只蝴蝶去陪伴着他最心爱的女孩。而薰衣还在傻傻地等着他回来，陪伴她的只有那只蝴蝶。她日日夜夜地在天使离开的园地等待，最后，化作一株小草。每年会开出淡紫色的花。它们飞向各地，寻找那个被贬下凡间的天使。

人们叫那株植物"薰衣草"。

这是许诺为什么一直等着它开花了才来拍摄的重要原因。

康宇轩从园子里摘了一捧手花，香槟玫瑰，送给许诺，在许诺耳边悄悄地说："刚才有人告诉我这种玫瑰的花语是：我只钟情你一个，简直是专门为我种的！"听得许诺一阵脸红。

因为有了上次的拍摄经验，又在室外如此漂亮的花园里，两人的Pose一次比一次有默契，令摄影师连叫OK，许诺对摄影师说："可不可以拍几张他比我矮的照片？"摄影师心领神会，对许诺用手做了个OK的姿势，然后对着康宇轩说："来，我们换个姿势再来拍几张，先生单膝跪地……"许诺一听，高兴得在原地转了几圈。康宇轩一把将她扯住："有那么高兴吗？

又不是你真的长高了。"

"那你先跪下再说！"

"跪就跪，反正求婚的时候没跪的，就当补上！"

回去的路上，许诺对康宇轩说："宇轩，我们就不要办隆重的婚礼了，我们旅行结婚好吗？反正我们也没有一起去旅行过！"

"多年前还是去短途旅行过的，你别忘记了，那一次，我把我的第一次都给了你！"康宇轩望着许诺坏坏地笑。

"你不要脸，谁不是第一次啊！"

"是啊，还有了宝贝儿子，多么值得纪念的旅行！"

"那我们再来一次值得纪念的？"

"你做主就好，我反正听你的。"

"可是你爸不一定会同意，老一辈的人可能还是喜欢风风光光地办一场，才觉得有面子。这样吧，你爸的工作你负责做，我们家的工作我来做，怎么样？"

"好。既然要旅行，你有没有计划？"

"有啊，但是想去的地方太多，我还得再仔细考虑一下。"

"这么贪心？把所有想去的地方都列出来，我们一个一个地去实现。有时间、方便的时候就可以去啊，你排个序就好。对了，旅行，你有护照吗？"

"没有。"

"那赶紧去办一个。"

"嗯，办一个，你方便的时候我们就去，好吗？"

"好！"

许诺一直认为，无论多豪华的婚礼，都不代表幸福婚姻。两个人相处一生，幸福与否，和宴开几席、多少首饰全无关联。宴席，不过是做给别人看的排场，首饰终究能挂上身的也就几样，挂与不挂，都无关痛痒，一个爱你的男人，不是看他一开始能给多少首饰，而是，这辈子，都在不断地为你添加。他给予的温暖、承担的责任，还有爱你、包容你的心，才是最重要的。

许诺正想着，陈晶晶打来电话："诺姐，他向我求婚了，哈哈，祝贺我吧。"

"真的吗？恭喜啊！"

"嗯，我好兴奋，一起吃晚饭吧，我哥呢，也在吗？我打电话去家里，说你们一起拍婚纱照去了。"

"我和你哥在一块儿呢！好，一起吃饭，庆祝一下，分享一下。"

"晶晶吗？什么事？"康宇轩问许诺。

"何俊林向晶晶求婚了！"

"哦，看来这小子上次和他喝酒说的话都听进去了？"

"你和他谈过？"

"扯了一下。"

"都谈什么了？"

"男人之间的话，就像你们女人之间的小秘密一样，别多问。"

"美得你，讨厌。去面包屋吧，晶晶说在家里，我顺便去面包屋，一起和晶晶会合。"

"是，许老板。今天请我吃免费的面包？"

"没问题，直到你撑着为止。"

108　云上的幸福

一个月后，公司和通达制药达成了收购协议，康盛占60%的股份，公司总经理由康盛委派。张萌萌还是在公司担任行政总监，对于这个结果，她似乎很满意。她父亲的病情也有所好转，不过，依然没有恢复到可以自理的程度。

她偶尔遇到许诺，会主动打招呼，也学会了微笑。许诺觉得，她真的是改变了很多，许诺由衷地感到欣慰。生命中总有那么一些人，要用一生来缅怀，并且总会泛起小小的惆怅。张萌萌应该就算是这样的人，于许诺。

圆圆打电话约许诺见面，许诺如约而至，在咖啡馆，圆圆送给许诺一个精美的盒子，对许诺说："诺姐，知道你和宇轩哥结婚，原来一直为贺大年的事，也没心思做这些，我准备了一个小礼物，不是什么值钱的东西，希望你不要拒绝。"

许诺高兴地收下，知道是她的一片心意。

"圆圆，近来过得好吗？"

"还好吧！贺大年的事让我受了惊吓，幸好有你和宇轩哥，还有曾旭的帮忙。对了，我和贺大年分手了。我发现他喜欢到处留情，最主要的原因是他老是逼着我，要我给宇轩哥打电话，希望做一些业务，可我不愿意，有一次两人起了争执，贺大年动手打了我，我实在忍无可忍，和他分了。"

"动手打女人的男人不是真男人，分了好，你还年轻，以后看人要谨慎一些，全面一些。"

错的时间遇见错的人是一种荒唐，错的时间遇见对的人是一种遗憾，对的时间遇见错的人是一种伤痛，对的时间遇见对的人才是一种幸福。许诺希望圆圆在美好的年华里，遇到一个真正喜欢她、欣赏她、爱护她的人。

"诺姐，好羡慕你啊，宇轩哥是那么的在乎你，你也处处为他着想。虽然你们分隔了那么多年，但现在你们生活好幸福。"

"圆圆，你也会有你的幸福的，靠自己争取和把握。"

谈话间，圆圆的电话响起："好的，我知道了，谢谢你！"挂上电话，圆圆脸色微红，许诺冲她笑了笑，"是曾旭，我同事有个法律问题要咨询他。"圆圆慌忙解释。

"圆圆，曾旭是个不错的男生。"许诺微笑着看着圆圆说，"如果有可能，不妨多接触。"

"嗯，我是觉得他不错。"

许诺笑了："知道就好啊！喜欢一个人不需要理由。"

星期天，许诺和康宇轩一起带多多去野生动物园玩。虽然已经去过好几次了，但小孩子，每次都会有新的好奇，总是向往着再去。

在出园的时候，一对外国恋人，凭肤色，应该是非洲人，虽然许诺没有种族歧视，但终究有点看不太习惯。男的非常高大，在黑人里应该算是帅哥了，女的呢，许诺真的有点不敢直视，非常胖，臀部差不多有多多的洗澡盆那么宽大，但笑起来很迷人，露出一口白白的牙齿。两人请许诺为他们拍一张合影，许诺为他们拍了两张，两人谢过许诺之后，继续他们的恩爱，黏在一起，非常甜蜜，在那个男人的眼中，这个女孩子应该就是一块宝，生怕她随时会走丢的样子。

许诺扯了下康宇轩，朝这两人指了指，康宇轩笑了。

"八卦！"许诺只好恨恨地瞪了他一眼。

康宇轩说："知道吗？我有个同学去了非洲，听说一个酋长硬是要把他的女儿嫁给他，我同学死活不同意。后来回到北京，他发的第一条微博就是：满大街都白花花的，我还真不适应。"许诺听得哈哈大笑。

回去的路上，多多上车没多久就睡着了，这小家伙也真是玩累了。

于是许诺继续她的八卦话题。

"我怎么觉得外国人表达爱情总显得那么浪漫且有诚意？也不觉得肉麻？"许诺问康宇轩。

"可能他们对于爱情纯粹一些，爱就是爱，不会想到房子车子，男人不会考虑如何取悦丈母娘，女人不会考虑如何讨好婆婆？"

"国情不同，表达方式也不同吧！"

"我在想，要是和一个外国人谈恋爱，会是怎么样的感觉啊？"许诺坐在一旁，自言自语。"宇轩，你当时在国外，就没想过找个金发碧眼的洋妞，来一段浪漫的跨国恋？"

"我就是被你害惨了，年纪轻轻被你潜，看其他哪个女人都不顺眼。"

"明明是你把我拖下水的，你还倒打一耙。对了，刚才说到婆婆，我倒想起你爸的事了。你说，你爸和汪主任有没可能？"

"你都不清楚的事，我就更不知道了，你不是八卦得很吗？也没瞧出点什么？"

"没有，两边我都表达了你我的意见，仿佛按兵不动啊！"

"那就静等结果呗，操之过急，容易适得其反。我爸是军人出身，如果真有意思，应该会制定作战计划的！"

"作战计划？亏你想得出。"许诺直想笑。

"对了，我下个月抽得出时间，我们去旅行，你到底把计划想好了没？"

"想好了，我要去欧洲。我想去的地方太多了，比如要看普罗旺斯的薰衣草，要饮波尔多的葡萄酒，要享受罗马假日，还有古堡、小镇、湖光、山色，都要一一领略的。"

"贪心的女人！"康宇轩笑话她。

其实，许诺很清楚，繁华世界里美好的东西太多，万物我可用，并非我所属，就像那开满漫山的花朵，美得让人陶醉，让人迷惑。而我们却并不定要采摘，远远地看着，护着，就已是很美好。

一段美好的行程，美景是一方面，更重要的是，谁和你一起看风景。

这段时间许诺心里是满满的幸福，陈瑶一次次催促她，什么时候请大伙吃个饭。

徐朋说不举行婚礼，朋友们总得聚一下，说好一定要徐友做一个特别的大蛋糕。蛋糕店老板结婚自然要有自己的特色。

包括陈佳和，对许诺说："既然你不准备举行大的婚宴，直接到我的西餐厅来办吧，我会让他们给你设计一个特别的场景，一切包在我身上。"

还有何忆，得知了许诺的近况后，在电话那头狂叫着："许诺，我一定要来参加你的婚礼！"

每每想到这些，许诺的眼睛有些潮湿。

许诺想，一个人可以没有恋人，但一定不能没有朋友。朋友是把关怀放在心里，把关注盛在眼底的人；携手共度清晨日落，相伴走过喜乐人生，常常想起，平添喜悦，忆及时温暖感人。

感谢生命中有这些温暖陪伴的人，才有勇气和动力走过一个个孤寂无助的日子。

许诺真的听从了陈佳和的意见，就在他的西餐厅宴请了双方的至亲以及最好的朋友们。

第二天，她和康宇轩就踏上了欧洲之旅，虽然他们的蜜月旅行来得有些晚，但幸福却并不打折。

在登机的时候，许诺突然对康宇轩说："结婚了，我怎么对你叫老公总是叫不出口？"

"主要是我本来就没老。你想叫什么就叫什么呗。"

"高兴时我叫你宇轩，不高兴的时候就叫你康大坏蛋！你呢，准备怎么叫我？"

"高兴时就叫你宝贝，不高兴时就叫你许八卦，怎样？"

"不行，高兴时你叫我宝贝，不高兴时叫甜心，或者小卷心菜。"

"呕吐，还小卷心菜，直接叫包菜！"康宇轩故意做了个夸张呕吐的表情。

飞机起飞，许诺双耳极不舒服，紧接着，就是胃部难受，居然真的有要呕吐的感觉，但许诺极力忍着，终于可以松开安全带的时候，许诺反酸水厉害，冲向卫生间呕吐了起来。

以前也坐过很多次飞机，偶尔也有不适的时候，但从没呕吐的经历。许诺从洗手间出来，康宇轩正站在门口，"宝贝，你怎么了？不舒服？"

"嗯，吐了，不知怎么搞的，未必晕机？原来从没这样过。"康宇轩扶许诺回到座位坐下，"许诺，你好朋友好像这个月没来！"

"你怎么记这么清？"

"当然，这关系到我的福利问题，我每月都记得很清的。"

"对啊，老天，这个月是没来，我一直习惯糊涂着过的。"

"宝贝，你中奖率挺高啊！"康宇轩在一旁笑着。

"是播种机太强大吧！"许诺白了他一眼。

康宇轩搂着许诺："怎么办，这个样子，你的欧洲浪漫之旅恐怕要打折啊！"

"才不会呢，相信他和我一样，会配合我，好好享受这次旅行的。"

康宇轩给许诺盖上毛毯，将许诺搂在怀里："宝贝，好好睡一觉，睡好了才有精神！"

许诺靠在康宇轩的怀里，望着窗外的白云，甜蜜地进入梦乡！